당신은

당신의 이웃을

고영주 장편소설

사랑하십니까?

로담

당신은
당신의 이웃을
사랑하십니까?

1판 1쇄 발행 | 2015년 8월 31일

지 은 이 | 고영주
편　　집 | 김태연
기　　획 | 정의진
발 행 인 | 이춘이

발 행 처 | 도서출판 로담
등록번호 | 제 396-2011-000014호
등록일자 | 2011년 1월 19일
주　　소 | 경기도 고양시 일산동구 호수로 358-25 521호
전　　화 | (070) 5015-3933~5
팩　　스 | (031) 901-5201
E—mail | rodambooks@hanmail.net

값 9,500원

ISBN 979-11-5641-034-8 [03810]

당신은

당신의 이웃을

고영주 장편소설

사랑하십니까?

로담

프롤로그 - 거지 왕자의 탄생   7

1. 너희들은 배고파서 기절해 본 적 있니?   13

2. 밥순이의 탄생   48

3. 알바 하는 왕자님   91

4. 넌…… 넌 내 밥순이야!   128

5. 그렇게 거지 왕자는 철들기 시작했다   164

6. 함께 먹는 밥맛   189

7. 거지 왕자, 드디어 각성하다   223

8. 밥순이는 거지 왕자를 좋아해

   자꾸자꾸 좋아지면 나는 어떡해   254

9. 거지 왕자와 밥순이는 얼레리 꼴레리   292

10. 거지 왕자의 탈피   321

11. 결국은 해피 엔딩일 거면서, 흥흥흥   354

에필로그 - 결혼합시다, 제발   381

그들을 바라보는 자영의 시점 1 - 바보 커플   391

그들을 바라보는 자영의 시점 2 - 두 여자   404

정말 마지막 이야기   409

작가 후기   415

프롤로그
거지 왕자의 탄생

　백천도는 대문 밖에서 거지꼴을 한 채 바닥에 털썩 주저앉아 있는 남자를 못마땅한 눈으로 노려보고 있었다. 거지꼴을 하고도 여전히 도도한 자태의 남자는 백천도의 하나뿐인 외동아들인 백천홍이었다.

　어차피 물려받을 거 후계자 수업 따위 필요 없다며 하라는 일은 안 하고 허구한 날 한량처럼 놀기만 하는 천홍이 괘씸해 카드와 현금을 다 빼앗은 채 맨몸으로 내쫓은 것이 이틀 전의 일이었다.

　천홍이 손을 벌릴 만한 곳에 일일이 전화를 걸어 천홍에게 행여나 작은 도움이라도 주면 가만두지 않겠다고 엄포를 놓았더니 이틀 만에 저런 거지꼴로 돌아왔다.

　"어디서 그런 거지꼴을 하고 나타난 거냐."

화가 머리끝까지 치미는 바람에 쫓아내기는 했지만 금이야 옥이야 귀하게 키운 아들 녀석이 어디서 찢어 먹었는지 너덜너덜한 셔츠에 검댕이가 잔뜩 묻은 바지를 입고 대문 앞에 주저앉아 있으니 굳게 먹은 마음이 흔들리려 하고 있었다.

"아버지가 이렇게 만드셨잖아요."

"옷은 또 어디서 그렇게 찢어 먹고……."

천도의 굳은 결심이 뿌리째 흔들리려 하는데 소리도 없이 나타난 희주가 천도의 뒤에서 입을 열었다.

"말은 바로 해야지. 아버지가 그렇게 만든 게 아니라 네가 자초한 일이잖니."

미소가 가득한 얼굴과 부드러운 목소리와는 달리 그녀에게서 풍기는 기운은 날카로웠다.

"여보."

"쳇."

천도는 분명 보았다. 바닥에 주저앉아 있던 천홍이 혀를 차는 모습을.

일부러 더 불쌍하게 보이려고 옷을 찢고 바지에 흙을 묻힌 게 통하지 않자 천홍이 본색을 드러내며 자리에서 일어섰다.

"이제 그만 좀 들어가게 해 주시죠."

"안 된다."

희주가 대문을 막아선 채 웃으며 말했다.

"이 엄마가 사람 되기 전에는 집에 얼씬도 하지 말라고 했잖니."

배신감에 치를 떨며 천홍을 노려보던 천도는 희주의 말에 고개를 저었다.

"사람이 돼도 안 돼. 그냥 호적 파. 이 집에는 나잇값 못하고 철없이 놀기만 하는 밥버러지 같은 놈은 필요 없어."

"그래서 정말로 내쫓으시겠다고요?"

"당연하지."

천도가 옆에 서 있는 자신의 수행 비서를 보며 천홍을 가리켰다.

"저놈, 집 안에 절대 들여놓지 마."

수행비서의 옆에 나란히 서 있던 경호원들에게도 경고했다.

"만약에 집에 몰래 들어오려고 하면 쫓아내."

천도는 천홍이 어릴 적부터 유괴나 납치를 염두에 두고 가르친 여러 무술들을 생각하며 다시 덧붙였다.

"저놈이 폭력을 쓰면 너희도 같이 써. 죽지 않을 만큼만 패."

"아버지!"

"썩 꺼지지 않고 뭐 하고 있는 거냐?"

천도의 말에 천홍이 말없이 천도를 노려봤다.

"잘못했습니다, 아버지. 한 번만 더 기회를 주세요."

딱딱한 목소리가 천홍의 입술을 타고 흘러나왔다. 영혼 없이 말뿐인 사죄였지만, 자존심이 하늘을 찔러 살면서 부모를 포함해 타인에게 잘못했다는 말을 한 적이 다섯 손가락 안에 꼽힐 정도였던 아들의 입에서 그 말이 흘러나오자 천도의 마음이 다시 살짝 누그러졌다. 세상에 자식 이기는 부모는 없었다.

"정말 잘못했냐?"

천도의 말에 입술을 꾹 다문 천홍이 살짝 고개를 끄덕였다.

"그럼 앞으로 딱 1년 줄 테니 어떻게든, 무슨 수를 써서든 그 기간 안에 사람이 돼서 돌아와라."

천도가 주머니에서 작은 물건을 하나를 꺼내 천홍을 향해 던졌다. 천홍이 무의식적으로 자신을 향해 날아온 물건을 받아 들었다. 열쇠였다.

"제왕 그룹 외아들이 길거리에서 객사했다는 소문이 도는 게 싫어 마련한 거다."

"열쇠요?"

"그거 너 좋으라고 준 것 아니다. 지금은 독한 척하고 있지만 너 그렇게 맨몸으로 보내고 나면 네 엄마가 1년 내내 네 걱정에 밤잠 설치고 끙끙 앓을까 주는 거야."

천도가 다시 한 번 천홍을 향해 뭔가를 던졌다. 받아 들고 보니 이번엔 두 번 접힌 하얀 종이였다.

"앞으로 네가 살 집 주소다."

황당한 얼굴로 한 손에는 열쇠, 다른 한 손에는 종이를 쥐고 있는 천홍이 허탈한 듯 웃었다.

"이게 지금 무슨……."

"사람 시켜서 1년 동안 네 일거수일투족 모조리 다 지켜보게 하고 보고 받을 거야. 그러니 허튼 생각하지 말고 죽을힘 다해서 새사람 되려고 노력해 봐. 1년 후에도 네 꼬라지가 그 모양 그 꼴이면 너한테 돌아갈 재산……."

천도가 성공적인 협박을 위해 잠시 입을 다물었다가 이내 근엄한 얼굴을 하고 한 자 한 자 또박또박 말했다.

"전부 다 국가에 헌납한다."

"아버지!"

경악에 찬 아들의 표정이 만족스러웠는지 천도가 빙긋 웃으며 뒤돌아섰다.

"아직 네놈 것도 되지 않은 내 돈으로 놀고먹었던 벌이라고 생각해라."

천도가 안으로 들어가자 그가 들어간 것을 확인한 희주가 가사 도우미인 정해에게 눈짓을 했다. 그녀의 신호를 받은 정해가 대문 밖으로 무언가를 질질 끌고 나왔다. 사람들이 유학을 갈 때나 쓴다는 이민 가방이었다.

"사모님께서 준비하신 거예요, 도련님."

"엄마는 우리 아들이 사람 되어서 돌아오기를 기다리고 있을게."

희주가 천홍을 향해 손을 흔들며 부드러운 미소를 지은 후 대문 안으로 들어가 문을 닫았다.

모두 집 안으로 들어가자 조용해진 대문 앞에서 천홍은 태어나 처음으로 굴욕이라는 것을 맛봤다. 입 안을 맴돌고 있는 욕설을 꾹꾹 삼키며 눈앞의 짐 가방을 내려다본 천홍은 일말의 희망을 가지고 가방을 풀어 헤쳤다. 가방을 연 천홍의 입에서 허탈한 웃음소리가 새어 나왔다.

"하하하."

안에는 그가 입던 옷과 신발, 그리고 휴대폰이 들어 있었다. 밑바닥까지 뒤져봐도 지폐는 고사하고 돈 비슷한 종잇조각 하나도 찾을 수가 없었다.

"젠장!"

미칠 듯한 분노와 좌절감이 온몸을 휘감는 가운데, 그 와중에 이틀 동안 한 끼도 제대로 먹은 적이 없어 배가 꼬르륵거리며 요동쳤다. 조금이라도 허기짐을 느끼면 원하는 것은 무엇이든 먹을 수 있었기에 태어나 단 한 번도 배를 곯아 본 적 없던 천홍은 난생처음 느끼는 고통에 한 손으로 배를 문질렀다.

"아……. 배고프다."

1. 너희들은 배고파서 기절해 본 적 있니?

"말씀 중에 정말 죄송합니다. 현재 우리 회사는 백천홍 씨 같은 인물을 필요로 하지 않습니다."

작은 중소기업의 부장인 김석환은 자꾸만 코끝으로 내려앉으려 하는 안경을 검지로 추켜올리며 말했다.

"그만 돌아가 주십시오."

석환의 안경알 너머로 보이는 오만불손한 저 사내는 도저히 성공적인 취업을 위해 면접을 보러 온 사람으로는 보이지 않았다.

천홍은 면접 내내 무심한 표정을 고수했고, 한 질문을 던지면 오히려 그들에게 질문을 던졌다. 게다가 회사 규모는 얼마며, 일하는 사원들의 수는 얼마며, 자본은 얼마나 있고, 투자자는 몇이나 되는지까지 물어 와 오히려 석환 자신이 면접을 보는 것 같은 기분을 느끼게 만들었다.

석환의 정중하지만 단호한 거절에 천홍은 미간을 찌푸리며 턱을 추켜올렸다. 턱을 추켜올리는 바람에 평소에도 시건방진 표정인 그의 얼굴이 더욱더 오만하게 변했다. 석환을 내리깐 눈으로 노려보며 잠시 붉은 입술을 꾹 다물었던 천홍이 삐딱한 미소를 입가에 걸치고 조용히 입을 열었다.

"후회할 텐데요."

천홍이 손가락으로 자신의 머리를 가리켰다.

"나 머리 꽤 좋거든요. 안 써 버릇해서 그렇지 한 번 돌리기 시작하면 우리 아버지도 놀랄 정도였으니까."

"무슨 소립니까?"

"아아, 아닙니다. 아무튼 날 아웃시키시겠다는 겁니까?"

"그렇습니다."

천홍이 피식 웃었다.

"기억해 둘게요."

조용한 목소리로 말을 마친 천홍이 자리에서 일어서서 문을 닫고 밖으로 나왔다. 휴게실 겸 응접실로 쓰이는 사무실 안의 작은 방에서 나온 천홍에게로 사람들의 시선이 다닥다닥 달라붙었다.

"면접에서 떨어진 사람 처음 보십니까? 하시던 일, 마저 하시죠?"

끝내주게 잘생긴 남자가 면접을 보러 왔다는 소식을 듣고 휴게실 쪽에 온 신경을 곤두세우고 있던 직원들은 미소를 짓는 천홍의 얼굴에 소름 끼치는 느낌을 빚으며 흩어졌다. 그런 그들을 무미건조한 표정으로 쳐다보던 천홍은 표정을 가다듬고 자로 잰 듯 깔끔한 걸음걸이로 사무실을 나왔다.

작은 건물에서 나와 큰길가로 걸어가는 천홍의 미간은 잔뜩 찌푸려져 있었다. 이걸로 면접에서 퇴짜 맞고 쫓겨난 게 벌써 여섯 번째다. 면접 퇴짜뿐이냐, 어머니가 챙겨 준 옷의 주머니 여기저기를 죄다 뒤져서 겨우 건진 5,000원으로 평소였으면 절대로 쳐다보지도 않았을 분식점에서 떡볶이와 순대로 끼니를 해결하고 지금까지 아무것도 안 먹은 지 하루하고도 반나절 째였다.

자신이 처한 상황 자체에 빈정이 제대로 상한 천홍은 지나가는 사람들을 죽어라 노려보며 거리를 걸었다. 천홍은 미간을 찌푸리며 쉬지 않고 배꼽시계를 울려대는 배를 움켜잡았다.

"아, 정말 배고파 죽겠네."

배고파 죽을 것 같다는 느낌은 아직도 천홍에게 너무 낯선 느낌이었다. 낯설었기에 더더욱 배가 고프다는 것이 두려웠다. 천홍은 한적한 골목으로 들어가 주변에 사람들이 없게 되자, 걸음걸이에서 허세를 지웠다. 그는 자꾸만 요란하게 우는 배를 두 손으로 움켜잡고 등허리를 구부린 채 느릿느릿 집으로 향했다.

*   *   *

"아이고, 삭신이야."

은백은 쑤시고 결리는 팔뚝과 어깨를 손으로 두들기며 낡은 빌라로 향했다.

그녀는 오늘 아침, 갑자기 잠수를 탄 알바생 덕분에 하루 종일 가게에서 혼자 일해야 했던 터라 완전히 기진맥진한 상태였다.

"죽을 거 같아."

빌라 안으로 들어서며 늘 사람 좋은 얼굴로 웃던 알바생을 떠올린 은백이 이를 갈며 허공에 대고 주먹을 휘둘렀다.

"너 진짜 내가 만나면 가만 안 둬."

머리가 그다지 좋지 못해 대학에 두 번이나 떨어진 은백은 삼수는 정말 못할 짓이라는 것을 깨달았다. 그녀는 공부 대신 자신이 가진 전 재산을 털고 나머지는 대출을 받아 요식업에 손을 뻗었다. 고심 끝에 은백이 선택한 요식업의 메뉴는 토스트. 바쁜 직장인들과 용돈이 부족한 학생들을 타깃으로 한 토스트 가게가 가장 무난할 것 같았기 때문이었다.

다행히 은백이 창업한 토스트 가게는 사람들의 입소문을 타면서 여러 맛집 블로그에 소개될 정도로 유명해졌다. 그것이 바로 고생길의 시작이었다.

물론 손님들의 입소문을 타서 유명해진다는 것은 음식을 파는 사람에게 정말 잘된 일이었다. 유명해졌다고 불만을 갖는다면 그것이야말로 배부른 투정 아닌가. 하지만 아르바이트생 월급에 쓰이는 지출을 줄이기 위해 아르바이트생을 쓰지 않고 혼자 일하던 은백에게 동네의 숨은 맛집이라는 인기는 좀 벅찬 것이 되어 버렸다. 손님들이 부쩍 늘어서 예전보다 돈은 잘 벌지만 손님이 많은 만큼 체력 소모가 어마어마했기 때문이었다.

점심시간이면 끊임없이 몰려오는 학생들과 직장인들을 상대로 매일 혼자 일하느라 무리를 한 덕분에 그녀는 몸살이 생겨 며칠 가게를 열지 못하는 지경까지 이르렀다. 그렇게 며칠을 쉬고 제 컨디션을 회복한 은백이 제일 먼저 한 것은 울며 겨자 먹기로 아르바이트생을 구하는 일이었다.

은백은 다시 가게를 연 첫날, 가게 옆에 아르바이트생 공고를 붙였다. 그리고 며칠 뒤, 근처 여대의 학생이 아르바이트 공고를 보고 면접을 보기 위해 가게를 찾아왔다.

단정하게 자른 단발머리에 검은 뿔테 안경을 쓴 그 여대생은 한눈에 봐도 무척 성실해 보였다. 말투도 조곤조곤하고 싹싹해서 그녀가 마음에 들었던 은백은 그 자리에서 바로 채용을 했다. 그렇게 그 여대생과 함께 일한 지 올해로 벌써 2년이다.

그런데! 2년이나 함께 일한 덕분에 누구보다 믿고 또 믿었던 그 아르바이트생, 줄여서 알바생이 오늘 갑자기 연락 두절이 된 것이다.

손님이 잠시 뜸한 시간, 틈틈이 휴대폰으로 계속 연락을 취해 봤지만 전원이 꺼져 있어서 소리샘으로 연결된다는 나긋나긋한 여자의 목소리만 들려올 뿐이었다.

평소 뺀질거리는 아이였으면 이렇게 배신감이 들지는 않았을 텐데, 믿었던 만큼 실망감도 컸다. 차라리 정말로 말 못할 딱한 사정이 있어서 그렇게 그만둔 것이길 바랄 정도였다.

"하아……."

은백은 한숨을 내쉬며 천근만근 무거운 발걸음으로 계단을 올랐다. 오늘은 그냥 씻는 건 포기하고 바로 자야겠다.

"집이다!"

은백은 간신히 2층으로 올라왔다. 눈앞에 딱 버티고 선 현관문을 보자 그곳에서 빛이 나는 것 같은 착각마저 들 정도로 반가웠다. 얼른 저 안으로 들어가 지친 몸을 눕히고 싶다는 생각이 너무 간절했다.

설레는 마음으로 집 앞에 서서 비밀번호를 누른 은백은 마치 천국의 문을 열듯 기쁜 마음으로 현관문을 활짝 열었다.

쾅!

"아악!"

현관문이 활짝 열린 순간, 듣기만 해도 아플 것 같은 쾅하는 소리와 남자의 비명소리가 조용했던 빌라 안을 울렸다.

"엄마야!"

그냥 넘어가기엔 너무나 처절하고 아픈 비명소리에 덩달아 같이 놀란 은백이 고개를 돌리며 주위를 살폈다.

"뭐, 뭐야……."

"으윽……."

어리둥절한 눈으로 주위를 두리번거리던 은백은 남자의 신음 소리가 들려오는 곳을 향해 눈을 내리깔았다. 그곳에서는 뒤통수를 손으로 감싸 쥐고 바닥에 엎드린 남자가 괴롭게 신음하고 있었다.

"아으……."

금방이라도 죽을 것처럼 고통스러워하는 남자의 모습에 은백이 기어들어 가는 목소리로 물었다.

"저기…… 괜찮아요?"

은백의 물음에 한참 동안 엎드린 채 뒤통수를 감싸 쥐고 괴롭게 신음하던 남자가 갑자기 고개를 홱 쳐들고 은백을 쏘아봤다.

"저 철문에 뒤통수를 부딪쳤는데 괜찮을 것 같아?"

"안…… 괜찮은 것 같긴 하네요."

"알면 됐어."

코웃음을 치며 말한 남자가 한 손으로 뒤통수를 문지르며 엎드렸던 몸을 일으켜 바닥에 주저앉았다.

은백은 남자가 자신의 집 앞에 떡 버티고 앉아 있는 데다 방금 전, 지은 죄가 있어서 선뜻 집으로 들어가지 못하고 엉거주춤한 자세로 서 있었다. 그녀가 당황해하고 있는 동안 남자가 무릎을 세우고 앉아 고개를 들었다. 덕분에 센서가 달린 불빛 아래에서 그의 얼굴이 은백의 눈에 고스란히 노출되었다.

어쩔 줄 몰라 하며 이리저리 굴러가던 은백의 눈동자가 남자의 얼굴을 향해 굴러가서 멈췄다. 눈동자가 멈춘 것과 동시에 은백은 숨도 멈췄다. 한참 동안 무언가에 홀린 듯한 눈으로 남자의 얼굴을 바라보던 은백의 입에서 무의식적인 감탄사가 흘러나왔다.

"오……."

잘생겼다. 정말 잘생겼다. 진짜 잘생겼다. 절대로 잘생겼다.

은백의 마음속은 온통 저 네 글자로 꽉 찼다.

눈앞의 남자는 문에 맞은 뒤통수가 고통스러운지 살짝 찡그린 얼굴을 하고 있었는데, 그 일그러진 얼굴마저도 잘생겼다.

은백은 가만히 서서 남자의 얼굴을 더욱더 자세히 뜯어보기 시작했다.

옅은 쌍꺼풀이 진 두 눈은 옆으로 길게 찢어져 있었고, 길게 호를 그리는 속눈썹은 눈가를 촘촘하게 채우고 있었다. 아직 눈을 마주치지 않아 확신할 수는 없지만 살짝 내리깐 눈꺼풀 아래로 반쯤 보이는 눈동자는 밤하늘처럼 새까맸다. 너무 좁지도, 그렇다고 또 너무 넓지도 않은 양미간 사이에는 오뚝한 코가 조금의 휘어짐도 없이 매끈하게 자리 잡고 있었다. 게다가 아직도 작게 신음을 흘려보내고 있는 입술은 특이하게 아랫입술보다 윗입술이 조금 더 도톰했는데 입술 끝이 살짝 뒤집어져 있어서 그게 또 기가 막히게 매력적이었다.

TV나 영화에서만 보던 꽃미남이라는 생명체를 실제로 처음 본 은백의 입술에서 여성스러운 한숨이 새어 나왔다.

은백은 젊은 나이에 생활 전선으로 뛰어들어 돈을 버는 것에만 급급했던지라 여성스러움이라고는 눈을 씻고 찾아도 찾아볼 수 없었다. 지금도 시장에서 만 원에 3장 파는 티셔츠와 청바지를 입고 화장기 없는 맨 얼굴에 검은색 고무줄 하나로 머리를 질끈 동여 묶고 있지 않은가. 게다가 연애라고는 고등학교 때 두 달 정도 사귀었다가 남자친구가 친구랑 바람을 피우는 바람에 헤어진 게 전부인 연애 초짜였다. 하지만 그럼에도 불구하고 눈앞의 남자는 그녀의 입에서 여성스러운 한숨을 끌어냈다. 그녀는 지금 눈앞의 남자 때문에 무릎이 녹아 후들거리고 심장이 쿵쾅거리는 느낌에 사로잡혀 있었다.

그녀가 미동도 하지 않은 채 자신을 쳐다보며 가만히 서 있자 남자가 고개를 들고 그녀를 쳐다보았다. 두 사람의 눈이 허공에서 서로 맞부딪쳤다. 두 눈이 마주치자 은백이 급하게 숨을 들이마셨다. 그 순간 센서 등이 꺼졌다.

남색이었다. 정확히 말하자면 너무 검어서 푸른 기운까지 느껴지는 새까만 색. 저런 색깔의 눈동자는 여태까지 살면서 처음 봤다.

센서에 의해 불이 꺼진 상황에서 은백은 한 손으로 자신의 심장을 눌렀다. 쏘는 듯한 남색 눈동자와 눈이 마주친 순간 왼쪽 가슴에 위치해 있던 심장이 순식간에 발끝까지 떨어지는 듯한 느낌을 받았다. 생전 처음 느껴 보는 감각이었다. 그 감각은 오싹하고 짜릿했다.

"어둡잖아."

은백을 감동시킨 미모의 남자는 뒤통수를 감싸지 않은 손을 뻗어 허공에 대고 휘휘 저었다. 움직임을 감지한 센서에 의해 다시 불이 켜졌다. 다시 밝은 곳에서 본 남자의 눈동자는 여전히 남색이었다.

"아."

남자와 다시 눈이 마주치자 은백이 입을 열었다.

"저기…… 머리는 정말 괜찮은 거예요?"

"아파."

"죄송해요."

은백이 고개를 숙였다.

"저기 병원에 가는 게 어떠세요? 아, 물론 저랑 같이요."

"문 열고 집에 들어갈 힘도 없는데 병원은 무슨. 됐어."

"그래도 제가 다치게 했는데……."

끝으로 갈수록 점점 더 기어들어 가는 은백의 말에 그녀를 잠시 가만히 쳐다보던 남자의 한쪽 입꼬리가 삐딱하게 올라갔다.

"나한테 많이 미안해?"

"네."

"흐응."

다시 한 번 남자가 알 수 없는 묘한 미소를 지었다.

"집이 여기야?"

남자가 흥미로운 표정을 짓자 은백이 홀린 듯한 얼굴로 고개를 끄덕였다.

"밥 있어?"

"네?"

그는 여전히 한 손으로 뒤통수를 누른 채 자리에서 일어섰다.

"집에 밥 있냐고."

"아침에 제가 먹고 나온 후로 다른 사람이 몰래 들어가 훔쳐 먹지 않았다면, 있겠죠."

"그럼 됐어."

"뭐가요?"

"그렇게 미안하면 나한테 밥 좀 줘."

"뭐라고요?"

은백이 황당한 얼굴로 그를 쳐다봤다.

얼굴이 잘생겨서 잠시 홀렸었는데 사실은 정신이 좀 돈 남자라거나, 음흉한 생각을 품고 있다거나…… 하지만 뭐, 음흉한 생각을 품고 있다면 고려는 해 볼…….

은백이 고개를 세차게 저었다.

"싫다고?"

그녀가 갑자기 고개를 젓는 게 거절의 뜻인 줄 알고 남자가 한쪽 눈썹을 들어 올렸다. 그리고는 손가락을 들어 자신의 뒤통수를 가리켰다.

"나 이렇게 만들어놓고 그냥 내빼겠다고?"

"그러니까 병원에 같이 가자고……."

"머리 아픈 거보다 배가 더 아파."

"배가 아프다고요?"

은백이 군살 하나 없이 매끈한 남자의 허리춤으로 시선을 내렸다.

"정확히 말하자면 배가 너무 고파서 아픈 거지."

배고파서 배가 아플 지경이라는 황당한 말을 아무렇지도 않게 진지한 얼굴로 말하는 모습에 은백이 품 하고 웃음을 터뜨렸다.

"왜 웃어?"

"아무것도 아니에요."

"그럼 됐어."

남자가 살짝 열려있는 문을 열고 안으로 들어갔다.

은백은 지금 자신에게 일어나는 일이 무슨 일인지 제대로 인지하지 못하고 멍하게 서 있다가 얼음에서 풀려난 듯 집 안으로 들어가는 남자를 잡았다. 그녀의 손에 잡힌 남자의 팔목은 의외로 단단했다. 은백의 손가락 끝으로 남자의 손등 위로 튀어나와 있는 핏줄이 만져졌다.

"왜?"

"자, 잠깐만요!"

"밥 어디 있어?"

"뭐라고요?"

"밥 어디 있냐고. 나 굶어 죽기 일보 직전이야. 좀 살려 줘."

은백이 입술을 깨물며 계속 손목을 잡고 있자 남자가 한숨을 내쉬고는 부어오른 채 피가 흐르는 뒤통수를 은백의 눈앞에 들이댔다.

"그렇게 나한테 밥 주기 싫으면 이걸 보면서 밥 주고 싶은 마음을 갖도록 노력해 봐."

은백이 입술을 깨물던 것을 멈추고 드디어 입을 열었다.

"생각해 봐요. 생전 처음 보는 낯선 남자가 갑자기 집에 쳐들어와서 밥을 달라는데 누가 순순히 주겠어요? 그 남자가 어떤 사람인지도 모르는데?"

"말은 바로 해야지. 내가 갑자기 집에 쳐들어왔어? 내 뒤통수 다치게 했으니까 대신 밥 달라고 쳐들어온 거지."

뻔뻔한 그의 말에 은백의 입에서 헛웃음이 나왔다. 사람이 정말 너무 황당하면 웃음이 나는구나 싶었다.

"그러니까 밥 줘."

"그럼 그 전에 몇 가지만 물어볼게요. 우리 집 앞에는 왜 누워 있었어요?"

"내가 사는 집이 여기 바로 옆집이거든?"

"아……."

은백이 작게 감탄사를 뱉었다. 얼마 전에 옆집 사람들이 이사를 갔는데, 비어 있던 집에 새로 이사를 왔나 보다.

"그럼 그쪽 집 앞에 누워 있어야지 왜 우리 집 앞에 누워 있었어요?"

"머리는 댁 집 문 앞에 있었어도 몸통은 내 집 문 앞에 있었어. 원래 기럭지가 긴 걸 어떡하라고?"

인정. 적어도 180센티미터는 훌쩍 넘어 보인다. 그녀는 키가 큰 남자들을 별로 좋아하지 않았다. 180센티미터가 넘으면 160센티미터인 그녀는 고개를 바짝 치켜들고 쳐다봐야 해서 불편했기 때문이었다.

"그러니까 애초에 집 앞에 안 누워 있었으면 되잖아요."

"누군들 누워 있고 싶어서 누워 있었겠어? 집 안으로 들어가려고 했어. 그런데 배가 너무 고프잖아. 배고파서 문 열 기운이 없었어. 그래서 잠시 기운 보충할 겸 잠깐 앉았는데, 그 후로 기억이 없다가 뒤통수가 깨지는 느낌에 정신이 든 거라고."

남자의 말을 뒷받침해 주듯 말이 끝나기가 무섭게 그의 배에서 꼬르륵 소리가 들려왔다.

　은백의 눈이 동그래졌다.

　세상에 이렇게 멀쩡하게…… 아니, 도가 지나치게 잘생긴 남자가 배가 고파서 기절을 했다는 말인가. 그게 말이 돼?

　꼬르륵. 꼬르륵. 뱃속이 아주 진동을 하는데도 끝까지 뻔뻔한 얼굴로 고개를 빳빳하게 치켜들고 있는 남자가 조금 불쌍해진 은백은 한층 누그러진 목소리로 물었다.

　"정말 옆집 살아요?"

　"못 믿겠으면 열쇠 보여 줘?"

　"아니, 아니에요."

　은백이 손사래를 쳤다.

　"그냥, 누구 이사 왔다는 소식 못 들어서 그래요. 옆에 살던 신혼부부가 이사를 간 건 알고 있었지만요."

　"아아. 이사 온 건 아니야."

　"아니라고요?"

　다시 의심의 싹이 고개를 들려 할 때 남자가 정정했다.

　"내 집은 맞는데 곧 다시 나갈 거야. 갈 데 없어서 잠깐 들어와 사는 거지, 여기서 영영 살 생각은 없어."

　"그게 이사예요."

　"이사 온 거 아니라니까."

　"그건 그렇고, 왜 초면에 반말이에요?"

　은백이 따지자 남자가 가늘게 뜬 눈으로 은백의 머리끝부터 발끝까지 쭉 훑었다.

"척 봐도 나보다 몇 살은 더 어려 보이는데, 뭘."

세상의 모든 여자가 그러듯 어려 보인다는 말에 기분이 좋아서 입꼬리를 씰룩거리던 은백이 남자의 손을 놓아주며 문을 닫았다.

"그렇게 안 어려요."

"몇 살인데?"

"스물다섯요."

"어린 거 맞네."

"그렇게 안 어리다니까요."

"나보다 어리면 됐어."

도가 지나치게 뻔뻔한 남자의 말에 은백이 말문이 막혀 입을 벙긋거리고 있자, 남자가 갑자기 두 눈을 질끈 감았다.

"그런데, 나…… 정말 배고프거든?"

"아, 맞다."

정말로 배가 고픈지 계속해서 꼬르륵거리는 남자의 배꼽시계 소리에 은백이 서둘러 부엌으로 들어가자 남자도 따라 들어와 자연스럽게 식탁 앞에 앉았다.

"배고파."

"잠깐만 기다려요."

싱크대에서 서둘러 손을 씻은 그녀는 부지런한 몸짓으로 전기밥솥에서 밥을 푸고 아침에 먹고 남은 김치찌개를 데우고 냉장고에서 반찬을 꺼내 식탁 위에 올려놨다.

은백이 앞으로 자주 봐야 할 이웃사촌에게 변변치 않은 음식을 대접한 거 같아 부끄러워하고 있는데 남자가 젓가락을 들고 그녀가 꺼내놓은 반찬을 이리저리 뒤적거렸다.

"반찬이 이게 뭐야. 순 풀 쪼가리뿐이잖아."

수줍은 얼굴로 눈을 내리깔고 있던 은백의 눈이 휙 위로 추켜올라갔다.

"먹기 싫으면 말아요!"

"누가 먹기 싫대?"

여차하면 그녀가 밥상을 치워 버릴까 두려워진 남자가 서둘러 젓가락질을 시작했다.

은백은 사흘 굶은 사람처럼 허겁지겁 밥을 퍼먹는 남자를 가만히 쳐다보고 있었다. 이 반찬은 무슨 맛이고 저 반찬은 무슨 맛인지 음미하면서 먹는 게 아니라 정말 배를 채우기 위해 무작정 입 속으로 마구 집어넣고 있는 모습이 왠지 안쓰러웠다.

말하는 거나 행동하는 걸 보면 이렇게 배가 고파서 쓰러질 정도로 굶고 다닐 사람 같지는 않은데, 무슨 일이 있었던 걸까.

"저기요."

남자는 옆에서 은백이 불러도 아랑곳하지 않고 입 안에 음식을 날랐다. 잠시 말없이 앉아 있던 은백은 그가 밥 한 그릇을 뚝딱 해치우자 정수기에서 물을 한 컵 떠서 그의 옆에 내려놨다.

"마셔요."

목도 많이 말랐는지 남자는 그녀가 떠다 준 물을 벌컥벌컥 들이켰다.

남자가 물을 목구멍으로 넘길 때마다 목울대가 꿀꺽거리며 움직이자 은백의 얼굴이 새빨개졌다. 뭔가 야했다. 왠지 어색해져서 그녀는 시선을 돌렸다.

그때 그녀의 머릿속에 갑자기 얼마 전에 본 기사가 생각났다. 잘생긴 얼굴을 이용해서 여자들을 홀려서 몹쓸 짓을 저지르고 다니다가 얼마 전에 붙잡혔다는 남자에 대한 기사였다.

"혹시나 해서 말하는 건데, 만약 허튼짓하려는 기미가 보이면 즉시 신고할 테니까 알아서 해요."

은백이 휴대폰에 112를 찍은 뒤 남자의 눈앞에 내밀었다. 물을 다 마신 남자가 코웃음을 쳤다.

"나도 보는 눈 있거든?"

은백의 눈이 다시 세모꼴로 변하자 남자가 그녀에게 밥그릇을 내밀었다.

"한 그릇 더 줘."

"직접 퍼다 먹……."

여긴 자신의 집이고 이 사람은 어디까지나 손님이라는 생각에 은백이 터지는 울화를 참으며 전기밥솥에서 밥을 펐다.

"다 먹으면 바로 집에 가요."

"안 그래도 그럴 거야. 밥 먹는데 방해되니까 말 걸지 말고 어디 좀 들어가 있어."

"이 집은 엄연히 내 집이거든요?"

"그럼 내가 밥 다 먹을 때까지 없는 사람처럼 조용히 입 다물고 있든가."

은백이 기함한 얼굴로 남자를 쏘아보다가 그의 손에서 밥그 릇을 빼앗아 조리대에 던지듯 내려놨다.

"뭐야."

남자는 자긴 잘못한 거 하나 없다는 표정으로 그녀를 쳐다 보고 있었다. 그녀가 왜 화가 나서 밥그릇을 빼앗았는지 정말 모르는 모양이었다.

"이제 그만 돌아가시죠?"

은백이 허리에 손을 얹은 채 날카롭게 말했다.

"안 그래도 그러려고 했어."

남자가 식탁에서 일어났다.

"그런데, 이웃사촌으로서 한 가지만 더 부탁해도 되나?"

"또 뭘요?"

"이불 있으면 하나만 빌려줘."

"뭐예요?"

이번엔 이불이다.

은백의 어이없다는 듯 찡그린 얼굴이 웃긴지 작게 실소를 터뜨린 남자가 말했다.

"집에 하나도 없거든."

"이불이요?"

"아니."

"그럼 뭐가 없는데요?"

"다."

"뭐라고요?"

"다 없다고. 이불을 포함해서 사람이 살아가는 데 있어서 필요한 모든 것이 다 없어."

은백의 입이 커다랗게 벌어졌다. 이쯤 되면 집이 망한 게 분명하다. 망한 게 아니라면 아무것도 없이 이사를 올 수가 없지 않은가.

"이불이랑 베개 좀 빌려줘."

남자가 은백을 향해 손을 내밀었다.

"빨리."

집안이 망해서 달랑 맨몸으로 이사를 온 사람이 뭘 믿고 저렇게 당당한가 싶어 은백이 고개를 갸웃거리며 물었다.

"나 또 궁금한 게 생겼는데요. 물어봐도 돼요?"

"대답해 주면 빌려줄 거야?"

"네."

"그럼 물어봐."

"도대체 뭘 믿고 이렇게 뻔뻔해요?"

"나?"

그녀의 질문에 남자가 눈을 가늘게 뜨며 미소를 지었다. 은백은 그 와중에도 남자의 미소가 멋지다고 생각했다.

"아버지가 잘살거든."

"네에?"

"나중에 아버지 회사 물려받으면 이자까지 쳐서 갚을게."

오만하게 웃으며 말하는 남자의 얼굴을 어이없는 표정으로 바라보던 은백이 미간을 찌푸렸다.

잘생기면 뭘 해, 미친놈인데. 이 남자, 배가 너무 고파서 미친 것인지도 모르겠다. 배고파서 쓰러질 때까지 아무것도 못 먹다 보니 망상에 사로잡혔나. 배고픔에 집 앞에서 기절하고 살림살이 하나 없는 텅 빈 집에서 살면서 무슨.

계속해서 자신이 제왕그룹 백천도 회장의 외동아들이며 언젠가 다시 집으로 돌아가게 되면 아버지의 뒤를 이어 제왕그룹의 회장이 될 거라는 말도 안 되는 뻥을 쳐대는 남자에게 은백은 여분의 이불과 베개를 쥐여 주고 등을 떠밀어 밖으로 내보냈다. 그리고 그가 옆집으로 들어가는 것을 확인하고 그녀는 제집 문을 잠갔다.

"하아……."

남자가 사라지고 고요한 적막이 찾아오자 잊고 있었던 피로가 온몸을 짓누르기 시작했다. 아까보다 더 피곤한 것 같다. 이제는 손발을 움직이는 것조차 힘들었다.

그래도 세수와 양치질은 하고 자야 할 것 같아서 가까스로 세수를 하고 양치질을 한 은백은 그대로 침대 위에 누웠다. 하지만 쉽게 잠이 오지 않았다. 눕기만 하면 잠이 올 줄 알았는데 그건 또 아닌가 보다. 너무 피곤하면 오히려 잠이 오지 않는다는 말을 증명이라도 하듯 잠이 오지 않았다.

"생긴 건 멀쩡한데 말이야."

남자답게 오뚝 솟은 코와 남색 눈동자를 가진 남자의 얼굴이 천장에 나타났다. 그 얼굴은 오만한 미소를 지으며 그녀를 내려다보고 있었다. 괜히 심술이 난 그녀가 손으로 허공을 휘

저어서 천장에 나타난 남자의 얼굴을 지웠다.

다시 남자의 얼굴이 천장에 나타날까 봐 옆으로 돌아누운 은백은 미간을 찌푸렸다. 생각해 보니 집으로 데리고 와서 밥까지 차려 먹인 사인데 이름도 안 물어봤다.

"아, 정말 나 오늘 재수 옴 붙었나 봐."

오늘은 아침부터 정말 되는 일이 하나도 없다. 연락 두절된 알바생 때문에 온종일 개고생하고, 푹 쉬기 위해 돌아온 집 앞에선 웬 미친 남자 덕분에 오밤중에 밥상까지 차렸다.

오늘 하루 자신에게 닥쳤던 재앙들을 하나하나 곱씹는 와중에도 남자의 잘생긴 얼굴이 은백의 눈앞에 아른거렸다. 천장에 뜨는 얼굴이 싫어서 돌아누웠더니 이젠 허공에 뜬다.

"그 빈대, 생긴 건 정말 기똥차게 잘생긴 거 같단 말이지."

한참을 가만히 누워서 허공에 붕 뜬 남자의 얼굴을 바라보던 은백이 베개에 얼굴을 깊이 파묻었다.

"흥. 생긴 게 잘생기면 뭘 하니, 개념이 없는데. 에이, 잠이나 자자."

베개에 얼굴을 묻은 채 연신 투덜거리던 은백은 시간이 한참 흐른 후에야 겨우 잠이 들었다.

*   *   *

딩동, 딩동, 딩동, 딩동.

원래 가게 문을 여는 시간은 10시였지만 오늘은 알바생이 없는 관계로 점심때가 지나서 문을 열기로 마음먹고 늦잠을 자기로 했던 은백의 귀에 요란한 초인종 소리가 끊이지 않고 들려왔다.

은백은 초인종을 미친 듯이 누르는 짓을 하는 사람은 같은 빌라에 사는 주민이 아니라는 걸 잘 알고 있었다. 그녀가 사는 빌라는 지은 지 꽤 오래된 낡은 빌라라서 초인종을 누르면 얇은 철문을 타고 초인종 소리가 천둥소리보다 더 크게 느껴졌다. 그래서 여기에 사는 사람들은 급한 일이 아니고선 초인종을 누르지 않고 노크를 하는 편이었다.

"윽. 안 돼……. 오늘은 늦잠 잘 거란 말이야……."

베개 밑에 머리를 처박고 한참 동안 초인종 소리에 저항하던 은백은 결국 초인종 소리에 졌다.

"어우!"

집주인이 나올 때까지 절대로 멈추지 않겠다는 듯 쉬지 않고 끈질기게 울리는 초인종 소리의 주인이 누군지 확인하기 위해 몸을 일으킨 은백이 성난 발소리를 내며 현관으로 걸어갔다.

"누군지 아주 죽었어."

은백이 눈을 세모꼴로 뜬 채 문을 반쯤 열고 얼굴을 내밀었다.

"누군데 아침부터……!"

팔짱을 긴 채 문 앞에 서 있던 남자가 은백에 의해 반쯤 열린 현관문을 한 손으로 잡고 활짝 열었다.

활짝 열린 현관문 앞에서 부스스한 몰골로 서 있던 은백은 말 그대로 돌이 되었다. 자신의 앞에 하얀 티셔츠와 청바지를 입은 어젯밤의 그 잘생긴 빈대가 싱글거리며 서 있었던 것이다.

"솔직히 TV 속 여자들의 아침과 현실 속 여자들의 아침이 다른 건 알고 있었는데, 이건 좀 심하지 않나?"

펑퍼짐한 박스 티셔츠 하나만 달랑 걸치고 현관 앞에서 돌처럼 굳어진 은백의 위아래를 훑어보며 눈을 가늘게 뜬 남자가 엄지와 검지로 자신의 턱을 쓰다듬었다.

"음. 맨몸에 박스 티 하나만 걸친 건 좋은데, 그것 말고 다른 건 다 영 아니야. 다음부턴 아침에 일어나면 제일 먼저 눈곱부터 떼고 머리 좀 빗어두라고."

간단하게 은백을 평가한 남자가 멍하게 입을 벌리고 움직일 생각을 하지 않는 그녀를 밀치고 안으로 들어왔다.

"여기가 어디라고 들어와요!"

뒤늦게 정신을 차린 은백이 드러난 허벅지를 가리기 위해 티셔츠를 아래로 내리려 애쓰며 소리쳤다.

"문 열어 줬잖아. 들어오라고 한 거 아니었어?"

"문만 열어 줬잖아요! 누가 들어오라고 했어요?"

"뭐야, 그럼 밖에 있는 사람이 누군지 확인해 보지도 않고 그냥 열어 줬단 말이야?"

남자가 믿을 수 없다는 듯 눈을 크게 뜨며 물었다.

"여자가, 그것도 혼자 사는 여자가 밖에 있는 사람이 누군지 확인도 안 해 보고 문 열어 준다는 게 말이 돼?"

"문 열어 줬다고 냉큼 들어온 사람 입에서 나올 말은 아닌 거 같은데요."

"나야 뭐, 믿을 만한 남자니까. 그리고 서로 구면이잖아?"

"구면이라고 해도 어젯밤에 딱 한 번 봤을 뿐이잖아요!"

"어제부터 우린 이웃사촌이잖아."

남자가 하얀 이를 드러내며 씩 웃었다. 남자가 환하게 미소 짓는 순간 은백의 다리가 휘청거렸다. 빛이 나는 것 같은 착각을 일으킬 정도로 눈부신 미소에 잠시 정신을 못 차리던 은백이 가슴 앞으로 팔짱을 끼며 말했다.

"이웃사촌은 무슨. 난 아직 댁 이름도 모르거든요?"

"아, 그건 나도 마찬가지야. 나도 아직 당신 이름 몰라."

끝까지 안 진다, 이 남자.

은백이 오만상을 찌푸리며 남자를 노려보자 남자가 슥 손을 내밀어 왔다.

"백천홍이야. 앞으로 잘 부탁해, 이웃사촌 씨."

은백이 얼떨결에 남자, 아니 천홍이 내민 손을 마주 잡았다. 천홍의 손바닥은 무척이나 커다랗고 따뜻했다. 그리고 그 손은 험한 일을 한 번도 해 본 적 없는 것처럼 무척이나 매끄럽고 부드러웠다.

"정은백이에요. 그리고 앞으로 이웃사촌으로서 서로 잘 지내고 싶으면 이렇게 아침부터 불쑥 찾아오는 짓은 하지 말아 줄래요?"

"나도 웬만해서는 이웃사촌으로서 예의를 지키고 싶었는데, 도저히 안 되겠더라고. 배고파서 못 참겠어."

그러면서 천홍이 다시 한 번 씩 웃었다.

은백의 다리가 다시 한 번 휘청거렸다. 은백은 다리가 후들거리니 제발 웃지 좀 말라고 말하려다 입을 꾹 다물었다. 자기 잘난 거 잘 알고 있는 것 같으니 자신까지 나서서 확인 사살시켜 주고 싶지 않았기 때문이다.

"식탁에 앉아서 잠깐만 기다려 봐요. 세수 좀 하고 올게요. 어차피 나도 밥 먹어야 하니까 오늘만 같이 먹죠, 뭐."

은백이 세수를 하기 위해 화장실로 향하려 하자 천홍이 흥미로운 듯 콧소리를 내며 말했다.

"흐응. 그런데 말이지."

그녀가 화장실 문을 열다 멈추고 천홍을 바라봤다.

"네?"

"딱히 별로 예쁜 다리는 아니지만 그래도 여자 다린데 외간 남자 앞에서 그렇게 훌렁 까 놓고 있어도 돼?"

"까, 까 놓……응?"

은백이 눈을 깜빡이며 허벅지 중간까지 오는 박스 티 밑에 위치한 자신의 맨다리를 내려다봤다.

"아악!"

그녀는 소리를 지르며 빛보다 빠른 속도로 방으로 들어가 문을 잠갔다.

*   *   *

저것보다 더 짧은 스커트나 핫팬츠를 입고 다니는 여자가 수두룩한 요즘 시대에 뭐가 그렇게 부끄럽다고 저렇게 소리까지 지르며 도망가는 건가 싶어 실소를 머금은 천홍은 천천히 집 안을 둘러보았다.

"음. 나쁘진 않네."

방 하나에 거실 겸 부엌 하나, 다용도실 하나에 화장실이 하나인 이 작은 빌라 방의 전체 평수를 다 합쳐도 그가 쫓겨난 본가에 있는 자신의 방보다 작았지만 사람 사는 냄새가 났다. 그리고 분홍색 커튼이나 빨간색 하트 무늬 머그컵이 딱 여자가 사는 집이라는 걸 한눈에 알 수 있게 해 줬다.

천홍은 은백의 집을 둘러보며 옆집인 자신의 집을 떠올렸다. 별로 마음에 들지 않았다. 열쇠로 문을 열고 집에 들어가면 사람 사는 냄새가 하나도 나지 않는 집. 조금 있다가 집으로 돌아가게 되면 하얀 벽과 노란 싸구려 장판 외에는 아무것도 없는 그 집이 자신을 반길 것이 뻔했다.

"아…… . 잠깐 잊고 있었는데, 또 배가 고프네."

작은 식탁에 앉아 은백이 옷을 갈아입고 나오는 것만 기다리고 있던 천홍은 쏙 들어간 자신의 배를 손으로 문질렀다.

인간 백천홍 인생에 이렇게 배가 고파본 적은 정말 처음이었다. 하루 세끼 꼬박 챙겨 먹어야 직성이 풀리는 데다 혹시라도 컨디션이 안 좋아 끼니를 거르려 하면 어머니나 도우미 아주머니가 쟁반에 맛깔스러운 음식을 담아 갖다 줄 정도였으니, 말 다했다.

생각해 보면 어제는 정말 너무 배가 고파서 딱 죽을 지경이었다. 너무 배가 고픈 나머지 주머니를 뒤져 열쇠를 꺼낼 힘조차 없어서 바닥에 주저앉았는데, 앉자마자 그대로 정신을 잃어버렸다.

얼마의 시간이 지났을까 살짝 정신이 들어, 몽롱한 상태로 이제 딱 죽겠구나 싶을 무렵 누군가의 발소리가 들렸다. 눈을 뜨는 것도 힘겨워 가만히 눈을 감고 있는데 별안간 두개골이 쩌렁쩌렁 울릴 정도로 쾅하는 소리와 함께 뒤통수가 깨질 듯 아파왔다.

태어나서 그렇게 아파본 것도 처음이었다. 감기몸살 같은 것은 앓아 봤지만 오냐오냐 어화둥둥 내 새끼, 하며 과잉보호 속에서 자라온 탓에 물리적인 힘에 의한 고통을 느낀 것도 그때가 거의 처음이나 다름없었다.

꼬르륵.

천홍은 생각하던 것을 잠시 멈추고 다시 한 번 자신의 배를 움켜잡았다.

"정말 배고파 죽겠네."

평생 잘 먹고 잘 살다가 못 먹어 보니 먹을 것에 대한 그리움이 남달라졌나 보다.

자신의 뒤통수에 태어나서 처음으로 물리적인 고통을 안겨준 존재는 눈이 동그랗고 체구가 작은 여자였다. 그는 밑져야 본전이라는 심정으로 배고프니 밥 좀 달라며 여자의 집으로 밀고 들어갔다. 옆집 여자는 천성이 착한 여자인지, 아니면 성격이 우유부단한 건지 처음엔 싫다며 몇 번 투덜거리다가 연신 꼬르륵거리는 그의 뱃속이 불쌍했는지 이내 밥상을 뚝 딱 차렸다.

천홍은 초면인 남자를 집 안에 들이고 밥까지 차려 주는 것은 위험한 짓이라고 말해 주고 싶었지만 눈앞에 차려진 따뜻한 밥상에 눈이 뒤집혀 버렸다. 한참 동안 미친 듯이 밥을 먹다 보니 처음 본 남자를 집 안에 들인 그녀의 그 어리숙함 덕분에 자신이 굶어 죽지 않고 살아있게 되었다는 생각이 들었다.

눈이 휘둥그레질 정도로 진수성찬은 아니었지만 정갈하게 놓인 밥과 반찬들을 허겁지겁 입 안에 퍼 넣으며 그는 음흉하게 웃었다.

이대로 쭉, 본가로 돌아갈 때까지 두고두고 이용해 주겠어!

*　　*　　*

"어디……. 물건에 손댄 건 아니죠?"

식탁에 앉아 어제 일을 회상하며 즐거운 듯 웃고 있던 천홍의 귀에 미심쩍은 듯한 은백의 목소리가 들려왔다.

"내 방 하나가 당신 집 전체보다 넓거든? 돈 될 가치 없는 물건들뿐이라 손대고 싶어도 못 대."

"말 다했어요?"

은백의 눈꼬리가 사납게 추켜올라가자, 천홍이 의자 등받이에 편하게 몸을 기대며 긴 다리를 꼬았다.

"밥은?"

"지금 할 거예요!"

"뭐야. 아직 밥도 안 했어?"

까탈스럽게 묻는 천홍의 말에 은백이 앞치마를 입다 말고 천홍을 노려봤다.

"밥도 못 얻어먹고 그냥 쫓겨나고 싶어요?"

"설마."

천홍이 씩 웃으며 두 손을 깍지 낀 채 뒷머리에 갖다 댔다가 이내 불에 댄 듯 움찔하며 신음을 흘렸다.

"윽. 아……."

앞치마를 입고 쌀통으로 걸어가던 은백의 눈이 동그래졌다. 그러고 보니까 저 남자, 어제 꽤 크게 다쳤었다. 뒷덜미를 타고 흐르던 피도 본 것 같은데…….

처음엔 그렇게 죽을 것처럼 아파하더니 자신의 집 안으로 들어서자마자 아무렇지도 않은 척 오만방자한 표정과 말투를 하고 밥 달라고 떼를 쓰던 천홍의 행동이 하도 어이가 없고 기가 차서 은백은 그 사실을 지금까지 내내 잊어버리고 있었다.

"맞다. 어제 꽤 심하게 다쳤었죠? 피도 났던 것 같은데…….."

"알면서 뭘 물어."

"아직 상처 치료 안 했죠?"

"치료할 돈 있으면 그 돈으로 밥을 사 먹었겠다."

저 주둥이를 그냥 확 꿰매 버릴까 보다!

은백은 울컥하는 것을 꾹 참고 방에서 구급상자를 들고 나왔다.

"그거 구급상자야?"

"알면서 뭘 물어요?"

은백이 천홍의 말투를 따라 하며 구급상자를 열었다.

"어디 한 번 봐요."

또 무어라고 미운 말을 할 줄 알았는데 정말로 아팠는지 천홍은 군말 없이 은백에게 자신의 뒤통수를 보여 줬다. 적당히 길게 자란 머리카락들이 굳은 피로 인해 잔뜩 엉켜 있었다. 생각보다 많이 다친 게 분명했다.

"피가 많이 났네요."

은백이 걱정스러운 목소리로 말했다.

"그냥 소독해서 끝날 문제가 아닌 것 같은데 병원에 가는 게 좋을 것 같아요."

"돈 없어."

은백의 입이 벌어졌다.

"한 푼도 없어요?"

"한 푼도."

"동전 하나도?"

"가지고 있는 옷 다 뒤져서 긁어모은 돈으로 떡볶이랑 순대 사 먹은 게 끝이야."

"병원비 낼 돈 없어서 어제 병원 안 가겠다고 한 거였어요?"

은백이 자신의 허리춤에 두 손을 얹고 말했다.

"솔직히 자고 있던 위치가 좀 별로였던 건 사실이지만 나도 문 앞에 사람이 누워 있는 걸 못 보고 그냥 열었으니까 내 잘

못이 더 커요. 그쪽을 다치게 한 건 나니까 병원비는 내가 낼
게요. 가요."

"됐어. 귀찮아."

"피가 많이 났어요. 큰 상처면 어떡해요? 뇌진탕이라거나……."

"내가 의학 지식이 많은 편은 아니지만 일단 피도 났고, 어
제 딱히 어지럽거나 토할 것 같거나 그런 증상도 없었어. 그런
거 보면 확실히 뇌진탕은 아니야. 배가 좀 고픈 거 빼고는 난
지금 지극히 정상이라고."

"그래도 안심할 수는 없으니 일단 상처 좀 살펴볼게요. 내가
봐서 정말 심각한 게 아니라면 납득할 테니까 머리 좀 더 숙여
봐요."

은백이 입술을 깨물며 피딱지가 져서 잔뜩 엉킨 머리카락을
조심스러운 손길로 들췄다. 뒤통수의 머리카락들을 한데 엉키
게 만든 피의 양에 비해 상처는 다행히도 그리 크지 않았다.
상처는 1cm 정도로 속살이 보일 정도로 깊게 패인 것은 아니
었다. 상처보다 더 걱정되는 것은 상처 주위가 혹처럼 부풀어
올라 있다는 점이었다.

"아……."

은백이 작게 신음했다.

"상처는 그리 크지 않은데 혹이 생겼어요. 정말 심하게 다쳤
나 봐요."

천홍의 상처는 보기만 해도 무척 아파 보였다.

"저기……. 일단 물로 좀 씻어내는 게 좋을 것 같은데요."

은백이 조심스럽게 천홍의 팔을 붙잡고 화장실로 향했다.

화장실 세면대에서 조심스럽게 굳어진 피와 상처 부위를 닦아내던 은백이 입술을 잘근잘근 깨물다가 말했다.

"미안해요."

은백이 갑자기 뜬금없이 사과를 하자 큰 키를 반으로 접은 채 고개를 옆으로 돌려서 세면대에 뒤통수를 갖다 대고 있던 천홍이 물었다.

"뭐가?"

"뒤통수의 혹이랑 상처요."

"괜찮아."

천홍이 대수롭지 않다는 듯 말하자 문득 갑자기 심술을 부려보고 싶어진 은백이 손끝으로 상처를 살짝 눌렀다.

"윽! 아프잖아!"

"정말 많이 아프면 지금이라도 병원 갈까요?"

어느 정도 머리의 피가 다 씻겨나간 것 같아 수도꼭지를 잠그고 깨끗한 수건으로 천홍의 머리를 감싼 은백이 조심스럽게 말했다.

"됐어. 그 돈으로 밥이나 해 줘."

밥. 밥! 또 그놈의 밥!

은백의 미간에 주름이 잡혔다.

"이봐요, 백천홍 씨. 내가 무슨 밥순이도 아니고……. 입만 열었다 하면 왜 매번 밥 타령이에요!"

"밥 먹을 돈도 없으니까 어쩔 수 없잖아."

천홍이 은백의 눈앞에 손가락 세 개를 내밀었다.

"인간 생활의 삼대 기본 요소 중 가운데에 해당하는 식(食) 알지?"

"알죠."

"집에서 나오면서 다행히 옷은 들고 가게 해 줘서 입을 건 넉넉히 있고, 하나뿐인 아들 객사하는 꼴은 못 보겠는지 집도 구해 주셨는데 정작 중요한 돈줄이 끊겼어. 의식주에서 의와 주가 성립되면 뭘 해. 돈이 없어서 식을 해결 못하고 있는데."

집이 망한 게 120퍼센트 맞다. 꽤 괜찮게 살던 집이었는데, 집이 망하는 바람에 가족들이 뿔뿔이 흩어진 데다가 다 차압당하고 옷만 겨우 건질 수 있었나 보다.

은백의 표정이 진지해졌다.

그렇다면 천홍의 부모님은 어디 계신 건가? 이 남자 혼자 여기 있는 거 보면 분명 부모님과 떨어져서 지내고 있는 거 같은데, 왜 떨어져서 지내는 걸까? 참치 배처럼 힘들지만 돈은 많이 버는 일 같은 걸 하러 가신 건가? 그렇다면 이 집은 뭐지? 얼마 전까지 옆집에 살았던 신혼부부는 분명 이 집을 팔고 나갔다고 했다.

은백이 고개를 갸웃하다가 이내 소리 없는 탄성을 냈다. 옆집을 새로 산 주인이 월세로 내놓았나 보다.

그녀가 무슨 망상을 하는지도 모르고 천홍이 투덜거렸다.

"입을 거 잘 입고 있고 잠잘 곳도 있으니까 나머지 부족한 먹을 걸 찾는 게 뭐가 나쁘다는 거냐."

"그냥 먹을 걸 찾는 건 당연히 나쁜 게 아니죠. 하지만 그 먹을 걸 나한테 와서 찾는 건 충분히 나쁜 거예요."

이 남자의 사정이 딱하긴 했지만 남의 사정을 봐줄 만큼 그녀의 사정도 여유로운 건 아니었다.

"흥."

천홍이 고개를 돌리며 코웃음을 쳤다.

"밥해 줄 사람 찾는 거면 나 말고 다른 사람 알아봐요. 난 나 혼자 살기도 바쁘거든요. 나 먹고살기 바빠서 옆집 사는 가난한 남자 먹여 살릴 여유 따위 하나도 없어요."

따끔하게 말한 은백이 천홍을 식탁 앞의 의자로 데려가 앉혔다.

"지금부터 소독할 거니까 아파도 참아요."

은백이 가정용 구급상자에서 꺼낸 소독약을 탈지면에 충분히 적셔서 천홍의 상처에 갖다 댔다. 아프다고 난리 칠 걸 예상하며 두 눈을 질끈 감았는데 조용했다. 은백이 감았던 눈을 뜨고 천홍을 내려다봤다. 난리를 쳐야 정상인 천홍은 두 눈을 감은 채 입술을 한일자로 다물고 있었다.

그녀가 소독약에 푹 젖은 탈지면으로 상처를 소독할 때마다 두 주먹을 꽉 쥔 천홍은 잠시 움찔할 뿐 별다른 제스처를 보이지 않았고 이에 안심한 은백은 머리카락을 이리저리 치워가며 상처와 상처 주위까지 꼼꼼하게 소독했다.

"생각보다 잘 참네요. 댁 성격 같아선 소독이고 뭐고 다 필요 없다고 난리 치면서 벌떡 일어날 줄 알았는데요."

"생각보다 견딜 만해."

이를 꽉 악물고 잇새로 말하는 천홍의 목소리에 은백이 피식 웃었다.

"이제 연고만 바르면 끝나요. 조금만 참아요."

"아픈 건 참을 수 있겠는데, 배고픈 건 못 참겠어. 연고는 됐으니까 일단 밥부터 좀 안 되겠어?"

연고는 됐다고 말하면서도 막 소독해서 통증이 깨어난 상처 부위가 아픈지 여전히 이를 악문 채 필사적으로 말하는 천홍의 표정과 말투, 그리고 행동이 웃겨서 은백이 커다랗게 웃음을 터뜨렸다.

"아하하하!"

왠지 천홍의 밥 타령이 조금은 익숙해진 것 같았다.

2. 밥순이의 탄생

　은백은 요즘 혼자 일하는 것이 너무 힘들어 밤 11시에 닫던 가게를 9시에 닫게 됐다. 돈 좋아하는 짠순이로서 야식 먹는 사람들의 발길이 가장 많은 9시에 문을 닫는 건 자존심이 상하는 일이었지만 어쩔 수가 없었다. 일주일을 내리 혼자 일하다 보니 몸이 부서질 것 같았기 때문이었다.

　오늘도 일찍 가게 문을 닫은 후 알바생을 구한다는 전단지를 새로 붙여 놓고 집으로 돌아온 은백은 빌라 앞에 멈춰 서자마자 주위를 두리번거리며 발소리를 죽였다.

　백천홍, 그 얼굴만 번지르르한 남자는 개코를 가지고 있는지 아니면 귀가 무지 밝은 건지 매번 은백이 비밀번호를 누르기도 전에 그녀가 온 것을 알아차리고 집에서 튕기듯 튀어나왔다.

　"오늘은 어림도 없다, 백천홍."

입술을 꽉 앙다물며 발끝으로 조심스럽게 계단을 오르던 은백은 벌컥 열리는 202호의 문을 보고 깜짝 놀라서 계단에 주저앉았다.

"엄마야!"

"이웃사촌, 이제 와?"

"깜짝 놀랐잖아요!"

은백이 엉덩이를 툭툭 털며 자리에서 일어났다.

"이맘때쯤 집에 오는 거 다 알고 있거든."

"발소리 죽였는데 잘도 알아채네요."

"그게 죽인 거였어? 엄청 크게 들리던데. 몸무게가 무거워서 그렇게 들리나?"

"이 사람이 정말!"

늘 같은 패턴이었다. 그는 강아지처럼 그녀가 집에 오기만을 기다렸다가 그녀의 발소리가 들리면 나와서 그녀의 집에 함께 들어와 같이 저녁밥을 먹었다. 게다가 잠도 없는지 아침 여덟 시면 초인종을 요란하게 누르며 찾아와 밥 달라고 또 보채고, 아침밥을 다 먹으면 점심에는 그녀가 집에 없으니까 도시락을 싸달라고 생떼를 부려댔다.

잘생긴 얼굴에 혹했던 것도 잠시, 천홍이 부리는 진상 짓에 처음엔 뭐 이런 싸이코가 다 있나 생각했지만 의외로 둘이 함께 먹는 밥맛이 꽤 괜찮았기에 은백도 싫다, 싫다 하면서도 막상 천홍이 집으로 쳐들어오면 그러려니 하고 받아 주게 되었다. 원래 혼자 먹는 밥보다는 함께 먹는 밥이 맛있지 않은가.

오늘도 말 한마디 없이 열심히 밥을 먹고 있는 천홍을 바라보다 겨우 한술 뜬 은백이 물었다.

"이쯤 되면 스스로 일을 해서 벌어먹고 살아야겠다는 생각 안 들어요?"

"들어."

"그런데 왜 아직까지 이 모양이에요?"

"글쎄. 나도 잘 몰라. 이상하게 면접 보기만 하면 떨어지거든."

"왜요?"

"내가 알면 이러고 있겠어?"

그녀의 야심작인 쇠고기 장조림을 입 안에 넣은 천홍이 어깨를 으쓱했다.

"난 알 것 같은데."

"뭔데?"

"싸가지 없어서요."

"뭐?"

천홍이 미간을 찌푸렸다.

"분명 면접 가서도 나한테 하는 것처럼 말했을 거 아니에요? 안 봐도 뻔해요."

"나 같은 인재를 몰라보는 그 사람들이 나쁜 거야."

은백은 하도 어이가 없어서 쿡쿡 웃었다.

"무슨 일이 있어도 기가 죽지 않는 그 점은 본받을 만하네요. 당신은 이 험한 세상, 나 잘난 맛으로 사는 것 같아요."

"잘 아네. 나 엄청 잘났어."

"말이나 못하면."

"아 참, 나 내일은 잡채 먹고 싶어."

저번에도 장조림이 먹고 싶다고 하도 노래를 부르길래 큰맘 먹고 해 줬는데 이번엔 잡채란다.

은백의 눈꼬리가 쭉 올라갔다.

"그냥 주는 대로 먹죠?"

가뜩이나 자기 때문에 식비가 배로 나가는데, 잡채가 얼마나 손이 많이 가는 음식인 줄 알고 하는 소린가? 어제도 계산기를 두드리며 일주일 동안 쓴 반찬값을 계산하는데 평소보다 두 배가 넘는 금액이 나왔다. 이번 주에 지출된 반찬값의 절반은 다 저 남자의 입으로 들어가고 있는 것이 분명했다. 가끔씩 두 공기씩 먹을 때가 있으니, 그 이상일지도 모른다.

냉정하게 뿌리쳐야 하건만, 잘생긴 얼굴로 씩 웃으며 밀고 들어오면 어떻게 막을 방법이 없었다. 자신은 남자의 얼굴에 혹하는 성격은 아니라고 생각했는데 아마도 혹하는 타입인가 보다.

*　　*　　*

은백이 천홍의 밥순이로 살아가는 동안 그녀가 써 붙였던 구인 전단지를 보고 총 두 명이 전화를 걸어왔다. 그래서 다음 날 사람들의 발길이 조금 뜸해지는 시간에 가게에서 간단한 면접을 보게 되었다. 간단하게 얼굴을 직접 보고 얘기를 주고 받으며 그 사람의 성격과 성실함을 판단하기 위한 것이었다.

새로운 알바생이 생겨 다시 조금이나마 일하기가 편해질 거라고 기대를 하며 면접을 보았지만 두 건 다 실패로 끝났다.

첫 번째는 근처에 있는 상업 고등학교 3학년인 여학생이었는데, 용돈을 벌기 위해 왔다고 했다. 생긴 게 예쁘장하고 몸매도 날씬해서 이 여학생을 알바생으로 고용하면 남자 손님들이 좀 더 많아지겠다고 생각하고 있던 은백에게 그 여학생은 강력한 스트레이트 펀치를 날렸다.

"만약 제가 여기서 일하게 되면 설거지라든가, 칼질 같은 건 안 시키셨으면 좋겠어요. 손톱 망가지거든요."

그 말을 들은 순간 은백의 입술이 멍하게 벌어졌다.

황당한 얼굴로 자신을 쳐다보는 은백에게 그 여학생은 예쁘게 손질한 자신의 손톱을 보여 주었다. 그 손톱은 시뻘건 색이었는데 휘황찬란하게 반짝이는 큐빅이 다닥다닥 붙어 있었다. 어이가 없어서 넋을 놓은 채 그 손톱을 보던 은백은 정신을 차리고 냉정한 목소리로 말했다.

"아무리 장갑을 끼고 토스트를 굽는다 해도 음식을 만드는 가게에서 청결은 필수예요. 우리 가게에서 일하려면 손톱은 좀 짧게 잘라야 해요. 그리고 일하는 날에 매니큐어는 바르고 오면 안 되고요."

은백의 말이 끝나자마자 그 여학생은 무릎 위에 올려두고 있던 가방을 들고 일어났다.

"그럼 전 여기서 일 못 하겠네요. 안녕히 계세요."

여학생은 고개를 까딱 숙여 보인 후 도도한 걸음걸이로 사

라져 버렸다. 그 괘씸한 여학생의 뒷모습을 바라보며 은백은
이렇게 중얼거렸다.

"여자 백천홍이네."

하는 행동이나 말투가 천홍과 빼다 박은 여학생이었다. 버
릇없고 오만방자하기가 하늘을 찌르는 잘난 백천홍을 앞에 둔
면접관들의 심정이 지금 자신의 심정과 비슷하지 않을까.

두 번째는 앳되게 생긴 남학생이었다. 작년에 고등학교를
졸업하고 근처 대학교에 다니고 있는데 은백의 가게가 자기
학교랑 가까우니 여기서 아르바이트를 해 보고 싶다고 찾아온
것이었다. 성격도 서글서글해서 붙임성이 좋고 학교도 가게에
서 가깝다고 하니 채용할 요량이었던 은백에게 남학생은 이렇
게 말했다.

"그런데, 저…… 두 달 있으면 미국으로 유학 가거든요. 한
2개월만 일하다 그만두면 안 될까요? 두 달 동안 일해서 번
돈은 가서 쓸 생활비에 보태려고요."

토스트 만드는 건 노하우와 손재주가 필요한 것이었다. 은
백도 처음에 토스트를 맛있게 만들 때까지 한 달이 넘게 걸렸
었다. 전에 일하던 알바생도 마찬가지로 제대로 일하는데 한
달 정도 걸렸다. 한 달 가르치고 나면 남은 한 달 일하고 그만
둘 것이 아닌가. 그건 시간 낭비에 돈 낭비였다. 은백은 지끈
거리는 이마를 한 손으로 짚으며 이렇게 말했다.

"죄송합니다. 저희 가게에서는 좀 더 오래 함께 일할 사람이
필요해요."

남학생은 끈질기게 일하고 싶다는 의사를 표하다 결국 돌아 갔다. 적극적인 남학생의 태도에 은백의 결심이 잠시 주춤했 었지만, 이내 마음을 굳게 다잡고 거절했다.

만약 저 남학생을 채용하게 된다면 처음 한 달은 인내를 가 지고 기다려야 할 것이다. 토스트와 음료의 종류가 합해서 30 가지가 넘는데, 그 많은 음식의 종류와 만드는 법을 완벽하게 익히려면 몇 주 동안은 실수 남발일 것이다. 그렇게 배우고 얼 마 안 가, 유학을 가버리게 되면 은백은 또 새로 알바생을 구 해야 하고 그 알바생에게 다시 똑같은 교육을 시키는 수고를 반복해야 할 것이 분명했다. 그런 건 딱 질색이다.

두 명의 면접자를 그렇게 보내고 또다시 힘든 저녁 타임을 혼자서 치러 낸 은백은 노곤한 몸으로 집으로 가는 버스에 올 랐다.

그녀는 자신이 가장 선호하는 자리인, 버스의 맨 뒷자리에 앉아 창문에 머리를 기댔다. 그리고 얼마 안 가 잠이 들어 버 렸다.

"쓥. 여기가 어디야?"

잠시 후, 버스가 요란하게 멈추는 소리에 놀라서 자다 깬 은 백은 입가에 흐른 침을 닦으며 주위를 둘러봤다. 잠깐 눈만 감 았다 뜬 것 같은데 내릴 정거장을 놓친 채 종점까지 와 버린 것이었다.

"아, 정말⋯⋯. 최대한 빨리 알바생을 못 구하면 내가 제명에 못 살게 생겼어."

투덜거리며 버스에서 내린 은백은 마침 출발하려는 버스를 잡아탔다. 깜빡 조느라, 10분이면 가는 집을 한 시간 반이나 걸려서 가게 생겼다. 자신의 집 앞 정거장에서 종점까지 45분 정도 걸리니까 아마 돌아갈 때도 그 정도 걸릴 것이다. 이것 또한 시간 낭비에 돈 낭비!

"넌 정말, 길 가다 마주치면 그냥은 안 보낸다."

은백은 다시 한 번 갑자기 일을 그만둔 알바생에 대한 적의 가 샘솟았다.

*　　*　　*

지친 몸을 이끌고 버스에서 내린 은백의 앞에 천홍이 다가 와 섰다.

"늦었네, 이웃사촌."

후드가 달린 점퍼를 입고 바지 주머니에 손을 넣은 채 삐딱 하게 서 있던 천홍이 지쳐서 힘없이 숙여진 은백의 얼굴을 들 여다봤다.

"표정이 왜 그래? 다 죽어가는 얼굴이잖아."

천홍의 잘생긴 얼굴이 은백의 얼굴 앞으로 바싹 다가왔다. 평소 같았으면 화들짝 놀라서 고개를 뒤로 피했을 그녀였지만 오늘은 그럴 힘도 없었다. 오늘은 육체적인 에너지 소모와 더 불어 감정적인 에너지까지 죄다 소모해 버렸기 때문이다.

"너무 가깝잖아요. 얼굴 좀 치워요."

힘없이 내뱉는 그녀의 말에 천홍의 한쪽 눈썹이 추켜올라갔다.

"뭐야. 어디 아파?"

"말할 기운도 없으니까 말 시키지 마요."

집 쪽으로 천천히 걷기 시작한 은백의 어깨가 축 처졌다. 오늘은 정말로 세수는 패스하고 바로 침대에 누워서 잠들 것이다. 꼭 그럴 거다.

평소 같았으면 은백이 질색을 하든 말든 신경 안 쓰고 특유의 도도한 목소리로 떠들었을 천홍이 조용히 은백의 뒤를 따랐다. 자신의 뒤를 따라오는 천홍에게 은백이 힘없는 목소리로 말했다.

"정말 미안한데, 오늘은 밥 못 줘요."

"왜?"

"너무 피곤해서 쓰러질 것 같아요."

"뭐?"

천홍이 성큼성큼 걸어와 은백의 팔을 잡아 세웠다. 그러더니 그녀의 얼굴을 한 손으로 잡고 자신을 향해 들어 올렸다. 천홍의 남색 눈동자가 가로등 아래 고스란히 드러난 은백의 얼굴을 자세히 살피고 있었다.

천홍이 자신의 걱정을 해 준다고 생각한 은백이 기운 없지만 그래도 밝은 목소리로 말하려고 애를 쓰며 말했다.

"걱정할 필요는 없어요. 정말로 쓰러지진 않을 거니까. 그냥 좀 피곤할 뿐이지, 어디 아픈 건 아니에요."

긴장으로 굳어졌던 천홍의 얼굴이 노골적으로 다행이란 표정을 짓자 은백의 가슴이 쿵 하고 내려앉았다. 은은한 가로등 불빛 아래서 올려다보는 천홍의 얼굴은 밝은 빛 속에서 보는 얼굴보다 더 잘생겨 보였다.

은백이 또다시 천홍의 잘생긴 얼굴에 혹하는 자신을 탓하며 고개를 돌리려는데 들뜬 천홍의 목소리가 들려왔다.

"그럼 밥 줄 수 있겠네. 쓰러질 정도는 아니라며?"

힘없이 반쯤 닫혀있던 은백의 눈이 분노로 인해 삐죽 올라갔다.

"이 사람이, 보자 보자 하니까 정말!"

천홍이 자신의 몸을 걱정한 게 아니라 자신이 아프면 얻어먹지 못할 밥을 걱정했다는 사실에 못내 서운해진 은백은 천홍의 등짝을 손바닥으로 사정없이 내리쳤다.

"오늘은 정말 밥 없을 거니까 알아서 해요!"

그녀는 사납게 소리친 후 빠른 걸음으로 빌라를 향해 걸어갔다. 빌라 앞에 다다른 은백은 자신의 뒤에 바짝 붙어있는 천홍에게 경고조로 말했다.

"또 억지로 밀고 들어오면 진짜로 신고할 거예요."

그러곤 쿵쿵거리며 빌라 안으로 들어갔다.

"정말 사람을 뭐로 보고, 보자 보자 하니까 내가 정말 밥순이로 보이나? 이제 진짜 밥 주나 봐라. 저번처럼 10분 넘게 초인종 눌러도 들은 척도 안 할 거야."

투덜거리며 2층으로 향하는 계단을 오르던 은백이 마침 위에서 내려오는 남자를 발견하지 못하고 그대로 부딪혔다.

"꺄악!"

두 눈을 꽉 감고 빌라 안을 울릴 정도로 커다랗게 소리를 지르며 떨어질 뻔한 은백의 허리를 누군가가 강하게 잡아챘다. 무의식적으로 저항하기 위해 내둘러진 은백의 손바닥에 따뜻하고 단단한 무언가가 와 닿았다.

"응?"

은백은 감았던 눈을 떴다. 짧은 머리카락을 단정하게 빗어 올린 남자가 걱정스럽게 은백을 바라보고 있었다. 쌍꺼풀 없이 시원하게 찢어진 눈과 검은 눈동자가 서글서글한 인상을 주고 있었다. 콧날이 조금 두꺼운 편이었는데 그것 또한 남자다워 보였고 옆으로 넓고 살짝 얇은 입술은 웃는 일이 별로 없는지 한일자로 다물어져 있었다.

천홍과는 또 다른 매력의 잘생긴 남자가 눈앞에 나타나자 은백은 요즘 자신의 주위에 잘생긴 남자들이 너무 자주 나타난다는 생각을 했다. 지금까지 없던 남자 복이 이제 와서 굴러들어오고 있는 건가?

"괜찮으십니까?"

남자의 물음에 조심스럽게 고개를 끄덕인 은백의 눈에, 남자의 가슴에 닿아 있는 자신의 손이 들어왔다.

"엄마야! 미, 미안해요."

은백은 서둘러 자신의 손을 거둬들이며 기어들어 가는 목소리로 사과를 건넸다. 남자의 입술이 부드럽게 호를 그렸다.

"괜찮습니다."

은백의 허리를 강하게 잡아 중심을 잡을 수 있게 도와준 남자가 선한 미소를 지으며 말했다. 단정한 느낌이 드는 남자였다.

"그대로 넘어졌으면 크게 다칠 뻔했습니다. 정말 다행입니다."

"네. 정말로 고맙습니다."

남자는 답례로 우아하게 그녀를 향해 고개를 살짝 끄덕여 보인 후 계단 아래로 내려가려 했다. 그가 계단에 막 발을 내디뎠을 때, 아래에서 천홍의 목소리가 들려왔다.

"네가 여기에 왜 있어!"

허공에서 둥둥 떠다니고 있던 은백의 기분이 기하급수적으로 떨어졌다. 그녀가 소리를 빽 질렀다.

"내가 내 집 앞에 있는 게 뭐가 이상해서 그래요!"

"너 말고!"

"나 말고요?"

그제야 은백은 천홍의 험악한 시선이 자신이 아닌, 자신을 구해 준 남자에게 가서 박혀 있다는 사실을 깨달았다.

"도대체 이게 무슨······."

"넌 집에 들어가."

천홍이 은백을 향해 고갯짓을 했다.

은백은 둘이 무슨 관곈지 궁금했지만 피곤하기도 했고 천홍이 평소와는 다르게 진심으로 화를 내며 으르렁거리는 모습을 보니 당황스러워서 순순히 고개를 끄덕인 후 집으로 들어갔다.

은백이 집으로 들어간 것을 확인한 천홍이 이를 드러내며 물었다.

"아버지가 보낸 거냐? 저번에 사람을 붙여서 일거수일투족 보고받을 거라고 하시더니 그게 정말이었던 거야? 아버지가 붙인 사람이라는 게 너냐?"

천홍이 온몸으로 쏟아내는 분노를 맞고 있는 사람은 5년째 백천도의 개인 비서로 일하고 있는 천홍과 동갑내기 친구인 김자영이었다.

자영보다 다섯 계단 아래에 선 천홍이 대답 안 하면 죽일 기세로 질문을 퍼부어 대자 자영이 천천히 고개를 저었다.

"아니. 얼마 전에 부동산에 싸게 나온 집이 있길래 계약을 했어. 그리고 오늘 점심 무렵, 이사 온 거야. 네가 있는 집인 줄은 꿈에도 몰랐다."

천홍이 코웃음을 쳤다.

"아버지에게 이 집을 구해 준 사람이 너라는 걸 내가 모를 줄 알아?"

"그런 게 아니야."

"그럼 뭔데?"

"이사를 할까 생각하던 중에 여기에 빈집이 있다는 걸 떠올리고 계약한 거지."

천홍이 삐딱하게 웃으며 말했다.

"그럼 왜 잘 살다가 갑자기 이사할 생각을 했는데? 그냥 본가에 계속 눌러앉아 있으면 가사 도우미 아주머니가 끼니때마다 따뜻한 밥도 해 주겠다, 청소도 해 주겠다, 아주 편했을 텐데 말이지."

천홍이 다리를 한쪽으로 뺀 채 삐딱하게 서서 팔짱을 끼고 남자를 죽일 듯 노려봤다.

"어차피 때가 되면 나오려고 했어."

"그때가 마침 내가 쫓겨난 그때다?"

천홍이 험악한 얼굴로 소리를 버럭 질렀다.

"그 말을 나보고 믿으라는 거야?"

"믿든 안 믿든 그건 네 자유지. 일단 내가 너한테 해 줄 수 있는 말은 이게 다야."

"허!"

천홍이 어이가 없어 헛웃음을 흘리는데, 101호에서 사람이 나왔다. 수험생인 아들을 두고 있는 집이었다.

"좀 조용히 해 줘요! 우리 아들 지금 공부하고 있단 말이에요! 우리 애 공부 못 해서 한 문제라도 틀리면 책임질 거예요? 정말이지 요즘 젊은 사람들은 기본적인 예의가 없어!"

성난 여자의 목소리가 끊이지 않고 계속해서 이어지자 씻으려고 머리를 틀어 올리고 있던 은백이 그 소리를 듣고 나와서 대신 사과를 했다.

"죄송합니다. 금방 들어갈게요."

"조심 좀 해 주세요. 이 빌라에 혼자 사는 거 아니잖아요."

101호 여자가 집으로 다시 들어가고 조용해진 틈을 타, 은백이 말했다.

"둘이 무슨 사정이 있는 것 같은데 집에 들어가서 얘기해요. 야밤에 여기서 이렇게 떠드는 거, 민폐라고요."

"어쩌라고."

"죄송합니다."

엇갈리는 둘의 반응에 은백이 갑자기 웃음을 터뜨렸다. 한쪽은 너무 삐딱하고 한쪽은 너무 바르다. 극과 극의 성격이라는 걸 분명하게 보여 주는 이 둘의 조합이 웃기는 조합인 건 분명했다.

"난 피곤하니까 이만 들어갈게요. 다시 싸우든 화해를 하든 그건 본인 마음인데요. 그 싸움, 계속 이어가더라도 조용히 해 주는 건 잊지 마세요."

그녀가 입을 커다랗게 벌리고 하품을 하며 집으로 들어갔다. 은백이 집 안으로 들어가는 것을 확인한 천홍이 남자를 노려보며 말했다.

"어디야? 앞장서, 김자영."

* * *

자영의 안내로 집 안으로 들어간 천홍은 아직 제대로 정리되지 않은 짐과 가구들 사이를 헤치고 의자를 찾아내 앉았다.

"그냥 솔직히 불어. 아버지가 시킨 거 맞지?"

"아니라니까."

"그럼 이번에 네가 내가 사는 빌라로 이사 온 것에 대해 아버지의 개입은 하나도 없었다는 거야?"

"아아."

자영이 생각났다는 듯 말했다.

"내가 여기로 이사를 온다고 하니까 가서 살았는지, 아니면 굶어 죽었는지 확인해 보라는 말씀은 하셨지."

"아버지 짓 맞네."

천홍이 씁쓸하게 말했다.

"물어보는 게 시간 낭비일 정도로 당연한 말이겠지만 나 다시 받아주신단 말씀은 안 하셨겠지?"

"잘 알고 있네."

"정말로 이대로 일 년을 살게 하겠단 거로군."

천홍이 허탈한 표정으로 하는 말에 자영은 굳이 대답하지 않았다. 아무 말도 없다는 것은 긍정의 뜻이리라. 천홍의 입술을 타고 깊은 한숨이 나왔다. 아버지가 자영을 이 빌라로 보내 자신을 감시하게 한 것을 보면 정말로 자신이 마음잡고 새사람이 될 때까지는 절대로 안 받아 주겠다는 뜻이리라.

앞으로는 자영의 눈을 통해 자신의 모든 행동이 천도의 귀에 다 들어갈 것이 분명했다. 자영의 앞에서 행동을 조심하지 않으면 정말로 천도의 모든 재산이 천홍의 손아귀에 들어와 보지도 못하고 모조리 국가에 헌납되게 생겼다.

"널 이리로 보낸 건, 아버지 쪽에서 보내는 무언의 경고란 거겠지. 이렇게 가까운 곳에서 지켜보고 있으니 달라진 모습 보이지 않으면 가만두지 않겠다는 무언의 경고."

"난 모르겠는데."

"하긴. 친구인 나보다 아버지에게 더 충실한 네가 지금 일이 어떻게 돌아가고 있는 건지 나한테 절대로 말해 줄 리가 없겠지. 괜한 걸 물어봤군."

천홍이 의자에서 일어났다.

"곤란하게 계속 캐묻지 않을 테니까 대신 부탁 하나만 들어줘."

"부탁?"

"100만 원만."

천홍이 뻔뻔한 얼굴로 자영의 코앞에 자신의 손바닥을 내밀었다.

"안 돼."

자영은 천홍의 요구를 단칼에 거절했다.

"그럼 50만 원."

"그것도 안 돼."

"그럼 30만 원. 더 이상은 나도 양보 못 해."

"회장님께서 너한테 돈 한 푼이라도 쥐여 주는 날에는 목이 달아날 줄 알라고 경고하셨어. 난 쓸데없는 짓 해서 목이 잘리고 싶지 않거든."

"어차피 내 감시자는 너잖아. 유일한 목격자인 네가 아버지에게 보고하지만 않으면 될 텐데 뭘 그렇게까지 딱딱하게 구냐? 어차피 여긴 너랑 나, 둘 뿐이잖아."

잠시 고민하는 듯 미간을 찌푸리고 있던 자영은 돈을 물 쓰듯 쓰던 천홍이 돈 30만 원에 이렇게 집착하고 있자 안쓰러워져서 이내 고개를 끄덕였다.

"알았어."

자영이 지갑에서 5만 원짜리 지폐 두 장 꺼내 천홍의 손바닥 위에 올려놓았다.

"난 분명 30만 원이라고 했을 텐데?"

"10만 원도 감지덕지라 생각해. 원래는 한 푼도 안 주려고 했어."

"이걸 누구 코에 붙여?"

"그 돈으로 일주일을 생활하는 주부들도 있어. 그동안 네가 비정상이었지."

"그 사람들이랑 나랑 똑같냐? 이걸로는 하루도 못 버텨!"

"10만 원이라도 없는 것보다는 나을 텐데? 나도 더 이상은 못 줘."

"돈도 많이 벌면서 짜게 굴긴."

　천홍이 질린 얼굴로 자영을 쳐다봤다. 19년 우정이 물거품으로 변하는 순간이었다.

　그랬다. 자영은 예전부터 쓸데없이 바른 사나이였다.

　천도의 개인 비서였던 아버지의 죽음으로 인해 고아가 된 자영은 어릴 적부터 천도의 후원을 받아 천홍과 함께 학교에 다니고 본가에서 함께 살았다. 그 덕분에 항상 가장 가까운 거리에 있게 되었던 그들은 자연스럽게 친구가 되었다.

　그들은 학교에서 유명했다. 학생들의 눈에는 자석의 N극과 S극처럼 너무나 다른 그들이 늘 함께 붙어 다니는 모습이 신기했기 때문이었다. 하지만 까칠하고 도도한 천홍과 예의 바르고 성실한 자영의 조합은 의외로 여학생들의 여심을 훔쳤고 그들의 팬클럽까지 생겼었다.

"꽉 막힌 놈."

"한없이 가벼운 너보다는 낫지."

잠시 사나운 눈으로 자영을 노려보던 천홍이 손사래를 쳤다. 예전부터 자유분방한 천홍을 유일하게 잘 다루는 사람은 천도도, 희주도 아닌 자영뿐이었다. 그래서 천도가 자영을 이리로 보낸 것인지도 몰랐다. 그 어떤 사람보다 자영이 천홍에게 영향력이 큰 사람이었으니까 말이다.

"알겠어, 나 그만 포기. 그러니까 그렇게 정색할 필요 없어."

"하루빨리 일자리 구해서 제대로 살아 봐. 네가 제대로 한 사람 몫을 하게 되면 회장님께서도 돌아오라고 부른다고 하셨으니까. 나라고 네가 이렇게 궁상맞게 살고 있는 꼴 보는 게 쉬운 줄 알아?"

천홍이 인상을 썼다.

"네가 도와주면 되잖아! 뭐 이리 꽉 막혔어?"

"도와주면, 뭐."

자영이 눈을 가늘게 뜨고 가슴 앞으로 팔짱을 낀 채 천홍을 쳐다봤다.

"이번에 내가 도와줘서 네가 편히 살면 회장님께서 큰맘 먹고 집에서 널 쫓아낸 보람이 없잖아. 변하라고 쫓아냈는데 그럼에도 불구하고 변한 게 없으면 그때야말로 너 정말 알거지 되는 거야."

"알고 있어. 알고 있는데! 일자리가 안 구해지니까 문제지."

"하루빨리 사람이 돼서 돌아와라. 여기서 기다리고 있을 테니까."

천홍이 한쪽 눈썹을 치켜들고 자영을 향해 물었다.

"너 지금 사람 염장 지르냐?"

*   *   *

어제저녁에 천홍에게 밥을 해 주지 못한 것이 못내 마음에 걸렸던 은백은 아침에 눈이 떠지자마자 세수를 하고 전기밥솥 안에 밥이 충분히 있는지 확인했다.

"음. 밥은 있네."

하지만 막상 냉장고를 열어보니 이렇다 할 반찬이 없어서 고민 끝에 은백은 지갑을 챙겨 들고 집을 나섰다. 편의점에서 뭔가 요리를 할 만한 재료를 사야겠다고 생각하며 계단을 내려가던 그녀는 가벼운 운동복 차림으로 들어오는 어젯밤의 그 남자를 만났다.

"안녕하세요?"

"안녕하십니까."

먼저 남자를 발견한 은백이 인사를 건네자 남자도 잠시 눈을 동그랗게 떴다가 이내 웃으며 인사를 건넸다.

"운동 다녀오는 길인가 봐요."

"출근하기 전, 헬스클럽에서 운동을 합니다."

"그렇군요."

은백은 새삼스럽게 눈앞에 있는 남자의 얼굴이 참 잘생긴 얼굴이라고 생각하며 고개를 끄덕였다.

"아……. 그런데 아직 서로 이름도 모르고 있었네요. 정은백이에요."

은백이 자영을 향해 오른손을 내밀자 자영이 잠시 망설이다가 커다란 손으로 은백의 손을 감싸 쥐었다.

"김자영입니다."

인사를 나눈 후, 자영과 잡고 있던 손을 거둬들이던 은백의 머릿속에서 갑자기 해방의 불빛이 반짝거리기 시작했다. 분명이 남자는 뻔뻔한 빈대 같은 천홍과 잘 아는 사이 같았다. 둘이서로 잘 아는 사이라면, 밥도 그들끼리 먹을 수도 있다는 뜻.

은백의 입술에 참으로 오랜만에 귀엽고 상쾌한 미소가 걸렸다.

"근데 말이죠, 자영 씨. 아, 자영 씨라고 불러도 되나요?"

"편하실 대로 하세요."

자영이 은백의 미소에 마주 미소를 건네며 말했다.

"자영 씨는 저기 사는 백수 빈대……아니, 백천홍 씨와 잘아는 사이죠?"

"그렇습니다."

"그렇다면 저 빈대……아니, 천홍 씨한테 밥 정도는 당연히 해 먹일 수 있는 그런 사이라는 뜻이네요?"

은백이 자영을 향해 달콤하게 미소 지었다.

"어제 보니까 둘이 그냥 잘 아는 사이 같진 않던데 말이죠."

"그렇게 보였습니까?"

은백이 갑자기 애절한 눈빛으로 자영의 두 손을 꼭 잡았다.

"제발 저기 사는 빈대에게서 절 구해주세요."

"예?"

자영이 놀란 듯 눈을 둥그렇게 떴다.

"저 사람, 매일매일 우리 집에 찾아와서 하루 세끼를 꼬박 얻어먹어요. 저 빈대 덕분에 저는 식비를 두 배로 쓰고 있고요."

"그, 그렇습니까?"

"제발……. 제발, 제발 저 사람 밥 좀 먹여 주세요. 네?"

은백의 간곡한 부탁에 자영은 깊은 한숨을 내쉬었다. 평생 부족한 것 하나 없이 살아왔던 제왕 그룹의 후계자가 어쩌다가 이 꼴이 되었을까……. 눈앞의 여자는 천홍을 빈대로 보고 있는 것 같았다. 이런 와중에도 집에서 오만하게 눈을 치켜뜨고 있을 천홍의 얼굴이 머릿속에 파노라마처럼 그려졌다.

자영은 태어나면서 어머니를 잃었다. 그리고 10살 때 아버지마저 잃었다. 선뜻 어린 그를 맡아 주겠다고 나서는 친척들도 없어 꼼짝없이 보육원으로 보내져야 했던 그는 아버지가 모시고 있던 제왕 그룹 회장 백천도에 의해 구원을 받았다.

천도의 집에서 함께 살고 그의 후원을 받아 제왕 계열 학교를 다닌 자영은 자연스럽게 천도의 아들인 천홍과 절친해졌다. 그러는 동안 자신이 본 천홍은 무슨 사고를 쳐도 용서해 주고 뒷수습까지 말끔하게 해 주는 안 여사와 물을 쓰듯이 펑펑 써도 부족하지 않은 돈을 가지고 있는 회장님 덕분에 천상천하 유아독존처럼 살아온 도련님이었다.

그런 그가 정말 어쩌다 이렇게까지 나락으로 추락한 건지.

자영은 천홍이 안타까웠다. 천홍의 친구로서 그를 도와주고 싶은 마음이 울컥울컥 솟아올랐다. 하지만 그는 그럴 수가 없었다.

자영은 자신에게 세상을 향한 날개를 다시 펼칠 수 있도록 도와준 천도의 명령을 목숨과도 같이 지켰다. 그래서 이번에도 천도의 명에 따라 냉정한 눈으로 천홍을 지켜보고 주관적이 아닌, 객관적인 보고를 하려 하고 있었다. 게다가 이 가난한 1년의 유예기간은 천홍에게 있어서도 그가 제대로 된 제왕그룹 후계자로 성장할 수 있는 좋은 기회이지 않은가.

세월이 더 흘러 천도가 물러나고 천홍이 그의 뒤를 잇게 되었을 때 옆에서 그를 보필해야 할 사람은 자영이었다. 그는 철없는 회장님을 모시고 싶은 생각은 추호도 없었다. 이대로 천홍이 천도의 뒤를 잇게 된다면 제왕 그룹을 말아먹는 것은 시간문제였다.

"죄송하지만 그건 안 될 것 같습니다."

한참 동안 갈등하던 자영이 은백의 애원을 딱 잘라 거절했다.

"네?"

은백의 눈에 절망이 서렸다.

"천홍이를 도와줄 처지가 못 됩니다, 전."

"처지가 못 된다고요?"

"아무튼 그렇게 됐습니다. 죄송합니다."

은백의 애원을 거절한 자영은 두 눈을 동그랗게 뜨고 자신을 올려다보는 그녀의 시선을 피해 재빨리 자신의 집으로 올라가 버렸다. 이제부터는 제삼자의 시점으로 천홍을 관찰할 것이다. 정말로.

*　　*　　*

자영이 서둘러 후다닥 자신의 집으로 올라가 버린 후, 혼자 남은 은백은 202호의 현관문을 노려봤다.

"저 인간은 도대체 어떻게 살아왔길래, 주변에 밥 한 끼 먹여 주려는 사람이 없어?"

은백의 분노는 천홍에게서 조금 전 자신의 얘기를 듣자마자 꽁지가 빠지게 도망간 자영에게로 향했다.

"아니, 그리고 저 사람도 그렇지. 가진 것 없이 불쌍한 사람, 좀 먹여 주면 어디가 덧나? 집이 망했다고 외면하는 건가? 냉정하긴."

그렇게 투덜거리면서도 은백의 머릿속 한쪽에선 자영의 저런 행동이 당연하다는 생각이 들었다. 아무리 친한 관계라도 매끼 밥을 먹여 주는 건 솔직히 힘들지 않을까 싶었다. 자신 같은 사람이나 저런 빈대한테 휘둘려서 뜻대로 다 해 주지. 객관적인 눈으로 보면 저 사람이 정상이고 자신이 비정상이었다.

"정은백, 이 바보. 네가 언제부터 그렇게 대가 없는 선행을 베풀고 다녔다고……."

자신의 머리를 주먹으로 소리 나게 쥐어박은 은백은 편의점으로 가는 길 내내 투덜투덜하면서도 결국 간단한 반찬거리를 사 왔다. 자신이 이렇게 습관처럼 천홍의 밥을 챙겨 주게 된 건 잘생긴 남자에 대한 면역이 부족한 탓이라고 생각하면서.

* * *

"어? 재료가 거의 다 떨어졌네."

바쁜 시간이 지나 잠시 짬이 나자, 은백은 냉장고 안을 살피며 한숨을 내쉬었다.

토스트 재료들이 배달 온 지 얼마나 됐다고 벌써 재료가 다 떨어져 간다. 가끔 이럴 때가 있었다. 다음 배달이 오기 전에 토스트 재료들이 떨어지는 일말이다. 이럴 땐 급한 상황이니, 그녀가 직접 근처 마트나 시장으로 장을 보러 갔다.

은백은 부모님이 교통사고로 돌아가실 때 함께 차 안에 있었던 터라, 그때의 사고가 트라우마가 되어 차는 간신히 탈 수 있지만 운전은 못하게 되었다. 게다가 앞좌석에는 앉지도 못했다. 그 덕분에 자동차 면허가 없어서 갑자기 다 떨어져 버린 토스트 재료를 급히 구입해야 할 때는 꼭 버스나 택시를 이용했었다.

문자메시지 한 통 남기고 잠수를 탄 그 알바생……. 그 알바생이 운전면허가 있는 바람에 도매상에서 사야 하는 재료나 그 외에 도매상이 아닌 곳에서 사야 하는 재료들을 사러 갈 때 정말 편했었는데……. 그 알바생이 관두니까 모든 것이 다 힘들고 번거로워졌다. 은백은 냉장고를 닫으며 새로 알바생을 구할 땐 꼭 면허가 있는 알바생을 구해야겠다고 생각했다.

"누나. 참치 토스트 하나 주세요."

귀여운 남자아이가 손에 오천 원짜리를 꼭 쥔 채 은백에게 말을 걸었다.

은백의 가게는 사람들이 앉는 테이블이 안에 없기 때문에 가게에서 토스트를 산 사람들은 안이 아닌, 밖에서 토스트를 먹어야 했다. 일명 테이크아웃이라고나 할까? 밖에도 테이블이 두 개밖에 없고 비오는 날에는 아예 밖에서조차 먹을 수 없었지만 은백의 가게는 항상 사람들로 붐볐다.

"응? 참치 토스트라구? 계산 먼저 해야 하는데, 누나한테 그 오천 원 줄래? 참치 토스트가 이천오백 원이니까 누나가 이천오백 원 거슬러 줄게."

"네."

남자아이가 고사리 같은 손으로 은백에게 꼬깃꼬깃해진 오천 원짜리 지폐를 내밀었다.

"잃어버리면 안 돼."

은백이 천 원짜리 두 장과 오백 원짜리 하나를 남자아이의 손에 쥐여 주었다. 은백의 손에서 돈을 받은 남자아이가 환하게 웃으며 말했다.

"맛있게 만들어 주세요, 누나!"

은백은 남자아이를 향해 마주 웃어 준 후, 가열된 불판 위에 버터를 바르고 식빵을 올렸다. 옆에 위치한 불판의 네모난 틀 안에는 살짝 간을 한 계란물을 부었다.

남자아이는 토스트를 만드는 은백이 신기한지 이리저리 바쁘게 움직이는 그녀의 손을 따라 눈동자를 굴리고 있었다.

은백은 노릇노릇하고 바삭바삭하게 잘 구워진 식빵 위에 그녀가 직접 개발한 특제 소스를 바른 후 샛노랗게 잘 부쳐진 계란을 예쁘게 올렸다. 그리고 그 위에 잘게 썬 양배추를 올리고 마요네즈 소스와 허니 머스타드 소스로 맛을 낸 참치와 깻잎도 예쁘게 올렸다. 물론 피클도 잊지 않고 올렸다.

"맛있는 참치 토스트 완성!"

마지막으로 다시 한 번 특제 소스를 바른 구운 식빵으로 뚜껑을 닫은 은백은 완성된 토스트를 종이에 싸서 군침을 삼키며 기다리고 있던 남자아이에게 건넸다. 남자아이가 함박웃음을 지으며 은백의 손에서 따뜻한 토스트를 받아 들었다.

"고맙습니다!"

연신 방긋방긋 웃으며 은백을 향해 손을 흔든 남자아이는 토스트를 한입 베어 물며 저 멀리로 사라졌다. 그 모습을 가만히 바라보던 은백의 입가에 미소가 걸렸다.

"내가 이런 맛에 토스트를 만든다니까."

요리사는 힘들고 지쳐도 맛있게 먹어 주는 사람들로 인해 음식을 만드는 보람과 행복을 느끼는 법이다. 그녀는 거창하고 맛있는 요리를 만드는 일류 요리사는 아니었지만 토스트 하나를 만들 때도 이 토스트를 먹는 사람이 즐겁게 먹기를 바라는 마음으로 만들었다. 그 마음이야말로 일류 요리사의 마음이 아닌가.

하지만 요리를 만들 때의 기쁘고 행복한 마음은 몸의 피곤을 잠시 잊게 해 줄 수는 있어도 완벽하게 치료해 줄 수는 없었다. 잔뜩 뭉쳐 묵직한 통증을 호소하고 있는 어깨를 주먹 쥔 손으로 두드리며 은백은 하루라도 빨리 알바생이 구해지기만을 바라고 또 바랐다.

*　　*　　*

가게 오픈 전에 수량이 부족한 재료와 싱싱한 과일들을 사려고 부랴부랴 집을 나서던 은백은 빌라의 주차장에 차에서 내리는 자영을 발견했다. 일하다 온 모양인지, 그는 회색의 양복을 입고 있었는데, 한눈에 봐도 딱 엘리트라는 느낌이 들 정도로 단정하고 성실해 보였다.

"안녕하세요."

은백이 반갑게 인사를 하자 자영이 그녀에게 다가왔다.

"어디 가시는 길인가 보군요."

"네."

자영의 물음에 그녀가 기죽은 얼굴로 말했다.

"가게에 재료가 떨어져서 사러 가야 하거든요."

"그렇습니까?"

"그러는 자영 씨는 왜 이 시간에 집에 온 거예요?"

"필요한 서류를 놓고 와서 찾으러 왔습니다. 아직 이삿짐 정리를 못한 박스 안에 있을 겁니다."

"그럼 빨리 찾아야겠네요. 그럼 저 먼저 갈게요. 수고하세요."

은백이 인사를 하고 자영의 곁을 지나쳤다. 자영이 빌라 계단을 오르는 소리가 들려왔다.

"나도 면허만 있으면 저렇게 금방 왔다 갔다 할 수 있겠는데……."

자영의 검은 승용차를 바라보며 부러움에 몸서리치던 은백은 갑자기 떠오른 생각에 멈칫했다.

잠시 후 노란색 종이 파일을 손에 든 자영이 서둘러 빌라 계단을 내려왔다. 빠른 걸음으로 차를 향해 다가가던 자영이 차 옆에 서 있는 은백을 발견했다.

"아직 안 가셨습니까?"

"지금 가려고요."

"그렇습니까."

"그런데 저……. 같은 빌라에 사는 이웃사촌 사이에 부탁 하나만 드려도 될까요?"

"백천홍 씨 식사 얘기라면 이미 말씀드렸을……."

"그게 아니고요……."

잠시 말을 제대로 잇지 못하고 망설이던 은백이 자영의 손을 붙잡으며 간절한 목소리로 말했다.

"저 좀 태워 주세요."

"예?"

자영이 놀란 눈으로 은백을 바라봤다.

"일하는 도중에 서류 가지러 오신 거 보면 정말 바쁘신 거 같은데……. 그래도 불쌍한 사람한테 선행한다 생각하시고 옆 동네에 있는 시장에 한 번만 태워 주시면 안 될까요?"

"시장이요?"

"토스트 가게에서 필요한 재료들은 도매상에서 직접 배달을 시키거든요. 일주일에 두 번 배달이 오는데, 배달 오는 날이 내일이에요. 배달은 내일 오는데 재료들 중 몇 가지가 거의 다 떨어져서 내일까지 버티려면 오늘 필요한 재료들을 직접 사다 놔야 해요. 그리고 점심에는 보통 직접 뭘 만들어 먹는데 토스트만 먹으면 물려서 제가 먹을 음식 재료도 사야 하고요. 과일이랑 토스트 재료가 담긴 봉지를 들고 버스 타고 다니는 게 쉬운 일이 아니더라고요. 그리고 타거나 내릴 때 버스가 흔들려서 비틀거리다 어디에 부딪히기라도 하면 바나나, 딸기 같이 무른 과일들은 대부분 못 쓸 정도로 뭉개져 버려서……."

"그 시장, 가까운 곳에 있습니까?"

눈물이 글썽한 눈으로 자영에게 숨도 안 쉬고 자신의 고충을 털어놓던 은백이 말을 멈추고 자영을 올려다봤다. 그가 손목시계를 흘끔 보더니 말했다.

"30분 정도는 여유가 있을 것 같은데, 30분 이내에 왔다 갔다 할 수 있는 거리라면 얼마든지 태워 드리겠습니다."

"아……."

반가움과 고마움에 은백의 얼굴이 활짝 펴졌다.

자영이 차의 조수석 문을 열었다.

"타세요."

"저기, 음, 정말 죄송한데……."

조수석 문을 열고 자신이 타기만을 기다리는 자영을 향해 은백이 미안하다는 듯 말하며 머리를 긁적였다.

"제가 조수석에는 못 타요."

"예?"

자영이 눈을 동그랗게 떴다.

"그게……. 자영 씨 옆에 타고 싶지 않아서 그러는 게 아니라……. 원래 어렸을 때부터 조수석에 못 탔거든요."

"그렇습니까?"

다른 사람들 같으면 이유가 뭐냐고 꼬치꼬치 캐물었을 텐데, 자영은 그냥 그녀의 말에 수긍을 하며 조수석 문을 닫고 뒷좌석 문을 열어주었다.

"여긴 타실 수 있습니까?"

"네."

은백이 미안한 얼굴로 뒷좌석에 앉아 안전벨트를 맸다.

"그 시장 위치 다시 한 번만 말씀해주실 수 있습니까?"

"옆 동네에 새마을 시장이라고 있어요."

"아, 어딘지 알 것 같습니다."

자영이 백미러로 은백의 얼굴을 살피며 부드럽게 출발했다. 어색한 침묵이 차 안을 맴돌자 무거운 분위기를 질색하는 은백이 입을 열었다.

"사실 원래는 재료 사러 버스를 타고 다니진 않았어요. 늘 재료 사러 갈 때면 운전면허가 있던 알바생이 태워 줬었거든요."

"그럼 지금은 안 태워 주는 겁니까?"

"그냥 안 태워 주는 거면 얼마나 좋게요. 아예 연락 두절이 돼 버렸어요."

자영이 한쪽 눈썹을 추켜올리는 것으로 대답을 하자 은백이 쓸쓸한 어조로 말했다.

"가게 차리고 얼마 안 돼서 혼자 일하기가 힘들어지니까 알바생을 한 명 구했는데 그때 구한 알바생이 그 애였거든. 그때부터 지금까지 2년이나 함께 일했었어요."

"그렇습니까?"

"제가요, 원래 좀 돈 쓰는 것에 인색한 편이에요. 운동화는 밑창이 다 닳아질 때까지 신고 가방 같은 거 하나 사면 천이나 가죽이 너덜너덜해질 때까지 그거 하나만 들고 다녀요. 명품 가방은 쳐다보지도 못하겠더라고요. 도저히 제 상식으론 가방 하나에 몇백씩 들이는 여자들을 이해할 수가 없거든요. 그런데…… 그런 제가!"

은백이 두 주먹을 불끈 쥐었다.

"2년이나 함께 일해 준 그 알바생이 너무 고마워서 반년 전부터 시급을 8천 원으로 쳐 줬어요. 말이 돼요? 조그마한 토스트 가게 알바 시급이 자그마치 8천 원이라고요! 그 알바생이 하루에 거의 여섯 시간 정도 일했으니까 하루에 사만팔천 원씩 해서 한 달에 백만 원이 넘는 월급을 줬었는데……. 그 은혜도 몰라보고 얼마 전에 갑자기 연락 두절이 됐어요. 이력서에 적혀 있던 주소로 찾아가 보기도 했는데 아무리 문을 두드려도 집에 아무도 없더라고요. 진짜 얼마나 배신감에 치를 떨었는지 몰라요."

"화가 많이 나셨겠습니다."

"당연하죠!"

은백이 두 눈을 활활 불태우며 이를 악물었다.

"길다가 만나면 죽었어요, 정말."

알바생이 예고도 없이 갑자기 그만두는 바람에 정신적, 금전적, 육체적 손해가 이만저만이 아닐 텐데도 기죽거나 우울해 하지 않고 씩씩하게 복수를 다짐하는 모습이 자영의 눈에 참 당차 보였다.

"빨리 알바생을 구하든지 해야지, 원. 이거 힘들어서 못 해 먹겠어요. 덕분에 오전 10시에 열던 가게를 점심시간에 열고, 저녁 11시에 닫던 가게를 8시나 9시에 닫는단 말이에요."

"지금까지 아르바이트를 하겠다고 찾아온 사람이 한 명도 없었습니까?"

"몇 명 있었는데, 다 탈락시켰어요."

"왜……."

"다 성격이 이상했거든요. 꼭 나이 어린 백천홍 씨를 보는 것 같았어요."

자영은 미간을 좁히고 불만스럽게 말하는 은백 때문에 순간 터져 나오려고 하던 웃음을 꾹 참았다. 어린 백천홍이라는 말에 면접을 보러 왔었다는 알바생들이 어떤 모습이었는지 쉽게 상상이 가능했기 때문이었다.

"글쎄, 어떤 여자애는 알바 면접을 보러 와서는 자기 손톱이 망가지니까 설거지나 칼질 같은 건 시키지 말래요. 세상에! 어떻게 칼질이나 설거지가 할 일의 반인 음식점에 와서 그런 망언을 할 수 있는 거죠? 토스트에 들어가는 채 썬 양배추는 채칼에 대고 슥슥 문지르면 알아서 썰리지만 생과일주스에 들어가는 과일 같은 건 일일이 손질해서 믹서에 갈기 쉽게 잘라 줘야 하거든요. 이제 조금 있으면 여름인데, 더운 여름에는 어떨 때 보면 토스트보다 시원한 주스가 더 잘 팔려요. 설거지랑 칼질을 못 하겠다고 하면 도대체 무슨 일을 한다는 건지……."

흥분해서 얼굴까지 붉힌 채 말하던 은백이 백미러를 통해 자영과 눈이 마주치자 순간 헛기침을 했다.

"흠흠. 제가 너무 흥분했죠? 죄송해요."

자영이 미소 지었다.

"아닙니다. 은백 씨 애기 듣는 게 재밌네요."

"그러셨다면 다행이고요."

"은백 씨는 애기를 참 재밌게 하시는 분 같군요."

"그런가요?"

자영의 칭찬에 기분이 좋아진 은백이 또 뭔가 말을 하려는데 눈앞에 새마을 시장의 간판이 보였다.

"다 왔네요."

"그런 것 같네요."

천홍이 시장 근처에 있는 주차장으로 차를 몰았다. 잠시 후, 차가 세워지자 은백이 재빠른 속도로 안전벨트를 풀고 차 밖으로 나갔다.

"잠시만 기다리고 계세요. 빨리 사서 돌아올게요."

은백의 말이 끝나기가 무섭게 차의 시동이 꺼지고 자영이 차에서 나왔다.

"같이 가 드리겠습니다."

"괜찮아요."

"음식 재료를 버스에서 휘청거릴 정도로 산다는 얘긴 혼자 들기에는 버거운 무게라는 뜻인 것 같습니다. 제가 같이 가서 들어다 드리겠습니다."

자영의 배려에 은백이 감동한 얼굴로 말했다.

"자꾸만 폐를 끼치게 되네요. 죄송해요."

"괜찮습니다."

자영과 함께 시장 안으로 들어가면서 은백은 천홍이 이런 자영의 반의반만이라도 닮았으면 좋겠다는 생각이 들었다. 자영처럼 스스로 나서서 자신을 도와주는 건 바라지도 않는다. 뭔가를 시키면 투덜거려도 좋으니 좀 했으면 여한이 없겠다.

* * *

자영의 도움으로 무사히 싱싱한 과일들을 가게까지 가져올 수 있게 된 은백은 언제 한번 밥 한 끼 대접하겠다는 약속을 하고 헤어졌다.

다행히 오늘은 손님이 별로 없어서 오랜만에 한숨 돌릴 시간이 넉넉했다. 생과일주스는 주문을 받으면 그때그때 갈아서 주는 편이지만 과일은 미리 손질을 해 놓는다. 가게가 한가해 천천히 키위의 껍질을 벗겨 지퍼팩에 담고 있는데 문득 천홍의 얼굴이 떠올랐다. 점심때가 지났으니 그녀가 만들어 준 도시락을 먹고 배를 두드리고 있을 것이다.

"나 정말 미쳤나 봐."

손질을 마친 키위가 담긴 지퍼팩을 냉장고에 넣은 은백이 자신의 뺨을 연신 두드렸다. 꼭 기둥서방한테 휘둘리면서도 헤어 나오지 못하는 여자의 심정이 된 기분이었다. 기둥서방에게 휘둘리는 여자도 다 처음부터 그 남자가 기둥서방이란 걸 알면서 사귄 건 아니었을 것이다. 한 여자 대 한 남자로 만나서 정들다 보니 그 남자가 기둥서방 짓을 해도 사랑한다는 이유 하나만으로 모든 걸 눈감아 주는 것이겠지. 하지만 자신은 다르지 않은가. 아아, 무슨 수를 써야지, 안 되겠다. 뭔가 수를 쓰지 않으면 얼마 안 가 정말로 백천홍, 그 빈대가 자신의 기둥서방이 될지도 몰랐다.

"나처럼 혼자 살아가는 것도 힘든 여자한테 기둥서방이라니....... 말도 안 되지. 암, 말도 안 되고말고."

과즙이 묻은 손으로 때리는 바람에 끈적끈적해진 뺨을 물로 씻고 햇빛을 쐬기 위해 가게 앞으로 나간 은백은 하늘을 향해 팔을 쭉 뻗고 기지개를 켰다.

기지개를 켜며 온몸의 긴장을 풀려고 애쓰던 은백의 눈에 얼마 전 자신이 붙여 놓았던 알바생 모집 광고가 들어왔다. 꼼꼼한 글씨로 가족처럼 함께 일할 알바생을 구한다는 글이 보이자 습관적으로 한숨이 나오려고 했다.

"하아……. 아니지, 아니지. 한숨 쉬면 복이 달아난다고 했어. 힘내자, 정은백. 넌 할 수 있어."

한숨이 나오려는 걸 꾹 참으며 속으로 화이팅을 외치려는데, 다시 천홍의 얼굴이 떠올랐다.

"아아, 정말 이제 그만 좀 나오면 안 되겠니?"

은백은 미간을 찌푸리며 허공에 붕 뜬 천홍의 얼굴을 향해 손사래를 쳤다. 그때 갑자기 그녀의 전화벨 소리가 울렸다. 발신자를 확인해 보니 연락 두절 되었던 알바생이었다. 은백의 이가 빠드득 갈렸다.

"여보세요."

전화를 받는 은백의 목소리에 찬기가 돌았다.

[언니…….]

휴대폰을 타고 들려오는 목소리는 분명 그 알바생이었다.

[은백 언니. 저예요, 미희.]

"알고 있어."

[언니, 죄송해요.]

휴대폰 너머로 들리는 목소리가 무척 어두웠다. 호들갑스럽게 명랑한 사람은 아니었지만 생글생글 웃는 얼굴이 상냥한 그런 사람이었는데…….

"너 목소리가 왜 그래?"

울먹이는 목소리에 그동안 쌓였던 모든 분노가 순식간에 걱정으로 바뀐 은백이 떨리는 목소리로 말했다.

[그동안 연락 못 드려서 정말 죄송해요.]

"너 무슨 일 있어?"

[네, 언니…… 흑…….]

"무슨 일인데? 울지 말고 얘기해 봐."

[저 지금 가게 옆 골목이에요.]

"뭐? 왜 안 들어오고……."

[언니한테 너무 죄송해서요. 차마 들어갈 수가 없었어요.]

"무슨 소리 하는 거야? 빨리 들어와."

은백이 가게 옆에 있는 작은 골목을 내다봤다. 거기에는 문제의 알바생, 미희가 어두운 얼굴로 그녀를 쳐다보고 있었다.

"세상에, 얼굴이 왜 그러니?"

미희의 얼굴을 본 순간 만나면 가만 안 두겠다고 했던 다짐들이 와르르 무너져 내렸다. 미희의 얼굴은 마지막으로 봤을 때보다 살이 빠져서 홀쭉해져 있었다. 서둘러 미희에게 다가간 은백은 그녀의 손을 잡고 가게 안으로 들였다.

"언니. 그동안 많이 힘드셨죠."

사실 정말 미칠 정도로 힘들었지만 힘들다는 내색을 하기에는 미희의 얼굴이 너무 안쓰러워 보여서 은백은 고개를 가로저었다.

"그렇게 힘들진 않았어. 이걸로 먹고 사는 사람이 힘들면 쓰니? 그나저나 정말 무슨 일인데? 나한테 연락도 못할 정도로 큰일이었어?"

"그게…….."

잠시 뜸을 들이던 미희가 다시 입을 열었다.

"아버지가 갑자기 심장마비로 쓰러지셨어요."

"뭐?"

은백의 얼굴에 경악이 서렸다.

"119 부르고 너무 정신없어서 구급차 타고 병원에 가면서 휴대폰을 집에 놓고 갔어요. 아버지가 괜찮아지실 때까지 함부로 자리를 비울 수가 없었는데, 나중에 필요한 물건들 가지러 집에 들렀을 때 바닥에 떨어진 휴대폰을 보니까 언니 생각이 났죠. 정말 죄송해요. 휴대폰을 다시 발견할 때까지 언니한테 연락할 생각을 꿈에도 못했어요."

"그랬구나."

"어머니라도 계셨으면 아버지 곁에 있어 주셨을 텐데, 제가 고등학교 2학년 때 돌아가셨거든요."

은백이 놀란 얼굴로 미희를 쳐다봤다.

"저한테는 아버지밖에 없으니까 그래서 더 제정신이 아니었나 봐요."

잠시 동그랗게 뜬 눈으로 미희를 쳐다보고 있던 은백은 다 이해한다는 얼굴로 고개를 끄덕였다. 하나밖에 없는 부모님이 죽을지도 모른다는 공포는 말로 형언할 수 없을 정도로 강렬하고 두려운 법이다. 게다가 미희는 이미 어머니를 한 번 잃었기 때문에 더 두렵고 무서웠을지도 몰랐다.

은백은 그녀에게 그토록 마음이 쓰였던 이유를 깨달았다. 그녀와 자신의 처지가 비슷했기 때문이었다.

"나중에 아버지 깨어나시고 제가 제정신 들었을 때는 이미 시간이 너무 지나버려서 오히려 더 연락을 못 하겠더라고요. 언니한테 너무 미안해서……."

그동안 미희의 집에 아무도 없었던 게 이해가 가는 순간이었다. 미희가 갑자기 연락 두절이 되었을 때 은백은 도저히 이유를 짐작할 수가 없었다. 아무리 생각하고 또 생각해도 답이 나오지 않았다.

집안이 어려워져서 야반도주를 했을지도 모른다는 생각을 잠깐 했지만, 아버지가 중소기업의 부장인 미희의 집은 물질적으로 어려운 집이 아니었다. 게다가 미희 자신도 용돈은 직접 벌어 쓰고 싶다는 마음에 알바를 한 것이지, 가정 형편이 어려워서 일을 한 게 아니라고 했었다.

또 알바가 귀찮아서 말없이 관둔 것이라기엔 미희의 성품이 너무 착했다. 조금 소심한 면이 없지 않아 있었지만 싹싹하고 책임감도 강한 사람이라 갑자기 아르바이트를 그만둬서 남에게 피해를 끼치는 일을 할 리 없었기에 은백은 더욱더 혼란스러웠다. 그런데 아버지가 쓰러지셔서 그랬던 거라니…….

은백이 애써 밝은 목소리로 그녀를 달랬다.

"언니 그동안 별로 안 힘들었어. 너무 걱정하지 마. 아버지는 좀 어떠셔? 괜찮으시니?"

"아버지, 오늘 퇴원하셔서 집으로 돌아왔어요. 의사 선생님이 처방해 주신 약만 꼬박꼬박 잘 드시면 괜찮을 거래요."

"정말 다행이다."

은백은 자기 일처럼 기뻐하며 미희의 손을 잡았다.

"너무 죄송하고 또 언니가 화가 많이 났을 것 같아서 두려운 마음에 계속 미루다가 언니한테 죄송하다는 말은 꼭 해야 할 것 같아서 이렇게 왔어요."

"사과는 무슨. 됐어. 아버지만 괜찮으시면 되지."

"그런데, 은백 언니. 너무 미안하고 죄송한데……. 저 알바는 계속 못 할 것 같아요. 아버지가 쓰러지시기 전에는 건강적인 부분에서 굉장히 자신감이 크셨는데, 쓰러지신 뒤에는 자신감도 많이 잃으시고 눈에 띄게 어두워지셔서 아버지랑 같이 있는 시간을 좀 늘리려고요. 그래도 새 알바생 구할 때까지는 일할게요."

"아니야."

은백이 단호한 표정으로 고개를 저었다.

"네 말대로 아버지랑 같이 있어드려. 너 계속 일하면 학교 갔다가 학교 끝나면 알바 오고 알바 끝나면 밤늦게 집에 가고 또 다음 날 학교 가고. 이걸 반복할 거 아니야. 그럼 아버지랑 마주칠 시간 정말 적을 거야. 그동안 아버지 많이 외로우셨겠네."

"그래도 언니 혼자 일하고 있는데……."

"아니 언니는 정말 괜찮……."

다시 한 번 괜찮다는 말을 하려는데 은백의 머릿속에 한 남자의 얼굴이 떠올랐다. 그 얼굴을 떠올린 순간 머릿속이 반짝했다.

"백천홍, 그 인간이 있었지! 미희야, 잠깐만."

손가락을 튕기며 유레카를 외치던 아르키메데스 같은 표정을 지은 은백이 계산대 위에 놓인 검은 수첩을 폈다. 수첩 안에는 천홍 때문에 배로 들어간 자신의 식비의 액수가 적혀 있었다.

"왜 진작 그 생각을 못 한 거야! 바보. 바보 정은백!"

그녀는 힘들게 알바생을 구할 필요가 전혀 없었던 것이다. 바로 눈앞에 싸게 부려 먹을 수 있는 알바생이 얼쩡거리고 있었는데, 그걸 눈치채지 못하다니……. 일자리도 없어 탱자탱자 놀고 있겠다, 밥 준다고 하면 뭐든 할 기세겠다, 바로 옆집 살겠다!

이제야 천홍의 쓸모를 생각해 낸 자신의 아둔함에 혀를 차며 은백은 수첩을 닫았다.

맘 같아선 그동안 들어간 식비를 생각해 무료로 부려 먹고 싶지만 어차피 자신도 못 이기는 척 밥을 해 준 사실도 있기 때문에 참았다. 하지만 그 대신, 알바생이 받는 시급 중 가장 기본적인 시급을 주며 부려 먹으리라 다짐했다.

"앞으로 월급에서 십만 원씩 밥값으로 까 주겠어!"

어디에도 쓸데가 없었던 빈대를 써먹을 수 있게 된 것에 대한 기쁨이 은백의 가슴 속에 가득히 차올랐다. 드디어 자신의 앞날에 조금이나마 빛이 보이는 것 같아 행복해진 은백의 얼굴에 음흉한 미소가 감돌았다.

"미친 듯이 부려 먹어주마. 으하하하!"

"언니?"

뒤에서 미희가 어리둥절한 얼굴로 은백을 불렀다.

"응? 아, 언니 새 알바생 곧 구할 거니까 걱정하지 마."

그동안의 고생으로 그늘져 있던 은백의 얼굴이 갑자기 환하게 폈다.

"새 알바생이요?"

"응."

잠시 은백이 자신을 위해 거짓말을 하고 있나 싶어 미심쩍은 표정을 지었던 미희는 곧 은백의 얼굴이 진심으로 신나 보인다는 것을 깨달았다.

"다행이네요, 정말."

"그러니까 넌 아무 걱정하지 말고 휴일에는 아버지랑 같이 여기저기 놀러 다니고 그래."

"그래야죠. 이해해 줘서 고마워요."

미희가 진심으로 밝은 미소를 지었다. 가게 안으로 들어와 처음 짓는 밝은 미소였다.

3. 알바 하는 왕자님

　은백은 마지막으로 같이 일을 하겠다며, 마감 하는 것을 도
와준 미희를 집으로 보냈다. 그리고 즐거운 마음으로 콧노래
까지 흥얼거리며 집으로 돌아온 그녀는 자신의 발소리에 문을
열고 나오는 천홍에게 상큼한 미소를 보냈다.

　"왜 그래?"

　천홍이 미간을 찌푸리며 물었다.

　"뭐가요?"

　"왜 사람을 보고 기분 나쁘게 실실거리냐고."

　"드디어 알바생 구하게 됐거든요."

　"그래?"

　"네."

　"누군데? 여자야? 예뻐?"

새로 들어오는 알바생이 예쁜 여자이기를 바라는 듯한 천홍의 말에 괜히 심술이 난 은백은 인상을 찌푸렸다가 이내 다시 미소를 지었다.

　"남자예요."

　"뭐야, 남자?"

　"네."

　은백이 실망한 표정을 짓고 있는 천홍을 향해 달콤하게 미소 지으며 다가갔다.

　"너 오늘 뭐 잘못 먹었냐? 정말 왜 이래? 진짜 어디 아픈 거야?"

　"아니요."

　"그럼 왜 그러는 건데? 너 오늘 이상해. 꼭 나사 하나 빠진 사람 같다고."

　"그 알바생이 너무 마음에 들어서요."

　"잘생겼나 봐?"

　"잘생기기만 했게요? 키도 크고 몸매도 뭐…… 괜찮은 편이에요."

　은백이 천홍의 위아래를 훑으며 말했다.

　"근데 그걸 왜 날 보면서 말해?"

　"그러게요. 왜 그럴까요?"

　"너 오늘 좀 마음에 안 들어."

　"언제는 마음에 들었어요?"

　"아니."

은백의 미간이 다시 한 번 꿈틀거렸다. 참자, 참아.

"앞으로 밥 안 먹고 싶나 봐요?"

은백의 질문에 천홍이 바로 대답했다.

"먹고 싶어."

"그럼 빨리 들어와요."

201호의 문이 열렸다.

잠시 후, 자신의 앞에 앉아서 온 정신을 밥 먹는 데에만 집중하고 있는 천홍을 물끄러미 바라보던 은백이 말했다.

"솔직히 밤 10시에 저녁을 먹는 게 건강에 엄청 해롭다는 건 알고 있죠?"

"네가 9시 반에 오니까 어쩔 수 없잖아."

"원래 사람은 늦어도 저녁 7시엔 밥을 먹어야 해요."

"알고 있어."

"그래서 말인데, 내일부터는 저녁 6시나 7시에 맞춰서 저녁 식사를 할까 해요."

"어떻게?"

"그런 게 있어요. 내일이 되면 저절로 알 수 있을 거예요."

"뭐야. 알려 주기 싫으면 애초에 말을 꺼내지 마."

천홍이 투덜거리자 은백이 불길하게 웃었다.

*　　*　　*

다음 날 아침, 은백과 천홍은 사이좋게 아침을 먹었다.

평소처럼 아침을 다 먹고 자리를 뜨려는 천홍의 옷자락을 붙잡은 은백이 입을 열었다.

"오늘은 그냥 못 가요."

"설거지시키려고? 나 설거지 한 번도 해 본 적 없어."

"그건 걱정하지 마요. 이 설거지는 내가 할 테니까. 천홍 씨는 이따 가게에 가서 하면 돼요."

"뭐? 가게?"

천홍이 은백을 내려다봤다.

"무슨 가게?"

"내가 하는 토스트 가게요."

"그 가게에서 나한테 설거지를 시키겠다고?"

"설거지 말고 다른 것도 잔뜩 시킬 예정이에요."

"싫어. 안 해."

"그럼 앞으로 밥 없어요."

"뭐야, 너무 하잖아?"

은백이 사납게 눈을 치켜뜨고 천홍을 노려봤다.

"언제까지 공짜로 얻어먹을 거예요? 솔직히 매일 밥 얻어먹으러 오는 자신이 한심하다고 느껴진 적 한 번도 없어요?"

"없어. 본가에 살 때도 밥 때 되면 아래층에 내려가서 일하는 아줌마가 차려 주는 밥 먹었으니까. 그때의 연장선 같다고 생각하면 문제없지."

"돈 한 푼 없는 당신이 누가 차려 주는 밥을 먹고 살았다는 건 믿을 수 없지만, 만에 하나 정말로 누군가 차려 주는 밥을 먹기만 하면서 생활했다면 이해가 더 빠를 수도 있겠네요."

은백이 자신의 허리에 양손을 얹고 위협적으로 천홍을 올려 다봤다.

"당신에게 밥을 차려 준 사람은 당연히 자신의 수고에 대한 대가를 받으면서 밥을 차렸겠죠. 하지만 난 아니잖아요. 내가 당신에게 받은 거라곤 두 배로 늘어난 식비뿐이에요. 당신한 테 밥을 차려 주면서 나한테 물질적으로 도움이 되는 건 하나 도 없었다고요! 오히려 물질적으로 손해를 끼치면 끼쳤지!"

"그래서?"

"그래서 나도 이제 대가를 받고 당신한테 밥을 차려 주려 고요."

"하, 그래서 그 대가로 날 네 가게에 억지 취업을 시켜서 강 제로 노동력을 착취하겠다는 거야?"

"바로 맞췄어요. 아, 그리고 매달 월급에서 십만 원을 제할 거예요."

"뭐? 십만 원?"

"밥값을 내야죠. 매일 이거 해 달라 저거 해 달라 성화인 당 신 때문에 내 식비가 배로 들어간단 말이에요."

"싫다고 하면?"

"다시는 내 집에 얼씬도 하지 말아요!"

단호한 은백의 말에 천홍이 잠시 한쪽 눈썹을 추켜올린 채 생각에 잠겼다. 천홍이 흔들리고 있다는 것을 느낀 은백이 이 번엔 달콤한 말로 천홍을 유혹했다.

"아예 공짜로 당신의 노동력을 착취하려는 건 아니에요. 당당하게 시급을 주고 일을 시킬 거라고요."

"시급이 얼만데?"

"한 시간에 6,000원."

"그 돈이면 열 시간을 꼬박 일해야 겨우 60,000원을 벌 수 있다는 거잖아?"

"올해 우리나라 최저 시급이 5,580원이에요. 난 최저 시급보다 420원이나 더 주는 거라고요. 더 주는 걸 다행으로 알아요. 양심 없는 사장 밑에서 일하는 다른 사람들은 최저 시급보다 더 적은 돈을 받고 일한다고요."

은백이 생각났다는 듯 딱 소리 나게 엄지와 중지를 마주쳤다.

"아, 그리고 천홍 씨가 성실하게 일하면 6개월에 한 번씩 500원 단위로 시급 올려 줄게요."

천홍이 한숨을 내쉬었다.

"6,000원이나 6,500원이나."

"어머, 몰라서 그래요. 500원 차이가 얼마나 큰 건데요. 그리고 당신도 일하고 싶다면서요. 채용해 준다고 할 때 어이쿠! 감사합니다, 하고 와서 일해요."

은백이 가슴 앞으로 팔짱을 끼며 도도한 표정으로 말하자 잠시 속눈썹으로 눈동자를 덮고 생각에 빠졌던 천홍이 마지못한 듯 대답했다.

"이대로 굶어 죽느니 차라리 돈 버는 게 나으니까 한번 해 보도록 하지."

"대신 죽을 각오로 열심히 일해야 해요. 당신 같은 사람 채용 하는 사장은 나밖에 없을 거니까."

좋아 죽겠다는 표정으로 실실 쪼개고 있는 은백을 찌푸린 눈으로 바라보던 천홍이 이내 한숨을 내쉬며 입을 열었다.

"나한테 많은 건 바라지 마."

"그래요. 차차 배우도록 해요, 그럼."

은백의 입술에 승리의 미소가 걸렸다.

*　　*　　*

천홍과 함께 가게에 도착한 은백은 셔터를 올리고 가게 안으로 들어와 불을 켰다. 천홍이 느릿한 걸음으로 은백의 뒤를 따랐다. 가뜩이나 좁아터진 가게 안에 키가 큰 건장한 남자가 들어오자 꽉 차 보였다.

"여기가 당신 가게야?"

"네. 좀 좁지만 그래도 아늑하죠?"

"답답해. 폐소 공포증 있는 사람은 들어올 꿈도 못 꾸겠어."

"그래도 한 면은 터져 있잖아요. 그걸 다행으로 생각하라고요."

"우리 본가 화장실보다 작잖아."

"또 거짓말한다."

은백이 천홍을 믿지 않은 표정으로 흘겨봤다.

"혹시 허언증 같은 거 있어요? 아니면 과대망상증?"

"없어."

천홍이 딱 잘라 대답하자 미심쩍은 눈으로 그를 쳐다보던 은백이 가게의 옷장 안에서 붉은색 앞치마를 꺼내 그에게 내밀었다. 붉은색 앞치마 앞엔 <불사조 토스트>라는 촌스러운 글자가 박혀있었다.

천홍은 자신의 앞에 내밀어진 앞치마를 받을 생각도 하지 않고 노골적으로 싫은 기색을 보이며 물었다.

"가게 이름이 불사조야?"

"아까 들어오면서 못 봤어요?"

"가게가 내가 생각했던 것보다 너무 후줄근해서 충격 받는 바람에 간판은 못 보고 그냥 들어왔어."

"후줄근해서 미안하게 됐네요."

"가게가 후줄근한 것보다 이름이 더 후줄근해. 솔직히 가게 이름 너무 촌스럽지 않아? 요즘에 꽤 세련된 이름의 가게 많던데 불사조가 뭐야, 불사조가."

"엄마랑 아빠가 불사조를 좋아하셨거든요."

은백은 쓸쓸한 기분이 들자, 천홍에게서 표정을 감추기 위해 눈꺼풀을 아래로 내리깔면서 말했다.

"왜, 불사조는 절대로 죽지 않는 새라고 하잖아요. 영원을 상징하는 새."

"하긴. 영원히 사는 생물한테는 뭔가 묘한 매력이 깃들어 있긴 하지."

천홍이 고개를 끄덕이며 앞치마를 입고 가게 한구석에 있는

30인치 컴퓨터 모니터만 한 거울 앞으로 가 거울에 비친 자신의 모습을 빤히 쳐다봤다.

"안 어울려."

"안 어울려도 입어요. 앞치마가 무슨 잘 어울리라고 입는 패션 아이템인 줄 알아요? 이제부터 사람이 먹을 음식을 만들어야 할 손이니까 저기 싱크대에서 항균 비누로 깨끗하게 씻어요."

은백이 천홍에게 핀잔을 주며 그를 싱크대로 끌고 갔다.

"보고 있을 거니까 깨끗이 씻어요."

천홍이 가슴 앞으로 팔짱을 낀 채 자신을 빤히 쳐다보고 있는 은백을 잠시 보다가 이내 물을 틀고 손을 씻기 시작했다.

"어어?"

은백이 천홍에게로 가까이 다가왔다.

"손에 물 묻히고 난 다음엔 물 잠가야죠."

"어차피 또 쓸 건데 귀찮게 뭘 또 잠가."

"비누로 손 씻는 동안 이유도 없이 나오는 물은 무슨 죄예요? 그리고 수도세는 어디 땅 파면 나와요? 잠그고 문질러요."

은백이 수도꼭지를 잠그자 천홍이 99.9 퍼센트 항균이 가능하다는 물비누를 손바닥에 덜어내서 거품을 내 문질렀다. 그렇게 한참 동안 나름대로 깨끗하게 손을 문지르고 있는데 은백이 더욱더 가까이 다가와서 그에게 핀잔을 주었다.

"그렇게 하는 게 아니죠."

"뭐야, 잘 씻고 있고만."

"그렇게 씻으면 깨끗하게 못 닦아요. 이렇게 문질러야 깨끗하게 닦이는 거예요."

은백이 손을 물에 적신 다음 물비누를 손바닥에 덜고 손바닥끼리 서로 문지르다가 손바닥과 손등을 문질렀다. 그리고 엄지손가락을 다른 손으로 감싸 쥔 채 문지르고 마지막에는 손끝을 손바닥에 대고 문질렀다.

"이렇게 해야 손끝까지 다 깨끗하게 닦을 수 있어요."

"뭘 이렇게까지 해?"

"사람 먹는 걸 다루는 손이니 더 깨끗해야죠. 자, 보여 줬으니까 한 번 따라 해 봐요."

은백의 말에 천홍이 투덜거리면서 그녀를 따라서 손을 닦기 시작했다.

"아니, 그게 아니라……."

답답한 모습으로 쳐다보던 은백이 천홍의 손을 낚아챘다.

"잘 봐요. 제 손가락이 천홍 씨 손가락 끝이라고 생각하고 봐요. 이렇게……."

은백이 자신의 손가락 끝을 모아서 천홍의 손바닥에 대고 부드럽게 문질렀다.

"이렇게 손끝까지 다 깨끗하게 닦……."

은백이 천홍의 손바닥에 자신의 손가락을 문지르다가 문득 그를 올려다봤다. 천홍이 남색 눈으로 은백을 내려다보고 있었다.

"아."

은백의 하얀 얼굴이 순식간에 붉어졌다.

"나머지는 알아서 닦아요."

은백은 천홍의 시선을 피하며 물을 틀어 자신의 손에 묻은 비누 거품을 닦아내고 싱크대 수납장 손잡이에 걸려 있는 수건으로 물기를 닦았다. 그런 은백을 가만히 쳐다보던 천홍이 피식 웃으며 마저 손을 닦기 시작했다.

은백의 얼굴은 여전히 복숭아 빛으로 물들어 있었다. 자꾸만 명치 안쪽이 이상하게 간질거렸다.

이윽고 천홍이 손 씻기를 마치고 수건으로 물기를 닦자, 잠시 붉어진 얼굴을 진정시키기 위해 뒤돌아 서 있던 은백이 냉장고 안에서 청포도와 키위를 꺼냈다.

"이거 껍질 좀 깎아 줘요."

"뭐?"

"청포도는 청포도 에이드에 들어가야 하는 거니까 껍질을 벗기고 안의 씨를 발라 주시고 키위랑 사과는 껍질을 깎아서 적당한 크기로 잘라 주세요."

천홍은 가늘게 뜬 눈으로 은백이 손에 쥐여 준 볼 안의 과일들을 내려다봤다.

"나 영업 준비할 테니까 그동안 이 과일 좀 다듬어 놓고 있어요. 에이드나 주스는 더운 오후에 더 잘 팔린단 말이에요."

"나 과일 깎을 줄 몰라."

재료들을 꺼내기 위해 다시 냉장고로 향하던 은백이 놀라서 뒤를 돌아보았다.

"과일 깎을 줄 모른다고요? 설마……. 일하기 싫어서 농담하는 거죠?"

"아니. 한 번도 깎아본 적 없어."

"그럼 그동안 과일을 껍질도 안 벗기고 먹었단 말이에요?"

"아니. 벗기고 먹었지. 난 입 안이 껄끄러워서 껍질째 먹는 거 싫어하는 편이야. 껍질째 먹어도 되는 사과 같은 과일도 껍질 안 벗기면 안 먹어. 그동안은 늘 어머니나 도우미 아줌마가 깎아서 내 방으로 가져다줬지."

"또 또 그 소리네."

은백이 질렸다는 얼굴로 손사래를 쳤다.

"됐고요. 그럼 학교에서 가정 시간에 깎아본 적 없어요? 중학교 3년, 고등학교 3년 다니는 동안 한 번이라도 그런 수업이 있었을 텐데요."

"내가 다녔던 학교에서는 그런 거 안 가르쳐 줬어. 가정 수업이라는 거 한 번도 들어본 적 없어."

"말도 안 돼."

"그런 걸 왜 배워야 하는데? 시키면 다른 사람이 해 주는 거잖아."

은백이 놀란 눈으로 천홍을 바라봤다.

"당신……. 혹시 날라리였어요? 다른 사람한테 시킨다니. 막 애들한테 빵 사 오라고 시키고 공부 잘하는 애한테 숙제 대신 시키고 준비물 같은 거 빼앗아 쓰는 그런 거……."

"아니. 난 모범생이었어."

천홍이 새삼스럽다는 얼굴로 말했다.

"그리고 난 공부 잘했거든? 전교에서 항상 1등이었지. 자영이도 공부로는 날 한 번도 이긴 적 없지."

"자영 씨랑 같이 학교 다녔어요?"

"자영 씨?"

천홍이 은백을 내려다봤다.

"언제 봤다고 자영 씨야, 자영 씨가."

"몇 번 봤어요."

은백의 말에 한쪽 눈썹을 들어 올렸던 천홍이 어깨를 으쓱했다.

"뭐, 됐어. 그리고 돈만 있으면 이런 거 안 배워도 되잖아. 돈으로 사람을 고용해서 부리면 되는데 왜 굳이 직접 해야 하는데?"

"난 당신 얘긴 이제 콩으로 메주를 쑨다고 해도 못 믿겠어요. 지금 하고 다니는 꼴을 봐요. 누가 당신을 돈 많은 부잣집 도련님으로 봐요? 자꾸 거짓말하지 말고 그냥 집이 망해서 돈한 푼 없다고 사실대로 말해요. 돈 많다고 허세 부리는 것보다 사실을 인정하고 앞으로 살아갈 계획을 다시 짜는 게 더 현실적이고 멋진 거예요."

"믿기 싫으면 믿지 마. 나도 이제 더 이상 믿으라고 강요안 해."

천홍이 작은 목소리로 씁쓸하게 중얼거렸다.

"난 이미 쫓겨났고, 쫓겨날 때 돈이 많은 건 내가 아니라 아버지였다는 걸 깨달았으니까."

"뭐라고요?"

어딘지 슬픈 얼굴을 하고 작은 목소리로 알아듣지 못할 말을 중얼거리는 천홍의 모습에서 외로움이 느껴지는 것 같아 은백은 혼란스러웠다.

말도 안 돼. 천상천하 유아독존, 나 혼자 잘 났어 포스를 풍기고 다니는 남자에게서 외로움이 느껴지다니.

어두워진 분위기를 바꾸기 위해 은백은 무슨 이유 때문인지 갑자기 기가 팍 죽은 듯한 천홍을 가게 안에 있는 작은 테이블로 데려가 앉히고 자신도 그 옆에 앉았다.

"과일은 이렇게 깎는 거예요. 나 보고 잘 따라 해요."

은백이 키위의 얇은 껍질을 칼로 부드럽게 깎아냈다.

"껍질은 이렇게 두껍지 않게……. 이렇게 최대한 얇게 깎는 거예요."

키위 하나를 다 깎은 후, 은백이 천홍을 올려다봤다. 천홍의 표정은 심드렁, 그 자체였다. 그 얼굴을 본 은백은 차라리 다행이란 생각이 들었다. 이 남자한테는 슬프거나 외로운 표정보다는 나 잘났소, 하는 심드렁하고 오만한 표정이 더 잘 어울렸다.

"잘 봤어요?"

"응."

"잘 본 거 맞아요? 표정은 아니라고 말하고 있는데요?"

"할 수 있을 것 같아. 줘 봐."

"자요."

은백이 키위를 내밀자 천홍이 칼을 들고 깎기 시작했다.

"이렇게 하는 거 맞나?"

연신 고개를 갸웃하며 과일을 깎은 천홍은 약간 시간이 걸렸지만 완벽하게 깎아냈다. 오히려 그녀보다 더 얇게 잘 깎은 것 같았다. 은백의 얼굴에 괜한 심술이 돋아났다.

"잘하는 거 보니까 한 번도 안 깎아봤다는 말은 거짓말이었나 보네요."

"거짓말 아니야. 내가 원래 손재주가 좀 있거든."

"아무리 손재주 좋아도 그렇지, 과일 처음 깎아본다는 사람이 한 번 보고 금방 그렇게 능숙하게 깎아요?"

"한 번 본 건 아니야. 예전에 본가에서 살 때 어머니나 도우미 아줌마가 깎는 모습을 몇 번 본 적이 있거든."

"내가 말을 말아야지."

고개를 절레절레 저은 은백이 청포도 한 알을 따서 천홍에게 보여주며 설명했다.

"청포도는 껍질을 이렇게 벗기면 여기 안에 씨가 보이죠? 이걸 엄지랑 집게손가락에 힘을 주면서 살살 밀어내면 여기로 빠져요."

"하나하나 다 씨를 빼라고?"

"그래야 먹죠."

"하아."

뭔가 불만스러운 표정으로 한마디 하려고 입을 열었던 천홍이 한숨을 내쉬며 청포도의 꼭지에서 포도 알들을 따기 시작했다.

"화이팅."

은백은 자신의 손에 들린 포도 알을 노려보며 씨를 바르는 천홍을 향해 미소 짓다가 이내 얼굴에서 미소를 지웠다.

잘생긴 것에도 죄가 있다면 너는 종신형이야.

은백은 얼마 전에 유행했던 닭살 돋는 말을 떠올리며 천홍이 바로 그 말의 주인공일 거라고 생각했다. 그녀는 자꾸만 가게 안쪽에 앉아 있는 잘생긴 남자에게로 향하려는 눈을 타이르며 토스트를 구울 불판과 계란을 부칠 불판을 깨끗하게 닦고 갖은 재료들을 세팅하며 영업 준비를 시작했다.

"이거 어제 미리 깨끗하게 씻어 놓은 양배춘데요, 저기 채칼로 채 썰어 줄래요? 위아래로 슥슥 갈면 썰릴 거예요."

"귀찮아."

"이왕 하기로 한 거 좀 의욕적으로 해 봐요. 그런 표정으로 일하면 보는 나도 기운 빠진다고요."

"쳇."

천홍이 불만 가득한 표정으로 입술을 내밀자 입꼬리가 뒤집어진 입술이 도톰하게 튀어나왔다. 그가 은백의 손에서 양배추를 받아 들더니 채칼에 올려놓고 슥슥 갈기 시작했다.

"양배추가 너무 작아질 정도로 썰면 손가락 다치니까 갈다가 손에 남은 양배추가 작아지면 멈춰요. 그럼 그건 내가 칼로 채 썰 테니까."

천홍은 처음에는 서툴게 버벅거렸지만 이내 익숙해진 듯 양배추 두 개를 채 썰어 놓았다.

"시키면 잘하네요."

은백이 뿌듯한 얼굴로 칭찬을 하자 천홍이 어깨를 폈다. 자기 자신이 자랑스러운 표정이었다. 칭찬 하나에 어린아이처럼 표정이 변하다니. 의외로 순수한 면도 있는 모양이다.

"음⋯⋯. 계란이⋯⋯."

한창 영업 준비를 하던 은백이 항상 아래쪽 선반에 두는 계란을 찾아 몸을 돌린 순간 아삭하는 소리가 들렸다. 그 소리에 은백이 멈칫한 사이에 또다시 아삭하는 소리가 귀를 간지럽혔다.

은백이 재빨리 고개를 돌렸다.

"음. 상큼하네."

아까 깎아놓은 사과가 모조리 사라져 있었다. 여덟 조각 중 일곱 조각이 순식간에 사라지고 한 조각만 천홍의 커다란 손에 남았다.

"지금 이게 뭐하는⋯⋯."

"이렇게 단 사과는 오랜만이네."

"먹었어요?"

"뭘?"

"사과 먹었냐고요."

"먹었는데?"

천홍이 씩 웃으며 자신의 손에 들려있던 남은 한 조각을 마저 입에 넣었다.

"먹지 마!"

은백이 소리쳤을 때는 이미 늦었다. 마지막 남은 한 조각도 저세상으로 가버렸다. 정확히 말하면 천홍의 뱃속이겠지만.

"그거 주스 만들 과일이란 말이에요!"

"요즘 과일 통 못 먹어서 먹고 싶었는데, 눈앞에 있으니까 먹고 싶지 뭐야. 예전엔 밥 먹으면 항상 후식으로 과일을 먹었 었단 말이야."

"아무리 그렇다고 해도 주스로 만들어 팔아야 될 과일을 함 부로 먹어요? 사과가 넉넉하지 않았으면 어쩔 뻔했어요!"

"다시 사 오면 되지."

"말은 쉽죠."

은백이 한숨을 내쉬었다. 저 멀리 날아가는 복이 보였으나 그렇다고 터져 나오는 한숨을 막을 수는 없었다.

"다음부터는 먹지 마세요. 알았어요? 사과 주스는 인기가 많 아서 찾는 사람들이 은근히 많단 말이에요."

"그럼 키위 하나만 더 먹으면 안 되나?"

"안 돼요!"

왠지 알바생으로 천홍을 선택한 게 실수였다는 생각이 듦과 동시에 천홍이 앞으로 얼마나 더 사고를 칠지 걱정이 됐다.

아……. 나 어떡해. 이러다 정말 가게 망하겠어.

*　　*　　*

오늘 하루는 정말 파란만장했다.

천홍은 오늘 은백의 우려만큼 쉴 틈 없이 사고를 치지는 않았다. 초보인 것을 감안해서 간단한 것들을 주로 시키긴 했지만 무언가를 시키면 의외로 완벽하게 해냈다. 하지만 일적인 것 외에 다른 것으로 은백을 힘들게 했다.

은백의 눈치를 보다 그녀가 방심하는 순간 주스용 과일이나 토스트 재료들을 야금야금 먹어치우질 않나, 토스트를 사러 온 예쁘장하게 생긴 여대생한테 작업을 걸지 않나…… 정말 생각지도 못한 것으로 그녀의 신경을 자꾸 건드려서 은백은 지금 딱 미치기 일보 직전이었다.

"오늘은 집에 가서 당신 밥 안 해 줘도 되니까 정말로 다행이네요."

가게 문을 닫고 버스를 타러 가면서 은백이 말했다.

"오늘도 밤 10시에 밥해 달라고 했으면 당신 목을 졸랐을 거야."

"나도 오늘 힘들었거든?"

"하긴. 당신도 힘들었겠어요. 사고 치느라."

은백이 비아냥거렸다.

"몸을 쓰는 일을 처음 해 봐서 그래."

"그래요. 당신이 재벌 2세라는 말은 못 믿어도 험한 일 안하고 곱게 자랐다는 건 이제 믿어 줄게요. 지독할 정도로 생활력 없는 모습을 보니 딱 궁 안에서 곱게만 자란 왕자님 같긴 하네요. 당신 집이 망하기 전에는 좀 사는 집이었나 봐요."

집으로 가는 버스를 기다리려고 버스정류장 의자에 앉자마자 은백은 꾸벅꾸벅 졸기 시작했다.

"졸지 마. 버스 곧 올 거 같으니까."

버스 정류장마다 비치되어 있는 모니터를 바라보며 천홍이
말했다.

"안 졸아요."

은백이 기운 없는 목소리로 말했다.

"저기 버스 온다."

"그럼 타야죠."

버스가 그들의 앞에 멈춰 서자 은백이 먼저 요금을 내고 버
스를 탔다. 그리고 그녀는 버스의 가장 맨 뒷자리에 가서 앉았
다. 천홍도 자영에게서 받은 십만 원으로 충전한 교통카드로
요금을 지불하고 느릿한 걸음으로 걸어가 그녀의 옆자리에 앉
았다. 천홍이 자리에 앉음과 동시에 버스가 출발했다.

"왜 출입문이랑 가까운 자리 놔두고 여기 앉는 거야? 내릴
때 귀찮잖아."

"난 버스 타면 항상 맨 뒷자리에 앉거든요."

"습관이야?"

천홍의 물음에 은백이 잠시 멈칫했다가 이내 입을 열었다.

"습관이에요."

그렇게 말한 후 잠시 졸린 듯 반쯤 뜬 눈을 연신 깜빡이던
은백은 결국 천홍의 어깨에 머리를 기대며 잠이 들었다.

자신의 어깨에 은백의 머리가 떨어지자 무의식적으로 흠칫

몸을 굳힌 천홍이 어깨를 슬쩍 뺐다. 어깨에 누군가의 머리가 닿는 건 처음이었기 때문이었다.

물론 지금까지 사귀었던 여자들 중에서 애교나 장난으로 천홍의 어깨에 머리를 기대려 했던 여자들은 많았다. 하지만 천홍이 그걸 끔찍하게도 싫어했다. 사람의 머리가 무게를 가지고 어깨에 기대오면 왠지 모르게 온몸에 소름이 돋았기 때문이었다.

"으음……."

머리를 기댈 곳이 없어진 은백이 무의식적으로 신음을 하며 고개를 아래로 폭 떨구자, 그 모습을 가만히 바라보고 있던 천홍이 손을 들어 은백의 머리를 자신의 어깨에 올려놓았다.

생각보다 기분이 나쁘지 않았다. 자신의 어깨에 의지해서 잠든 그녀의 머리는 의외로 가벼웠다.

은백이 불편하지 않게 어깨에서 힘을 뺀 천홍은 어차피 여기서 집까지 5분 조금 넘게 걸리니까 그 정도는 참아 줄 수 있다고 생각하며 버스에서 내릴 때까지는 이대로 가만히 있어야겠다고 다짐했다.

"으응……."

버스가 흔들려 천홍의 어깨도 함께 흔들리자 은백이 불편한 듯 고개와 몸을 움찔거리며 신음 소리를 냈다.

어깨 대 주고 있는데 뭐가 불만이야, 그냥 확 밀어 버릴까 보다 등등의 말을 입 안으로 중얼거리며 입술을 삐죽거리던 천홍은 살며시 은백의 머리를 자신의 어깨 중 가장 평평한 곳으로 옮겨서 기대놓았다. 천홍이 편한 쪽으로 머리를 기대주자 잠결에 몸을 꿈틀거리며 불만을 표시하던 은백이 조용해졌다.

다시 깊게 잠이 든 그녀의 눈치를 살피던 천홍은 살면서 자신이 타인의 평안을 위해 조금이라도 노력한 적이 한 번이라도 있었는지 떠올려봤다.

없었다. 단 한 번도 없었다.

왠지 모르게 드는 씁쓸한 감정에 천홍은 이런 쓸데없는 생각을 하게 된 건 다 너 때문이라며 은백을 살짝 노려봤다. 조금 전에 보았던 은백의 그 모습만 아니었어도 자신이 이런 생각을 하게 되진 않았으리라.

*　　*　　*

천홍은 오늘 하루 종일 은백이 쳐다보지 않을 때를 노려 과일이건 베이컨이건 소시지건 손이 닿는 대로 집어먹었다. 그렇게 출출한 배를 달래며 생과일주스를 찾는 손님이 오면 레시피에 맞게 주스를 만들어 건네는 쉬운 일만 하고 있던 천홍의 눈에 손님과 대화를 하는 은백이 들어왔다.

백발의 할머니와 대화를 하는 은백의 얼굴에는 다정함이 깃들어 있었다. 그 얼굴은 천홍이 단 한 번도 본 적 없는 표정을 담고 있었다. 다정하게 미소를 짓고 있으니 그냥 평범하고 동글동글했던 그녀의 얼굴이 순식간에 예뻐 보였다.

"이제 날씨도 많이 더워졌는데, 그렇게 하루 종일 불판 앞에서 일해야 하니 정말 힘들겠어."

"아니에요. 삼 년 동안 꾸준히 해 온 일인데요."

"아 참, 내 정신 좀 보게. 손자가 피자 토스튼지 뭔지가 먹고 싶다고 해서 그거 사다 주려고 왔는데."

"피자 토스트 말씀이세요? 저희 가게 피자 토스트는 삼천오백 원이에요."

"에구머니, 이를 어쩌나……."

할머니가 주머니에 있던 돈을 몽땅 털어 손바닥 위에 올려놓고 하나하나 세보더니 난처한 듯 말을 망설였다.

"왜 그러세요, 할머니?"

"돈이 조금 모자라……."

할머니의 손바닥 위엔 천 원짜리 지폐 두 장과 백 원짜리 동전 다섯 개가 놓여 있었다.

"음……. 천 원 모자라네요."

"아가씨, 조금만 기다리고 있으면 내가 금방 집에 가서 돈을 더 가지고 올게. 내가 다녀올 동안 토스트 만들고 있어요."

"잠깐만요, 할머니!"

할머니가 지팡이를 짚고 왔던 길을 돌아가려 하자 은백이 그런 할머니를 말렸다.

"응? 왜?"

"그냥 이천오백 원에 드릴 테니까 손자 분 갖다 주세요."

"에구, 어떻게 그러나……."

"정 마음에 걸리시면 다음에 오실 때 천 원 갖다 주시면 되잖아요."

은백이 미안해하는 할머니를 향해 환한 미소를 지었다.

"그래도……."

끝까지 망설이는 할머니에게 보다 못한 천홍이 이렇게 망설일 시간에 차라리 그냥 집에 가서 돈을 가져오라고 말하려는데, 은백이 서운한 얼굴로 할머니를 바라봤다.

"할머니, 다음엔 안 오실 생각이세요?"

"응? 아니야, 아니야. 또 올 건데……. 미안해서 그러지."

"저도 그냥 깎아드리는 거 아니에요. 할머니 저한테 빚지신 거예요. 저 공부는 별로 못해도 사람 얼굴은 정말 잘 기억하거든요. 할머니, 다음에 오시면 할머니께서 까먹으셔도 제가 기억하고 천 원 받을게요. 그러니까 그냥 그 돈만 저 주세요."

"고맙네, 아가씨."

할머니가 은백의 손에 돈을 쥐어 주며 연신 고맙다고 인사를 했다.

막 만들어 따끈따끈한 토스트를 들고 할머니가 집으로 돌아가자 천홍이 물었다.

"그냥 저렇게 보내도 돼? 만약 안 오면 어쩌려고?"

"안 오셔도 어쩔 수 없죠."

은백이 어깨를 으쓱했다.

"내가 뭐만 먹으면 쭉 찢어진 눈으로 째려보고 노발대발했으면서 왜 저 할머니는 봐주는데?"

"나도 웬만하면 가지고 오라고 하고 싶었는데, 한눈에 봐도 연세가 많으신 할머니였잖아요. 게다가 지팡이까지 짚고 계신 거 보면 무릎이나 허리 같은 데가 편찮으신 것 같은데 손자가 먹고 싶다고 직접 사러 나오신 게 너무 감동적이지 않아요?"

은백이 천홍을 올려다보며 말했다.

"그리고 아픈 무릎이나 허리를 하고 다시 집에 갔다 오시게 하고 싶지 않았어요. 저기 앞에 미용실 있죠? 거기 미용실 언니 어머니가 허리 디스크가 있으신데, 심할 때는 한 걸음 걷는 것도 너무 고통스러워서 그럴 땐 아예 집 밖으로 나가지도 않는대요."

"쓸데없는 데서 착하구나, 당신은."

"쓸데없긴 뭐가 쓸데없어요? 다 이렇게 사는 거예요. 둥글게 둥글게 살아야지, 너무 모나게 살면 안 좋아요."

천홍이 은근한 말투로 말했다.

"나한테 저 할머니한테 하는 것 반만 친절하게 대해 봐. 그럼 혹시 알아? 내가 간이고 쓸개고 다 빼 주겠다고 달려들지."

"당신한텐 충분히 친절하게 대해 주고 있거든요?"

은백이 곱지 않게 눈을 흘겼다.

그 뒤로도 천홍은 쭉 은백을 관찰했다.

키가 작은 꼬마 손님이 찾아오면 그녀는 185도로 가열된 뜨거운 불판 앞임에도 몸을 살짝 숙이고 아이가 하는 말을 경청해 들은 후에 토스트를 만들었고 나이 지긋한 할아버지나 할머니가 찾아오면 얼른 계산을 하고 가게 앞에 위치한 테이블에 앉아서 기다리게 했다. 성격이 모나서 시비를 잘 거는 사람이 찾아와도 그녀는 억지 미소라도 지으며 꾹 참고 친절하게 대하려고 애를 썼다.

은백은 짬이 나는 시간에는 힘들고 지친 표정으로 의자에 앉아 있다가도 손님이 찾아오면 언제 죽을상을 하고 있었냐는 듯 180도로 돌변했다. 그녀는 의아해하는 그에게 손님들 앞에선 절대로 힘든 기색을 보이지 않는 것이 자신의 철칙이라고 말했다.

천홍은 새로운 손님이 오는 바람에 다시 토스트를 만들기 시작하는 그녀의 뒷모습을 한참 동안 가만히 서서 바라보았다.

그는 거의 삼십이 다 돼 가는 나이를 먹는 동안 존경할 만한 여자를 단 한 번도 만난 적이 없었는데, 이번에 만난 것 같다는 생각이 들었다.

사람들은 대개 자신이 가지고 있지 않은 것을 가지고 있는 사람을 부러워하고 존경한다. 천홍 또한 자신이 가지고 있지 않은 많은 것들을 가지고 있는 은백이 존경스럽기도 하고 조금은 부럽기도 했다. 그렇게 천홍의 눈에 은백이 조금씩 다르게 보이기 시작했다.

*　　　*　　　*

생각에 잠긴 채 평화롭게 잠이 든 은백의 숨결을 어깨로 느끼면서 덩달아 왠지 모르게 평온한 기분이었던 천홍의 정신을 번쩍 들게 한 것은 곧 그들이 내릴 버스 정류장에 도착한다는 안내 방송이었다.

아침에 출근하면서 은백이 버스에서 내릴 땐 하차 전에 벨을 눌러야 한다고 알려 주었던 것을 기억한 천홍은 일단 벨을 눌렀다. 벨을 누른 후, 잠시 잠든 은백의 머리를 어쩔까 고민하던 그는 슬쩍 그녀의 머리에서 자신의 어깨를 빼냈다.

"으음⋯⋯."

머리를 기댈 곳이 없어지자 고개를 휘청거리던 은백이 잠에서 깨, 몽롱한 눈을 가늘게 눈을 뜨며 주변을 살폈다. 비몽사몽간에도 은백의 눈에 자신이 살고 있는 동네의 풍경이 들어왔다.

"도착했네요⋯⋯."

버스가 멈추자, 은백이 여전히 잠에 취한 채 작게 중얼거리더니 휘청거리며 자리에서 일어났다. 중심을 잃고 흔들리던 은백의 손에 천홍의 손이 잡혔다.

버스에서 내린 천홍이 그녀에게 잡힌 자신의 손을 가만히 내려다보았다. 버스에서 내리고도 정신이 없는 듯 잠시 천홍의 손을 잡은 채 앞으로 걸어가던 은백이 천홍의 손을 잡지 않은 다른 손으로 자신의 이마를 짚었다.

"으음⋯⋯. 잠이 너무 안 깨네요."

"일 많이 했으니까."

"맞아요. 새 알바생을 구했는데도 평소처럼 일을 많이 했죠."

은백이 반쯤 감긴 눈으로 천홍을 바라봤다.

"분발 좀 해요. 알았어요? 나 많은 건 안 바라요. 당신한테 주는 돈이 안 아까울 정도로만 해 줘도 감지덕지예요."

천홍의 손을 잡은 채 은백이 다시 휘청거리는 걸음으로 집을 향해 걷기 시작했다. 그녀에게 손을 잡힌 채로 천홍이 한 걸음 뒤에서 천천히 따라갔다. 은백이 무언가에 걸렸는지 비틀거리다 넘어지려고 하자 그가 그녀의 어깨를 감쌌다.

"이제 그만 잠 좀 깨지그래?"

천홍의 팔에 자신의 몸을 맡긴 은백이 잡고 있던 그의 손을 놓고 축 늘어졌다.

"그렇게 반쯤 감은 눈으로 걸어가면 누구라도 넘어져. 멍청하게 이러고 있지 말고 어서 잠 깨라고."

"음……. 나 너무…… 졸려서……."

"5분이면 돼! 5분이면 되니까 일어나!"

감은 눈의 은백에게서 대답이 없자 그녀의 허리를 안고 가만히 서 있던 천홍이 깊은 한숨을 내쉬었다.

"내가 어쩌다 이런 신세로 전락했지?"

이대로 마냥 서 있을 순 없을 것 같아 미간을 꿈틀거리며 고민하던 천홍이 한 손으로 은백의 어깨를 흔들었다.

"정은백. 정은백!"

은백의 눈꺼풀이 움찔하다 이내 잠잠해졌다.

"여기서 정신 줄을 놓으면 나보고 어떡하라고!"

잠시 화가 나 씩씩거리던 천홍은 잠에 취한 그녀를 차마 길

바닥에 버리고 갈 수 없어서 미간을 꿈틀거리며 다시 한 번 은백의 어깨를 흔들었다.

"야, 정신 좀 차려 봐."

"음……."

"업어 줄 테니까 정신 차리라고."

업어 준다는 말은 알아듣겠는지 감았던 눈을 게슴츠레 뜬 은백이 그를 올려다봤다. 그 모습에 다시 한 번 치밀어 오르는 화를 참으며 심호흡을 한 천홍이 악문 잇새로 말했다.

"오늘이 처음이자 마지막이야. 알아들었어?"

천홍이 은백을 향해 자신의 넓은 등을 내밀고 다리를 굽혔다.

"업혀."

다리를 굽히고 앉은 천홍의 등에 은백의 따뜻한 체온이 느껴졌다.

"무거우면 죽을 줄 알아."

은백이 천홍의 등에 업히며 팔로 그의 목을 감았다.

"너무 꽉 잡지 마. 숨을 못 쉬겠어."

천홍이 투덜거리자 은백이 잠에 취해 낮은 목소리로 물었다.

"사람 업는 것도 처음이라고 말할래요?"

"아니야. 사람 업는 건 이번이 두 번째야."

은백은 몸이 둥둥 떠다니는 느낌에 두 눈을 감으며 작게 신음 소리를 냈다.

"예전에 어머니가 쓰러지셨을 때, 그때 처음으로 누군가를 업어 봤지."

"음……. 많이 놀랐겠어요. 지금은 괜찮으신 거예요? 아…….
그런데 저 너무 졸려서 조금만 더 잘게요. 집까지…… 잘 부탁
해요."

말을 마친 은백은 곧 얕은 숨을 쉬며 잠이 들었다.

"백천홍. 너 진짜 갈 데까지 갔구나."

망나니짓만 골라서 하며 살아왔다는 죄로 거의 맨몸으로 집
에서 쫓겨나다시피 하고 생전 처음 본 여자 집에 들어가 밥을
얻어먹고, 종내에는 그 여자의 하수인이 된 자신의 신세가 처
량하기 그지없었다.

천홍은 은백을 업고 집으로 걸어가며 1년 안에 인간이 되어
돌아오라던 아버지의 말을 떠올렸다.

어떻게 해야 아버지 마음에 드는 인간이 되는지 아직은 도
무지 알 수가 없었다. 아버지가 말하는 인간이 되란 말은 분
명, 날 때부터 타고난 이 개차반 같은 성격을 뜯어고치고 오란
뜻이 분명했다. 하지만 스물아홉이 될 때까지 이 모양 이 꼴로
살아왔는데, 1년 안에 갑자기 새사람 되는 것은 자신이 생각
해도 너무 무리였다.

자신의 목을 꼭 끌어안은 채로 잠든 은백의 숨결을 느끼며
저 멀리 보이는 빌라를 향해 걸어가고 있던 천홍이 투덜거렸다.

"너 다이어트 좀 해야겠어. 너무 무겁잖아."

천홍은 빌라로 걸어가는 내내 은백의 몸무게를 가지고 투
덜거렸지만 빌라에 도착할 때까지 단 한 번도 쉬지 않고 걸
어갔다.

빌라 안, 그들의 집 앞에 도착한 천홍이 어깨를 움직여 은백을 깨웠다.

"일어나. 다 왔어."

"음⋯⋯. 다 왔어요?"

"그래. 무거우니까 빨리 내려. 내 허리 나가면 네가 책임질 거야? 남자는 허리가 생명이라고."

천홍의 투덜거림에 잠에서 확 깬 은백이 왠지 무안해진 기분이 들어 얼른 그의 등에서 내려왔다.

"그냥 좋게 내려오라고 해도 알아들어요."

"그럼 들어가."

"아참."

비밀번호를 해제하고 집으로 들어가려던 은백이 갑자기 멈춰 섰다.

"내일은 쉬는 날이에요."

"쉬는 날?"

"하나님께서 인간을 창조하실 때 6일은 일하고 7일째 되는 날에는 쉬라고 하셨잖아요. 요즘은 주 5일제라 토요일도 쉬는 사람들이 많지만요. 아무튼 그래서 우리 가게는 항상 일요일은 쉬어요."

"일요일이 장사가 제일 잘되는 날일 텐데?"

"그래도 어쩔 수 없죠. 저도 사람인데. 6일 일했으니 7일째 되는 날에는 가뿐한 마음으로 쉬어야죠."

"알았어."

"그럼 내일은 일 안 한다고 생각하고 푹 쉬세요."

은백이 살벌하게 눈을 빛냈다.

"월요일부터는 집에 들어가면 바로 코 박고 잠들 정도로 힘들게 굴려 줄 테니까요."

말을 마친 은백은 어이없다는 표정을 짓고 있는 천홍을 놔두고 깔깔거리며 집으로 들어갔다.

혼자 복도에 남은 천홍은 방금 은백이 들어간 문을 어이없다는 듯 노려보다가 이내 피식 웃었다. 조그만 게 그래도 고용주라고 텃세를 부린다.

달칵.

은백의 집 문이 다시 열렸다.

"뭐야?"

"오늘 업어 줘서 고마워요."

"시끄럽고, 빨리 들어가."

은백이 생글 웃더니 다시 집 안으로 들어갔다.

천홍은 주머니에서 열쇠를 꺼내 문을 열고 제집으로 들어갔다. 자신도 오늘은 좀 피곤했다. 그도 아예 논 것은 아니었으니까.

가구 하나 제대로 없는 집 안에 들어선 천홍은 은백에게서 빌린 이불과 베개가 펼쳐져 있는 방 안으로 들어가 옷을 갈아입지도 않고 누웠다.

이런 피곤함은 정말 오랜만이었다.

포근한 이불 속에 몸을 눕히며 천홍은 당분간 이대로 은백

의 가게에서 일하며 살아갈 생활비를 버는 것도 마냥 나쁘진
않겠다고 생각하며 잠이 들었다.

*　　　*　　　*

"저 녀석, 저거 지금 뭐하는 짓이야? 맨몸으로 쫓겨났으면서
또 계집질하고 앉아 있는 거야, 저놈?"

그래도 아들은 아들인지라 매몰차게 쫓아내 놓고도 마음에
걸려 자영을 붙여 놓고 감시를 하던 천도는 결국 아들이 사는
빌라까지 찾아왔다. 그러나 천도의 눈에 웬 여자를 들쳐 업고
빌라로 향해 걸어가는 아들의 모습이 포착됐다. 등에 업혀 두
팔로 목을 꼭 끌어안고 있는 정체불명의 여자는 천홍의 목덜
미에 얼굴을 묻고 있었다.

"이런!"

천도는 천홍이 눈치채지 못할 정도로 거리를 두고 미행하며
자영에게 전화를 걸었다. 그리고는 자영이 전화를 받자마자
버럭 소리를 질렀다.

[예. 회장님.]

"자영아, 이게 어떻게 된 거냐!"

[예?]

"천홍이한테 여자가 있다는 사실은 보고된 적 없잖아!"

수화기 너머의 자영은 당황한 듯 아무 말을 하지 않았다.

"왜 저놈이 여자를 업고 집으로 가고 있냔 말이야."

[여자라니……. 그게 무슨 말씀이십니까.]

"지금 백천홍, 그놈이 웬 여자를 업고 집으로 가고 있다고."

[아.]

담담한 어조로 자영이 물었다.

[혹시 지금 천홍이 등에 업혀있다는 여성분이 머리가 길고 체구가 아담한 여성분이었습니까?]

"어두워서 잘은 안 보이는데, 덩치가 작은 것 같긴 하다만……."

[그 여성분 청바지에 노란색 티셔츠를 입고 있습니까?]

"그런 것 같아."

[누군지 알 것 같습니다.]

"천홍이가 아직까지 제정신 못 차리고 여자 만나고 다니는 걸 알면서 나한테 보고를 안 했다?"

[그 여성분과 도련님이 만나는 사이는 맞습니다만 회장님께서 생각하시는 그런 만남은 아닌 것으로 알고 있습니다.]

"뭐?"

[내일 가서 보고 드리려 했는데, 지금 전화로 보고 드리는 게 나을까요?]

자신의 분노에도 침착하게 대응하는 걸 보니 자영은 천도에게 죄책감을 느낄 만한 짓을 한 적이 없는 것 같았다. 고로 저 여자는 정말로 천홍의 새로운 연애 상대가 아니라는 뜻이었다.

천도가 한층 여유가 생긴 얼굴로 말했다.

"지금 말해 봐."

[지금 도련님의 등에 업혀 가고 있다는 여성분은 도련님의 옆집에 사는 스물 중반의 아가씨로 현재 번화가에서 작은 토스트 가게를 운영하고 있습니다.]

"오호. 젊은 여성 CEO란 말이지?"

[그 여성분은 정은백 씨로 현재는 돈 한 푼 없이 쫓겨난 도련님에게 삼시 세끼 꼬박 밥을 해 먹이고 있습니다.]

천도의 한쪽 눈썹이 추켜올라갔다. 마음에 들지 않는 일이 생기면 한쪽 눈썹을 추켜올리는 이 버릇은 천도와 천홍 부자 간에 닮은 버릇이었다.

"혹시 천홍이가 부잣집 외동아들이라는 걸 알고 수작 부리는 건 아니고?"

[아마도 그건 아닐 겁니다. 정은백 씨는 몇 번이나 제게 천홍이의 식사 문제를 놓고 의논을 해 왔습니다. 식비가 너무 많이 든다며 자신 대신 천홍이의 밥을 챙겨 달라고 말입니다. 정은백 씨는 천홍이를 그저 무전취식하는 백수로 알고 있는 듯했습니다.]

진지한 자영의 말에 천도가 웃음을 터뜨렸다.

"하하하! 그렇단 말이지? 그래. 그럼 지금 왜 저 둘이 저러고 가는 건지는 설명할 수 있겠나?"

[제가 지금 헬스장에 와 있기 때문에 정확한 설명을 드리기는 어려우나 아마도 같이 일을 하고 집으로 돌아가는 길일 겁니다.]

"일을 하고 돌아와? 무슨 일?"

[오늘 점심때쯤 정은백 씨의 토스트 가게 앞을 우연히 지나게 되었는데 천홍이가 거기서 과일을 깎고 있었습니다.]

"처, 천홍이가⋯⋯ 과일을 깎고 있었단 말이야?"

[예. 저도 처음에 잘못 봤나 싶어서 차를 주차시키고 멀리 떨어져서 한동안 지켜봤습니다. 지켜본 결과, 천홍이가 토스트 가게에서 일하고 있는 것이 확실했습니다. 주로 하는 일은 정은백 씨가 토스트를 만들면 옆에서 과일을 갈아 주스를 만드는 정도로 간단한 수준입니다.]

"천홍이, 그 아이가 사람들한테 주스를 만들어서 팔고 있었단 말이지?"

[아마도 천홍이가 그동안 정은백 씨에게 대접받았던 밥값을 하기 위해서 일을 하고 있는 것 같습니다. 그게 아니면 앞으로 생활할 생활비를 벌기 위해서 일하는 것일 수도 있겠습니다.]

천도의 입술이 만족스러운 호를 그렸다. 회사에서 일 좀 거들라고 했더니 일할 생각은 안 하고 탱자 탱자 노는 것에만 푹 빠져서 한량처럼 지내길래 큰맘 먹고 내쫓았던 것이 못내 마음에 걸렸었는데 정말 다행이다 싶었다.

"저 정은백이라는 아가씨가 우리 천홍이를 데려다 일을 시키고 있단 말이지?"

[어떤 이유에선지는 아직 정확하게 확신할 수 없지만 한 가지 확실한 것은 정은백 씨가 천홍이에게 일거리를 주고 있다는 것입니다.]

"한 번 가까이서 만나보고 싶군."

[그러시다면 제가 언제 한번 기회를 봐서 다 같이 만날 수 있는 자리를 마련하도록 하겠습니다.]

천도가 서둘러 자영을 말렸다.

"아니, 아니. 됐어."

[예?]

"천홍이 놈이 자리에 없을 때 잠깐 만나서 사람 됨됨이를 좀 보고 싶어서 그래."

[제가 보기엔 요즘 세상에 보기 드문 꽤 괜찮은 아가씨인 것 같습니다.]

"어떻게 했길래 저놈을 일하게 만들 수 있었는지 그것도 궁금하고."

[다음에 한번 모시고 가겠습니다.]

"부탁하지."

[알겠습니다.]

진작 빌라 안으로 들어가 사라져 버린 천홍과 여자의 잔상을 눈으로 훑으면서 천도는 입가에 환한 웃음을 머금었다. 백천도의 인생 최대의 골칫덩어리였던 백천홍이 드디어 마음을 고쳐 잡고 일이라는 것을 하기 시작한 것이다!

빨리 집에 가서 안 여사에게 이 사실을 전하기 위해 천도는 기사가 대기하고 있는 곳을 향해 가벼운 발걸음으로 걸어가기 시작했다.

4. 넌…… 넌 내 밥순이야!

오랜만에 점심때까지 늘어지게 낮잠을 잔 은백은 과일을 사기 위해 시장으로 나갈 준비를 시작했다. 재료들의 싱싱함을 위해서는 출근길에 과일을 사서 가게로 가져가는 것이 좋겠지만 내일 은백은 아침부터 바쁠 예정이었다.

아침부터 천홍과 함께 가게로 가서 메뉴판을 외우게 하고 토스트를 만드는 법을 하나씩 가르칠 생각이었기 때문이었다. 슬슬 하나씩 가르쳐야지, 언제까지고 뒤에서 주스만 만들고 있게 할 수는 없었다.

준비를 마치고 집 밖으로 나온 은백은 천홍의 집을 물끄러미 바라봤다. 천홍을 불러내서 같이 과일을 사러 가고 싶지만 단칼에 거절당할 것 같아서 왠지 좀 두려웠기 때문이었다.

"할 수 없지. 나 혼자 다녀와야겠네."

한숨처럼 말한 은백이 빌라 계단을 내려가려 할 때였다. 얇은 운동복 차림의 자영이 아래에서부터 올라오고 있었다.

"자영 씨?"

"안녕하십니까, 은백 씨."

"안녕하세요."

은백의 눈이 자영의 얇고 하얀 티셔츠 아래서 도드라지는 가슴 근육을 훑다가 이내 고개를 돌렸다. 자주 헬스장을 찾는 것 같더니 역시 몸이 단단했다.

"운동 다녀오시나 봐요."

"예. 아침저녁으로 한 시간씩 헬스장에서 운동을 하는 편입니다."

"규칙적으로요?"

"그렇습니다."

"대단하시네요. 전 작심삼일이라 헬스장 회원증을 끊어도 며칠 하다가 지쳐서 그만두는 편이거든요."

"규칙적인 운동은 삶을 윤택하게 만드는 데 도움이 됩니다."

"저도 윤택한 삶을 살고 싶은 마음은 굴뚝같죠. 몸이 안 따라 줘서 문제지. 의지박약인가 봐요."

"그렇지 않습니다. 마음먹으면 누구든지 할 수 있습니다."

자영이 진지한 얼굴로 말하자 은백이 웃음을 터뜨렸다.

"항상 그렇게 진지하세요?"

"그런 편입니다."

"자영 씨, 은근히 재밌는 분이시네요."

"제가 말입니까?"

"네."

"재밌다는 얘기 처음 듣습니다. 천홍이는 늘 잔소리가 많아서 귀찮다고 하던데요."

"그건 그 인간 성격이 워낙 못돼서 그런 거죠."

"그런데 은백 씨는 가게 나가십니까?"

"아니요. 일요일은 가게 문 안 열어요."

"아, 그렇습니까."

"하나님이 인간에게 주신, 6일은 일하고 7일째 되는 날은 쉬라는 명령을 아주 잘 지키고 있는 거죠, 뭐."

은백의 말에 자영이 웃었다.

"그럼 어디 가시는지 물어도 되겠습니까?"

은백이 투덜거리듯 말했다.

"과일 사러 가요."

"그 과일 가게에 말입니까?"

"네. 짧으면 하루나 이틀, 길면 삼일 정도밖에 안 가니까 매번 이렇게 가야 하죠."

"오늘은 휴일이니까 내일 출근하기 전에 사러 가시는 것이 더 낫지 않을까요? 오늘은 어차피 사다 놓아도 영업을 하지 않으니, 모두 냉장고 신세잖습니까."

"그렇게 생각하면 내일 사러 가고 싶지만 내일은 엄청 눈코 뜰 새 없이 바쁠 예정이라서 말이에요."

자영이 무엇 때문이냐고 묻는 듯 쳐다보자 은백이 눈짓으로 자신의 등 뒤에 위치한 천홍의 집을 가리켰다.

"저기 사는 인간, 교육 좀 시켜야 하거든요."

"교육이라고요?"

"저기 사는 백수, 이제는 일자리 생겨서 더 이상 백수 아니에요."

자영은 천홍이 은백의 가게에서 일한다는 걸 이미 알고 있었지만 모른 척했다.

"천홍이가 일자리를 구한 겁니까?"

"네. 사장님이 엄청 마음이 따뜻하고 좋은 사람이라 저 사람처럼 불쌍한 사람을 가만 내버려 두지 않거든요."

"사장님 마음이 비단결 같으신가 보군요."

"네. 그런데 그 엄청 착한 사장님은 자영 씨도 알고 있는 사람이에요."

"누굽니까?"

"저요."

"은백 씨 말입니까?"

"네. 이대로 가다간 저 사람 때문에 생활비에 구멍 나게 생겨서 어쩔 수 없이 고용해 줬어요. 어제부터 우리 가게에서 일하고 있죠."

은백은 스스로 생각해도 자신이 너무 불쌍하다는 표정을 지었다.

"내일부터는 가게 문을 열기 전에 일찍 가서 저 사람 교육을 시킬 예정이에요. 토스트나 주스 종류만 해도 수십 가지라서 이름이니 가격이니 외울 게 많아요. 토스트를 만드는 방법도 하나하나 가르치려고요."

"바쁘시겠습니다."

"몸이 열 개라도 모자라겠죠. 그런데 내일 아침에 재료까지 사 나르면 몸도 지치고 교육 시간도 줄어들 테니까 오늘 미리 가서 사다 놓으려고요."

"또 버스를 탈 예정이십니까?"

"아마 그럴걸요."

자영이 미소를 지으며 은백을 바라봤다.

"잠깐만 기다려 주세요."

"네?"

"차 키 가지고 나오겠습니다."

"차 키요?"

은백이 손사래를 쳤다.

"아니에요. 괜찮아요. 저번에도 태워 주셨는데 오늘도 태워 달라고 하는 건 너무 염치가 없는 것 같아요. 감사하지만 사양할게요."

"마침 저도 집에 식료품이 거의 다 떨어져서 사러 갈 생각이었습니다. 은백 씨도 시장에 가신다니, 혼자 가는 것보다 함께 가는 것이 나을 것 같아서 그런 겁니다. 잠깐만 기다려 주세요. 곧 나오겠습니다."

자영이 서둘러 3층에 있는 자신의 집으로 가 차 키를 가지고 내려왔다. 은백이 자영과 함께 계단을 내려오며 말했다.

"매번 정말 감사해요."

"아닙니다. 저도 볼일이 있어서 가는 김에 같이 거니, 함께 가면 차비도 아끼고 좋지 않습니까."

은백이 자영에게 감사의 미소를 보냈다.

"자영 씨는 참 좋은 사람 같네요."

"그렇습니까? 전 잘 모르겠는데……."

"제가 사람 보는 눈은 좀 있거든요. 믿어도 좋아요."

"그럼 믿겠습니다."

자영이 뒷좌석의 문을 열어 주자 은백이 냉큼 들어가 앉았다. 은백이 자리에 앉은 것을 확인한 자영이 뒷좌석의 문을 닫고 운전석에 들어와 앉았다.

"출발하겠습니다."

부드럽게 시동이 걸리고 차는 곧 출발했다. 자영이 백미러를 통해 은백의 얼굴을 힐끔 쳐다보면서 물었다.

"면허를 딸 생각은 없으십니까?"

"면허요?"

"면허가 있으면 버스를 타고 재료를 사러 가지 않아도 되지 않습니까? 좀 더 편하게 일을 할 수 있을 것 같은데."

"예전에는 알바생이 대신 운전을 해 줬기 때문에 지금처럼 힘들진 않았어요. 빌라 주차장에 제 명의로 된 중고차가 하나 있거든요. 알바생이 제 대신 운전을 해 줬었죠."

은백이 자영의 시선을 피하며 말했다.

"그리고 사실 전 운전하는 게 좀 무섭거든요."

"막상 해 보면 그렇게 무섭지도 않습니다. 정 무섭다면 제가 교습을 해 드릴 수도 있습니다만. 중고차가 있으시다니 마침 잘 됐습니다."

"아, 정말 괜찮아요."

은백이 서둘러 손사래를 쳤다.

"저 운전 정말 못 해요. 그리고 하고 싶지도 않고요."

은백이 거절하자 자영은 은백의 심중을 헤아리기 위해 잠시 말을 멈추고 백미러를 통해 은백의 기색을 살폈다.

"자동차의 조수석에 앉지 못하는 것처럼 운전을 배우는 것을 주저하는 것에도 뭔가 이유가 있나 보군요."

"네. 그래요."

"그럼 더 이상 면허를 따는 것을 권유하지 않겠습니다."

그녀의 과민반응을 캐치하고 상황을 부드럽게 하기 위해 한 발 물러서는 자영의 태도에 고마움을 느낀 은백이 수줍게 말했다.

"고마워요."

"아닙니다. 사정이 있는 것도 모른 채 눈치 없이 강요한 제가 나쁘죠."

그녀가 한숨을 내쉬며 말했다.

"천홍 씨가 자영 씨 반만 닮아도 제가 마음고생이 덜할 텐데요."

"천홍이랑 전 극과 극입니다. 학교 다닐 때, 친구들 사이에서 N극과 S극이라고 불린 적도 있죠."

"자석이요?"

"예. 그 정도로 서로 다르다고 해서 말입니다."

자영은 그들의 학창시절을 떠올리며 작게 웃었다. 매번 잔소리를 하는 자영과 그런 그를 피해 말썽을 부리는 천홍. 이렇게 매번 들켜서 혼날 거면서 왜 자꾸 똑같은 짓을 반복하냐는 자영의 물음에 천홍은 이렇게 답했다.

'그래야 네가 열 받아서 부르르 떠는 모습을 볼 수 있잖아. 너 평소에는 되게 재미없는데 그 얼굴 할 때는 꽤 재밌거든.'

그 말에 자영은 또 잔소리를 잔뜩 해 댔었다.

"뭐가 그렇게 재밌어서 웃으시는 거예요? 같이 웃어요, 저도."

은백의 말에 자영은 입가에 머금은 미소를 지우지 않은 채 천홍과 자신의 학창시절 이야기를 꺼냈다. 시장에 가서 장을 보고 돌아오는 내내 은백은 눈을 반짝이며 그에게서 천홍의 과거 얘기를 들었다.

*　　*　　*

자영과 함께 시장에서 과일을 사다가 가게 안 냉장고에 집어넣고 빌라로 돌아온 은백은 그와 나란히 계단을 올랐다.

"자영 씨한테 늘 신세만 지는 것 같네요."

"아닙니다."

집까지 왔는데도 집에 들어가지 않고 멈춰선 은백이 자영에게 말했다.

"나중에 정말로 식사 대접할게요. 사실 밖에서 사 먹는 음식이 다 그렇진 않겠지만, 대부분이 설탕이나 조미료가 많이 들어가서 칼로리도 높고 건강에도 좋지 않거든요. 그래서 전 사먹는 것보다는 직접 만들어 먹는 게 더 좋아요. 언제 한 번 집에 식사하시러 오세요."

"단둘이 말입니까?"

잠시 망설이던 자영이 여자 혼자 사는 집인데 괜찮겠냐고 묻자 은백이 말했다.

"아, 단둘은 아닐 거예요. 누가 꼭 낄 거거든요."

은백의 말에 잠시 망설이던 자영이 고개를 끄덕이며 미소 지었다.

"그럼 그 초대, 감사히 응하겠습니다."

"참, 그 누구는 제가 말 안 해도 아시겠죠?"

그녀의 말에 자영이 웃음을 터뜨렸다.

"그럼 주말쯤, 식사 초대 할게요."

"즐거운 마음으로 기다리고 있겠습니다."

자영과 은백이 서로 마주 보며 미소를 짓고 있는데 옆에서 천홍의 이죽거리는 목소리가 들려왔다.

"밖에서 사람 목소리가 들려서 나와 봤더니……."

은백과 자영의 고개가 동시에 천홍에게로 향했다. 반쯤 열린 현관문 앞에서 천홍은 가슴 앞으로 팔짱을 낀 채 삐딱한 자세로 서 있었다.

"아직 자고 있을 줄 알았는데, 일어나 있었네요?"

"조금 전에 일어났어."

"배고프겠어요."

"별로."

천홍이 딱딱한 얼굴로 말하자 은백이 의외라는 듯 놀란 얼굴로 천홍을 올려다봤다. 인간 식충 백천홍이 배가 고프지 않을 때가 있다니…….

"다행이네요. 아직 어제 피로가 덜 가셔서 몸이 찌뿌둥했는데……. 그럼 식사 준비는 조금 쉬었다가 천천히 할게요."

"저 녀석이랑 어디 갔다 왔어?"

천홍이 고갯짓으로 자영을 가리키자 은백의 시선이 천홍의 고갯짓을 따라 자영에게로 향했다.

"자영 씨가 차로 데려다 주신다고 해서 같이 내일 만들 주스 재료 사러 갔다 왔어요."

은백의 말에 천홍이 비아냥거렸다.

"그냥 재료 사러 갔다 온 것치고는 분위기가 영 심상치 않던데?"

은백은 천홍이 왜 저러나 싶어 어리둥절한 얼굴로 대답했다.

"친하니까요."

"만난 지 얼마나 됐다고 친해?"

"만나자마자 친해졌어요. 됐어요?"

은백이 화가 난 얼굴로 쏘아붙였다.

"오늘 왜 그래요? 왜 갑자기 시빈데요? 기분 좋게 집에 왔는데 이게 뭐야, 정말."

"나 시비 거는 거 아니거든?"

"나한테는 충분히 시비 거는 걸로 보이거든요?"

은백과 천홍이 서로 이를 드러내며 으르렁거리고 있자, 가만히 지켜보고 있던 자영이 한 발짝 앞으로 나섰다.

"백천홍, 그만 좀 해. 은백 씨도 진정하세요."

은백을 향해 으르렁거리던 천홍의 날카로운 시선이 자영에게로 향했다.

"넌 그만 집으로 들어가 보지 그래?"

"너 진정하면."

"나 쟤 안 잡아먹거든?"

"사태가 해결될 때까지는 안 들어갈 거야."

"시끄러워, 이 잔소리쟁이야."

천홍이 그를 노려보더니 덥석 은백의 손목을 잡았다.

"나 배고파졌어. 밥 줘."

생각보다 천홍의 손에 힘이 많이 들어갔는지, 통증을 느낀 은백이 버둥거렸다.

"알았어요. 그러니까 이 손 좀 놔요. 손목 아파요!"

아차 싶어 은백의 손목을 잡은 손에서 힘을 뺀 천홍이 움직일 생각도 안 하는 자영을 쫓아낼 생각으로 입을 열었다.

"얜 내 밥순이니까 넌 딴 데 가서 알아봐. 네 주위에 얘보다 훨씬 더 예쁘고 쭉쭉빵빵한 여자들 많잖아? 왜 얘한테 침 바르고 난리야."

천홍의 말에 얌전히 그의 손에 이끌려 집으로 들어가려던 은백이 흠칫 놀라서 몸을 굳히고 섰다.

"저번에 너 좋다고 목맨 그 여자 있잖아. 그 예쁘고 몸매 착한 여자 놔두고 왜 여기 와서 이러는……."

계속 이어지는 천홍의 말에 울컥한 은백이 잡힌 손목을 홱 잡아 빼자 그가 말을 멈추고 은백을 쳐다봤다.

"나도 나 별로 안 예쁜 거 알거든요? 굳이 그렇게 친절하게 말 안 해도 진작부터 알고 있었다고요."

은백은 차가운 눈으로 천홍을 쏘아본 후 두 남자가 말릴 새도 없이 자신의 집으로 들어가 버렸다.

"뭐야?"

갑작스러운 은백의 변화에 놀란 천홍이 그녀가 열고 들어간 문을 멍하니 바라보고 있자, 자영이 말했다.

"너 실수한 거야."

"뭐?"

"대부분의 여자들은 대개가 다 자신을 향해 예쁘지 않다는 말을 하면 기분 나빠해. 너도 잘 알고 있으면서 그러냐."

"내가 언제 쟤가 예쁘지 않다고 그랬냐? 그냥 쟤보다 좀 더 예쁘고 날씬한 여자 만나라고 한 거지."

"그게 그거야."

자영이 위층으로 향하는 계단을 오르려다 말고 천홍을 바라봤다.

"여자 많이 만나본 네가 아직 그런 기본적인 것조차 모르다니. 친구로서 참 애석하다, 내가."

자영의 말에 천홍이 손으로 뒷머리를 헝클어뜨리며 말했다.

"시끄러워."

이유는 모르겠지만 묘하게 기분이 더러워서 천홍은 홧김에 머리를 쥐어뜯었다. 머리카락 사이에서 이제는 거의 다 아문 상처의 흉터가 만져졌다. 은백과 처음 만난 날 그녀가 자신의 뒤통수에 새긴 상처의 흉터가.

천홍이 뒤통수를 손으로 문지르면서 묘한 눈빛을 하자 한숨을 내쉰 자영은 위층으로 올라가기 위해 걸음을 뗐다.

"야!"

천홍이 대뜸 자영을 불러 세웠다. 자영은 계단을 딛던 걸음을 멈추고 그를 내려다보았다.

"네가 보기에도 쟤 많이 화난 거 같냐?"

천홍의 물음을 들은 자영은 대꾸할 가치를 못 느끼겠다는 표정으로 그를 외면한 채 그대로 위층으로 사라졌다.

"아, 진짜 짜증 나 죽겠네."

짜증 난다는 듯 두 손으로 머리를 헝클어뜨린 천홍은 거칠게 욕을 하며 자신의 집으로 들어가 버렸다.

도대체 어떻게 해야 할지 모르겠다. 집으로 들어와서 벽에 기대어 앉은 천홍은 혼란스러운 듯 두 눈을 꼭 감았다.

사실 천홍은 은백이 차가운 시선으로 그를 노려본 뒤 세차게 돌아선 순간, 뭔지 모르겠지만 자신이 엄청나게 잘못했다는 것을 온몸으로 느꼈다. 하지만 지금 자신에게는 그런 은백을 달래 줄 여유가 없었다. 지금 자신은 평생 단 한 번도 하지 않았던 짓을 한 후유증을 앓고 있었던 것이다. 그는 지금까지 살아오면서 단 한 번도 다른 남자에게 여자에 대한 험담을 한 적이 없었다. 왜냐면 천홍은 다른 남자에게 '이 여자는 내 거니까 건들지 마!'라는 어필을 할 필요가 없었기 때문이었다.

천홍이 지금까지 만나온 여자들은 하나같이 다른 남자는 거들떠보지도 않고 그에게만 달려들었다. 그리고 그의 호감을 사기 위해 열성을 다했다. 그런 여자들 사이에서 그가 할 일은 단 하나, 자신에게 온몸을 던져 어필하는 여자들 중 마음에 드는 여자를 고르는 것뿐이었다.

"젠장. 나보고 어쩌란 거야!"

천홍은 손가락으로 머리를 쥐어뜯었다.

순간 짜증이 났다. 그래서 그랬다.

시간이 나면 자영을 집으로 초대해 직접 만든 요리를 먹게 해 주겠다고 말하며 해맑게 웃는 은백과 그런 은백의 제안에 노골적으로 좋아하는 자영을 본 순간, 입술이 제멋대로 움직였다. 속이 부글부글 끓어올라 자신도 모르게 되는대로 막 지껄였는데, 뒤늦게야 상처받은 그녀의 눈이 보였다. 남들의 감정에 둔한 편인 그도 눈치챌 만큼 눈에 띄게 상처받은 표정이었다.

인간 백천홍 인생에 있어서 정은백 같은 여자는 정말 처음이었다. 그녀는 그의 주위에 있었던 여자들과는 180도 달랐다. 그가 아는 여자들은 언제나 자신의 비위를 맞추려고 안달을 냈다. 그러나 은백은 그에게 화가 났을 땐 솔직하게 화를 냈고 짜증이 났을 땐 천홍이 당황스러울 정도로 짜증을 냈다. 하지만 그건 한순간이었다. 계속 담아두지 않고 그에게 표출하고 나서는 그게 끝이었다. 뒤끝이 없었다.

은백이 그에게 보여 주는 모든 행동들은 다 거짓 없고 솔직했다. 그래서 천홍에게 있어서 은백은 신선하면서도 약간은 낯선 존재였다.

게다가 은백은 독한 척, 냉정한 척하지만 사실 알고 보면 처음 만난 남자가 배고파 죽겠다고 하니 못 이기는 척 집으로 데려와 밥을 해 먹일 정도로 마음이 약하고 여린 여자였다. 매일 문지방이 닳도록 찾아와서 배고프다고 떼를 쓰는 그에게 하루 세끼 꼬박꼬박 따뜻한 밥을 지어 챙겨 주는 착한 여자이기도 했다.

잠깐, 착한 여자? 밥?

고개를 숙이고 나무 무늬의 장판만 뚫어져라 바라보고 있던 천홍이 갑자기 고개를 번쩍 들었다.

"그래, 밥!"

그렇다! 천홍에게 있어서 은백은 지금까지 그에게 늘 매끼 따뜻한 밥을 챙겨주는 밥순이였다.

천홍은 자신에게 늘 밥을 해 주었던 그녀가 다른 사람에게 밥을 해 주는 것이 싫었던 것이다. 현재 금전적인 사정이 자신보다 조금 더 우월할 뿐이지 혼자 사는 것이나 제때 밥을 챙겨 먹지 못하는 것들을 보면 천홍, 자신과 무척이나 비슷한 환경에 있는 자영에게 하나뿐인 밥순이를 빼앗기는 것이 두려웠을 뿐이었다. 그래, 그저 그뿐이었다.

살면서 배를 곯아본 적이 단 한 번도 없었던 천홍은 어느새 은백이 자신에게 밥 같은 존재라는 것을 깨달았다.

"내가 왜 이 생각을 못 했지?"

천홍이 벌떡 일어났다.

생각을 정리해 보니 얘기는 무척 단순했다.

그는 자신에게 밥을 해 주는 은백과 함께 즐겁게 살아가고 있었는데 갑자기 자신과 비슷한 처지의 자영이 나타났다. 마음 약하고 착한 은백이 그런 자영에게 밥을 해 주느라 자신의 식사를 챙겨 주는 것에 소홀해질지도 모른다는 생각에 그는 자영을 경계한 것이었다!

자신이 깨달은 것들을 은백에게 설명하고 해명하기 위해 현관으로 걸어가던 천홍이 갑자기 멈춰 섰다.

"문도 안 열어 주면 어떡하지?"

천홍이 미간을 찌푸린 채 생각에 잠겼다.

어차피 지금 찾아가도 문전박대당할 것은 뻔할 뻔 자였다. 어차피 오늘은 화가 난 은백 때문에라도 밥을 못 얻어먹게 생겼으니, 설명을 하는 데에 체력을 낭비하느니 차라리 집 안에 틀어박혀 있는 것이 나을 듯싶었다.

천홍은 아쉬운 듯 입맛을 다시다가 현관으로 향하던 발걸음을 돌려 안방으로 들어가 문을 닫았다.

＊　　＊　　＊

"아니, 어떻게 그런 심한 말을 그렇게 쉽게 할 수 있는 거지?"

집에 돌아와 침대에 털썩 누운 은백은 화가 나서 연신 투덜거렸다.

"아무리 내가 외모에 별 신경을 쓰지 않고 살아간다 해도 그렇지, 이건 너무 심하잖아? 나도 내가 별로 안 예쁜 건 알고 있다고, 이 화상아!"

계속해서 화가 치밀어 오르자 은백이 결국 소리를 질렀다. 천홍이 눈앞에 있으면 기쁜 마음으로 아그작 아그작 씹어 먹을 수도 있을 것 같았다.

한참 동안 씩씩거리던 은백은 마냥 이러고 있을 수만은 없다는 생각에 일어나서 부엌으로 가 반찬을 만들기 시작했다. 아무것도 하지 않은 채 마냥 씩씩거리는 건 별로 생산성이 없는 일 같아서였다. 손이라도 부지런히 움직이지 않으면 당장 옆집으로 찾아가 천홍의 멱살을 잡고 탈탈 털어 버릴 것 같았다.

천홍을 향해 맹렬한 비난을 퍼부으며 고등어 무조림과 오징어채 볶음, 감자채 볶음과 가지 무침을 만들고 나니 시간이 꽤 흘러 있었다.

시간이 점차 흐르면서 머리끝까지 치솟았던 화가 조금씩 누그러지자 은백은 천홍이 원래 사람의 감정에 둔한 사람이니까 그냥 그러려니 하기로 마음먹었다. 저 화상이 말 함부로 하는 게 어디 하루 이틀인가.

적당히 온기가 식은 반찬들을 투명한 반찬 용기에 담아 냉장고에 넣고 TV를 보며 천홍을 기다리는데 문밖에선 아무런 소리도 들리지 않았다. 이만하면 배고프다며 그녀의 집으로 비집고 들어올 때가 됐는데 아직도 오지 않고 있는 게 이상했다.

"뭐야, 왜 안 와?"

배고픔을 절대로 못 참는 사람이 바로 백천홍 아닌가. 그런 사람이 점심때가 훨씬 지난 이 시각까지 모습을 드러내지 않는다는 건 뭔가 문제가 있다는 거였다.

은백은 딱 한 시간만 더 기다려 보기로 했다. 하지만 한 시간이 지나도 천홍은 찾아오지 않았다.

"뭐야. 자기가 먼저 심한 말했으면서 삐져서 안 오는 거야?"

은백은 벽에 걸린 시계를 바라보며 중얼거렸다. 돈 한 푼 없을 천홍이 걱정되기 시작했다. 돈이 없으면 음식을 사 먹을 수도 없지 않은가.

"저 남자, 지금 쫄딱 굶고 있을 텐데……."

다시 한 번 시계를 들여다본 은백은 앉아 있던 미니 소파에서 엉덩이를 뗐다. 아쉬운 사람은 분명 천홍일 텐데, 왜 이렇게 자신이 안절부절못하는지 이해가 가지 않았다. 하지만 발걸음이 저절로 집 밖으로 향했다. 생각해 보면 자신은 언제나 항상 저 남자, 백천홍에게 졌다.

집 밖으로 나온 은백은 아직 머리끝까지 난 화가 풀리지 않았지만 네가 불쌍해서 부르는 거라는 걸 천홍에게 어필하기 위해 그와 자신의 집 사이에 난 벽에 삐딱한 자세로 기대서서 팔만 뻗어 천홍의 집 초인종을 눌렀다.

딩동. 딩동.

안에서는 아무 대답이 없었다.

"나갔나?"

은백이 다시 한 번 초인종을 눌렀다.

딩동. 딩동.

"뭐야?"

이윽고 안에서 퉁명스러운 천홍의 목소리가 들려왔다.

"정은백이에요."

"알아."

"어떻게 알아요? 난 지금 문 앞에 서 있는 게 아닌데……."

"넌 숨는다고 숨었겠지만 네 머리의 4분의 1이 보여."

"정말요?"

은백이 재빨리 자신의 머리를 숙였다.

"거짓말이야."

은백이 숙였던 고개를 들고 문을 노려봤다.

이 인간이 정말……!

"문 좀 열어봐요."

"싫어."

"할 말 있어요."

안에서는 잠시 아무 말이 없었다. 조금의 시간이 지난 후 천홍이 무뚝뚝한 얼굴로 문을 열어 주었다. 천홍의 잘생긴 얼굴은 표정 없이 굳어 있었다.

"나 들어가도 돼요?"

"마음대로 해."

은백은 열린 천홍의 집 안으로 들어갔다. 살면서 혼자 사는 남자의 집에 들어가는 건 이번이 처음이었다. 그런 생각이 떠오르자 어딘지 모르게 굉장히 부끄럽고 수줍어서 은백은 고개를 살짝 숙였다.

"실례할게요."

고개를 숙인 채로 잠시 심호흡을 한 은백이 신발을 벗으면서 고개를 들고 조심스럽게 천홍의 집 안으로 시선을 던졌다. 그리고 경악했다.

과연 이 집이 정녕 사람 사는 집이 맞단 말인가! 갓 이사 온 사람의 집도 이 정도는 아니었다.

천홍의 집은 예전에 그가 말했던 것처럼 사람이 살아가는 데 필요한 모든 것이 없었다. 그때는 그 말이 거짓말인 줄 알았는데 직접 들어와 두 눈으로 확인해 보니 이제야 제대로 믿겨졌다.

그녀의 눈앞에 펼쳐진 주방 겸 거실에는 처음부터 같이 딸려 있는 것으로 보이는 낡고 작은 싱크대가 하나 있었고, 싱크대 위에는 어디서 주워왔는지, 냉장 기능만 있는 손바닥만 한 냉장고가 하나 덩그러니 놓여 있었다. 주방 겸 거실에 있는 것은 그게 다였다. 흔한 서랍장이나 찬장조차 없었다.

은백은 신발을 벗고 안으로 들어가서 직접 보지는 않았지만 분명 저 싱크대 위에 달려 있는 수납장이나 냉장고 안이 텅텅 비어 있을 거라고 확신했다. 물론 열어 보고 싶지는 않았다. 열어 보고 정말로 그 안에 아무것도 없다는 걸 두 눈으로 확인하게 된다면 왠지 마음이 아플 것 같았기 때문이었다.

놀란 토끼 눈으로 천홍의 집을 둘러보던 은백이 천홍을 돌아봤다.

"이런 데서 어떻게 살아요?"

"나도 처음에는 그렇게 생각했는데 나름대로 살만 해."

나름대로 살만하다는 말에 은백이 큰맘 먹고 냉장고로 다가가서 냉장고 문을 열어 보았다. 역시 냉장고 안은 텅 비어 있었다. 인심 써서 생수 정도는 있을 거라고 생각했는데 생수조차 없었다.

"그동안 물은 어떻게 마신 거예요?"

"너희 집에서 밥 먹을 때 마시잖아."

"내가 없을 때는요? 밤에 자다가 목마를 때는요?"

"수도꼭지 틀면 나오는 게 물이거든?"

"수돗물 그냥 마시면 몸에 안 좋아요. 끓여 먹어야 한다고요. 물부터 끓여야겠네. 주전자는 있어요?"

"그런 거 없어."

경악한 표정의 은백이 현관과 마주 보는 위치에 있는 화장실 문을 열었다. 안에는 세면대와 변기, 그리고 그 위에 위치한 작은 수납장. 딱 그 세 개가 전부였다. 수납장 안에는 천홍과 은백이 처음 만난 다음 날 그녀에게서 빌려온 수건 한 장과 세면도구, 그리고 두루마리 화장지 하나가 있었다.

"화장실은 열어 봤지만 안방을 함부로 여는 건 실례니까 열어보지 않을게요. 하지만 안방도 마찬가지겠죠?"

"궁금하면 열어 봐도 돼. 그런데 딱히 그렇게 텅 비진 않았어. 그날 네가 빌려준 이불이랑 베개가 있으니까."

"당신의 질긴 생명력에 박수를 보내고 싶네요. 이런 환경에서 잘도 몇 주를 보냈어요. 바퀴벌레가 당신 보면 형님 하고 달려들 걸요?"

"난 바퀴벌레가 달려들 만큼 더럽진 않거든? 하루에 한 번씩 꼬박꼬박 샤워하고 있다고."

"그 뜻이 아니잖아요."

"그래도 네 덕분에 아주 기본적인 것들은 있잖아."

천홍의 말에 은백이 할 말을 찾듯 입을 벙긋거리다가 이내 꾹 다물었다. 한참 동안 여전히 뚱한 표정의 천홍을 가만히 바라보던 은백이 물었다.

"왜 밥 먹으러 안 왔어요?"

"화나서 내가 가도 문 안 열어 줄 거였잖아."

은백은 뜨끔했다. 조금 전까지는 너무 화가 나서 자신에게 못된 말을 한 벌로 천홍이 찾아오면 미안하다고 두 손 들고 싹싹 빌 때까지 문을 열어 주지 않을 작정이었기 때문이다. 평소에 눈치라고는 약에 쓰려고 해도 없는 사람이 이럴 때만 눈치 백단이다.

"그럼 내가 곱게 받아 줄 거라 생각했어요?"

"그러니까 안 갔다고 했잖아."

천홍이 어깨를 으쓱했다.

"네가 화 풀 때까지 안 가려고 했어."

"그렇게 기다리지 않아도 내 화를 풀 방법은 있잖아요."

"뭔데?"

"미안하다는 사과."

은백이 천홍을 똑바로 바라보며 말했다.

"내가 화를 풀 때까지 오지 않을 작정이었다는 건 나한테 조금이라도 미안함을 느끼고 있다는 뜻이잖아요? 나한테 미안함을 느끼면 화 풀릴 때까지 기다리지 말고 먼저 와서 사과를 해야죠."

"난 지금까지 살면서 남한테 사과해 본 적…… 별로 없어."

천홍이 도도한 목소리로 말했다.

"지금 그게 자랑이에요?"

"아니, 그냥 그렇다고."

"나 때문에 처음 해 보거나 익숙하지 않은 일을 하는 게 참 많은 것 같네요."

"아무튼 별로 해 본 적 없어서 하기 싫어."

"미안하다는 말 하나면 다 끝나는데 하기 싫다고요?"

"남한테 사과를 할 때 미안하다는 말이면 다 끝인가? 그건 그냥 몇 마디 말로 때우는 거잖아. 내가 사는 세계에선 누군가 잘못을 하면 사과보다는 사과의 선물이 얼마나 크고 좋은지가 더 중요했어. 하지만 지금 나한테는 그런 걸 살 돈이 없잖아. 그러니 어쩌겠어, 그냥 저절로 화가 풀릴 때까지 기다려야지."

은백이 어이가 없다는 얼굴로 천홍을 올려다봤다.

"아니, 도대체 당신은 어느 세계에서 살다가 왔길래 미안함을 표현하는데 말보다 물질이 더 중요하다고 생각하는 거예요?"

"말해도 안 믿을 테니까 이제 나도 대답 안 할 거야."

"좋아요, 좋아."

은백이 두 손을 들었다.

"당신이 사는 세계에서는 말보다 물질이 더 중요하다고 했지만 내가 사는 세계에서는 물질보다는 진심 어린 사과가 더 중요해요. 정말로 나한테 미안함을 느끼면 그냥 솔직하게 상처 줘서 미안하다고 사과하면 돼요."

"그게 끝이야?"

"다만, 정말로 미안하다고 생각해야 해요. 그냥 그 상황을 모면하기 위해서 하는 말뿐인 사과는 받지 않을 거니까."

"집으로 들어와서 계속 미안하다고 생각하고 있었어."

"그래요?"

"아까는 미안했어. 사과할게."

천홍이 은백의 눈을 뚫어져라 쳐다보며 말했다. 은백을 응시하는 깊은 남색의 눈동자가 흔들림 없이 진지했다.

"좋아요."

은백이 천홍의 눈에서 시선을 떼지 않으며 말했다.

"사과 받아들일게요."

은백의 말에 천홍이 붉은 입술로 씩 웃었다.

"다행이네."

"뭐가요?"

"이젠 화나서 더 이상 밥 안 해 주는 줄 알았어."

"어차피 매달 식비로 십만 원씩 꼬박꼬박 받기로 했으니까 화나도 밥은 계속해 주려고 했어요."

"정말?"

천홍이 억울하다는 듯 입술을 삐쭉거렸다.

"뭐야. 그럼 괜히 경계했잖아!"

"경계요?"

"그 자식 말이야, 그 자식."

"누구요? 혹시 자영 씨 말하는 거예요?"

"그래. 김자영 그 자식이 널 빼앗아 가는 줄 알고 조금 쫄았어."

"나를…… 빼앗길까 봐 그랬다고요?"

"그래. 그래서 좀 심하게 말했지 뭐야. 나도 반성하고 있어."

은백의 얼굴이 순식간에 붉게 물들었다.

자신을 자영에게 빼앗길까 봐 경계하느라 함부로 말했다는 건 바꿔 말하면 천홍이 자영에게 질투를 했다는 뜻 아닌가?

은백의 심장이 갑자기 콩닥콩닥 뛰기 시작했다. 천홍이 자영을 질투했다는 말이 왜 이렇게 기분 좋게 들리는지 이유는 알 수 없지만 그 말에 두근거리기 시작한 심장이 한순간 너무 심하게 요동쳐서 목구멍 밖으로 튀어나올 것 같았다. 꼭 멀미

하는 것처럼 속이 울렁거리고 가슴이 답답했다.

"그 사람이 왜 날 빼앗아 가요……."

은백이 얼굴을 붉히며 약간 수줍은 목소리로 말하자 천홍이 빙그레 웃으며 고개를 끄덕였다.

"그러니까 말이야. 자영이는 돈이 많으니까 밖에서 사 먹으면 되지만 난 돈이 없어서 사 먹을 수가 없잖아. 자영이 보다는 내가 더 밥순이가 필요해. 그렇지?"

"바, 밥 뭐라고요?"

붉어졌던 은백의 얼굴이 순식간에 정상으로 돌아왔다. 얼굴에 몰렸던 갑자기 피가 쑥 빠지는 느낌이었다.

은백의 질문에 천홍이 천연덕스럽게 대답했다.

"밥순이 말이야, 밥순이."

"밥순이이이?"

"자영이한테 밥순이 빼앗길 걱정 없겠네. 아하하하!"

갑작스럽게 터져 나오는 천홍의 웃음소리에 은백은 커다란 실망감을 느끼며 미간을 찌푸렸다.

이 사람……. 정말 자신을 밥해 주는 사람으로만 여기고 있었나 보다. 솔직히 예상 못했던 일은 아닌데 그의 입에서 직접 듣고 나니 생각 보다 훨씬 더 충격적이었다.

양손을 허리에 얹고 즐거운 듯 웃는 천홍을 바라보는 은백의 마음에 정말로 한줄기 생채기가 나 버렸다.

"밥순이 안 빼앗겨서 정말 좋겠네요, 백천홍 씨."

은백의 말에 천홍이 해맑게 웃으며 고개를 끄덕였다.

*　　*　　*

　　가게를 여는 월요일의 아침. 함께 밥을 먹고 9시가 조금 넘어 천홍과 집에서 나온 은백은 곧장 버스를 타고 가게로 향했다.

　　천홍이 새로운 알바생으로 들어왔음에도 불구하고 은백은 12시에 오픈을 했다. 천홍이 들어오긴 했지만 그에게 아직 가르칠 게 산더미였고 그가 일에 익숙해질 때까지는 그녀 혼자 일해야 하는 셈이 되니까, 몸에 무리를 주지 않기 위해서 바로 예전처럼 오픈 시간을 10시로 앞당길 수가 없었다.

　　가게에 도착하자 은백은 천홍에게 두 번 접힌 빨간 종이를 내밀었다.

　　"이거 받아요."

　　은백의 손에서 종이를 건네받은 천홍이 종이를 펴면서 물었다.

　　"뭔데?"

　　"우리 가게 메뉴들이랑 사진이 적혀 있는 전단지예요."

　　천홍의 손에 의해 펼쳐진 붉은 종이 안에는 가게에서 판매되는 토스트와 각종 음료의 이름 및 가격이 나열되어 있었다. 그리고 각 메뉴들의 이름 옆에는 먹음직스럽게 찍힌 사진들도 함께 있었다.

　　"가게에서 일하려면 여기 있는 메뉴와 가격을 다 외워야 해요."

"이걸 다?"

"하나 더 있어요."

은백이 또 한 장의 종이를 천홍에게 건넸다. 이번엔 하얀 A4 용지 몇 장이었다.

"이건 또 뭐야?"

"우리 가게에 있는 모든 종류의 토스트를 만드는 방법이 적힌 레시피죠."

"뭐?"

"메뉴, 가격이랑 같이 만드는 방법도 다 외워요. 다 외우고 나면 실전 수업해 줄게요."

"실전 수업?"

천홍이 딱 잘라서 거절했다.

"아아, 싫어. 귀찮아서 패스."

"절대 패스 못 해요. 만약 내가 바쁘면 당신이 계산을 해야 하는데 매번 가게 메뉴판을 보고 계산을 할 수는 없잖아요. 그러다 계산 틀려서 적게 받거나 더 받게 되는 경우가 생길 거고 그러면 손님들이 싫어해요. 그리고 손님들이 많이 밀릴 땐 당신도 옆에서 날 거들어 줘야죠. 나 혼자 일하는 게 아니라 같이 일하는 거잖아요."

설득력 있는 은백의 말에 천홍이 포기했다는 듯 한숨을 내쉬었다.

"그래서 언제까지 외우면 되는데?"

"최대한 빨리 외워 주면 좋겠지만 워낙 외울 게 많다 보니 좀 오래 걸릴 거예요. 그거 감안해서 일주일."

"하루면 돼. 난 또 가게 열기 전까지 다 외워야 하는 건 줄 알았네."

천홍이 4장의 종이를 번갈아 훑어보며 하는 말에 은백이 두 눈을 동그랗게 떴다.

"하루요?"

"이런 거 하루면 다 외워."

"말도 안 돼."

은백이 고개를 절레절레 흔들자 천홍이 구석에 있는 의자에 가서 앉으며 은백을 향해 손을 휘휘 저었다.

"집중 좀 하게 저리 가."

"괜한 허세 부리지 말고 제대로 외워요."

그 뒤부터는 정말로 집중했는지 천홍에게서는 아무 말도 들리지 않았다. 영업시간 내내 천홍은 손에서 종이를 놓지 않았고, 손님이 생과일주스를 찾을 때만 자리에서 일어나서 주스를 만들었다.

다리를 꼬고 앉아 한 손으로는 자신의 턱을 괴고 다른 한 손으로 종이를 잡고 있는 천홍의 모습은 텔레비전에 나오는 잘생긴 연예인 같았다. 진지하게 내리깐 눈 덕분에 호를 그리며 길게 뻗은 천홍의 속눈썹이 더욱더 눈에 띄었다. 윗입술이 더 도톰한 붉은 입술은 연신 중얼거리며 달싹이고 있었고, 머리가 복잡한 듯 잠시 두 눈을 감은 채 깊은숨을 마시고 내쉬는 동작까지 모두 다 하나같이 그림 같았다. 은백이 토스트를 굽다 말고 홀린 듯 쳐다본 게 한두 번이 아닐 정도니 말 다했다.

자신만의 세계에 갇혀 있는 듯한 천홍을 두고 하루 영업을 마친 은백은 9시가 되자 슬슬 가게 문을 닫을 준비를 했다. 은백이 분주하게 이리저리 움직이자 천홍이 그때서야 고개를 들고 은백을 쳐다봤다.

"끝났어?"

"네. 9시예요. 나머지는 집에 가서 외우거나 내일 외워요."

은백이 앞치마를 벗어 옷걸이에 걸어두며 말했다.

"주스 만들 때 빼고는 하루 종일 그렇게 앉아 있었는데 허리 안 아파요?"

은백의 말에 천홍이 기지개를 펴며 자리에서 일어섰다.

"온몸이 쑤셔."

"하루 종일 꼼짝 않고 앉아 있었으니 근육이 굳죠."

은백이 팔을 이리저리 움직이며 굳은 근육을 펴는 천홍의 앞치마를 벗겨내 옷걸이에 걸어두며 말했다.

"고마워요."

"뭐가?"

마지막으로 손에 들린 종이 두 장을 훑어 본 천홍이 종이를 작은 테이블 위에 놓았다.

"싫다고 엄청 난리를 칠 줄 알았는데 의외로 고분고분하게 받아들여 줘서요."

"싫다고 난리 치면 봐줄 생각이었어?"

"설마요."

"나도 그럴 생각은 없어. 그리고 너 날 도대체 어떤 사람으로 보고 있는 거야?"

"음."

은백이 가게를 나서며 눈동자를 굴렸다.

"천상천하 유아독존. 이 세상은 내 중심으로 돌아간다, 뭐 이 정도?"

은백의 뒤를 따라 가게를 나서던 천홍의 한쪽 눈썹이 들렸다.

"야."

"아니, 그냥 그렇다고요. 솔직히 본인도 알고 있잖아요."

믿지 않게 웃은 은백이 셔터 문을 닫기 위해 까치발로 서자 작게 한숨을 쉰 천홍이 은백의 뒤에 서서 셔터 문을 잡아 아래로 내렸다.

"키도 작은 게 앞에서 버둥거리지 마. 정신 사나워."

"그렇게 안 작거든요? 그리고 요즘 발육들이 좋아서 평균 키가 올라가서 그렇지 몇 년 전까지만 해도 내 키가 평균 키였어요."

"뭐, 한 155센티미터는 되나?"

"160!"

"155나 160이나 나한테는 그냥 난쟁이야."

보란 듯이 은백을 내려다보던 천홍이 반쯤 내려온 셔터 문을 완전하게 닫기 위해 다리를 굽히고 앉았다. 셔터 문을 닫는 천홍의 등을 덮은 티셔츠가 팽팽해졌다. 은백이 그 모습을 홀린 듯 쳐다보고 있는데, 천홍이 그녀를 향해 손을 내밀었다.

"에?"

"내놔."

"뭐, 뭘요?"

"열쇠랑 자물쇠 내놓으라고. 가게 털리고 싶어?"

"아."

은백이 허둥지둥 손에 들고 있던 튼튼한 자물쇠와 열쇠를 천홍에게 건넸다. 셔터 문에 자물쇠까지 채우고 나자 천홍이 손을 털며 자리에서 일어섰다.

"셔터 문이 너무 더러워. 먼지 봐."

"아, 거기까지는 미처 청소를 못했네요. 가게 문을 열거나 닫을 때만 쓰는 거라."

"됐어. 집에 가서 씻으면 되지."

은백과 천홍은 나란히 서서 버스 정류장으로 향했다.

예전에는 서로 으르렁거리며 싸우지 못해 안달이었는데 최근에는 그런 분위기도 많이 잠잠해졌다. 뭔가 서로 한 발자국씩 양보하는 느낌이랄까.

"밥순이."

버스정류장에서 버스를 기다리고 있는데 천홍이 불쑥 은백을 불렀다.

"내가 밥순이라고 하지 말랬죠?"

"밥순이한테 밥순이라고 안 부르면 뭐라고 불러?"

"은백아, 아니면 정은백. 왜 멀쩡한 이름 두고 그런 자존심상하는 이름으로 불러요?"

"다 외웠다."

화가 나서 씩씩거리던 은백이 눈을 동그랗게 떴다.

"뭐라고요?"

"그 메뉴 가격이랑 만드는 방법 다 외웠다고."

잠시 놀란 눈으로 천홍의 얼굴을 바라보던 은백이 피식 웃었다.

"에이, 장난치지 마요."

"진짜야."

"어떻게 그걸 하루, 아니 반나절 만에 다 외워요?"

"나니까 가능한 일이지."

다시 한 번 은백이 웃음을 터뜨렸다. 예전 같았으면 천홍이 부리는 허세에 성질을 냈을 텐데 지금은 그냥 재밌고 유쾌했다.

"오늘 나 피곤하다고 웃겨 주려고 그런 거예요?"

"그런 게 아니라 나 정말 다 외웠다고."

진지한 천홍의 눈빛에 은백의 얼굴에서 웃음기가 사라졌다.

"정말요?"

천홍이 증명이라도 하듯 메뉴 이름과 가격, 그리고 20종류의 토스트들을 만드는 방법과 순서까지 줄줄 읊어대자 은백이 놀라서 입을 딱 벌렸다.

"말도 안 돼."

"왜 말이 안 돼? 증거가 여기 딱 있는데."

은백이 새삼스러운 눈으로 천홍을 훑었다.

"머리 되게 좋네요."

"난 유능한 인재라고."

"그 머리로 사회에 나가서 좋은 일에 쓰지 왜 지금까지 그러고 놀고 있어요?"

"저번에 말했잖아. 면접에서 잘렸다고."

"아, 맞아요. 그랬었지. 면접관들 앞에서 어떻게 행동했을지 안 봐도 뻔하니까 더 이상 말 안 할게요. 그냥 그 좋은 머리 우리 가게를 위해 내가 써야지."

"너 정말 대단한 인재를 고용한 거야. 알긴 알아?"

"과일 다듬는 거 보니까 손재주도 좋겠다, 메뉴랑 만드는 방법까지 다 외웠겠다. 시간 낭비 할 것 없이 내일부터 바로 실전에 돌입하면 되겠네요."

"뭐?"

천홍이 질린 눈으로 은백을 내려다봤다.

"이렇게 빨리 외울 줄 알았으면 처음부터 바로 외우게 하는 건데 그랬어요."

신나서 말하는 은백을 쳐다보던 천홍이 미간을 찌푸렸다. 이럴 줄 알았으면 잘난 척하지 말고 그냥 며칠 더 외우는 척할 걸 그랬다.

"아, 버스 왔네요."

신난 은백이 종종걸음으로 버스에 올라타자 그 모습을 가만히 지켜보고 있던 천홍이 피식 웃으며 그녀의 뒤를 따라서 버스에 올랐다.

뭔가 굉장히 이용당하고 있는 느낌이었지만 그 느낌이 의외로 나쁘지는 않았다.

천홍은 살면서 누군가를 위해 일한 적이 단 한 번도 없었다. 그럴 필요가 없었기 때문이다. 언제나 아버지와 어머니의 커다란 그늘에서 하고 싶은 모든 것을 즐기며 살아왔다. 그 덕분에 천홍은 신나게 놀고 난 후의 피로는 아주 잘 알아도 힘들게 일을 하고 난 후의 피로는 알지 못했다.

은백을 따라 버스의 맨 뒷자리에 앉은 천홍이 졸린 듯 창가에 머리를 기대는 그녀를 가만히 쳐다봤다.

조그마한 주제에 짧은 팔다리를 여기저기 놀려가며 부지런히 잘도 움직이는 여자.

축 늘어져 창가에 몸을 기대는 은백을 보고 있자니 잊고 있었던 피로감이 엄습해 왔다. 자신도 이렇게 피곤한데 이 여자는 얼마나 피곤할까 생각하니 천홍의 손이 저절로 은백의 머리를 향해 움직였다.

"엥?"

은백이 자신의 머리를 어깨로 이끄는 천홍의 행동에 숨을 멈췄다.

"뭐예요?"

"저기보다는 여기가 더 편할 거야."

무심한 듯 말하는 천홍의 목소리에 긴장했던 은백이 머리에서 힘을 빼고 그의 어깨에 편하게 기댔다.

"그럼 도착하면 깨워 줘요."

"응."

얕게 잠이 들어 색색거리는 은백의 숨소리를 들으며 천홍은 이렇게 맨몸으로 생활 전선에 뛰어들어 먹고살기 위해 일하는 것도 다 사람들이 살아가는 데 있어서 꼭 필요한 것이라는 생각을 했다.

아버지가 자신을 어떤 사람으로 변화시키고 싶어 하는지 아직도 천홍은 알 수가 없었지만, 지금은 그냥 은백을 도와 함께 일하는 걸 즐길 생각이었다.

은백을 만나기 전, 텅 빈 빌라 방 안에서 쪼그라들어 잔뜩 성을 내는 뱃속을 달래며 혼자 누워있을 때보다 지금이 훨씬 더 좋았다.

5. 그렇게 거지 왕자는 철들기 시작했다

"이번 주 일요일에는 자영 씨가 집으로 놀러 올 거예요."

지옥같이 바빴던 점심 타임이 끝나고 잠시 한가해진 틈을 타 화장실에 다녀온 천홍에게 은백은 그렇게 말했다.

"저번에 천홍 씨도 들었죠? 내가 언제 한번 자영 씨, 집으로 초대해서 밥 한 끼 대접하기로 했던 거."

기분 좋게 볼일을 보고 나왔는데 귓가에 자영의 이름이 흘러 들어오자 천홍의 미간이 좁혀졌다.

"뭐야. 정말 그 자식 집에 초대해서 밥을 해 먹이겠다고? 기어코?"

"네."

은백이 뭐가 잘못 됐냐는 듯 물었다.

"안 돼요?"

"당연히 안 되지. 넌 내 밥순이라고 했잖아. 내 밥순이라고. 자영이 그 자식 밥순이가 아니잖아."

"또, 또 그놈의 밥순이. 내가 무슨 전기밥솥도 아니고 사람을 뭐로 보는 거예요?"

"사람이 살면서 제일 중요한 의식주에서 넌 나한테 식이야. 너, 사람이 아무것도 안 먹고 살 수 있을 것 같아? 공기 없이 3분, 물 없이 3일, 음식 없이는 딱 3주 살 수 있다고 하잖아? 난 너 없으면 3주 만에 죽을 거라고."

"그 논리는 도대체 무슨 논리예요?"

"기분 나빠. 생각만 해도 기분 더러우니까 자영이 그 자식한테 밥해 주지 마. 아니, 그냥 나 말고 딴 놈들한테는 다 해 주지 마."

은백은 천홍의 말에 또다시 심장이 쿵 내려앉았다. 그저 밥순이를 남에게 빼앗기는 것을 두려워하는 것뿐인데도 꼭 질투하는 것처럼 느껴졌기 때문이다.

"이미 약속했는데 어떡해요, 그럼."

"그러니까 그런 약속을 왜 해?"

"혼자 나와 살다 보니 집 밥이 먹고 싶다고 하잖아요."

"네가 무슨 성인군자냐?"

천홍은 짜증이 가득한 표정으로 으르렁거렸다. 이 여자, 너무 착해서 탈이다. 굶고 사는 사람들 보면 그냥 안쓰럽고 짠한가 보다.

"이제 와서 식사 초대를 취소할 수도 없는데 어쩌란 거예요?"

은백이 입술을 내밀고 걱정스러운 표정을 지었다. 그때였다. 천홍에게 아주 놀라운 일이 일어났다. 진지한 얼굴로 고민하는 은백의 얼굴을 보자 갑자기 고집부리고 싶은 마음이 싹 사라졌던 것이다. 이상한 일도 다 있었다. 인간 백천홍이 누군가 때문에 고집을 꺾다니. 옆에 천도나 희주가 있었으면 놀라서 까무러쳤을지도 모른다.

"그럼 이번 딱 한 번만이야. 두 번은 절대로 안 돼."

"알았어요."

얌전히 고개를 끄덕이던 은백이 갑자기 언성을 높였다. 생각해 보니 억울했던 것이다.

"아니, 그런데 내가 왜 자영 씨 초대해서 식사 대접하는 걸 당신한테 허락을 받아야 하는데요?"

"네가 만드는 모든 요리는 다 내 거니까. 그러니까 그 음식을 남에게 먹일 권한도 나한테 있는 거지."

뻔뻔하게 말하는 천홍을 잠시 기함할 얼굴로 바라보던 은백이 고개를 절레절레 저었다. 이 남자에게서 평범한 보통 인간의 상식을 기대한 것이 잘못이다.

"아무튼 그렇게 알고 있어요. 모레 자영 씨가 집에 와도 절대로 시비 걸지 말아요."

"내가 무슨 시비 걸고 다니는 사람이냐."

"저번에 자영 씨한테 얘기 다 들었어요. 둘이 19년 친구라고. 19년이면 정말 오래된 친군데 왜 못 잡아먹어서 안달이에요?"

"친구니까."

천홍이 조금 씁쓸한 얼굴로 말했다.

"친구라서 그래."

"이해가 안 되네요. 친구라서 그러는 거라니. 친구니까 오히려 더 잘해 줘야 하는 거 아니에요?"

은백이 고개를 갸웃거렸다.

"지금 그 자식이 하고 있는 일이 날 위한 행동이라는 걸 알아도 가끔은 원칙을 어기고 도움의 손길을 내밀어 주기를 바랄 때도 있는 거야. 사람이 너무 곧아도 탈이라니까, 정말."

"음."

은백이 여전히 모르겠다는 얼굴을 하자 천홍이 더 이상 말을 잇지 않고 과일을 손질하기 위해 장갑을 벗었다. 200도 가까이 되는 불판에서 면장갑과 위생 장갑을 낀 손으로 빵을 굽고 뒤집고 또 굽고 하던 천홍의 손은 붉게 달아올라 있었다.

뜨거운 열로 인해 붉어진 천홍의 손을 바라보던 은백이 장갑 속에서 똑같이 붉어져 있을 자신의 손을 내려다보았다. 자신의 손은 이미 거칠 대로 거칠어져서 약한 화상 따위에는 별 감흥이 없었지만 천홍의 손은 다를 것이었다. 험한 일 한번 안 해 본 부드러운 손이 붉게 달아올라 있는 것을 보니 마음에 걸렸다.

"있죠."

"뭐."

천홍이 키위 껍질을 벗기며 대답했다.

"음……."

"뭔데?"

"그게……."

"밥 짓고 있냐, 지금? 뭘 그렇게 뜸을 들여? 누가 밥순이 아니랄까 봐."

"내가 밥순이 타령 그만하랬죠?"

은백이 소리를 버럭 지르자 천홍이 피식 웃었다.

"그러니까 뜸 들이지 말고 딱 말해. 답답한 거 딱 질색이야."

"앞으로 식빵은 내가 구울 테니까 천홍 씨는 계란이나 패티 같은 거 구울래요? 그건 뒤집개를 사용할 수 있으니까."

"새삼스럽게, 갑자기 왜 그래?"

천홍이 고개를 갸웃하며 은백을 쳐다보자 그녀는 얼굴을 붉히며 고개를 돌려 그의 시선을 피했다.

"손 안 뜨거워요?"

"손?"

"난 처음에 이 일 시작했을 때 맨손으로 빵을 뒤집는 게 정말 힘들었거든요. 아무리 장갑을 끼고 있어도 열기가 그대로 손으로 들어오니까. 지금은 적응이 돼서 못 참을 정도로 뜨겁거나 아프지 않은데 천홍 씨는 좀 다를 거 같아서요."

은백의 말에 천홍이 붉어진 자신의 손을 내려다봤다.

"좀 뜨겁긴 한데 딱히 화상을 입거나 한 건 아니니까 상관 없어. 빨갛게 변하는 것도 시간이 지나면 사라지니까."

은백은 요즘 천홍을 알바생으로 고용한 것에 무한한 후회를 느끼고 있는 중이었다. 처음에는 마구마구 부려 먹을 생각으로 고용했는데, 막상 이것저것 시키면서 부려 먹으니 마음이 되게 싱숭생숭했다. 이상하게도 이 남자가 서툴게 일을 하며 고생을 하는 모습을 그냥 지켜보고 있기 힘들었다.

"그냥……."

은백이 뭐라고 말하려는데 손님이 찾아왔다.

"아, 어서 오세요."

"햄 치즈 토스트 하나랑 떡갈비 토스트 하나 주세요."

손님에게서 돈을 받으며 은백은 과일을 다듬고 있는 천홍을 흘끗 훔쳐봤다. 하기 싫다고 투덜거리던 첫날의 모습은 어디로 사라졌는지, 천홍은 이제 얌전히 집중해서 키위 껍질을 벗기고 있었다.

첫날과 달라진 건 또 있었다. 빈도수는 줄었지만 여전히 자신의 눈을 피해서 몰래 재료들을 집어먹는 천홍을 대하는 자신의 태도였다. 천홍이 재료에 손을 댈 때마다 예전에는 눈에 불을 켜고 화를 냈지만 요즘은 마음이 너그러워져서 그런지 그냥 그러려니 하며 눈감아 줄 때가 많았다.

은백은 고개를 절레절레 저었다. 어느새 자신은 잘생긴 것 빼고는 별 볼 일 없는 저 남자에게 정이 든 모양이었다.

* * *

토요일 오전, 은백은 아침 일찍 일어나 버스를 타고 시장에 가서 한가득 장을 봐 왔다. 낑낑거리며 두 손 가득 짐을 들고 빌라로 들어서던 그녀는 빌라 입구에 서 있는 천홍 발견하고 눈을 동그랗게 떴다.

"어? 일찍 일어났네요."

팔짱을 긴 채 삐딱하게 서 있던 천홍이 은백의 양손에 들린 짐을 내려다봤다.

"김자영 만들어 주려고 이렇게나 많이 샀어?"

"딱히 많이 산 건 아닌데요."

은백이 양손에 들고 있는 짐을 추스르며 다시 한 번 낑낑거리자 천홍이 못마땅하다는 얼굴로 혀를 찬 후 그녀의 손에 들린 짐을 빼앗아 들었다.

"아, 괜찮은데."

"됐어. 어차피 나도 같이 먹을 거니까 내가 들 거야."

천홍이 홱 돌아서서 안으로 들어가자 은백이 웃으면서 뒤를 따랐다. 요즘 이상하게 귀여워 보인단 말이지.

"그래서, 메뉴가 뭔데?"

그녀의 집 안까지 짐을 들어다 준 천홍이 한쪽 눈썹을 들어 올리며 물었다.

은백은 천홍과 꽤 오랜 시간 함께 지내면서 그가 한쪽 눈썹을 들어 올릴 땐 뭔가 무척 마음에 안 드는 게 있을 때라는 것을 알게 됐다.

"뭐가 또 그렇게 마음에 안 들어서 그래요?"

"내가 뭘."

"한쪽 눈썹을 자꾸 들어 올리잖아요."

"습관이야. 뭐 문제 있어?"

"습관인 건 잘 알죠. 그게 기분이 안 좋거나 뭔가가 마음에 안 들 때 나오는 습관인 게 문제인 거지."

은백이 냉장고에 사 온 재료들을 넣으면서 덧붙였다.

"그렇게 싫어요? 자영 씨가 우리 집에 오는 게."

"응. 싫어."

천홍이 딱 잘라서 말했다.

"둘이 진짜 친구 맞아요?"

은백이 냉장고 문을 닫으며 천홍을 쳐다봤다.

"맞아."

천홍의 즉답에 할 말이 없어진 은백이 할 말을 찾다가 입을 열었다.

"아참, 아까 메뉴가 뭐냐고 물어봤었죠? 돼지갈비찜이랑 잡채랑 김치찌개랑 꽁치 구이예요."

천홍의 눈썹이 다시 위로 올라갔다.

이 남자가 지금 어떤 기분인지 이제는 너무 잘 아는 것 같아서 은백은 새어 나오려는 웃음을 감추며 물었다.

"또 뭐가 불만인데요?"

"잡채 말이야."

"잡채가 왜요?"

천홍이 미간을 찌푸리며 말했다.

"너 내가 예전부터 해달라고 노래를 부를 때는 한 번을 안

해 주다가 자영이가 온다니까 해 주잖아. 기분 나쁘다고."

"왜 그게 기분 나빠요?"

은백이 고개를 갸웃했다. 그녀가 순진한 표정으로 말했다.

"천홍 씨가 저번부터 먹고 싶다고 했던 거라서 특별히 메뉴에 넣은 건데 그게 왜 기분 나쁜 건지 이해가 안 가네요."

은백의 말에 벌어져 있던 천홍의 입이 다물어졌다.

"뭐?"

"그리고 저번에 돼지갈비찜 먹고 싶다면서요. 갈비는 소고기보다 돼지고기로 만들어야 씹는 맛이 있다면서. 그래서 천홍 씨 집에서는 갈비는 무조건 소고기 말고 돼지고기로 만들었다고 했잖아요."

그랬다. 생각해 보니 은백이 정한 메뉴들은 다 천홍이 예전부터 먹고 싶다고 했던 것들이었다. 꽁치구이도 마찬가지였다. 그것을 깨닫자 천홍의 얼굴이 순식간에 붉게 달아올랐다. 붉어진 천홍의 얼굴을 아는지 모르는지 은백은 계속해서 입을 쫑알거렸다.

"그리고 고등어보다 꽁치가 더 좋다고 그랬으면서. 꽁치 구워서 와사비 넣은 초간장에 찍어 먹으면 진짜 맛있다고……."

"그만."

천홍이 손으로 은백의 입을 막았다. 손바닥에 말랑말랑한 은백의 입술이 느껴졌다.

"됐어. 그만 얘기해도 돼."

은백의 눈이 동그래졌다. 입술에 와 닿은 천홍의 손은 굳은 살이 없어서 매끈하고 마냥 부드러울 줄만 알았는데 그게 아니었다. 뼈마디가 굵고 단단했다. 그리고 따뜻했다.

"짜요."

얼굴이 붉어진 은백이 천홍의 손바닥에 대고 중얼거리자 천홍이 불에 덴 듯 급하게 손을 치웠다.

"아무튼 메뉴는 그렇게 정했으니까 더 이상 토 달지 말아요."

"알았어."

갑자기 얌전해진 천홍을 향해 은백이 웃으며 말했다.

"자, 이제 지옥 같은 토요일을 즐기러 갈 시간입니다."

일요일에 쉬는 은백의 토스트 가게는 토요일 날 가장 손님이 많았다. 일요일 아침에 데워서 먹겠다며 저녁에 미리 사서 가는 손님도 꽤 있었다. 그래서 은백은 토요일을 지옥이라 불렀다.

일하는 내내 내일 만들 음식의 레시피와 조금 전 사 왔던 음식의 재료들을 대입해 보던 은백이 손뼉을 짝 쳤다.

"아!"

옆에서 과일을 깎던 천홍이 그녀를 쳐다봤다.

"뭐야, 왜 그래?"

"양파를 안 샀어요. 제일 중요한데……."

"집에 가는 길에 사면 되지."

"집에 가는 길에 사면 늦어요."

걱정스러운 얼굴로 눈동자를 굴리던 은백이 갑자기 천홍을 빤히 처다봤다.

반짝거리는 그녀의 눈빛이 뭘 뜻하는지 깨달은 천홍이 피식 웃더니 급 정색을 하며 말했다.

"싫어. 안 가. 귀찮아."

"그럼 내일 자영 씨만 집에 들여보낼 거예요."

"너 가만 보면 진짜 치사해."

천홍이 과일칼을 내려놓으며 미간을 찌푸렸다.

"먹을 거 가지고 유치하게 구는 게 제일 나쁜 거라고."

"다녀올 거죠?"

은백이 상냥하게 웃으며 천홍에게 만 원짜리 한 장을 내밀었다.

"안 다녀오면 밥 안 준다며."

천홍이 투덜거리며 앞치마를 벗고 그녀의 손에서 만 원을 낚아챘다.

"여기서 10분 정도 걸어가면 채움 마트라고 있을 거예요. 거기가 싸고 질이 좋거든요. 양파 한 망만 사 가지고 오세요. 대신 남은 돈으로 먹고 싶은 거 마음대로 사 먹어도 돼요."

은백이 인심 썼다는 듯 웃으며 말하자 천홍이 입술을 삐죽거렸다.

"내가 애냐."

하지만 정확히 20분 후, 천홍은 싱글거리는 얼굴로 쭈쭈바를 입에 물고 양손 가득 과자를 사 들고 있었다.

                    *   *   *

　천홍에게 심부름을 보내고 잠시 한가한 시간이 되어서 양배추를 채칼로 썰고 있던 은백에게 누군가 다가와서 말을 걸었다.

　"여기에서 뭐가 제일 맛있나?"

　"아, 어서 오세요."

　은백이 썰고 있던 양배추를 내려놓고 불판 앞으로 다가갔다.

　가게 앞에는 남색 양복을 입은 중년의 신사가 서 있었다. 그 신사는 한눈에 봐도 토스트 따위는 절대로 먹을 것 같지 않은 분위기를 풍기고 있었다.

　은백은 중년의 신사를 향해 웃으며 메뉴판을 내밀었다.

　"기본적으로 햄 치즈 토스트나 불갈비 토스트, 피자 토스트가 제일 잘나가고요. 참치 토스트도 맛이 좋아요."

　남자가 은백의 손에서 메뉴판을 받아 들며 그녀를 빤히 쳐다봤다. 그와 정면으로 눈이 마주친 은백이 숨을 멈췄다. 분명 처음 보는 사람인데 어딘지 모르게 무척 낯익은 느낌을 받았기 때문이었다. 특히 옆으로 길게 찢어진 눈매가 익숙했다.

　메뉴판이 아닌 은백을 뚫어져라 쳐다보던 남자가 웃으며 다시 그녀에게 메뉴판을 돌려주었다.

　"아가씨가 생각하기에 제일 맛있는 걸로 하나 만들어 줘요."

　은백은 얼떨떨한 얼굴로 그에게서 메뉴판을 받아 들었다. 그녀는 버터를 두른 불판에 식빵을 구우며 왜 생전 처음 보는 게 확실한 저 중년의 남자가 낯설지가 않을까 하고 고민했다.

사실 은백이 눈앞의 남자에게서 낯익은 느낌을 받은 것은 바로 그가 천홍의 아버지인 백천도였기 때문이었다. 오늘은 꼭 은백을 가까이에서 보고 말겠다는 집념으로 그는 이렇게 찬스를 잡았다.

천도는 천홍을 쫓아낸 후 새로 산 세단에 앉아 아침부터 가게를 지켜본 결과 더욱더 가까이서 그녀를 보고 싶었다. 아이들에게 상냥하고 노인들에게 부드러운 그녀의 모습이 천도의 마음을 흔들었기 때문이었다.

천도가 계속 서 있자 은백이 손바닥을 하늘로 향하게 뒤집고는 천도의 뒤에 있는 의자를 가리켰다.

"조금 오래 걸리니까 저기 앉아 계세요."

은백이 생글거리며 웃었다. 조금 전에 천도에게서 받았던 기묘한 느낌은 이미 사라지고 없었다.

"고맙네."

천도가 플라스틱 의자를 끌어다 앉았다. 그리고는 계속해서 은백을 뚫어져라 쳐다보며 관찰했다.

"아가씨는 언제부터 여기서 일했나요?"

"저요?"

은백이 천도와 눈을 마주치며 말했다.

"3년 전부터요. 이래 봬도 제가 여기 사장이에요."

은백이 어깨를 으쓱거리며 웃었다.

"처음 오시는 분들은 제가 여기 알바생인 줄 안다니까요."

"그렇군요."

은백이 계란 물을 네모난 틀에 부으며 말했다.

"에이, 그렇게 딱딱하게 말씀하시지 마시고 말씀 편하게 하세요."

"그래도 되나?"

"네."

은백은 말을 하면서도 손을 부지런하게 놀리며 불판 한쪽에서 떡갈비를 구웠다.

"이렇게 젊은데 사장님이라니 놀랍네."

"이제 겨우 가게 차릴 때 빌린 대출금 다 갚고 원점인데요, 뭐. 이제 빚도 없겠다 돈 벌어서 모으는 일만 남았죠."

은백은 천도가 여전히 자신을 뚫어져라 쳐다보자 고개를 갸웃거렸다.

"제 얼굴에 뭐가 묻었어요?"

"아니, 아니. 그냥 아가씨를 보니까 집 나간 아들이 생각나서……."

"어머."

은백이 안됐다는 얼굴을 하고 말했다.

"죄송해요. 제가 괜한 얘기를 했네요."

"괜찮아요. 사람 사는 게 다 그렇지. 이런 일도 있고, 저런 일도 있고."

"곧 돌아오실 거예요. 뭐니 뭐니 해도 집이 최고니까요. 속된 말로 집 떠나면 개고생이라는 말도 있잖아요."

"나도 그랬으면 좋겠어."

천도의 얼굴에 그늘이 졌다.

"마음고생이 이만저만이 아니시겠어요."

"난 아무렇지도 않아요. 나보다 내 아내가 더 힘들지."

은백이 고개를 저었다.

"아뇨. 아마 손님께서도 아내분과 똑같이 힘드실 거예요. 그렇게 의연한 척하지 않으셔도 돼요. 자식 멀리 보내 놓고 괜찮을 사람이 어디 있겠어요. 아버지나 어머니나 집 나간 자식 기다리는 그 마음은 똑같죠. 세상에서 모정이 가장 강하다고 하지만 모정만큼 강한 게 부정이잖아요. 아버지의 사랑보다 어머니의 사랑이 더 겉으로 잘 드러나서 그렇지. 전 아버지의 사랑의 크기도 만만치 않다고 생각해요. 집 나간 아들이 지금 밥은 잘 먹고 있는지 잠은 잘 자고 있는지 아프지는 않은지 늘 걱정이 될 텐데. 아들분이 부모님 너무 걱정시키지 말고 빨리 돌아왔으면 좋겠네요."

천도가 눈을 가늘게 뜨고 은백을 뚫어져라 쳐다봤다.

"젊은 아가씨가 속이 참 깊네. 말하는 게 참 기특해."

"사람들을 많이 상대하는 직업이다 보니 일하면서 만나는 손님들한테서 좋은 것만 빼서 닮나 봐요."

은백은 떡갈비와 식빵을 뒤집었다.

"있을 때 잘하라는 말, 그거 괜히 있는 말 아니거든요. 저도 할 수만 있다면 시간을 돌려서 부모님이랑 같이 살던 때로 돌아가고 싶어요. 그럼 정말로 온 힘을 다해 행복하게 해 드릴 자신이 있는데……."

은백이 촉촉해진 눈을 깜빡였다.

"아가씨한테도 나름대로 사정이 있나 보네. 더 이상 말하지 않아도 돼요."

"아니에요. 오랜만에 부모님 생각도 하게 되고 좋네요."

은백이 식빵 양쪽에 특제 소스를 바른 뒤 갖은 야채를 넣고 떡갈비를 넣어 토스트를 완성했다.

"자, 떡갈비 토스트 나왔습니다."

은백이 천도에게 토스트를 내밀었다.

"고마워요. 아, 계산해야지. 얼마지?"

"3,000원이에요."

천도가 지갑에서 만 원짜리 한 장을 꺼내 은백에게 내밀었다.

"거스름돈 받으세요."

은백이 거스름돈을 천도에게 내밀었다.

"거스름돈은 필요 없어요."

천도가 거스름돈을 거절하자 은백이 고개를 저으며 장난스럽게 말했다.

"전 필요 이상의 팁은 받고 있지 않습니다."

"내 얘기를 들어준 게 고마워서 그래."

"음."

잠시 고민을 하던 은백이 불판 앞 작은 카운터 위에 있는 모금함에 돈을 집어넣었다.

"그럼 여기에 넣으면 되겠네요."

그녀가 생글거리며 웃었다.

"저희 부모님이 제가 어렸을 때부터 항상 그러셨거든요. 대가 없는 돈은 받지 말라고. 대가 없는 돈은 들어와도 금방 다시 나간다고 하셨어요. 정정당당하게 자기 몫을 하고 받은 돈만이 진정한 자기 거라고 하셨죠."

천도가 순수한 감탄이 어린 표정으로 은백을 쳐다봤다.

"하지만 아이들은 달라요. 어린아이들은 아직 너무 어리고 약해서 자기 몫을 다 하지 못해요. 부모님이 계시면 부모님이 아이들 대신 그 몫을 채워 주시겠지만 여기 이 모금함의 돈이 필요한 아이들은 그 역할을 대신해 줄 부모님이 안 계시잖아요. 그러니까 대가 없는 돈이 필요한 건 이 아이들이에요."

"그렇군."

"자, 손님의 거스름돈은 좋은 일에 쓰이는 걸로 깔끔하게 해결됐네요."

"그런데 항상 여기서 이렇게 혼자 일하나? 여자 혼자 힘으로 힘들 텐데."

"아뇨. 한 명 더 있어요."

"오호."

천도의 눈동자가 이상하게 빛나는 것을 눈치채지 못한 은백이 입술을 삐죽거렸다.

"아가씨 밑에서 일하는 사람은 어떤 사람인지 궁금하군."

"어떤 사람이냐고요?"

은백이 흥분한 목소리로 말했다.

"뺀질거리고 성격 더럽고 손님에게 팔아야 하는 토스트랑 주스 재료를 다 먹어 치우고 일하다 말고 여자 꼬시고!"

은백의 분노에 찬 울부짖음을 듣는 천도의 미간에 주름이 잡혔다. 이것이 아직도 정신 못 차리고 망나니짓을 계속하고 있나 싶어서였다.

"하지만 뭐, 나름 열심히 일하고 있어요."

처음 보는 사람 앞에서 너무 흥분했나 싶어서 가까스로 흥분을 가라앉힌 은백이 멋쩍은 얼굴로 말했다.

"사실 가끔 도움이 되기도 해요. 게다가 머리가 좋아서 하루 만에 가게에 필요한 모든 걸 외워버리더라고요. 손재주도 좋고요. 뭔가를 시키면 투덜거리긴 해도 끝까지 제대로 해내요. 마냥 나쁜 점만 있는 사람은 아니에요."

"그런가?"

천도는 마치 본인이 칭찬받은 것처럼 기분 좋아했다. 은백이 미간을 찌푸리며 말했다.

"본인이 재벌 2세라고 우기는 그 허언증만 빼면 뭐, 봐 줄 만해요. 글쎄, 자기가 재벌 2세래요. 그것도……."

은백이 은밀한 것을 말하는 것처럼 한 손으로 입을 가리고 작은 목소리로 말했다.

"제왕 그룹 아시죠? 홈쇼핑에 백화점에 학교에 식품에…… 손댄 사업보다 손 안 댄 사업을 꼽는 게 더 쉽다는 그 재벌 말이에요."

"대한민국에 제왕 그룹 모르는 사람도 있나?"

"그렇죠? 세상에 자기가 제왕 그룹 회장님의 외동아들이래요. 내가 정말 무서워 죽겠어요. 어디 가서 함부로 그런 얘기하고 다니다가 정말로 제왕 그룹 회장님 귀에 들어가 봐요. 무슨 해코지를 당할지……."

천도가 큰소리로 웃었다. 은백은 천도가 웃겨 죽겠다는 듯 웃어 대자 천흥의 망언이 웃겨서 웃는 줄 알고 더욱더 걱정스러운 얼굴을 했다.

"그치요. 손님도 웃기시죠? 하아. 역시 어디 가서 그런 소리 하지 말라고 다시 한 번 입단속을 시켜야겠어요."

은백이 한숨을 내쉬자 천도가 웃으면서 은백을 쳐다봤다. 이 귀여운 아가씨는 정말로 천흥이 가진 것 하나 없는 백수라고 알고 있었다. 천도는 세상에 아쉬울 것 하나 없이 귀하게 자란 아들이 그런 취급을 받는 게 가슴이 아파야 정상일 텐데 마냥 유쾌하기만 했다.

"음. 이제 슬슬 올 때가 됐는데 안 오네요."

은백이 벽에 걸린 시계를 보며 중얼거리자 뭐라고 더 말하려고 하던 천도의 시선이 은백을 따라 벽에 걸린 시계에 박혔다.

"이런. 벌써 시간이 이렇게 됐군."

"아, 혹시 바쁘셨어요? 죄송해요. 제가 말이 너무 많았죠?"

"아니, 아니야. 다음에 또 들를게요. 정말 즐거웠어."

"저도 즐거웠어요. 그럼 안녕히 가세요, 손님."

천도가 돌아서서 걷다가 은백을 돌아봤다.

"이 토스트 맛있게 잘 먹을게. 고생해요."

"그럼 정말 감사하죠."

은백이 천도를 향해 고개를 숙였다.

처음 만난 중년의 남자에게 너무 쓸데없는 소리를 털어놓은 건 아닌지 걱정이 됐지만 이내 떨쳐 버렸다. 이런 게 다 사람 사는 낙 아닌가. 처음 만난 사람과도 마음을 터놓고 친구가 될 수 있는 그런 게.

* * *

"은백 씨는 잘 만나고 오셨습니까, 회장님?"

차 안으로 돌아온 천도에게 자영이 물었다.

"그래."

한 손에 토스트가 담긴 봉지를 들고 있는 천도의 얼굴은 살짝 멍해 보였다.

"회장님?"

"응?"

천도가 불현듯 입꼬리를 올리며 웃었다.

"저 아가씨, 참 진국이군."

자영이 고개를 끄덕였다.

"요즘 세상에 보기 드문 아가씨입니다."

천도가 뿌듯하게 웃으며 말했다.

"자영이 너한테 이야기를 듣고 나서 내내 걱정 반 궁금함

반이었는데, 오늘 그것들이 다 풀렸네. 천홍이 짝으로 아주 손색없어. 정말 괜찮아."

"저도 그렇게 생각합니다."

"젊은 아가씨가 인성도 참 괜찮은 데다 천홍이를 부려 먹는 솜씨가 아주 예술이야. 게다가 저 아가씨, 한여름에 뜨거운 불판 앞에서 땀을 뻘뻘 흘리면서도 이걸 성심을 다해 만들고 있더구나. 정성을 다한 요리를 대접받았으니 맛있게 먹어야지."

천도가 토스트를 감싸고 있는 종이를 벗기며 말했다.

"가는 동안 먹을 테니 그만 출발하지."

"예."

자영이 옅은 미소를 지으며 부드럽게 차를 출발시켰다.

*   *   *

"더워."

집으로 돌아가는 길에 천홍이 손으로 부채질을 하면서 말했다.

"낮에는 에어컨 빵빵하게 틀어 주더니 밤이라고 안 틀어 주는 건가."

천홍의 말에 은백이 달리고 있는 버스의 창문을 열었다.

"자요."

열린 창문으로 살짝 후덥지근한 바람이 불어왔다. 에어컨 바람처럼 추울 정도로 시원한 바람은 아니었지만 더위를 식히는 정도로는 충분히 강한 바람이었다.

천홍은 불어오는 바람을 느끼며 두 눈을 감았다. 말로 설명할 수 없는 기분이 들었다. 물론 좋은 쪽으로.

"이렇게 창문으로 들어오는 바람도 충분히 시원하죠?"

은백이 바람에 흩날리는 머리카락을 손으로 대충 말아 쥐며 말했다.

"그렇네."

은백이 창가에 더 가까이 있던 덕분에 그녀의 머리칼에서 샴푸 향기가 바람을 타고 흘러나와 두 눈을 감은 천홍의 코끝을 두드렸다. 한여름의 더위로 둘 다 땀을 뻘뻘 흘리며 일을 했기 때문에 땀 냄새가 나야 정상인데 그녀에게서는 샴푸 향기가 났다. 게다가 그 향기는 은백 특유의 체취와 섞여 천홍에게 아주 매혹적인 느낌을 주었다.

"샴푸 뭐 써?"

천홍의 물음에 은백이 고개를 갸웃했다.

"천홍 씨랑 같은 거 쓰잖아요. 내가 저번에 준 샴푸요. 그거 미리 여분으로 사 뒀던 샴푸 준 거였거든요."

"아. 그런가. 나랑 같은 향기였나."

천홍이 천천히 감았던 눈을 뜨고 은백을 내려다보았다. 왜 그녀에게서 나는 향기가 이렇게 특별하게 느껴지는지 의아함이 들었다. 그리고 의아함과 함께 그녀와 자신의 머리카락에서 같은 향기가 난다는 것에 묘한 쾌감이 느껴졌다. 생각해 보니 그들은 샴푸뿐만 아니라 치약도, 바디워시도 같은 걸 썼다.

천홍의 시선이 느껴지자 창밖을 보고 있던 은백이 천홍을 마주 올려다보았다. 허공에서 두 사람의 눈빛이 강하게 얽혔다. 잠시 아무 말도 하지 않고 그녀를 내려다보고 있던 천홍이 급하게 그녀에게서 시선을 떼고 입 안으로 욕설을 중얼거렸다.

두 사람의 눈이 마주친 순간 그는 은백에게 키스를 하고 싶었다. 단순한 입맞춤이 아닌 서로의 혀가 얽히고 타액을 주고받는 깊은 키스를 해서 저 동그랗게 뜬 두 눈을 반쯤 감기게 하고 싶었다. 그리고 그는 정말로 그렇게 할 뻔했다. 하지만 그러지 않았다. 도저히 그럴 수가 없었다.

그동안 천홍이 그녀에게 손을 대지 않았던 것은 은백이 자신의 스타일이 아니어서가 아니었다. 그도 남자였다. 왕성한 성욕을 가진 이십 대 후반의 건장한 남자였다. 잠자는 시간을 제외하고 항상 같이 붙어 있는 여자에게 그런 마음이 들지 않는 것이 더 이상한 일일 것이다.

그는 요즘 들어 가끔 은백과 단둘이 밥을 먹을 때나 손님이 뜸한 시간에 가게에서 단둘이 있을 때면 이상한 충동에 사로잡혔다. 그 충동이란 것은 내가 지금 이 여자를 만지면 어떤 기분이 들까와 같은 생각이었다. 하지만 곧 고개를 저으며 그 충동을 억눌렀다. 그가 그런 가벼운 마음으로 은백을 만지고 상처를 입히면 그들의 관계는 거기서 끝이었기 때문이다.

천홍은 은백이 자신에게 밥을 해 주는 사람이고 자신을 고용한 고용주에 불과하다고 생각했다. 하지만 최근 들어 그게 다가 아닐 수도 있다는 생각이 머릿속 한구석에 슬그머니 자리 잡았다. 딱히 왜 그런 건지 정의를 내릴 수는 없지만 한 가지 확실한 건 그는 그녀와 맺고 있는 이 익숙하고 평온한 관계가 부서지는 걸 두려워하고 있다는 것이었다.

"아, 다 왔네요. 내려야겠다."

어색한 분위기에 눈을 아래로 내리깔고 있던 은백이 벨을 눌렀다. 천홍이 자리에서 일어나자 은백이 그의 뒤를 따랐다.

"내일⋯⋯."

함께 빌라로 걸어가면서 무거운 침묵을 깨기 위해 은백이 먼저 입을 열었다.

"도와줄까?"

대뜸 묻는 천홍의 물음에 은백이 놀란 얼굴로 그를 올려다봤다.

"뭐야. 귀신이라도 봤어? 왜 그런 눈으로 쳐다봐?"

"안 그러게 생겼어요? 먼저 도와준다고 그랬잖아요."

"싫으면 말고."

"안 싫어요. 절대로 안 싫어요."

"그럼 됐어. 몇 시까지 가?"

"평소에 오던 시간에 와요. 어차피 자영 씨는 저녁에 온다고 했으니까."

"알았어."

"철들었네요."

천홍이 은백을 노려봤다.

"뭐야?"

"뭘 그렇게 정색하고 그래요. 칭찬한 건데."

"흥."

천홍이 가슴 앞으로 팔짱을 낀 채 우아하게 걸으며 말했다.

"그렇게 아부 안 해도 도와줄 거니까 걱정하지 마."

"안 도와줄까 봐 아부한 거 아닌데."

"됐어."

천홍이 가늘게 뜬 눈으로 그녀를 쳐다보고 앞장서서 걷기 시작했다. 약간 귀가 붉어진 그의 손에는 아까 마트에서 사 온 양파가 들려 있었다.

6. 함께 먹는 밥맛

　마지막 요리인 꽁치 구이를 식탁에 내려놓으면서 은백이 이를 갈았다.

　그녀는 오늘 고양이한테 생선을 맡긴 주인의 심정을 깨닫게 되었다. 정신없이 요리를 하다가 천홍이 너무 조용하다 싶어 뒤를 돌아보았더니 요리의 절반이 이미 그의 뱃속으로 사라진 후였다.

　"가서 자영 씨나 불러와요."

　"뭘 그렇게 화내고 그래."

　"화 안 내게 생겼어요? 세상에 손님보다 먼저 음식을 먹는 사람이 어디 있어요? 그것도 절반이나! 손님이 올 때까지 기다렸다가 손님 오면 같이 먹어야죠."

　은백이 소리를 빽 지르자 천홍은 짐짓 황당하다는 표정으로 그녀를 내려다보았다.

"나도 손님이잖아. 그냥 한 손님이 먼저 와서 밥 먹었다고 생각해."

은백이 아차 싶은 표정으로 입을 다물었다.

잊고 있었다. 그도 손님인 건 사실이었다. 그녀는 무심코 그를 같이 사는 사람처럼 대하고 있었다. 꼭…… 집들이 날 참지 못하고 음식에 손을 댄 남편을 혼내는 아내처럼.

은백의 얼굴이 새빨갛게 달아올랐다.

"그, 그러니까 내 말은. 천홍 씨가 이렇게 먼저 먹어 버리는 건 자영 씨에 대한 예의가 아니라는……."

"자영이 불러오면 되지?"

천홍이 피식 웃더니 현관으로 향했다.

"식기 전에 먹어야 하니까 괜히 시비 걸지 말고 그냥 불러 와요."

"내가 애냐?"

"그럼 아니에요?"

"시끄러워."

천홍이 자영을 부르러 밖으로 나가자 은백이 그제야 숨을 거칠게 몰아쉬었다. 너무 당황해서 숨도 제대로 쉬지 못하고 있었던 것이다. 시간이 지날수록 그녀에게 천홍은 함께 있는 게 너무 당연한 사람이 되어 가고 있었다. 요즘엔 남자가 능력이 없어도 자신이 먹여 살리면 되지 않나, 같은 평강공주 콤플렉스까지 생겨나고 있었던 것이다.

"정신 차려, 정은백."

은백이 두 손으로 자신의 뺨을 찰싹 때리는데 초인종 소리
가 울렸다.

"문 열어."

"아, 오셨어요?"

은백이 반가운 얼굴로 문을 열었다. 편안한 차림의 자영이
천홍과 함께 문 앞에 서 있었다. 나란히 선 두 사람은 한 폭의
그림 같았다.

"뭘 그렇게 보고 있어? 안 들여보내 줄 거야?"

"아."

은백이 뒤로 물러서자 자영이 미소를 지으며 집 안으로 들
어왔다.

"오랜만입니다, 은백 씨."

"폼 잡기는."

천홍이 자영을 노려보며 따라 들어왔다. 자영이 집 안을 둘
러보자 천홍은 삐딱선을 타며 말했다.

"뭘 그렇게 봐? 앉아."

천홍이 자연스러운 걸음걸이로 식탁으로 걸어가 털썩 주저
앉자, 그 모습을 본 자영이 터져 나오려는 웃음을 숨겼다. 그
는 마치 마누라가 바람을 피울까 봐 걱정돼 주변의 모든 남자
들을 적대시하는 남편 같았다. 자영은 다시 한 번 피식 웃은
후, 천홍의 맞은편에 가서 앉았다.

남자들이 자리에 앉자 한동안 쉬지 않고 부지런하게 밥이며

국이며 퍼다 나르던 은백이 겨우 자신의 몫을 퍼서 식탁으로 다가왔다가 멈춰 섰다.

그녀는 현재 선택의 기로에 서 있었다. 천홍의 옆자리냐, 자영의 옆자리냐. 평소 같았으면 아무 거리낌 없이 천홍의 옆에 앉았을 은백은 잠시 양손에 밥그릇과 국그릇을 들고 고민에 빠졌다.

사실대로 말하자면 그녀는 천홍의 옆에 앉고 싶었다. 하지만 아까 그런 일이 있었는데 아무렇지도 않게 그의 옆에 앉는다는 게 좀 마음에 걸렸다. 뻔뻔한 여자처럼 보일지도 모른다는 생각이 들었기 때문이었다. 그녀는 천홍이 그녀 마음대로 그를 남편 취급하더니 자영 앞에서 보란 듯이 옆자리까지 꿰찼다는 생각을 하게 만들고 싶지 않았다.

"하아, 저 바보가."

은백이 양손에 그릇을 들고 멍하니 서 있자 한숨을 내쉰 천홍이 그녀의 손에서 밥그릇과 국그릇을 빼앗아 자신의 옆에 두었다.

"뭘 멍하니 서 있어? 다 식겠다."

천홍의 말에 은백이 어색한 걸음걸이로 그의 옆으로 가 앉았다.

"네가 앉아야 쟤가 밥을 먹지."

"아, 그렇죠."

은백이 미안하다는 듯 자영을 쳐다봤다.

"죄송해요. 잠깐 딴생각을 좀 하느라."

"괜찮습니다."

"차린 게 별로 없어서 어떡해요."

"아닙니다. 오히려 너무 넘치도록 많아서 뭐부터 먹어야 할지 고민될 정도입니다."

"뭘 먹어야 할지 왜 고민해?"

천홍이 젓가락으로 돼지갈비를 집으며 말했다.

"먹고 싶은 것부터 먹으면 되잖아."

잠시 천홍을 쳐다보던 자영은 그의 말이 정답이라고 생각했다. 단순한 것 같아도 천홍은 언제나 제대로 정곡을 찔렀다.

"그럼 저도 이것부터……."

자영도 천홍이 집었던 돼지갈비를 제일 먼저 집어서 입에 가져갔다. 은백은 두 눈을 반짝이며 그가 갈비를 입에 넣고 씹는 것을 지켜보았다. 왠지 이 남자라면 요리가 맛없어도 맛있다고 칭찬해 줄 것 같았기 때문이다. 천홍에게서는 맛있다는 말을 단 한 번도 들어본 적 없었다.

자영이 입 안에 든 것을 삼키고 웃으면서 말했다.

"정말 맛있습니다."

은백의 입가에 미소가 피어올랐다.

"정말요?"

"빈말이야, 저거."

옆에서 천홍이 초를 치자 은백의 눈꼬리가 사납게 올라갔다. 확 젓가락으로 찔러 버릴까 보다.

"밥그릇 뺏기 전에 조용히 하고 먹어요."

"괜히 신경질이야."

"아닙니다. 정말 맛있어요. 요리 솜씨가 정말 좋으십니다."

"오호호호호."

은백의 입꼬리가 귀에 걸리자 천홍이 못마땅한 표정으로 그녀를 노려봤다. 그녀가 노골적으로 좋아 죽겠다는 표정을 짓자 괜히 짜증이 치밀어 올랐다. 일부러 못된 말을 해서 그녀의 기분을 망가뜨리고 싶은 충동이 일 정도였다.

"이 간장 소스는 어떻게 만드는 겁니까? 와사비 초간장은 잘못 만들면 너무 톡 쏘고 시큼한데 이건 참 맛있습니다."

"궁금하세요?"

은백은 자영이 맛있다고 칭찬한 꽁치구이와 간장을 그의 앞으로 더 가까이 밀어 주면서 말했다.

"양파랑 대파랑 다시마를 넣고 끓인 물과 간장을 섞어서 다시 한 번 더 끓이는 거예요. 비율은……."

천홍이 은백의 입에 돼지갈비를 집어넣었다.

"읍!"

갑자기 자신의 입 안으로 들어 온 큼직한 고기에 놀란 은백이 눈을 동그랗게 떴다.

"시끄러우니까 조용히 하고 먹어. 나보고 조용히 하라더니 자기가 더 말 많네."

"백천홍, 너 미쳤어? 갑자기 그렇게 입에 넣으면 놀라잖아."

놀란 자영의 물음에 천홍이 어깨를 으쓱했다.

"놀라기는 무슨 잘 씹고 있고만."

천홍의 말에 그를 쳐다본 은백은 뭐라고 투덜거리며 천홍이 입 안에 넣어 준 돼지갈비를 오물오물 씹고 있었다. 자영이 황당한 얼굴로 둘을 쳐다봤다.

"싱거워."

잡채를 먹으며 천홍이 중얼거리자 은백이 잡채가 담긴 접시를 빼앗아 들었다.

"먹지 마요, 그럼."

"내놔."

천홍이 은백의 손에서 잡채를 다시 빼앗았다.

"그래도 먹을 만하니까."

"그냥 맛있다고 해요. 아니, 남들 듣기 좋은 얘기 하면 입 안에 가시가 돋는 병이라도 걸렸어요?"

"먹을 만하다고."

"익!"

은백이 이를 드러냈다.

그들이 싸우는 모습을 미소를 띤 얼굴로 바라보고 있던 자영이 무심코 그동안 생각해 왔던 것을 입에 올렸다.

"은백 씨."

"네?"

천홍의 멱살을 잡을 것처럼 손을 갖다 대던 은백은 자영의 목소리가 들려오자 재빨리 바로 앉았다. 천홍이 너무 열 받게 하는 바람에 은백은 자영과 함께 있다는 것을 잠시 잊어버렸었다.

"저번에 하셨던 그 제안, 계속 생각해 봤습니다만."

"무슨 제안이요?"

은백이 눈을 동그랗게 떴다.

"천홍이 식사 문제 말입니다."

"아아."

은백은 전에 자신이 자영에게 자신 대신 천홍에게 밥을 먹여 달라고 부탁했던 것을 떠올리며 고개를 끄덕였다.

"맞아. 그랬었죠."

그들이 대화에 천홍이 눈을 가늘게 떴다.

"천홍이 식사는 앞으로 제가 책임질까 합니다."

"뭐?"

"네?"

은백과 천홍이 동시에 젓가락을 내려놓았다. 자영도 그들을 따라 젓가락을 내려놓고 물을 한 모금 마셨다.

은백은 자영이 보기에 정말 좋은 사람 같았다. 세상에 어떤 사람이 생판 남에게 하루 세끼를 꼬박꼬박 챙겨 먹인단 말인가. 그렇게 사람 좋은 그녀에게 천홍의 뒤치다꺼리를 계속 시키는 건 옳지 않은 것 같았다. 그녀도 그에게 몇 번이나 천홍으로 인해 힘들다고 하소연하지 않았던가. 천홍과 오랜 시간을 함께 해 온 자영은 천홍이 얼마나 까다로운지 잘 알고 있었다. 게다가 들어가는 식비 또한 만만치 않을 것 같았다. 그녀에게 식비를 따로 챙겨 줄까도 생각해 봤지만 그건 그것대로 실례일 것 같아서 그 생각은 그냥 생각 단계에서 끝냈다.

그렇게 모든 생각을 종합해 본 결과 차라리 천홍의 식사를 자신이 해결해 주는 게 여러모로 나을 것 같다는 결론이 나왔던 것이다.

"남인 은백 씨에게 맡기는 것 보다는 친구인 제가 맡는 게 나을 것 같아서 말입니다."

"갑자기 무슨 소리야?"

천홍이 낮은 목소리로 물었다.

"아버지가 시켰어?"

"아니. 그냥 내가 혼자 생각한 거야."

천홍이 의심스러운 눈빛을 거두지 않은 채 자영을 쳐다보는데 은백이 자영의 두 손을 잡으며 눈을 빛냈다.

"아주 큰 결심 하셨어요. 고마워요, 정말."

천홍의 한쪽 눈썹이 위로 올라갔다.

"사실 그동안 좀 힘들었거든요. 돈 문제를 떠나서요. 전 가끔 피곤할 때면 밥 먹는 거 패스하고 그냥 자는 편인데 이 남자는 피곤해도 하루 세끼는 꼬박 챙겨 먹어야 직성이 풀리는 주의라서……."

"그랬습니까?"

"네! 다시 한 번 정말 고마워요."

자신의 끼니를 대신 책임져 주겠다는 자영의 말에 그가 원수를 대신 갚아 준 것처럼 뛸 듯이 기뻐하는 은백을 보는 천홍의 심장이 울컥했다. 누군가가 심장을 손으로 움켜쥐고 즙을 내듯 쥐어짠 것 같은 느낌이었다.

천홍은 은백을 만나 처음으로 자존심이 상했다. 그동안 그녀에게 밥을 얻어먹는 것을 당연하게 생각해 왔는데 그의 밥을 대신 챙겨 주겠다는 사람이 나타나자 기다렸다는 듯 반가워하며 고개를 끄덕이는 은백을 보니 입맛이 썼다.

그는 처음으로 자신이 그동안 은백에게 얼마나 큰 민폐를 끼치고 있었는지 깨달았다. 그동안 자신에게 밥을 해 주는 게 얼마나 싫었으면 저렇게 반색을 할까 싶기도 했다. 그녀는 그저 남이 부탁하거나 강요하면 하기 싫어도 거절하지 못하는 성격인지도 몰랐다.

사실 생각해 보면 은백이 지금까지 그의 식사를 챙겨 준 것이 오히려 더 이상했다. 그들은 생판 남이지 않은가. 생판 남인 그녀보다는 19년이나 한집에서 같이 자란 친구인 자영이 그의 식사를 챙겨 주는 것이 훨씬 더 자연스러웠다.

"그럼 내일부터 좀 부탁 할게. 먼저 돈 좀 빌려줘. 나중에 어떻게든 갚을 테니까."

천홍이 자리에서 일어서며 말했다.

"잘 먹었다."

"어, 어?"

은백이 어리둥절한 얼굴로 쳐다보는데 천홍이 일어나서 밖으로 나갔다. 잠시 후, 천홍이 자기 집 문을 열고 들어가는 소리가 들렸다.

천홍으로 인해 갑자기 어색해진 분위기에 은백이 억지로 웃었다.

"저 사람은 신경 쓰지 말고 편하게 드세요. 혹시 맛있게 드신 거 있으시면 말씀하세요. 챙겨드릴게요."

"감사합니다."

드디어 수중에 돈이 생겼다며 좋아할 줄 알았던 천홍이 상처받은 얼굴을 하자 그 얼굴이 마음에 걸려 자영은 결국 밥을 다 먹지 못하고 남겼다. 자신이 그의 자존심에 상처를 준 게 분명했다. 그는 늘 풍족하게 살아왔기 때문에 사람이 가진 것이 없을 때, 얼마나 비참한지 모르고 자랐다. 아마 오늘 처음 그 비참함을 느꼈을 것이다. 자영은 무척 상처받은 얼굴을 하고 있던 천홍이 걱정되었다.

두 사람이 티격태격하는 모습을 보다가 무심코 흘러나온 말이라 천홍을 미처 배려하지 못했다. 은백과 단둘이 얘기를 하는 게 나았을지도 몰랐다. 하지만 그럼 또 단둘이 얘기하고 있다며 도끼눈을 뜨고 노려볼 것이 아닌가. 자영은 약간 억울하기도 했다.

자영이 어두운 얼굴로 식사를 마치자 은백은 그가 맛있게 먹었던 것들을 따로 챙겨 그의 손에 쥐여 주었다.

"은백 씨, 정말 맛있게 잘 먹었습니다."

"아니에요. 맛있게 먹어 주셔서 제가 더 감사해요."

"그럼 다음에 또 뵙겠습니다. 그리고 천홍이 일은 너무 걱정하지 마세요. 제가 알아서 하겠습니다."

"네."

자영은 쓸쓸한 기분으로 은백이 챙겨 준 밑반찬들을 들고 집으로 향했다. 방음이 좋지 않은 빌라라 그런지, 아니면 천홍이 온 신경을 밖에 곤두세우고 있었는지 자영이 계단을 오르기 시작하자 천홍의 집 문이 열렸다.

"얘기 좀 하자."

천홍이 자영을 따라 자영의 집으로 올라왔다.

"그래서 앞으로 어떻게 날 책임져 줄 건데?"

문이 닫히자마자 다짜고짜 묻는 질문에 자영이 어두운 얼굴로 입을 열었다.

"조금 전에 내가 했던 말은……."

"됐어."

"백천홍."

"됐다고. 어떻게 책임져 줄 건지 그거나 말해."

천홍의 차가운 태도에 한숨을 내쉰 자영은 지갑에서 100만 원짜리 수표를 하나 꺼내 그에게 건넸다.

"부족하면 말해라."

예전 같았으면 자영이 주는 돈을 덥석 받았을 텐데, 천홍은 선뜻 돈을 받아 들지 못했다. 이 돈을 받는다는 것은 앞으로 은백의 집에서 따뜻한 밥을 먹을 수 없게 된다는 것을 뜻했기 때문이다.

차라리 이 돈을 은백에게 주고 계속 식사를 만들어 달라고 해 볼까, 하는 생각이 들었지만 이내 머릿속에서 지워버렸다.

은백은 돈을 떠나서, 피곤해서 밥을 하고 싶지 않은 날에도 억지로 밥을 차려야 하는 게 힘들다고 했다. 비단 돈이 문제가 아니었다.

"고맙다. 잊지 않을게."

천홍이 결심한 듯 자영의 손에서 수표를 받아 들었다. 그리고 그대로 자신의 집으로 돌아갔다.

천홍이 나간 현관문을 쳐다보던 자영이 씁쓸한 표정으로 자조했다.

"정말 상처 많이 받았나 보네."

머릿속이 복잡했다.

*　　*　　*

가게에 혼자 앉아 점심을 먹고 있던 은백이 길게 한숨을 내쉬었다. 천홍이 점심시간에 밖으로 나가 밥을 사 먹은 지 벌써 일주일째였다.

그녀도 처음에는 하루 세끼 꼬박 귀찮게 밥을 차리지 않아도 된다는 사실에 기뻐하며 식사 시간의 자유를 만끽했다. 하지만 시간이 지날수록 혼자 밥 먹는 게 무척 외롭게 느껴졌다. 그동안 한 번도 그런 감정을 느껴본 적 없었는데.

"내가 만든 요리가 이렇게 맛이 없었나."

은백이 젓가락을 입에 물고 허공을 쳐다봤다.

요즘 좀 사는 게 재미가 없었다. 물론 그들의 사이가 변한 건 아니었다. 천홍이 그녀의 심기를 건드리는 것도 여전했고 그런 천홍으로 인해 그녀가 붉으락푸르락하는 것도 여전했다.

그렇게 그들은 같이 있으면 서로 말다툼을 하며 티격태격했다. 다만 바뀐 게 하나 있다면 그건 천홍이 그녀와 함께 밥을 먹지 않는다는 것이었다.

"하아."

은백이 한숨을 내쉬며 다 먹지 못한 밥을 치웠다. 요즘은 몸이 아픈 것 같지는 않은데 이상하게 입맛만 없었다.

"다녀왔어."

그녀가 설거지를 마치고 수건에 손을 닦는데 천홍이 돌아왔다.

"뭐 먹고 왔어요?"

"김치찌개."

"내가 더 잘……."

은백이 말을 하다 말고 멈췄다. 내가 더 잘 끓인다고 말해서 뭐?

"오늘 오후에 단체 주문 있어요."

"아아."

천홍이 손을 씻으며 대답했다. 그녀의 핀잔으로 인해 천홍은 이제 손 씻는 데 도가 텄다. 손 씻기가 생활화되어 요즘엔 은백보다 더 자주 씻고 잘 씻는 것 같다.

"종류는?"

"햄 치즈 토스트 10개, 참치 토스트 10개, 불갈비 토스트 10개요."

"금방 만들겠네."

게다가 요즘엔 천홍이 그녀보다 훨씬 더 토스트를 잘 만드는 것 같았다.

천홍이 능숙하게 앞치마를 입으며 불판 앞에 섰다.

"내가 햄 치즈랑 참치 만들 테니까 넌 불갈비 만들어."

"내가 사장이거든요?"

"알 게 뭐야. 그냥 만들면 끝이잖아."

은백이 웃으며 냉장고 안에서 재료를 꺼냈다. 이렇게 서로 툴툴거리는 건 예전이나 지금이나 똑같은데 말이다. 뭐가 그들의 사이를 이렇게 변하게 만든 걸까.

"배달해야 할 곳은 어디야?"

"저기 앞에 여고요."

"그으래?"

천홍이 눈을 빛내자 은백이 딱 잘라 말했다.

"배달은 내가 갈 거예요."

"뭐? 왜?"

"저번에 배달 가서 한 시간이나 놀다 왔잖아요!"

"그게 놀다 온 거냐. 가게 홍보하고 온 거지."

천홍의 말에 은백이 입을 다물었다. 천홍이 거기서 놀다 온 건 분명하지만 정말 그 이후로 여고 손님들이 늘었기 때문이었다. 올 때마다 천홍을 보고 꺅꺅거리며 시끄럽게 굴어서 문제지만 가게의 매상을 올려주는 기특한 손님들이었다.

"아무튼 내가 갈 테니까 가게 지키고 있어요."

"뻣뻣하게 굴긴."

천홍이 씩 웃었다. 순간 은백의 심장이 움찔하고 뛰었다. 저 쓸데없이 잘생긴 얼굴은 범죄다, 범죄.

잠시 아무 말 없이 토스트를 만들고 있던 은백이 슬쩍 입을 열고 그를 떠봤다.

"오늘 소 불고기 해 먹을 거예요. 팽이버섯 잔뜩 넣고."

팽이버섯은 천홍이 좋아해서 즐겨 먹는 것 중 하나였다. 은백은 팽이버섯 얘기에 천홍의 어깨가 움찔 거리는 것을 분명히 보았다. 하지만 어깨가 눈에 띄게 움찔 한 것에 비해 천홍의 얼굴은 무표정했다.

"맛있게 만들어 먹어."

"그런데 있잖아요. 나 요즘 2인분씩 만드는 게 습관이 돼서 1인분 만드는 게 힘들어졌어요."

은백이 2차 공격을 했다.

"그럼 남은 건 뒀다가 데워 먹던가."

심드렁한 목소리에 은백이 천홍을 노려보며 소리를 빽 질렀다.

"내가 이 정도 했으면 좀 넘어와요! 인간이 소심해 가지고. 평소에는 뒤끝 없이 단순하면서 왜 쓸데없는 데서 이렇게 소심해요?"

"내가 뭘?"

천홍이 무미건조한 목소리로 말했다.

"귀찮다며. 그래서 앞으로 너 귀찮게 안 하겠다고 하는 거잖아. 고마워하라고. 더 이상 빈대 안 붙을 테니까."

"정말 이럴 거예요?"

천홍은 사실 은백이 자신에게 이렇게 화를 내는 게 이해가 가지 않았다. 분명 그동안 자신을 노골적으로 귀찮아하지 않았던가. 그래서 자영이 그런 제안을 했을 때 뛸 듯이 기뻐했으면서. 그래놓고 이제 와서 왜 이런단 말인가.

"너야말로 왜 그래?"

천홍이 정말 모르겠다는 표정을 하고 그녀를 내려다보자 은백이 그의 시선을 피하며 작게 중얼거리듯 말했다.

"혼자 먹는 밥이…… 맛없어요."

속삭이듯 작은 목소리였지만 천홍은 그녀가 무슨 말을 하는지 단번에 알아들었다. 그녀는 외로워하고 있었던 것이다. 식당에 가서 혼자 밥을 사 먹고 전단지를 찾아 배달을 시켜 먹을 때마다 그가 느꼈던 외로움을 그녀도 느끼고 있었나 보다.

"뭐야, 너."

천홍이 이를 드러내며 씩 웃었다. 그의 윗입술 끝이 밖으로 살짝 까지며 하얀 송곳니가 드러났다. 은백은 그 모습을 입까지 살짝 벌린 채 홀린 듯 쳐다봤다.

"내가 그리웠냐?"

"그, 그리웠……뭐라고요?"

은백이 말을 더듬으며 소리를 빽 지르자 천홍이 여유를 되찾은 얼굴로 다시 한 번 기분 좋게 웃었다.

"꽤 귀엽게 구네."

"놀리지 마요."

은백이 붉어진 얼굴로 그를 노려봤다.

"몇 시에 가면 돼?"

"네?"

"너희 집에 저녁 먹으러 몇 시에 가면 되냐고. 그냥 예전처럼 퇴근하면서 같이 집으로 들어가?"

천홍의 말에 은백이 고개를 끄덕이며 가만히 그를 쳐다봤다. 퇴근하면서 같이 집으로 들어가냐고 묻는 말에 설렜던 것이다.

"빵 타겠다. 나 잘생긴 거 내가 가장 잘 아니까 나 좀 그만 쳐다봐."

은백은 서슴없이 자화자찬을 하는 그를 노려보다가 이내 할 말을 찾지 못한 듯 토스트를 만드는 일로 복귀했다.

한참 동안 말없이 토스트를 만들던 그녀가 말했다.

"자영 씨한테 돈 받았다고 했죠?"

"그래."

"남은 돈은 다시 돌려줘요."

"왜?"

"앞으로 내가 다시 밥 챙겨 줄 거잖아요."

"그럼 그거 너한테 줄게."

"필요 없어요. 어차피 월급에서 식비로 10만 원 떼잖아요."

"10만 원으로는 부족하잖아?"

"안 부족하다면 거짓말이지만 크게 부족한 것도 아니에요. 그동안은 아무렇지도 않게 먹었으면서 왜 갑자기 그래요?"

"그럼 식비 더 떼던가."

"새삼스럽게 왜 그래요?"

"아니, 그동안 네가 나 때문에 고생한 것 같아서."

은백이 눈을 동그랗게 떴다.

"이게 어떻게 된 거예요? 사람이 갑자기 변하면 죽는다던데. 이렇게 갑자기 확 변하지 마요. 무섭잖아요."

"넌 꼭 말을 해도……."

"그만큼 괜찮다는 거예요. 식비는 그전이랑 똑같이 10만 원. 그리고 자영 씨한테 받은 돈의 나머지는 다 돌려줄 거죠?"

"알았어."

"오늘 밤에 당장 돌려줘요."

"넌 너무 쓸데없이 정직해."

천홍이 투덜거리며 마지막 토스트의 포장을 마쳤다.

* * *

그녀와 나란히 집으로 돌아온 천홍은 식탁에 앉아 한 손에는 숟가락, 또 다른 한 손에는 젓가락을 든 채 연신 생글거리고 있었다. 맛있는 냄새가 코를 자극하자, 가슴 속이 막연한 기대감으로 벅차오르는 것 같았다.

생글거리던 천홍의 시선이 그를 등진 채 조리대 앞에 서 있는 은백을 향했다. 그녀가 요리를 하고 있는 뒷모습을 참 오랜만에 보는 것 같았다. 게다가 은백이 만들어 주는 밥을 먹는 것도 정말 오랜만이었다.

그는 소 불고기가 다 볶아지기를 기다리며 이제야 뭔가 제대로 밥을 먹는 것 같다는 생각을 했다. 물론 밖에서 사 먹는 밥이 제대로 된 요리가 아니라는 뜻은 아니었다. 그것도 충분히 맛있었다. 하지만 은백이 만들어 주는 음식만큼 그의 입과 배 속을 만족스럽게 하지는 못했다.

"정은백."

은백이 고기를 볶는 손을 멈추지 않은 채 뒤를 돌아보았다.

"왜요?"

"언젠가 꼭 갚을게."

"뭘요?"

"네가 나한테 해 준 것들."

"내가 천홍 씨한테 해 준 것들이라고 하면 요리나 일자리를 준 것밖에 없는데…… 난 이미 가게 사장이니까 그건 못 갚을 거고."

은백이 고개를 갸웃거리다가 이내 배시시 웃었다.

"아, 나중에 나한테 직접 요리 만들어 주게요? 손재주 좋은 거 같으니까 가르치면 잘할 것 같긴 해요."

"아니, 그런 게 아니라……."

천홍이 미간을 찌푸렸다. 이런 곰탱이 같으니.

"아, 됐어."

은백은 그의 심통 난 표정을 보고 배가 고파서 그런 거라고 생각했다.

"이제 거의 다 익었어요. 소고기는 빨리 익거든요. 너무 익히면 질겨지기도 하고요. 조금만 더 기다려요."

은백이 성질 급한 어린아이 달래듯 말하며 다시 요리에 열중하자 천홍이 아랫입술을 내밀며 그녀를 노려봤다.

"내가 무슨 밥 안 주면 떼쓰는 어린애냐."

"어머, 그럼 아니에요?"

은백이 다 익은 소 불고기를 살짝 오목한 접시에 담아서 천홍의 앞에 내려놨다. 접시의 안에서는 갈색 빛을 띤 소고기가 윤기 자르르 흐르는 모습으로 천홍을 유혹하고 있었다. 그 옆에서 간장 양념을 머금고 색이 짙어진 팽이버섯 또한 고운 자태를 뽐내며 천홍에게 어서 먹어 달라 손짓했다.

"어서 먹어요."

은백이 천홍의 맞은편에 앉았다.

"잘 먹을게, 밥순이."

"아, 또 밥순이래."

말의 내용과는 달리 은백은 싫지 않은 얼굴로 그를 밉지 않게 흘겨보며 밥을 한 숟가락 떠서 입 안에 넣었다.

"어?"

은백이 입 속에 밥을 넣은 채 눈을 동그랗게 떴다.

"지금 잘 먹겠다고 했어요? 나한테?"

"문제 있어?"

천홍이 아무렇지도 않은 얼굴로 소 불고기를 씹으며 물었다.

"아니, 지금 나한테 잘 먹겠다고 했잖아요."

"그래서 그게 어쨌다고?"

"한 번도 그런 말 한 적 없었으면서."

"그래서 앞으로도 계속하지 말라고?"

"아니, 아니에요."

은백이 손사래를 치며 입 안에 있는 밥을 꿀꺽 삼켰다.

"그날 네가 자영이한테 그랬잖아. 가끔 피곤해서 그냥 자고 싶을 때가 있는데도 나 때문에 밥을 차려야 했다고. 혼자 사니까 간단하게 먹고 싶을 때도 있었을 텐데, 매끼 식사를 챙기려니 귀찮기도 했을 거라는 생각이 들더라."

은백은 할 말을 찾지 못한 채 멍하니 천홍의 얼굴만 쳐다봤다.

"사실 따지고 보면 너랑 나는 불과 몇 달 전까지만 해도 생판 모르던 남남이었는데 네가 나한테 해 주는 것들을 좀 너무 당연하게만 생각했나 봐."

천홍이 씁쓸한 얼굴로 웃었다.

"하지만 결코 고의로 일부러 널 무시한 건 아니었어. 어렸을 때부터 사람들에게 대접받는 삶을 살다 보니 네가 나한테 해 주는 것도 그때의 연장선처럼 생각하면서 당연시했던 거야. 생각해 보니까 내가 뭔가를 원할 때마다 옆에서 내가 원하는 것들을 줬던 사람들은 모두 그것에 대한 충분한 대가를 받고 해 준 거였더라고. 하지만 넌 아니잖아. 나한테 받은 게 없는 사람이잖아."

"아니, 나도 천홍 씨한테 식비 받고 있잖아요."

"나도 이러고 사는 동안 느끼는 게 많았으니까 그걸로 봐줘. 사람이 극한 상황에 빠지면 각성이라는 걸 하게 된다잖아."

여전히 천홍은 조금 거만하고 도도했지만 그럼에도 불구하고 처음으로 솔직하게 그동안의 잘못을 인정하고 그녀에게 이해를 구하고 있었다.

"생각해 보고요."

은백의 대답에 천홍이 한쪽 입꼬리를 올리며 웃으면서 은백을 쳐다봤다. 장난기가 서린 천홍의 남색 눈과 마주한 순간, 은백의 심장이 거칠게 요동치기 시작했다. 그저 두근두근하는 것이 아니라 금방이라도 목구멍을 타고 바깥으로 튀어나올 것처럼 울컥울컥 하고 뛰었다.

미친 듯이 뛰는 심장에 제정신을 차리지 못하고 있던 은백의 시선이 저절로 도톰한 천홍의 입술로 향했다. 양쪽 입술 끝이 바깥으로 살짝 뒤집어 까진 저 입술이 이렇게도 섹시한 입술이었던가.

"나도 요즘 나름대로 노력이라는 걸 하고 있거든? 내가 이러고 있는 꼴을 아버지가 보시면 놀라서 기절하실 거다."

"알고 있어요. 솔직히 예전에는 정말 이 인간을 어떻게 해야 하나 싶을 정도로 답이 없었는데 요즘은 그래도 스스로 알아서 하는 것도 꽤 많은 거 같더라고요. 그래도 아직 멀었지만요."

은백의 말에 천홍이 한쪽 눈썹을 추켜올렸다.

"답 없는 인간은 좀 심하지 않냐?"

"양심에 손을 얹고 생각해봐요."

"시끄러워."

천홍은 피식 웃은 뒤 다시 밥을 먹기 시작했다.

*   *   *

자영에게 남은 돈을 꼭 돌려주라고 신신당부하는 은백에게 알았다고 답한 천홍은 식사를 마치자마자 자영의 집으로 향했다. 그리고 그에게 남은 식비를 건넸다. 천홍에게서 돈을 받은 자영이 물었다.

"결국 다시 은백 씨 집에서 밥 먹기로 한 거냐?"

"그렇게 됐어."

"네 결정이 그렇다면 어쩔 수 없지. 나도 태어나 처음으로 회장님의 명령을 어겼던 거니, 이렇게 바로 잡히는 게 더 나을 수도 있어. 내가 오지랖이 너무 넓었다. 둘이 결정할 문젠데 괜히 끼어들었어."

"고맙다."

"고마워할 필요 없어. 그리고 미안하다. 일부러 네 자존심을 긁을 생각은 전혀 없었어."

"자존심?"

천홍의 물음에 자영이 한참 동안 말을 고르며 조용히 있다가 입을 열었다.

"네 식사 문제를 놓고 우리가 네 앞에서 대놓고 얘기를 하면 네가 얼마나 상처받을지 생각 못하고 있었다."

"아까부터 계속 뭐라고 하는 거야?"

천홍이 고개를 갸웃했다.

"내가 왜 자존심에 상처를 받아? 네가 내 밥걱정을 해 주는데. 아무리 너나 나나 가끔 서로 못 잡아먹어서 안달 난 사이라도 같이 지내온 세월이 있는데 당연한 거잖아."

"뭐?"

자영이 어이없는 눈으로 그를 쳐다봤다.

"자존심에 상처받아서 그날 그렇게 우울했던 게 아니었어?"

"아니야."

천홍이 피식 웃었다.

"뭐야, 이 샌님은. 쓸데없는 걱정 좀 하지 마. 그러다가 너대머리된다."

"우리 집안에 대머리 없으니까 걱정하지 마라. 내 유전자에 대머리 유전자는 전혀 없어."

"후천적인 대머리도 있거든? 왜, 스트레스성 원형 탈모 있잖아."

"뭐?"

자영이 어이없는 얼굴로 쳐다보다 천홍이 말했다.

"정말 너 때문 아니니까 괜히 오버 하지 마. 그냥 좀 짜증났을 뿐이야. 그 여자가 내가 어지간히도 귀찮았는지 널 영웅처럼 여기면서 반가워 하길래……. 둘이 친하게 지내는 모습보는 것도 좀 짜증 났고."

자영의 눈이 동그래졌다. 천홍은 대수롭지 않다는 듯 얘기하고 있지만 그가 하고 있는 말의 내용은 질투가 아닌가.

자영은 천홍을 가만히 쳐다봤다. 그리고 곧 고개를 살짝 끄덕였다. 이 녀석은 예나 지금이나 생긴 건 날렵한 주제에 둔하기가 곰 같은 녀석이었다. 학창시절에도 여자들이 대놓고 좋다는 티를 팍팍 내고 들이대야 그제야 이 여자가 날 좋아하는구나 깨달았으니 말 다했다.

자영이 일부러 떠보듯 말했다.

"아아, 기분 나빴다면 이해해 줘. 은백 씨가 좀 좋은 사람이어야 말이지. 친해지지 않을 수가 없었다. 호감이 가는 사람이야."

자영의 말이 끝나기가 무섭게 천홍의 눈이 커다랗게 벌어졌다. 그는 지금 자영이 무슨 말을 하고 있는지 도무지 이해할 수가 없었다. 귀로는 제대로 들었지만 마치 머리가 그 말을 알아듣기를 거부하고 있는 것 같았다. 자영이 하는 말을 더 이상 듣고 싶지 않았다.

맞군.

혼란스러워하는 천홍의 모습에 자영이 확신을 가지고 계속해서 말을 이었다.

"은백 씨, 네가 보기에도 여자로서 꽤 괜찮지 않냐."

크게 벌어졌던 천홍의 눈이 서서히 가늘어졌다. 머리가 조금씩 제대로 돌아가기 시작했던 것이다.

얼어붙은 인형처럼 눈을 부릅뜬 채 자신을 쳐다보다가 서서히 제정신을 찾는 천홍을 보며 자영이 피식 웃었다. 저 멍청이는 아직까지 자기가 은백에게 어떤 마음을 품고 있는지 깨닫지 못하고 있었다. 또 왜 자신이 돈을 돌려주고 다시 그녀와 함께 밥을 먹으려고 하는지도 모를 것이다. 하지만 그런 천홍의 모습이 꼴 보기 싫지는 않았다. 이게 바로 백천홍인 것이다.

그렇게 생각하며 자영은 자신이 생각했던 것보다 훨씬 더 깊이 천홍을 좋아하고 있다는 사실을 깨달았다. 물론 남자가 여자를 좋아하듯 좋아하는 것이 아니라 사람 대 사람으로서 말이다.

어렸을 때부터 함께 자라 천홍에 대해서 모르는 게 없었던 자영은 천홍이 철없는 행동을 하고 다닐 때마다 그를 한심하게 생각했고, 보다 못해 따끔하게 지적을 한 적도 있었다. 하지만 그것은 다 그에 대한 애정에서 비롯되었다. 부족한 것 없이 살아온 그가 먹는 것에 집착을 할 정도로 힘들게 사는 꼴이 안쓰럽고 안타까웠던 이유도 바로 그것 때문이다.

아버지의 고용주였던 천도의 아들인 천홍과 자신의 신분 차이가 크다고 생각해서 그를 평범한 친구처럼 대하지는 못했지만 자영은 늘 천도의 뒤를 이어 제왕 그룹의 주인이 될 그가 제대로 된 인간으로 성장하기를 바랐다. 천도의 곁을 지키며 언젠가는 자신이 천홍의 곁을 지켜야 할지도 모른다는 생각을 하며 각오를 다지기도 했다.

"난 네가 참 좋다, 백천홍."

"미쳤냐? 징그럽게 왜 이래?"

심각한 표정을 하고 있던 천홍의 얼굴이 일그러졌다.

"오늘 저녁에 뭐 잘못 먹었어?"

"나는 지금까지 그랬던 것처럼 다시 아무 일도 하지 않고 네가 어떻게 살아가는지 지켜보기만 할 거다."

"자꾸 이상한 소리 할 거면 나 간다."

자영은 늘 손가락 하나만 까딱하면 온몸을 던지던 여자들에게 익숙한 천홍에게 은백은 풀기 어려운 숙제 같은 의미일 것이라는 생각이 들었다. 천홍은 자신이 꼬시기도 전에 먼저 달려들었던 여자들 덕분에 쉬운 연애만 해왔던 터라, 누군가를 깊이 사랑하는 마음이나 사랑하는 여자의 마음을 얻기 위해 노력하는 방법을 전혀 모르고 있는 것이 분명했다.

"은백 씨한테 잘해 줘."

"나름대로 잘해 주고 있거든?"

"멍청한 놈."

"말 다했냐?"

천홍이 한쪽 눈썹을 추켜올리자 자영이 처음으로 눈을 휘며 환하게 웃었다.

일단은 옆에서 계속 지켜보련다. 저 둘을.

*   *   *

"쓸데없는 소리 하고 있어."

투덜거리며 계단을 내려와 열쇠로 자신의 집 현관문을 연 천홍은 집으로 들어가기 전에 은백이 살고 있는 201호의 현관문을 쳐다봤다. 지금 이 시간이면 이미 씻고 잠들어 있을 터였다.

갑자기 그녀를 깨워 밖으로 불러내 얼굴을 보고 싶다는 충동에 빠져 초인종으로 손가락을 가져갔던 천홍이 이내 고개를 저었다. 아마 그렇게 되면 분명 잠에서 덜 깬 얼굴로 버럭버럭 성질을 낼 것이 분명했기 때문이었다. 안 봐도 비디오였다.

"잠이나 자자."

집으로 들어온 천홍은 세수를 하고 이불 속으로 들어가 누웠다. 천홍은 누워서 가로등 불빛으로 인해 희미하게 보이는 천장을 올려다보며 조금 전 자영이 은백에게 호감이 있다는 말을 했을 때 그 말이 왜 그렇게 충격으로 다가온 건지 곰곰이 생각해 봤다.

"밥순이를 빼앗길까 봐?"

그건 아니었다. 그녀가 단지 그에게 밥을 해 주는 밥순이가 아니게 된 지 이미 오래였기 때문이다.

"소중한 친구라 남자친구가 생기면 나한테 소홀해질까 봐?"

아, 일리 있는 말이다. 자영과 은백이 사귀게 되면 분명 천홍은 찬밥 신세가 될 것이 분명했다. 자영과 팔짱을 끼고 서로 마주 보며 웃고 있는 은백의 얼굴을 떠올린 천홍은 갑자기 욱신거리는 심장의 통증에 손으로 심장 부근을 문질렀다.

"병 있나······."

다시 한 번 자영과 은백이 껴안고 있는 것을 떠올려 봤다.

"아."

이번엔 조금 더 아팠다.

심장의 통증에 천홍은 생각하기를 멈췄다.

잠시 이리저리 뒤척거리던 천홍은 자꾸 이렇게 계속 심장이 아프면 가까운 병원에라도 가야겠다고 생각하며 잠이 들었다.

*　　*　　*

날이 더욱더 더워지면서 불판 앞에 서 있는 게 힘들어지는 시기가 돌아왔다. 에어컨을 빵빵하게 틀어도 불판의 열기 때문에 하나도 시원하지 않았다.

오늘도 단체 주문이 들어와서 나란히 서서 토스트를 만들고 있는데 은백의 얼굴이 시뻘겋게 달아올라 있는 게 천홍의 눈에 들어왔다.

"더워 죽겠다."

은백이 붉어진 얼굴로 기운 없이 중얼거리자 잠시 가늘게 뜬 눈으로 그 모습을 지켜보던 천홍이 제 어깨로 그녀의 어깨를 살짝 밀었다.

"나머지는 내가 할 테니까 에어컨 앞에 가서 몸 좀 식히고 있어."

"괜찮아요. 늘 이렇게 일했으니까. 그리고 나만 더운 거 아니잖아요?"

"난 별로 더위 안 타. 추위를 많이 타지."

"불 앞에서 일하기 딱 좋은 몸이네요."

"그러니까 내가 나머지 해 준다고 할 때 뒤로 빠져 있어."

"괜찮다니까요."

은백이 새빨간 얼굴을 한 채 고집을 부리자 천홍이 눈짓으로 뒤쪽을 가리켰다.

"그럼 물 한 잔만 떠다 줘."

"직접 떠다 먹으면 되잖아요?"

은백이 눈치 없이 말하자 천홍이 한쪽 눈썹을 추켜올렸다. 저 곰탱이 같은 여자는 눈치가 더럽게 없었다. 나름대로 쉽게 해 주려고 생각해낸 변명이었건만.

"너보다 내가 더 손이 빠르니까 네가 떠다 주는 게 더 효율적이야. 빨리 떠 와."

어느새 일이 익숙해진 천홍이 은백보다 훨씬 더 일을 잘하는 것은 맞는 말이었기에 은백은 위생 장갑과 면장갑을 벗고 정수기가 있는 뒤쪽으로 갔다. 그러자 천홍은 그녀가 벗고 간 장갑을 앞치마 주머니에 감췄다.

"여기 물 마셔요."

은백이 컵에 담긴 시원한 생수를 그에게 내밀었다.

"잠깐, 이거 마저 굽고."

은백이 미간을 찌푸렸다. 그녀는 가뜩이나 더워서 불쾌지수도 높은데 이게 뭐하는 짓인가 싶어 소리를 버럭 질렀다.

"그럴 거면 왜 시켰어요?"

"기다리기 싫으면 너부터 마시든가."

천홍의 말에 은백의 눈이 동그래졌다. 조금 전부터 천홍은 이 핑계 저 핑계 대면서 그녀를 불판 앞에서 떨어뜨리려 하고 있었다.

은백은 그제야 그가 아까부터 왜 그렇게 이상한 행동을 해 댔는지 깨달았다.

"혹시 내 걱정해 주고 있었어요?"

은백의 물음에 천홍이 입을 다물었다. 왠지 멋쩍어하는 듯한 그의 모습은 그녀의 물음이 정답이라는 것을 대신 말해 주고 있었다.

"뭐야, 그런 거였어요?"

은백이 배시시 웃었다. 서툴게나마 자신을 걱정하고 배려하는 천홍의 태도가 기분 좋았기 때문이었다. 더위를 많이 타지 않는 체질이라 해도 다른 사람보다 더위를 견디는 일이 조금 더 쉬울 뿐, 똑같은 사람인지라 더운 건 마찬가지일 텐데 그는 은백을 위해 혼자 불판 앞에 서 있었다. 그녀는 잠시나마 그의 배려를 기쁘게 받아들이기로 했다.

은백은 잡고 있는 컵을 입가로 가져가 물을 한 모금 마셨다. 그녀가 마신 물은 아무것도 들어있지 않은 생수였음에도 불구하고 달았다.

"어?"

천천히 한 모금씩 삼키며 물을 다 마시고 다시 일을 하기 위해 장갑을 끼려 하는데 방금 벗어 두었던 장갑이 안 보였다.

은백이 미심쩍은 눈으로 천홍을 쳐다봤다.

"내놔요, 장갑."

"뭘?"

천홍은 시치미를 떼며 계란을 부쳤다.

"나 배려해 주는 건 고마운데 이렇게까지 안 해도 돼요. 장갑 내놔요, 빨리. 이거 12시까지 배달해 줘야 한단 말이에요."

"나 혼자 해도 11시 반에는 끝나."

"진짜 이러기예요?"

"옆에서 막 더워하는 꼴 보고 있으면 나까지 같이 더우니까 뒤에 가 있으라는 건데 무슨 말이 그리 많아?"

"장갑 여유분 저기 서랍에 있어요. 나 그거 꺼내요?"

은백의 말에 천홍이 그녀를 노려봤다.

"이쯤 했으면 좀 그냥 가서 쉬어. 사람이 쪽팔리게 뒤에 가서 쉬라는 말을 내 입으로 직접 내뱉어야겠어?"

"뭐라고요?"

"더위 먹고 쓰러질 것 같아서 걱정되니까 뒤에 가서 잠깐 쉬라고."

천홍의 말에 안 그래도 더위로 인해 빨갛던 은백의 얼굴이 금방이라도 불이 붙을 것처럼 새빨개졌다.

"그, 그럼 잠깐만 쉬다가 올게요."

"그래."

은백이 주춤거리며 걸어가 뒤에 놓인 의자에 앉았다.

그녀의 눈앞에는 뜨거운 불판 앞에 서 있는 천홍의 등이 보였다. 넓은 어깨가 토스트를 뒤집을 때마다 위아래로 들썩거렸다. 은백은 그렇게 한참 동안 가만히 앉아서 천홍의 등만 쳐다보고 있었다. 오늘따라 왠지 그의 등이 믿음직스럽게 보였다. 뒤로 다가가서 손을 대고 꼭 끌어안고 싶어질 정도로.

은백의 붉어진 뺨이 좀처럼 식을 줄을 몰랐다.

7. 거지 왕자, 드디어 각성하다

"솔직히, 요즘 테이크아웃 전문점이 인기가 많다는 건 알고 있는데 말이지."

한 주가 끝나가는 금요일 저녁, 은백이 긴 줄을 끝에 서 있던 마지막 한 손님을 보내고 한숨 돌리고 있는데 천홍이 옆에 와서 그녀를 내려다보며 말했다.

"더 성장하고 싶지 않아? 넌 여기서 만족해?"

"갑자기 무슨 소리예요?"

"저기 저 공간이 아까워서 그래."

천홍이 가게 안쪽에서 온갖 잡동사니와 달력으로 가려져 있던 문을 가리켰다.

"난 항상 뭔가에 가려져 있어서 저기에 문이 있다는 걸 오늘 처음 알았어. 저기 왜 저렇게 막아둔 거야?"

"아, 저기요?"

"그래, 저기."

"저기 창고예요."

"창고?"

"네."

"저 안에 아무것도 없던데?"

"안 쓰는 곳이니까요."

"뭐?"

천홍이 어이없다는 표정을 짓자 은백이 말했다.

"뭘 그렇게 놀라요? 안 쓸 수도 있지. 사실 건물 주인 아저씨가 저 창고 트고 싶으면 마음대로 터서 써도 된다고 그랬는데, 여기 들어올 때 인테리어 비용을 최대한 아끼면서 들어왔거든요. 처음에는 저도 저기 창고 터 보려고 견적 뽑아 봤는데 돈이 꽤 들어간다고 그래서 그냥 저렇게 내버려 두고 있어요. 그땐 돈 한 푼이 아쉬울 때였으니까요."

"하아."

천홍이 한숨을 길게 내쉬었다.

"안쪽의 공간이 꽤 넓던데 지금까지 저길 저렇게 그냥 방치한 거야?"

"그땐 돈 한 푼이 아쉬웠다고 했잖아요. 최대한 아끼고 아껴서 가게 시작한 건데. 가게 시작할 때 은행에서 빌렸던 대출도 작년에 겨우 다 갚고 이제야 돈 좀 만져보고 있단 말이에요."

은백이 볼을 부풀리며 불만스러운 얼굴을 하자 천홍이 가슴 앞으로 팔짱을 끼며 물었다.

"너 말이야, 리모델링 다시 할 생각 없어?"

"리모델링이요?"

"여기서 일하다 보니까 회사원으로 보이는 사람들도 가끔 와서 사가던데, 그런 걸 보면 요즘 같이 바쁘게 일하고 뭐든지 빠른 걸 추구하는 시대에 테이크아웃 전문점이 얼마나 유용한지는 잘 알겠어."

"대체 무슨 말이 하고 싶은 건데요?"

"너 알고는 있는 거지? 여기서 테이크아웃 해 가는 사람도 많지만 저기 밖에서 먹고 가는 사람들도 많다는 거."

"알아요. 그래서 저기다가 테이블이랑 의자 놔뒀잖아요."

"놔두면 뭘 해? 비 오는 날이나 못 견디게 추운 날, 더운 날에는 소용없는데."

"그건 그래요."

"여기 토스트가 먹고 싶어도 비가 오거나 날씨가 궂으면 마땅히 앉아서 먹을 곳이 없는 사람들은 사러 안 온다고."

천홍의 말에 은백이 짐짓 심각한 표정을 지었다. 안 그래도 그녀도 그 생각을 하고 있긴 했다. 비 오는 날에 파라솔에서 비를 피하며 급하게 토스트를 먹고 가는 사람들을 여럿 보았기 때문이었다. 많은 사람들이 그렇게 하는 것은 아니었지만 그것도 모이면 꽤 많은 숫자였다.

"억지로 강요할 생각은 없지만 저렇게 훌륭한 공간이 있는데 가려 놓고 썩히는 건 좀 아깝다는 생각 안 들어? 난 당장은 돈이 좀 들어도 앞으로의 미래를 위해 리모델링에 돈을 투자를 하는 것도 나쁘지 않을 것 같아."

"와, 자기 돈 들어가는 거 아니라고 말 되게 쉽게 하는 거 아니에요?"

"돈은 좀 들어도 나중을 위해 리모델링을 해서 앞으로 올 손님들을 더 많이 모으는 게 정답이니까."

"솔직히 나도 아예 생각을 안 하고 있던 건 아니에요. 하지만 그동안은 자리 잡느라 정신없이 일만 한데다 이런 문제를 놓고 같이 상의할 사람도 없어서 그냥 생각만 하고 있었던 거라고요."

"그럼 말이 나온 김에 하겠는데, 솔직히 말하자면 여기 너무 촌스러워."

천홍은 은백이 노려보는 것도 아랑곳하지 않고 계속해서 독설을 이어나갔다.

"여기 이 불사조 캐릭터도 엄청 촌스러워. 간판 로고도 마음에 안 들어. 지금 여기 로고는 기업이 운영하는 음식 체인점들 로고들을 조금씩 갖다 베낀 걸로 밖에 안 보이거든. 그냥 짝퉁 같아. 체인점이 아닌 개인이 운영하는 작은 사업체라면 더더욱 다른 토스트 가게들이랑 차별화를 둬야지. 체인점들이 판치고 있는 지금, 네가 살 길은 다른 가게와의 차별화야. 이 캐릭터랑 로고 디자인 누가 한 거야?"

은백이 기어들어가는 목소리로 말했다.

"내가요."

"그럴 줄 알았어."

"지금 나 무시하는 거예요? 나 학교 다닐 때 만화 잘 그린다고 애들 사이에서 좀 유명했거든요?"

"못했다고 뭐라고 하는 게 아니야. 나름 노력한 흔적이 보이긴 하지만 어설프다는 거지. 돈 아끼려고 직접 디자인한 것 같은데, 돈이 좀 들어도 제대로 된 전문가한테 맡기는 게 나아."

"그러니까 내가 방금 말했잖아요. 인테리어 할 때 저기 창고를 포기할 정도로 돈이 부족했다고."

"그러니까 가게 처음 시작할 때 못 했으니 지금이라도 갈아엎으라고. 아직 늦은 건 아니니까."

"말이 쉽지, 갈아엎는 게 어디 쉬운 줄 알아요?"

"쉽지는 않겠지. 하지만 해야 돼. 더 나은 미래를 위해서. 넌 이 가게가 그냥 이도 저도 아닌 가게가 됐으면 좋겠어?"

"그래도 나름대로 사람들 입소문 타서 유명하거든요?"

"그게 끝이잖아. 그냥 입소문에서 끝."

천홍이 눈을 가늘게 뜨고 은백을 내려다봤다.

"그럼 넌 이 토스트 가게가 그 입소문으로 인해 앞으로 얼마나 더 발전할 수 있을 것 같은데? 네가 지금 여기서 그냥 만족하겠다면 나도 뭐 어쩔 수 없지만 더 좋게 발전할 수 있는 가능성이 있잖아."

은백은 냉정한 시선으로 자신을 쳐다보는 천홍을 보며 의아함을 느꼈다. 이 남자는 가끔 이렇게 쓸데없이 똑똑하고 예리하다. 게다가 지금 그가 하는 말 속에는 묘한 설득력까지 있었다.

"맛의 좋고 나쁨이 한 음식점의 가치를 정하는 데 있어서 가장 큰 영향력을 끼치지만 가게의 분위기도 그에 못지않게 중요하다고. 아, 물론 가게 사장의 경영 방식도 빠지면 섭섭한 부분이지."

은백이 홀린 듯한 눈으로 천홍을 올려다봤다.

"다행히도 네가 만드는 토스트는 맛있어. 이런 작고 촌스러운 가게에 손님들이 끊이지 않는 걸 보면 그건 이미 확실하게 보증됐다는 뜻이야. 그리고 손님을 대하는 네 마인드도 흠잡을 데 없이 훌륭해. 그렇게 넌 가게의 가치를 높이는 세 가지 조건 중에 두 가지는 충족하고 있는 거야. 그렇다면 남은 건 단 하나. 분위기야. 내가 장담하는데 여기가 조금 더 젊고 트랜디하게 바뀐다면 이 가게의 가치는 지금의 몇 배로 뛸 거야. 이 가게를 체인점을 여럿 둔 하나의 브랜드로 만들어. 그게 앞으로 네가 가져야 할 목표야."

"하나의 브랜드요?"

"그래. 브랜드. 사람들이 불사조라는 이름을 들으면 죽지 않는 새가 아니라 유명한 토스트 가게를 떠올리게 만들라고. 목표는 항상 높게 잡아. 그저 이 가게 하나로 평생 벌어먹고 살겠다는 생각에 안주해서는 안 돼."

"어디서 배웠어요?"

"뭘?"

"말하는 거나 행동하는 거요. 꼭 사업하는 사람 같아요."

"어렸을 때부터 보고 자란 게 이런 거니까."

"천홍 씨 부모님도 식당 차리셨었어요? 아 그래서……."

은백이 알겠다는 듯 고개를 끄덕였다. 천홍의 부모님이 식당을 꽤 크게 운영하고 계셨나 보다. 그걸 깨닫고 나니까 천홍의 얘기가 더욱더 신빙성 있게 느껴졌다.

"그러니까, 지금 천홍 씨는 부모님의 실패를 교훈 삼아서 나는 그러지 말라고 조언해 주고 있는 거죠?"

"누가 실패했다는 거야?"

"말 안 해도 돼요. 다 이해하니까."

은백이 천홍의 어깨를 손으로 두드렸다.

"그럼 어디 한 번 더 자세히 들어볼까요?"

천홍은 그녀가 자신의 배경에 대해 너무 심각하게 오해를 하고 있는 것 같아 바로 잡아 주려다가 이내 포기했다. 어차피 말해도 허언증이니 거짓말이니 허세니 하면서 안 믿을 게 뻔했기 때문이다.

"일단 제일 먼저 할 일은 인테리어 업자들을 불러서 견적 뽑는 거야. 하지만 그 사람들이 알아서 다 해 줄 거라는 생각은 버려. 사람들이랑 계속 의견을 조율해야 해. 아무리 그 사람들이 이 방면에 있어서 프로라도 이 가게는 네 거니까 제일 먼저 네 마음에 들어야지. 네 안목을 보면 좀 불안하긴 한데 내가 옆에 있어 줄 테니까 걱정하지 말고."

"자꾸 내 안목 가지고 뭐라고 하는데, 그러는 천홍 씨 안목은 얼마나 뛰어난데요?"

"대학교 다닐 때, 내가 입고 간 옷은 죄다 유행이 될 정도."

"이 뻥쟁이! 하루라도 거짓말 안 하면 입에 가시가 돋쳐요?"

"아, 믿고 싶지 않으면 믿지 마."

"그럼 두 번째는요?"

"저 간판이랑 불사조 캐릭터, 그리고 로고. 싹 다 갈아엎어 버려."

"그런데 진짜 그렇게 못생겼어요?"

"못생겼다기보다는 유치하고 촌스럽다니까."

은백이 천홍의 어깨를 손바닥으로 찰싹 때렸다.

"로고가 바뀌면 앞치마랑 토스트 포장지도 바뀌어야겠지. 너 비닐 봉투는 그냥 봉투 쓰고 있지? 이참에 비닐 봉투도 가게 로고가 들어간 봉투로 바꿔."

"할 일이 생각보다 너무 많아졌잖아요."

"그만큼 좋아질 거야."

"음……."

"그리고 가장 중요한 건 리모델링을 하는 동안은 가게 문 못 연다는 거지."

"아. 그 생각은 못했네. 그렇죠. 만약 리모델링을 다시 하게 되면 공사하는 동안은 영업할 수가 없겠네요."

"그냥 스스로한테 휴가를 준다고 생각해."

"일단 얘기 잘 들었어요. 며칠 시간을 좀 주세요. 그런 큰 일을 바로 결정하는 건 좀 무리니까 생각 좀 해 봐야 할 것 같아요."

"그럼 충분히 생각해 보고 결정해."

"그럴게요."

　은백은 천홍과 며칠 얘기를 나누며 생각에 생각을 거듭해 본 결과 결국 리모델링을 하기로 마음먹었다. 솔직히 나쁘지 않은 제안이었기 때문이다. 자금의 여유가 좀 있으니 그의 말 대로 미래를 위해 투자라는 걸 해 보기로 했다.

　그들이 계획한 리모델링이 시작되자 천홍은 매사에 심드렁 하고 게을렀던 모습 어디에 이런 모습이 숨어 있었는지 모를 정도로 진지한 태도로 리모델링을 진행해 나갔다. 그는 조금 이라도 은백에게 이로운 쪽으로 밀고 나가기 위해 업자와 열 띤 언쟁을 벌이기도 했다. 그런 그의 노력 덕분이었는지 결과 가 은백이 리모델링을 하기로 결정한 걸 후회하지 않을 정도 로 좋게 나왔다.

　공사가 시작되기 전날, 아침 일찍 은백이 식사를 마치고 양 치질을 하고 있는 천홍에게 말했다.

　"이따가 밤에 고생할 마음의 준비 미리 해 둬요."

　"고생? 무슨 고생?"

　"내일 공사하잖아요? 다행히 냉장고랑 식기 세척기처럼 부 피가 큰 전자제품들은 옆집 닭갈비집 사장님이 가게 뒤쪽에 있는 창고에 보관해 주시기로 했는데 그 밖의 자잘한 것들은 우리 집에다가 두기로 했어요."

　"맡기는 김에 다 맡기지 뭘 사서 고생하려고 그래?"

　"부피가 큰 것들을 흔쾌히 맡아 주시겠다고 하신 게 어디에요.

그 정도만 해도 감지덕지죠. 그리고 맡아주시겠다 했다고 아예 가게 안에 있는 모든 집기를 다 맡겨 버리면 너무 죄송하잖아요. 인간관계에서 제일 나쁜 게 호의를 권리로 아는 거라고요."

"그렇게 하나하나 따져가면서 살면 안 피곤하냐?"

"뭐가 피곤해요? 사람과 사람 사이에 예의 지키면서 사는 게 당연한 건데. 아무튼 그래서 이따 영업 끝나고 밤에 집으로 옮겨야 해요."

"귀찮아. 패스. 아무리 내가 네 가게 알바생이라고 해도 영업시간 외에 추가 수당이 붙는 일은 거절할 수 있잖아?"

단호하게 거절한 천홍은 입 안을 물로 헹군 뒤 화장실 머그컵에 자신의 칫솔을 꽂았다. 은백의 칫솔 옆에 자신의 칫솔을 꽂는 천홍의 행동이 너무 자연스러웠다.

처음부터 은백의 칫솔 옆에 천홍의 칫솔이 꽂혀 있었던 것은 아니었다. 천홍은 처음에는 아침을 먹고 출근을 하기 전에 꼬박꼬박 자신의 집으로 돌아가서 양치질을 했다. 하지만 곧 집을 왔다 갔다 하는 것이 귀찮아진 천홍이 어차피 같이 밥 먹고 같이 출근할 거라면 굳이 이렇게 시간 낭비할 필요 없지 않느냐며 막무가내로 칫솔 하나를 새로 사 와서 그녀의 칫솔 옆에 꽂았다.

은백은 나란히 꽂혀 있는 분홍색과 하늘색 칫솔이 왠지 보기 좋아서 말리는 시늉만 조금 하다가 관뒀다.

은백이 신발을 신는 천홍에게 물었다.

"추가 시급 두 배로 줄 건데, 이래도 안 끌려요?"

천홍의 등이 움찔하자 은백이 웃었다. 넘어왔군.

"자, 그럼 일하러 가 보실까요?"

*　　*　　*

며칠 전부터 찾아오는 손님들에게 리모델링을 하기 때문에 당분간 가게를 열지 않는다고 입 아플 정도로 말했던 은백은 영업시간이 종료되자 분홍색 색지에 매직으로 글씨를 써내려갔다.

더 나아지기 위한 리모델링으로 인해
당분간 영업하지 않습니다.

옆에 예상 날짜까지 적자 옆에서 쳐다보고 있던 천홍이 말했다.

"글씨가 동글동글하네."

"고등학교 다닐 땐 막 친구들 연애편지 대필도 해 주고 그랬어요."

"너도 은근히 자기 자랑 많이 한다?"

"사실인 걸요, 뭐."

"나도 사실이라 얘기하는 건데 매번 안 믿고 잘난 척한다고 뭐라 하잖아."

"믿음을 줘야 믿죠."

"됐다."

천홍이 못마땅한 표정을 짓자 은백이 웃으며 가게 공지를 적은 색지를 한구석으로 밀어두었다.

"자, 그럼 영업시간 끝났으니 짐 옮기기 시작해 볼까요?"

그녀가 조금 전 한가할 때 미리 가게 구석에 따로 챙겨 놓은 잡동사니들을 손가락으로 가리켰다.

"이것들 옮기면 돼요."

생각보다 많은 양에 천홍이 미간을 찌푸렸다.

"한 번에 가능하겠어, 저거?"

"당연히 불가능하죠. 천홍 씨가 남자니까 나보다 더 많이 든다고 쳐도 세 번 정도는 왔다 갔다 해야 할 것 같아요."

그냥 집에 가려다가 은백이 이 많은 짐을 혼자 옮기고 있는 모습을 상상하자 괜히 찝찝해진 천홍은 투덜거리며 양손에 짐을 들었다.

"본가에 가서 차 한 대 훔쳐올까……."

옆에서 같이 짐을 들다가 그의 중얼거림을 들은 은백이 물었다.

"무슨 차요?"

"집에 내 차만 3대가 있거든."

"장난감 자동차요?"

"야."

천홍이 한쪽 눈썹을 추켜올렸다.

"진짜 차라고. 그것도……."

"남자들 허세는 진짜 못 말리겠네요."

만약 정말 백번 양보해서 차가 세 대 있었다고 해도 집안이 망하면서 이미 팔아 버리고 없을 게 분명했다. 만약 차를 너무 아끼는 나머지 팔지 않았다고 한다면 한 번이라도 그가 자동차를 모는 모습을 그녀가 봤을 것이다. 하지만 그는 항상 그녀와 함께 버스를 타고 다녔다.

은백은 과거의 환상에 사로잡혀 있는 듯한 천홍을 보며 고개를 절레절레 젓다가 갑작스러운 깨달음에 눈을 동그랗게 떴다. 천홍에게 자동차가 있었다는 건 그가 운전을 할 줄 안다는 것을 의미했다.

"혹시요."

"뭐?"

천홍은 자신의 말을 믿지 않는 은백에게 단단히 삐졌는지 아랫입술을 툭 하고 내밀고 있었다.

"혹시 말이에요."

"물어보고 싶은 게 뭔데?"

"운전할 줄 알아요?"

"그럼 모르는데 차 몰고 다녔겠냐?"

"와!"

은백의 얼굴이 환해졌다.

"왜 지금까지 말 안 했어요?"

"안 물어봤잖아."

당연히 물어볼 생각도 못 했다. 그간 천홍이 그녀에게 보여

졌던 한심스러운 모습들을 생각하면 당연한 것 아닌가. 그녀는 그에게 운전면허가 있을 것이라고는 꿈에도 생각하지 못했다.

게다가 그는 그녀에게 자신은 살면서 씻는 것 외에는 손에 물 한 방울 묻힌 적 없고 늘 남들이 뒤치다꺼리를 해 줬다고 했다. 집에 기사가 딸려 있다고 하질 않나, 도우미 아주머니가 있다고 하질 않나, 신빙성 없는 뻥이란 뻥은 다 쳐댔지 않은가.

"예전에 여기 있던 알바생이 고등학교 졸업하면서 바로 따 놓은 운전면허가 있었거든요. 그래서 내가 그때 중고차 한 대를 샀어요."

"면허는 개가 있는데 왜 네가 중고차를 사?"

"난 운전을 못하거든요. 아무튼 그래서 2년 동안은 그 알바생이 장 볼 때나 물건들 나를 때 그 차로 운전을 대신 해 주곤 했는데, 그 알바생이 갑자기 그만두고 난 후부터는 버스 타고 장 봤었어요. 그동안 정말 힘들었는데, 이제 다시 그 차 써먹을 수 있겠네요."

"운전면허 따게?"

"아뇨."

"그럼?"

"천홍 씨가 있잖아요."

"그러니까 지금 너 나한테 운전기사 노릇 하라는 거야?"

천홍이 어이없다는 듯 물었다.

"미쳤어?"

"지극히 정상인데요?"

"내가 왜 네 운전기사 노릇을 해야 하는데? 난 태어나서 단 한 번도 내가 모는 차에 누구 태워 준 적 없어."

"가족들이나 친구들도요?"

"당연히 안 태워봤지."

"같이 차에 탈 정도로 친한 친구들이 하나도 없었다는 거예요?"

은백이 순진한 얼굴로 묻자 천홍이 미간을 찌푸렸다.

"친한 친구들은 많았어."

"지금 자영 씨 외에 연락 주고받는 친구는 단 한 명도 없잖아요. 내가 지금까지 천홍 씨 휴대폰이 울리는 걸 본 건 자영 씨한테 연락이 올 때나 스팸 전화 올 때, 딱 그 둘 뿐이라고요."

"걔들이 사정이 있어서 나한테 연락 안 하는 거야. 내가 나중에 다시 집으로 돌아가기만 하면……."

천홍은 말하다 입을 다물었다. 그렇게 말했지만 사실은 스스로도 어렴풋이 깨닫고 있었던 것이다. 그동안 자신의 곁에 붙어서 함께 술을 마시며 놀았던 친구들은 천홍이 아니라 천홍의 뒤에 있는 배경에 홀려서 그의 곁에 붙어 있었던 거라는 사실을. 아무리 아버지가 그를 도와주면 가만두지 않겠다고 엄포를 놓았다고 해도 정말 진정한 친구라면 그가 걱정이 되어서라도 전화 한 통 정도는 해 줄 법했는데, 그 많은 친구들에게서 지금까지 전화는 한 통도 오지 않았다.

게다가 그들은 그저 전화를 하지 않는 것뿐이 아니었다. 그들은 천홍이 천도에게서 쫓겨나 은백을 만나기 전 그 공백의 시간 동안 도움이 필요해 절실한 마음으로 걸었던 천홍의 전화를 단 한 번도 받지 않았다.

천도의 그늘에서 쫓겨나 거지처럼 살고 있는 지금, 그의 곁에 붙어 있는 친구라고는 어렸을 때부터 본가 집에서 함께 자란 자영뿐이었다. 천도의 명령을 받아 감시하는 역할이라고 해도 말이다.

그들은 초등학교, 중학교, 고등학교, 대학교까지 내내 학교를 같이 다녔지만 대학교 입학과 동시에 자영은 학교 수업시간을 제외한 나머지 시간 동안 천도의 밑에서 일하는 것을 배웠고 천홍은 새로 사귄 대학교 친구들과 흥청망청 노느라 바빴다. 나중에는 서로 집에 있는 시간이 달라서 집에서조차 마주치지 못했지만 어쩌다 가끔 마주칠 때마다 자영은 그런 천홍을 한심해하며 잔소리를 늘어놓았고 천홍도 그런 자영을 답답하게 생각했다. 그러는 사이에 그들의 사이는 조금씩 서먹서먹해지다 멀어졌다.

은백이 딱하다는 표정으로 천홍을 쳐다보며 조심스럽게 말했다.

"집안이 망해서 힘든 상황에 있는 친구를 모른 척 외면하는 건 진짜 친구가 아니에요. 꼭 돈으로 도움을 주는 것이 아니더라도 힘든 친구에게 다른 의미로 힘이 되어 줄 수도 있잖아요."

"그렇군."

천홍이 입술을 한일자로 다물었다.

천홍은 태어나 처음 겪는 외로움과 가난함 속에서 깨닫는 것이 참 많다는 생각이 들었다. 어쩌면 천도가 노린 게 이것일지도 모른다. 극한 상황을 겪으며 자신의 곁에 있는 존재들이 진짜인지 아니면 진짜를 가장한 가짜인지를 명확하게 구분하고, 아버지 그늘 없이 나간 세상 속에서 자기 자신이 얼마나 한없이 작고 초라한 존재인지를 깨닫고 성장하라는 그런 것 말이다.

"아무튼."

은백이 손뼉을 치며 고요를 깼다.

"나한테 고용된 알바생한테 운전면허가 있다는 것을 안 이상 싫어도 어쩔 수 없어요. 집으로 가요. 차 가지러."

은백이 생글생글 웃었다.

복잡한 심경으로 그녀를 쳐다보던 천홍이 이내 피식 웃었다. 이 와중에 자존심 세우며 운전수 노릇 하기 싫다고 버티는 것도 웃겼다.

"대신 야식 사 줘."

"알았어요. 족발 어때요?"

천홍의 한쪽 눈썹이 들렸다.

"족발?"

"싫어요?"

"몰라."

"그런 게 어디 있어요? 좋아하면 좋아하는 거고 싫어하면 싫어하는 거지 몰라는 또 뭐예요?"

"먹어 본 적 없으니까."

"세상에, 그 맛있는 족발을 먹어본 적 없다고요? 한 번도요?"

"딱히 먹어 볼 필요를 느낀 적이 없어서."

지금까지 족발을 먹을 기회가 아주 없었던 것은 아니었다. 그가 사귀었던 친구 중에 유난히 족발을 좋아하는 친구가 있었기 때문이었다. 하지만 천홍은 돼지에 맛있는 부위가 차고 넘치는데 굳이 발을 먹을 필요가 있나 싶어 먹지 않았었다.

"그럼 오늘 먹어 보면 되겠네요."

왠지 은백이 맛있다고 하니 정말 맛있을 것 같아서 천홍이 고개를 끄덕였다.

"가요, 그럼."

천홍과 은백은 임시로 가게 셔터를 내리고 차를 가지러 가기 위해 집으로 향했다.

"이게…… 네가 말한 그 중고차라고?"

빌라의 주차장으로 가서 은백이 보여 준 중고차는 말 그대로 굴러가는 게 신기할 정도로 낡아 있었다.

"굴러가긴 해?"

"전에 알바생이 그만두기 전까지 잘 굴러갔으니까 지금도 잘 굴러갈 거예요."

"하아."

"왜 한숨이에요?"

"아무것도 아니야."

태어나서 이런 차는 처음 본다.

"일단 빨리 짐 가지러 가요. 이 차로 옮기면 한 번에 바로 옮길 수 있을 거예요."

은백이 냉큼 뒷좌석에 가서 앉자 운전석의 차 문을 열던 천홍이 그녀를 쳐다봤다.

"내가 진짜 운전기사라도 된 줄 아네. 냉큼 앞에 와서 안 앉아?"

"나 조수석에 못 앉아요."

생글거리던 은백이 웃음기를 거두고 말했다.

"조수석에 앉으면 무서워서 기절할지도 몰라요."

"조수석에 앉는 게 뭐가 무섭다고 그래? 빨리 이리 와."

"싫어요."

은백이 고집스럽게 입을 다물었다.

"싫다고?"

"그래요. 나 거기 앉기 싫다고요."

"나도 네가 뒤에 앉는 거 싫거든?"

"내가 뒤에 앉는다고 큰일 나는 것도 아닌데, 적당히 하죠?"

"뭐?"

한참을 은백과 실랑이하던 천홍은 결국 은백에게 졌다. 천홍은 투덜거리며 운전석에 앉아 안전벨트를 매고 시동을 걸었다. 겉모습이 많이 낡아 시동조차 안 걸릴 거라고 생각했던 차는 부드럽게 시동이 걸렸다.

"의외로 속은 괜찮나 보군."

천홍이 백미러로 은백을 쳐다봤다. 그녀는 시동이 걸리기가 무섭게 서둘러 안전벨트를 매고 있었다. 그녀의 표정은 어색하게 굳어져 있었다. 그녀의 그런 모습에 뭔가 괴리감을 느낀 천홍이 차를 출발시키며 물었다.

"혹시 차에서 무슨 일 있었냐?"

그녀가 대답하지 않아도 어렴풋이 짐작할 수 있을 것 같다는 생각이 들었다. 조수석에는 죽어도 타지 않겠다고 고집을 부리고 태연한 표정을 지으려 애쓰고 있지만 정작 손을 덜덜 떨며 안전벨트를 꼭 붙드는 모습을 보면 누구라도 짐작할 수 있을 것이다.

은백이 잠시 아무 말이 없자 천홍이 말했다.

"아, 됐어. 말하지 마. 그냥 안 듣는 게 낫겠다."

"그날은……. 재수를 하게 되면서 내내 우울했던 내가 걱정됐는지 엄마랑 아빠가 놀이공원에 가자며 아침 일찍 날 데리고 밖으로 나왔어요. 그렇게 엄마랑 아빠랑 같이 오랜만에 웃고 떠드는 건 정말 오랜만이었죠."

갑자기 은백의 목소리가 갈라지고 가늘게 떨리기 시작했다. 그녀의 목소리에 놀란 천홍은 혹시 그녀가 우는 건가 싶어 백미러로 안색을 살폈다. 백미러 속 은백은 떨리는 목소리와는 달리 담담한 표정이었다.

"그렇게 셋이서 차를 타고 놀이동산에 가는데 비틀거리면서

중앙선을 넘은 트럭이 두 대 앞의 차를 들이받는 사고가 일어났어요. 5중 추돌 사고였죠. 게다가 그 트럭 운전기사는 음주 상태였고요."

천홍은 운전을 하며 계속해서 틈이 날 때마다 은백을 살폈다. 그러다가 깨달았다. 그녀는 말을 하는 인형처럼 기계적으로 그날의 사고에 대해 설명하고 있었다. 마치 깊은 상처를 입어 아픈 부분을 마취하듯이…… 저런 표정을 갖게 되기까지 얼마나 힘든 시간을 보냈을까.

"뒷좌석에 둔 가방에서 뭘 꺼내려고 엄마가 안전벨트를 풀고 있었는데 사고가 났어요. 엄마는 앞으로 튕겨져 나갔고 아빠는…… 사고가 난 걸 보고 차를 멈춘 사람들이 구하러 와주기 전까지 난 숨을 쉬지 않는 아빠를 그냥 쳐다만 보고 있었어요. 머리가 너무 아프고 한쪽 팔이랑 다리가 욱신거리는 데도 아빠 얼굴만 쳐다보면서 도대체 엄마는 어디로 간 걸까 하고 생각했어요."

"더 이상 말하지 마."

더 이상 은백이 인형 같은 얼굴로 말을 하는 것을 견디기 힘들어진 천홍이 골목길에 차를 세우며 말했다.

"그만 해."

"처음에는 차 자체를 못 탔어요. 병원에서 퇴원해서 집으로 가던 날 무의식적으로 택시에 탔다가 기절했거든요. 조수석은 특히 못 앉아요. 거기에 앉으면 마치 내 몸이 금방이라도 바깥으로 튕겨져 나갈 것 같아서……."

"그만 말하라고 했잖아!"

천홍이 차에서 내리며 소리쳤다.

"버스도 앞자리에는 못 타요. 무슨 차를 타든 난 항상 운전
석이랑 가장 먼 뒷좌석에 타요. 유리창에서 멀리 떨어지면 떨
어질수록 난 안전하니까."

"그만하라는 말 안 들려?"

천홍이 뒷좌석을 열고 은백의 안전벨트를 푼 다음 팔을 잡
아당겨 그녀를 밖으로 꺼냈다. 은백은 멍한 얼굴로 힘없는 인
형처럼 천홍의 손에 이끌려 나왔다.

은백은 어째서 자신이 이렇게 천홍에게 전부 다 털어놓고
있는지 의아해하며 눈을 깜빡였다. 부모님이 돌아가시던 날의
기억은 다른 사람에게 털어놓은 적도 몇 번 없는, 떠올리기만
해도 끔찍하게 고통스럽고 서러운 기억이었기 때문이다.

은백의 어깨를 두 손으로 붙잡고 텅 빈 듯한 눈을 들여다본
천홍이 조심스럽게 그녀의 머리를 끌어안았다.

"그런 말 꺼내게 만들어서 미안해. 앞으로는 다시 꺼내지
마. 아예 잊어버리면 부모님이 서운해하실 테니까 꺼내지 말
고 그냥 머릿속에 넣어두기만 해."

천홍이 끌어안자 잠시 뻣뻣하게 힘이 들어갔던 은백의 몸에
서 힘이 빠졌다.

"살아서 다행이다, 정은백. 잘 살았어."

천홍의 말에 은백이 두 눈을 감고 그의 가슴에 얼굴을 묻
었다.

남 생각이라곤 눈곱만큼도 못하는 이 남자가 어째서 그날 이후로 지금까지 그녀가 가장 듣고 싶었던 말을 해 주는 것인지 은백은 의아했다.

그녀는 사고 이후, 오른팔과 오른 다리가 부러져서 꽤 오래 병원 신세를 졌다. 주로 쓰는 오른손을 제대로 쓰지 못해 밥을 먹을 때 고생했고 부러진 다리로 인해 화장실 한 번 가는 게 고역이었던 입원 생활 중, 친척들은 단 한 번도 그녀를 찾아오지 않았다. 고등학교 때 친구 몇 명만 잠깐 들렀다 갔을 뿐이다.

하지만 그때 어두운 얼굴로 쭈뼛거리며 은백을 찾아왔던 친구들도 그녀에게 살아서 다행이라는 말은 꺼내지 못했다. 부모님 두 분을 한꺼번에 잃고 홀로 살아남은 그녀에게 살아서 다행이라는 말을 하는 게 예의가 아니라고 생각했을 수도 있었다. 그녀에게 가장 필요한 말이 바로 그 말이었음에도 불구하고 말이다.

퇴원을 한 후, 은백은 주변 사람들이 걱정하는 것처럼 완전히 무너져서 스스로를 망치지는 않았다. 자동차를 두려워하는 트라우마에 시달리고 부모님의 빈자리를 떠올리며 외로워하면서도 오히려 더 밝게 살려고 노력했다. 그날 혼자 살아남은 만큼 부모님의 몫까지 행복해져야 한다고 생각했기 때문이었다.

하지만 아주 가끔은 누군가가 자신에게 '살아 있어서 다행이다.'라는 말을 해 주기를 바랐다. 누군가 그 말을 자신에게 해 준다면 조금 더 힘을 내서 더 열심히 살아갈 수 있을 것 같았다.

은백은 그때부터 지금까지 자신에게 정말로 필요했고 또 필요로 하는 그 말을 다른 누구도 아닌 천홍이 해 주었다는 것에 묘한 아이러니를 느꼈다.

"그런데 울지는 마. 이 옷 의외로 비싸거든. 그리고 젖으면 축축해지잖아."

천홍의 말에 은백이 그의 품에 얼굴을 묻은 채 피식 웃었다.

"안 울어요. 울면 내가 꼭 불행한 거 같잖아요. 난 이렇게 행복하게 살아가고 있는데."

그녀가 천홍의 품에 묻고 있던 얼굴을 들고 그를 올려다보았다.

"시간이 많이 지체됐네요. 그럼 갈까요?"

은백이 그의 품에서 빠져나가 돌아서자 허전함을 느낀 천홍이 그녀의 등으로 손을 뻗었다가 이내 멈췄다.

자신의 주위에 은백처럼 가슴 아픈 사연을 가지고 있는 사람은 자영밖에 없었다. 혹시 그 밖에 더 있었을지도 모르겠지만 군이 자신이 나서서 알려고 하지 않았다. 알아봤자 딱히 해 줄 수 있는 일이 없었기 때문이다. 지금도 자신은 은백이 어떤 고통을 겪었는지 알게 되었지만 해 줄 수 있는 게 없었다. 다른 사람의 일 같았으면 별거 아니라는 생각에 그냥 넘어갔을 텐데 은백의 일이라고 생각하니 그녀를 위해 아무것도 해 줄 수 없다는 게 기분 나빴다. 자존심이 상했다. 씁쓸한 얼굴을 한 은백을 보고 싶지 않았다. 웃게 해 주고 싶었다.

그가 은백에게 살아서 다행이라는 말을 했던 것은 그녀를 위로해 주기 위해 일부러 한 말이 아니었다. 감히 쉽게 넘볼 수 없는 높은 자리에서 지금까지 남들을 내려다보며 살아왔던 그가 누군가를 위로할 목적으로 그런 말을 할 수 있을 리가 없었다.

그는 정말로 그저 은백이 그때 그 사고에서 무사히 살아나서 다행이라고 생각했다. 그래서 그 안도감을 입 밖으로 꺼냈다. 그 사고 때 은백이 죽었다면 지금 자신과 만나지 못했을 것 아닌가.

살아 있어서 다행이라는 말을 꺼내 놓고 천홍은 그제야 비로소 그 말이 무슨 뜻인지 깨달았다. 살아 있어서 다행이라는 말은 타인에게 하는 위로의 말이 아닌, 그 사람이 죽지 않고 살아 있음으로써 안도감을 느낀 자기 자신에게 하는 말이라는 것을.

천홍은 복잡한 얼굴로 다시 조수석에 앉아 안전벨트를 매는 은백을 바라보다가 운전석으로 가 앉았다.

* * *

작은 물건들을 집에 옮겨 놓고 다시 가게로 돌아와 빠진 게 없나 살펴보던 천홍과 은백은 내일 인테리어 업자들이 가게에 오면 그때 전자제품들을 닭갈비 집 창고에 갖다 놓기로 했다.

은백의 눈에 졸음이 가득한 걸 본 천홍이 셔터 문을 닫으려 하는 그녀에게 물었다.

"많이 피곤하나?"

"그렇게 피곤한 건 아닌데 좀 졸리네요."

"그게 피곤한 거잖아. 여기 있어 봐. 차 가지고 올게."

병든 닭처럼 눈을 게슴츠레하게 뜬 은백을 못마땅한 눈으로 쳐다보던 천홍은 차를 가지러 가게를 나섰다. 밤늦은 시간이라 주차할 공간이 없어 조금 먼 곳에다가 주차를 했기 때문에 피곤한 그녀와 함께 차가 있는 곳까지 걸어가는 것보다는 자신이 혼자 차를 가지러 가는 게 낫다 싶었다. 그녀를 여기서 잠깐 쉬게 한 다음에 차를 가지고 돌아와서 함께 셔터를 내리고 집에 가는 게 좋을 것 같았기 때문이다.

한참을 걸어 차를 가지고 다시 가게 앞으로 온 천홍은 날카롭게 들리는 은백의 목소리에 재빨리 차에서 내렸다.

"내 말 못 들었어요? 저리 가세요! 분명히 싫다고 했잖아요."

"그러지 말고 가자."

술에 취한 듯 비틀거리는 남자 둘이서 은백의 팔을 붙잡고 끌어당기고 있었다.

"이거 놔요! 남자 친구 금방 올 거예요."

은백이 날카롭게 소리치며 그들의 팔을 뿌리치자 한 남자가 화가 났는지 그녀의 어깨를 거칠게 붙잡았다.

"비싸게 구네, 진짜. 남자 친구 있으면 뭐? 먼저 만지는 사람이 임자지."

"자꾸 이러시면 경찰에 신고할 거예요."

그녀가 휴대폰을 들고 정말로 신고할 것처럼 번호를 누르자 그들 중 하나가 그녀의 팔을 쳐냈다. 그녀의 휴대폰이 천홍이 서 있는 곳까지 날아와 떨어졌다.

"천홍 씨."

은백의 시선이 휴대폰이 떨어진 곳을 향하다 천홍을 발견했다. 그들의 눈이 마주쳤다.

은백의 눈은 금방이라도 눈물을 떨어뜨릴 것처럼 촉촉하게 젖어 있었다. 부모님 얘기를 하면서도 담담한 척하려고 애쓰며 눈물을 보이지 않았던 은백의 눈에 눈물이 고인 것을 보자 천홍은 분노가 치솟았다. 그는 애써 냉정해지려고 애쓰며 허리를 굽혀서 그녀의 휴대폰을 주웠다.

"얼마나 여자가 궁했으면 남자 친구 있다는 여자한테까지 집적거리는 거지?"

갑작스럽게 다른 남자가 등장하자 술에 취한 남자들이 멈칫했다. 은백이 그 틈을 타서 천홍에게로 달려왔다.

"가요."

천홍이 움직이지 않자 은백이 그의 손에서 휴대폰을 빼앗은 뒤 그의 팔을 붙잡고 차가 서 있는 쪽으로 끌었다.

"술 취한 사람들은 무시하는 게 답이에요. 우리 그냥 가요."

차갑게 가라앉은 눈으로 그들을 노려보던 천홍이 필사적으로 자신을 잡아당기는 은백의 손길에 어쩔 수 없다는 듯 뒤돌아섰다.

뒤돌아서는 그의 주먹은 힘이 들어가 힘줄까지 튀어나와 있었다.

"지금 저것들이 우리 무시한 거야?"

"재수 없게!"

"가뜩이나 마누라 때문에 열 받아 죽겠는데 어디서 사람을 무시하고 난리야?"

일행들 중 하나가 천홍의 등 뒤로 달려들어 주먹을 휘둘렀다.

"꺄악!"

은백이 놀라서 소리 지르는데 천홍이 은백을 저 멀리로 밀쳐냈다. 그녀를 밀쳐내 싸움에서 피하게 만드느라 한 대 맞은 천홍의 입가에 피가 맺혔다. 그걸 보는 은백의 얼굴이 하얗게 질렸다.

그냥 아까 천홍과 함께 차가 있는 곳으로 갈 걸 그랬다. 조금 전 눈앞에 나타난 천홍을 보고 안도감을 느낀 게 거짓말 같았다. 두 남자가 한꺼번에 천홍에게 달려들었다. 그는 술에 취해 자신에게 달려드는 사람을 몸을 돌리며 피하거나 자신을 향해 내지르는 주먹을 쳐내고 있었다. 입가에 피가 맺혀 있지만 천홍이 크게 다치지 않았다는 것에 안도감을 느끼던 은백은 경찰에 신고를 하기 위해 다시 한 번 112를 눌렀다.

"이년이!"

조금 전 그녀를 붙잡고 놔주지 않았던 남자가 경찰에 신고하려는 그녀를 저지하기 위해 달려들었다.

"정은백!"

천홍이 그녀 쪽으로 몸을 돌리자 그의 뒤에 있던 또 다른 남자가 전봇대 앞에 세워져 있던 소주병 중 하나를 들었다. 그리고 그대로 천홍의 머리를 내리쳤다.

쨍그랑!

날카로운 소리와 함께 천홍의 정수리에 무섭게 날아든 소주병이 깨졌다. 시간이 멈춘 듯 고요한 순간, 천홍의 이마를 타고 붉은 피가 천천히 흘러내렸다.

그 순간 은백은 마치 눈앞에서 슬로우 모션을 보는 듯한 착각에 휩싸였다. 자동차 사고 때처럼 몸을 움직일 수가 없었다. 자신을 덮친 남자가 그녀의 손에서 휴대폰을 빼앗으려 하는데도 아무것도 할 수가 없었다. 그녀의 눈은 오직 소주병에 머리를 맞아 허리를 숙이고 있는 천홍에게 향해 있었다.

한동안 멍하니 천홍을 쳐다보던 은백이 무감각했던 상태에서 풀려났다.

"천홍 씨!"

은백이 자신을 붙잡은 남자에게서 벗어나기 위해 발버둥 치다가 손에 쥔 휴대폰으로 남자의 코를 내리쳤다.

"악!"

남자가 자신의 코를 움켜쥐고 바닥에 주저앉자 은백이 천홍에게 달려갔다.

잠시 머리를 맞은 충격으로 허리를 숙이고 있던 천홍이 깨진 병 주둥이를 붙잡고 다시 한 번 더 내려치려는 남자의 명치를 팔꿈치로 찍었다.

"억!"

남자가 숨 막히는 소리를 내며 명치를 움켜쥔 채 무릎을 꿇었다.

"아, 겁나 아프네."

천홍이 피가 흘러내려 시야가 빨개지자 미간을 찌푸렸다.

"어떡해, 어떡해……. 어떡해애……."

은백이 눈물을 글썽거리며 천홍에게 다가갔다.

"시끄러워. 머리 울리니까 좀 조용히 해 봐. 머리 맞은 건 난데 왜 네가 맞은 것처럼 난리 치냐?"

천홍이 손등으로 흐르는 피를 닦아냈지만 이내 다시 흘러내렸다.

"피, 피가 많이 나요……."

은백이 덜덜 떨리는 손으로 천홍의 이마를 만졌다. 손으로 닦아 보았지만 계속해서 흘러나왔다.

"닦아도 닦아도 계속 흘러요. 어, 어떡해……."

"어떡하긴. 병원 가야지. 네가 연 문에 뒤통수 맞았을 때보다 피도 더 많이 나는 것 같고 훨씬 더 아픈 거 보니까 가야겠……."

그녀를 안심시키기 위해 피식 웃던 천홍이 그녀의 어깨에 몸을 기대며 쓰러졌다.

"천홍 씨!"

은백이 천홍과 함께 바닥에 쓰러지며 그를 온몸으로 지탱하는 사이, 큰 소리가 나자 하나둘씩 몰려들던 사람들이 119에 신고하는 소리가 들렸다.

"네. 빨리 와주세요. 네. 피가 많이 나는 것 같아요. 지금 쓰러졌어요."

"천홍 씨, 정신 차려 봐요."

은백이 상처를 함부로 건드리면 안 될 것 같아서 자신의 품에 안긴 채 쓰러진 천홍의 뺨을 손가락으로 톡톡 치는데, 주변 사람들이 술에 취해 비틀거리며 도망가는 남자 둘을 붙잡는 소리도 들렸다.

"사람을 쳐 놓고 어딜 도망가요?"

"아가씨, 경찰에 신고했으니까 걱정하지 말아요."

잠시 후, 저 멀리서 사이렌을 울리며 경찰차와 구급차가 오고 잔뜩 주위를 둘러싼 사람들로 인해 정신없는 상황 속에서도 은백은 천홍을 깨우려고 노력했다. 그러나 어떻게 해도 그가 깨어나지 않자, 그녀는 주저앉아 목 놓아 울었다.

8. 밥순이는 거지 왕자를 좋아해

자꾸자꾸 좋아지면 나는 어떡해

"지금 뭐라고 했지?"

새벽에 자다 깨서 전화를 받은 천도의 얼굴에 노기가 서렸다.

[천홍이가 지금 병원에 입원했습니다.]

희주가 깰까 봐 거실로 나온 천도의 얼굴이 일그러졌다.

"도대체 무슨 일이야, 이게?"

[저도 지금 방금 연락을 받고 병원으로 가고 있어서 정확한 건가 봐야 할 것 같습니다. 현재 파악된 내용은 취객들에게서 은백 씨를 구하려다가 소주병에 머리를 맞고 쓰러진 것 같습니다.]

"뭐?"

[일단 병원에 도착해서 다시 연락드리겠습니다.]

"병원 이름은?"

[새벽 병원입니다.]

"곧 갈 테니 먼저 가서 기다리게."

[예, 알겠습니다.]

전화를 끊은 천도가 드레스 룸으로 들어가 옷을 갈아입기 시작하자 희주가 가운을 걸치고 드레스룸 앞에 섰다.

"새벽에 무슨 일이에요?"

천도는 아직 자세히 알지도 못하는 일을 섣불리 얘기했다가 괜히 희주의 걱정만 살 것 같아서 일단은 그녀에게 천홍의 일을 숨기기로 했다.

"회사에 일이 생겨서 가 봐야 할 것 같아."

"어머나, 이 새벽에 출근을 해야 할 정도로 큰일이에요?"

희주의 얼굴에 걱정이 서리자 천도가 고개를 저었다.

"별거 아니야."

"정말요?"

"다녀와서 다 얘기해 줄 테니 걱정하지 말고 더 자."

"알았어요."

잠시 심중을 헤아리려는 듯 깊은 눈으로 천도를 쳐다보던 희주가 작게 한숨을 내쉬고 안방으로 사라졌다.

별채에 사는 이 기사를 깨워서 병원으로 가는 내내 천도는 이를 갈았다. 소주병으로 천홍의 머리를 내리친 사람이 눈앞에 있다면 아무런 죄책감 없이 당장 갈기갈기 찢어버릴 수 있을 정도로 그는 잔뜩 화가 난 상태였다.

호되게 가르치기 위해 집에서 쫓아내기는 했지만 여전히 귀한 아들인 천홍이 취객들로 인해 다쳤다는 사실에 가늠할 수 없을 정도로 큰 분노가 치밀어 올랐다.

하지만 한편으로는 남을 위해 무엇 하나 노력을 한 적 없었던 천홍이 누군가를 구하려 했다는 말에 가슴이 뭉클하고 대견스러웠다. 감정의 조각들이 조금씩 빠져 있는 듯했던 아들이 이제야 제대로 성장하고 있는 것 같은 기분이 들었기 때문이었다.

"최대한 빨리 가지."

*   *   *

병원에 도착한 자영은 응급실 침대에 엎드려 흐느껴 울고 있는 은백을 발견했다.

"은백 씨."

병원에 와서 누구에게 도움을 청해야 할지 알 수 없게 되자 은백은 천홍의 주머니를 뒤져 휴대폰을 찾아 자영에게 전화를 걸었다. 그리고 울면서 자신도 뭐라고 하는지 못 알아들을 소리만 해댔다. 그녀가 울먹이며 두서없이 하는 말 속에서 용케 천홍이 왜 병원에 실려 갔는지, 그리고 그가 실려 간 병원이 어딘지를 알아들은 자영은 곧 가겠다고 답하고 전화를 끊었다.

"은백 씨."

자영은 우느라 자신이 온 줄도 모르고 있는 은백의 어깨를 살짝 흔들었다.

"자영 씨……."

고개를 든 은백의 젖은 눈에 다시 눈물이 차올라 방울방울 떨어졌다.

"잠깐 정신이 들었는데, 머리 꿰매고 다시 잠들었어요. 머리를 열 바늘이나 꿰맸……."

은백이 말을 하다 말고 멈췄다. 눈물을 한 방울 떨군 뒤 잠시 숨을 고른 그녀가 다시 입을 열었다.

"일단 CT상으로는 문제가 없대요. 약간의 뇌진탕이 온 것 같다고…… 어허허헝!"

말을 하며 점점 크게 울먹이던 은백이 결국 울음을 터뜨렸다. 일단은 괜찮다는 말에 자영이 안도의 한숨을 내쉬며 그녀를 달랬다.

"진정하세요, 은백 씨."

"피가 지금 당장 안 고였다고 해도 뒤늦게 천천히 고일 수도 있고 그 밖의 후유증이 올지도 몰라서 정밀 검사 하고 며칠 더 지켜봐야 한대요. 지금은 입원 수속 밟고 기다리고 있…… 어흐흑."

은백이 계속 울먹이며 말하자 자영이 그녀의 어깨에 손을 얹고 빙긋 웃었다.

"이 녀석은 어릴 때부터 강골이었습니다. 그러니까 너무 걱정하지 마세요."

"피가 정말 많이 흘렀어요. 천홍 씨 얼굴이 온통 다 빨갛게 젖을 정도로 흘렀어요. 그걸 보는데 얼마나……."

"이제 괜찮지 않습니까. 걱정하지 마세요."

"후유증이 생길 수도 있고 문제가 생겼는데 아직 발견을 못한 걸 수도 있잖아요."

"천홍이는 괜찮을 겁니다."

자영이 얼굴에서 웃음기를 거두고 말했다.

"천홍이 머리를 내리친 사람들은 어디에 있습니까?"

"지금 저희 토스트 가게 근처에 있는 경찰서로 연행되었어요. 술에 취해서 제정신이 아닌 상태던데 경찰차 타고 끌려갔어요."

자영은 잠시 응급실에서 나와 천도의 또 다른 비서에게 전화를 걸어 은백이 말한 경찰서의 위치를 알려 주었다.

"저는 지금 천홍이를 지켜봐야 해서 자리를 비울 수가 없습니다. 제 대신 가서 정확한 상황을 알아보시고 다시 연락 주시기를 부탁드립니다. 아, 물론 합의는 없습니다. 녀석을 건드린 대가는 제대로 치러야지요."

자영이 이를 드러내며 미간을 찌푸렸다. 늘 평온한 표정을 고수하는 그가 이렇게 감정을 드러내는 일은 무척 드물었다.

"그럼 연락 기다리고 있겠습니다."

전화를 끊은 자영이 돌아서서 눈이 퉁퉁 부어있는 은백에게 말했다.

"천홍이의 곁은 제가 지킬 테니 돌아가서 쉬세요."

"아뇨."

은백은 너무 울어서 제대로 떠지지도 않는 눈을 하고 말했다.

"저 때문에 다쳤으니까 제가 옆에 있는 게 맞아요. 제가 지킬게요."

"은백 씨."

자영이 어쩔 수 없다는 듯 고개를 끄덕였다.

"그럼 이 친구 좀 잘 부탁드리겠습니다."

"네."

은백이 눈가에 흘러내리는 눈물을 집게손가락으로 닦으며 여전히 잠들어 있는 천홍을 내려다보았다.

*　　　*　　　*

자영은 병원 입구에서 천도를 기다렸다.

"자영아."

천도가 성큼성큼 걸어 병원 안으로 들어서자 자영이 그의 곁으로 가까이 다가갔다.

"어디냐."

천도의 말에 자영이 병원 호수를 얘기하며 말했다.

"지금 은백 씨가 천홍이 옆에 있습니다."

"그 아가씨가?"

"회장님께서 오시기 때문에 집에 돌아가라고 권유했지만 통하지 않았습니다. 자신 때문에 다친 것이니 자신이 돌봐야 한다며 고집을 부리기에……."

"그 아가씨가 천홍이 옆에서 간호를 하고 있단 말이냐?"

"예. 일부러 특실이 아니라 일반 병실로 입원수속을 밟았습니다."

천도가 눈을 가늘게 떴다.

"흐음. 잘했어."

"그리고 천홍이는 건강합니다. 아직 경과를 더 지켜봐야 하겠지만 천홍이의 봉합을 담당하셨던 주치의와 얘기를 해 본 결과, 가벼운 뇌진탕 증상 외에 별다른 이상 증상은 보이지 않고 있다고 합니다."

"그건 다행이군."

천도가 그제야 안도하며 말했다.

"그리고 천홍이가 다쳤다는 건 희주 귀에 안 들어가게 조심해라."

"사모님께 말씀이십니까?"

"가뜩이나 집 나간 아들 걱정에 요즘 잠도 깊이 못 자는데, 머리까지 깨졌다고 하면 정말 병날 것 같아서 그런다. 큰 문제가 생겼다면 말하려고 했는데 그게 아니라면 함구하는 게 나아."

"알겠습니다."

"천홍이 저렇게 만든 놈들 어찌 됐나."

"경찰서에 가신 차 비서님과 은백 씨에게 자초지종을 들어 본 결과, 은백 씨를 붙잡고 놓아주지 않던 취객들에게서 은백 씨를 구하려 하다가 저렇게 다친 것 같습니다. 그들은 현재 술이 덜 깬 데다 지갑도 분실한 상태인지 아예 가지고 나오지 않았는지 신분증조차 없어서 경찰들이 신상을 알기 어려워, 술이 깰 때까지 유치장에 가둬둔 상태라고 합니다."

"내 귀한 아들 몸에 상처를 냈으니 용서 못 한다."

천도가 이를 악물었다.

"보러 가시겠습니까?"

"그럼 잠깐만 보고 가도록 하지. 단 병실 밖에서 보고 갈 거다. 아직 그 아가씨에게 내가 천홍이 애비라는 사실을 알리고 싶지 않아."

"알겠습니다."

자영이 천도를 병실로 인도했다.

자영이 천도와 함께 병실에 도착했을 때, 은백은 물에 적신 거즈로 피 묻은 천홍의 얼굴을 닦고 있었다. 3인실이었지만 아직 다른 환자들이 입원하지 않아서 조용했다.

"다시는 그러지 말아요."

피딱지가 앉은 천홍의 입가를 조심스럽게 닦으며 은백이 말했다.

"나 정말 너무 놀라서 심장이 내려앉는 줄 알았어요. 천홍 씨가 나 때문에 다쳤다고 생각하니까 너무 마음이 아프잖아요……. 차라리 도도하고 건방지게 행동하는 게 백배는 나아요. 이렇게 힘없이 누워 있으니까 내가 구박을 할 수가 없잖아요. 딱 한숨만 더 자고 눈 떠요. 사람 걱정시키지 말고."

은백은 밖에서 천도와 자영이 그들을 훔쳐보고 있다는 것도 눈치채지 못하고 천홍에게 이런저런 얘기를 했다.

"야, 시끄러워."

그녀가 멈추지 않고 계속해서 말을 걸자 천홍이 눈을 감은 채 말했다.

"사람이 잠 좀 자려는데 무슨 말이 그리 많아?"

밖에서 그들을 지켜보고 있던 천도의 미간이 찌푸려졌다.

"저, 저, 저놈을 그냥!"

자영이 미소를 지었다. 여전히 심술궂고 고약한 말투를 보아하니 괜찮은 모양이었다.

은백의 눈에 다시 눈물이 고이기 시작했다. 그녀가 훌쩍거리자 천홍이 미간을 찌푸리며 눈을 떴다. 갑작스럽게 눈을 뜨자 형광등 불빛에 눈이 부셨다. 천홍은 더욱더 미간을 깊게 구기며 빛에 적응하기 위해 눈을 깜빡였다. 잠시 후, 빛에 적응이 된 눈으로 온통 눈물범벅인 은백의 얼굴을 확인한 천홍은 두 눈을 가늘게 뜨고 그녀를 쳐다봤다.

"정은백. 울지 마. 나 축축한 거 진짜 싫다고. 빨리 뚝 그쳐."

"다행이에요, 정말. 아까 머리 꿰매고 다시 정신 잃어버려서 내가 얼마나 걱정했는지 알아요?"

"맞다. 내 머리 꿰맨 의사 만나면 말 좀 전해 줘. 마취하는 거 더럽게 아팠다고. 뭔 놈의 주사 바늘을 그리 아프게 꽂아대?"

"천홍 씨 치료해 주신 의사 선생님한테 그게 무슨 말버릇이에요? 감사하다고 백번을 말해도 모자란데."

"너도 주사바늘로 막 여기저기 머리 찔려 봐, 험한 말 안 나오게 생겼나."

"그래도 감사해야 해요. 티 안 나게 정말 최소한으로 밀고 꿰매주셨으니까."

"뭘 밀어?"

"천홍 씨 머리요."

"그 의사가 내 머리를 밀었다고?"

"반쯤 제정신 아닌 상태로 꿰매서 기억도 안 나죠? 지금은 거즈 붙이고 있어서 잘 모르겠지만 나중에 아물고 떼보면 알 거예요. 그런데 티 안 나요, 정말. 상처 부위 근처만 아주 조금 밀어 주셨거든요."

"아, 짜증 나."

천홍이 투덜거리자 은백의 얼굴이 어두워졌다.

"미안해요, 나 때문에."

"그게 왜 너 때문이냐? 그 자식들 때문이지. 그 자식들 그러고 나서 도망갔냐? 어떻게 잡아서 죽여 버리지?"

"지금 경찰서 유치장 안에 있어요."

"합의 따윈 없어. 콩밥 먹여 줄 테다. 미쳐가지고 소주병으로 사람 뒤통수를 때려?"

"그렇게 해요."

은백의 말에 천홍이 의외라는 듯 그녀를 올려다보았다.

"뭐야?"

천홍이 은백의 말투를 따라 하며 말했다.

"그 사람들도 사정이 있겠죠. 합의해 주면 안 돼요? 이렇게 말할 줄 알았더니 왜 갑자기 센 척하는 건데?"

"다른 일이라면 충분히 상대방의 사정을 고려해 보겠지만 오늘 같은 일은 고려의 여지조차 없는 일이에요. 그 사람들은 술에 취해서 사람을 때렸잖아요. 그것도 유리로 만들어진 소주병으로. 술 먹고 저지른 일이라 내 정신으로 한 일이 아니었다고 변명하는 사람들은 제정신으로 범죄를 저지른 사람들보다 더 나빠요. 그런 사람들은 용서해 주면 안 돼요. 만취 상태에서 저지르는 범죄에 더 엄격해야죠. 술에 취했다고 봐준다면 세상 모든 사람들이 술 핑계를 대고 범죄를 저지를 거예요. 애초에 미리 범죄의 싹을 잘라야 해요."

"너 의외로 범죄에는 엄격하구나?"

"그럼 내가 항상 헤헤거릴 줄 알았어요?"

"응."

은백이 천홍을 밉지 않게 흘겨보았다.

밖에서 은백의 얘기를 듣고 있던 천도가 고개를 끄덕였다.

"역시 생각이 제대로 박힌 아가씨야. 천홍이 녀석이 변할 만해. 저 녀석이 날 닮아서 사람 보는 눈은 좋다니까."

자영이 대답하지 않고 그저 미소만 흘렸다.

"우리는 이만 가지."

"벌써 가십니까?"

"저 녀석 멀쩡한 것도 확인했고, 저 아가씨 말대로 엄격한 처벌을 받아야 할 사람이 있지 않나."

앞장선 천도의 뒤를 따르며 자영이 말했다.

"경찰서로 모시겠습니다."

"그래."

천도와 자영이 사라지고 난 후, 얼마 지나지 않아 필요한 것들을 집에서 가져오겠다며 은백이 병실을 나섰다. 은백은 문을 닫기 전, 휴대폰 배터리가 얼마 없다며 투덜거리는 천홍에게 말했다.

"천홍 씨가 무사해서 정말 다행이에요."

그녀의 말에 천홍이 한쪽 입꼬리를 올리며 삐딱하게 웃었다.

"당연하지."

*　　*　　*

천홍이 취객으로 인해 머리에 상처를 입고 입원한 지 3일째 되던 날, 그는 퇴원했다. 은백은 버스를 타고 집에 가면 천홍의 머리에 무리가 갈까 봐 택시를 잡아탔다. 천홍은 집에 오는 내내 투덜거렸다.

"아, 더 오래 입원해 있으면 안 돼? 정말 편했는데."

"필요한 정밀 검사 다 받고 아무 이상 없다는 결과 받은 사람이 어딜 계속 입원해 있으려고 해요?"

"병원에 입원해 있는 게 편하잖아. 누워서 아무것도 안 해도 되니까."

"집에 가서도 당분간은 아무것도 안 해도 되게 해 줄 테니까 그만 좀 투덜거려요."

병원에 입원한 후로 천홍은 다시 예전으로 돌아가 어린아이로 변해 버렸다. 예전과 한 가지 달라진 점은 혼자 노는 게 아니라 은백과 함께 놀고 싶어 한다는 것이었다. 은백은 리모델링을 하고 있는 현장을 둘러보는 시간과 집에 가서 자는 시간 말고는 내내 천홍의 옆에 붙어 있어야 했다.

"요즘 좀 어른스러워졌다 싶었더니 왜 또다시 유아기로 퇴행한 거예요?"

"이게 원래 나야."

은백이 뭐라고 한소리를 하려는데 그녀가 가방에 넣어둔 휴대전화에서 전화벨 소리가 울렸다.

"여보세요?"

[안녕하세요, 사장님.]

그녀가 근처 카페 사장님에게 추천을 받아 가게 로고 디자인을 의뢰했던 디자이너에게서 온 전화였다.

"아, 안녕하세요."

[저번에 말씀해 주셨던 디자인 초안, 지금 방금 이메일로 보냈어요. 아직 초안이니까 걱정하지 마시고 더 추가했으면 하는 것이나 고쳐야 할 것, 여기서 어떤 분위기로 흘러갔으면 좋겠는지 말씀해 주세요.]

"네. 감사합니다. 확인하고 조금 이따가 전화 드릴게요. 수고하셨어요."

[아니에요. 그럼 꼼꼼히 보시고 연락 주세요. 기다리고 있겠습니다.]

은백이 전화를 끊자 천홍이 물었다.

"누구야?"

"디자이너 선생님이요. 초안 잡혀서 메일로 보냈으니까 확인해 보고 의견을 좀 말해 달라고 하네요."

"그래?"

갑자기 진지해진 천홍이 택시 기사에게 말했다.

"최대한 빨리 가 주세요."

*　　*　　*

집에 도착한 은백이 안방으로 들어가 컴퓨터를 켜자 천홍이 자연스럽게 그녀의 뒤를 따라 안방으로 들어왔다.

"어딜 들어와요?"

천홍이 아무 거리낌 없는 발걸음으로 그에게 있어서 금지 구역이었던 안방에 발을 들이자 은백이 의자에 앉은 채 그를 흘겨보았다.

"시끄럽고, 컴퓨터나 켜 봐."

은백이 그의 말에 따라 컴퓨터를 켜며 투덜거렸다.

"내가 여기 들어오지 말라고 그랬잖아요."

"왜?"

천홍이 새삼스럽게 뭘 그러냐는 듯 쳐다봤다.

"내가 이 안을 아예 본 적이 없는 것도 아니고 너 내가 안방 문 앞에 서 있을 때도 벌컥벌컥 열어 재꼈었잖아. 거기서 몇 발자국 더 들어온 것뿐인데 뭘 그렇게 오버해?"

"여긴 내 비밀스러운 공간이잖아요."

"비밀스러운 공간? 여기 뭐 비밀 창고 같은 거라도 있나? 아니면 비밀 금고? 뭐 대단한 거라도 숨겨놨어?"

"없어요, 그런 거."

"그럼 됐어."

"난 안 됐어요!"

은백이 얼굴을 붉히며 말했다.

"저기 침대가 있잖아요."

"뭐?"

잠시 눈을 크게 떴던 천홍이 눈을 가늘게 뜨며 한쪽 입꼬리를 올리며 웃었다.

"뭐예요, 그 표정은?"

그가 계속해서 자신을 쳐다보며 묘한 얼굴로 웃기만 하자 은백이 붉어진 얼굴로 그를 노려봤다.

"아직 순진하네."

"뭐예요?"

"내가 정말 너한테 손댈 마음을 먹었으면 굳이 꼭 안방이 아니더라도 이 집 어디서든 손대고도 남아. 이 집에서 단둘이 몇 달을 붙어 있었는데도 아무 일 없었는데, 이제 와서 뭘 새삼스럽게 이러는 거지? 바보냐?"

천홍이 자신의 가슴 앞으로 팔짱을 끼며 말했다.

"일단 초안이나 좀 보자. 초안 보냈다는 이메일 좀 접속해 봐."

천홍은 은백의 표정이 어두워졌다는 것을 깨닫지 못한 채 컴퓨터 모니터에 나타난 화면을 응시했다. 은백은 기계적으로 손을 움직여 이메일에 접속했다.

조금 실망이었다. 아니, 사실 많이 실망이었다. 자신에게 손 댈 생각이 아예 없다는 건 천홍이 그녀를 여자로 의식하고 있지 않다는 것을 뜻했기 때문이다.

요즘 천홍이 그녀에게 약간 다정했었기에 그녀는 무의식적으로 그가 자신에게 조금이나마 여자로서 끌리고 있다는 착각을 하고 있었다. 천홍의 말대로 지금까지 그들 사이에 아무런 일이 없다는 것을 보면 알 수 있는 당연한 사실인데. 천홍에게 있어서 자신은 여자가 아니라는 사실이 은백의 가슴에 깊은 상처를 주었다.

"음. 일단 전체적인 분위기는 마음에 드는데. 넌 어때?"

은백은 허리를 숙여 한 손으로 컴퓨터 책상을 짚은 채 진지한 얼굴로 초안을 쳐다보는 천홍을 물끄러미 올려다보았다. 이거 하나는 확실하다. 자신은 천홍에게 여자로 보이고 싶어 하고 있었다.

"너무 강한 원색을 쓰지 않은 것도 마음에 들어. 너무 알록달록하면 자칫 유치해 보일 수가 있거든."

은백은 천홍을 만나고 처음으로 천홍을 보는 자신의 마음이 어떤 마음인지 제대로 들여다보았다. 한참 동안 말없이 가만히 앉아 자신의 마음을 들여다보던 은백은 결국 자신이 천홍을 사랑하고 있다는 사실을 깨달았다. 사실 어렴풋이 느끼고 있었지만 애써 외면했던 진실이었다.

은백은 처음에 천홍의 잘생긴 얼굴에 잠시 혹했었다. 그녀의 주변에서 천홍처럼 잘생긴 남자는 처음이었기 때문이다. 하지만 그 혹함은 잘생긴 남자 연예인을 보는 여자의 마음과 비슷한 정도였다. 그건 결코 깊은 사랑이 될 수는 없었다. 게다가 천홍은 이 험한 세상에서 어떻게 지금까지 무사히 살아올 수 있었는지 궁금할 정도로 세상 물정 모르는 철부지였다. 그래서 그녀는 더더욱 그를 연애 대상으로 보지 않았다.

하지만 남녀 사이라는 게 다 그렇듯 시간이 지나자 뻔뻔하게 그녀를 부려 먹고 심술부리는 그와 티격태격하며 서서히 정이 쌓였다.

그녀가 자신도 모르게 서서히 쌓였던 정이 얼마나 커졌는지 알게 된 건 밥순이 탈출 사건 때였다. 처음에는 너무 귀찮고 싫어서 벗어나고 싶은 일이었는데 막상 더 이상 천홍에게 밥을 챙겨 주지 않아도 되자 혼자 밥을 먹는 게 맛없게 느껴질 정도로 허전하고 외로웠기 때문이다.

"난 여기서 조금만 더 모서리가 부드러워졌으면 좋겠어. 색깔은 전체적으로 아주 조금만 더 톤 다운이 됐으면 좋겠고. 그리고 여기 들어간 이 핑크색 보이지? 이게 포인트 같은데 솔직히 혼자 너무 튀어. 차라리 포인트를 줄 거면 핑크색 보다는 흰색으로 줬으면 좋겠는데, 네 생각은 어때?"

게다가 그러던 와중에 생활력 없고 철부지 같아서 남자로서 빵점이라고 생각했던 천홍이 번데기에서 나비가 되듯 조금씩 변하기 시작했다. 뭘 시켜도 투덜거리고 성질을 부리며 귀찮아했던 그가 스스로 나서서 그녀를 돕기 시작했다. 은백이 정색을 하면서 시키면 그제야 오만상을 찌푸리며 했던 일들도 이제는 알아서 척척 해내고 오히려 자신이 도울 다른 일거리가 없는지 찾아볼 정도로 성실해졌다. 그녀를 위해 서툴게나마 배려를 하려고 노력하는 모습까지 보이고 있었다.

그리고 이제는 이렇게 진지한 태도로 그녀의 미래를 같이 고민해 주고 그녀를 위해 온 신경을 곤두세우고 있었다. 하루하루 지날수록 조금씩 달라지는 천홍의 모습에 은백은 제정신을 차리지 못하고 빠져들고 말았다.

게다가 얼마 전에는 취객에게서 그녀를 구하다가 상처를 입고 기절까지 했다. 그런 모습을 보고 어찌 사랑에 안 빠질 수 있겠는가.

"뭐야? 내 말 듣고는 있는 거야?"

계속 말을 걸어도 은백에게서 대답이 없자 천홍이 모니터에서 시선을 떼고 그녀를 봤다. 그가 모니터를 향해 허리를 숙이고 있던 탓에 그들의 얼굴이 10센티미터 정도로 가까워졌다.

은백의 시선은 윗입술이 조금 더 도톰한 천홍의 입술로 향했다. 은백의 눈앞에 입꼬리가 바깥쪽으로 까져있어 살짝 드러난 입술 안쪽의 촉촉하고 붉은 피부가 보였다.

이제 막 제대로 자신의 감정을 자각한 덕분에 평소보다 훨씬 더 예민하게 천홍을 의식하고 있던 은백이 자리에서 벌떡 일어섰다.

"아, 그게, 저……."

은백이 할 말을 찾으며 눈동자를 이리저리 굴렸다.

"왜 그래?"

"아무것도 아니에요."

은백이 다시 자리에 앉아 입술을 깨물며 말했다.

"잠깐 딴생각 좀 하느라 제대로 못 들었어요. 미안해요."

"뭐야."

천홍이 다시 모니터를 손가락으로 가리키며 조금 전 자신이 얘기했던 감상을 다시 늘어놓자, 은백도 집중하려고 애쓰며 초안을 보고 자기가 느낀 것을 그에게 얘기했다. 그들은 그렇게 서로 대화를 나누며 의견을 조율했다.

한참 동안 서로 의견을 주고받은 결과, 둘의 의견에 합의점이 보였다.

"음. 나쁘지 않은 것 같아요."

"그렇지. 그 정도면 괜찮은 편이야. 하지만 넌 역시 보는 눈이 좀 촌스러워."

"당신이 쓸데없이 주문이 많은 거라는 생각은 안 들어요?"

"안 들어. 다른 건 몰라도 이런 쪽은 대충 하면 안 돼."

"그런데 그건 그렇고 좀 놀란 게요, 불사조 로고가 이런 식으로 세련되게 표현될 수도 있네요."

"네가 그렸던 만화 같은 캐릭터보다는 이게 낫지?"

"솔직히 인정해요."

"일단 이건 아직 다듬어야 할 게 많은 것 같으니까 디자이 너랑도 의견을 계속 주고받아야 해."

"그럴게요."

"나가자."

"지금 막 퇴원했는데 어딜 나가요? 한동안 절대 안정해야
돼요."

"가게 갈 거야."

"가게요?"

"그래. 입원하고 나서부터 계속 궁금했는데, 가게 리모델링
말이야. 네 얘기만 들어서는 도무지 감이 안 잡혀. 우리가 주
문한대로 제대로 진행되고 있는지 눈으로 직접 봐야겠어."

"무리하지 말아요."

"머리 몇 바늘 꿰맸다고 안 죽거든?"

"알았어요. 그럼 잠깐만 보고 오기에요?"

"그래."

천홍이 컴퓨터 책상에서 몸을 일으키자 은백은 컴퓨터를 끄
고 그의 뒤를 따라나섰다. 은백의 눈에 현관에서 신발을 신는
천홍의 등이 보였다. 살짝 숙인 허리로 인해 티셔츠가 팽팽해
지며 등에 딱 달라붙었다. 은백의 손이 무의식적으로 홀린 듯
이 천홍의 등을 향해 다가갔다.

"빨리 나와."

그가 뒤를 돌아보자 은백이 놀라서 손을 거두어들이며 그의
시선을 피했다.

"뭐야, 귀신이라도 봤어? 표정이 왜 그래?"

"아니에요. 가요."

잠시 미심쩍은 표정으로 은백을 쳐다보던 천홍이 현관문을 열었다.

마음을 자각하고 나니 물밀듯 쏟아져 들어오는 감정의 파도로 인해 은백은 말 그대로 딱 미칠 것 같았다. 이런 감정은 태어나 처음이었다.

잠시 울상을 지으며 천홍을 쳐다보던 은백은 한숨을 내쉬고 그를 따라 신발을 신고 밖으로 나섰다.

*　　　*　　　*

가게에 도착한 은백과 천홍은 공사를 시작하기 위해 준비 중이었던 인테리어 업자 두 명과 함께 가게 안쪽으로 들어가서 이것저것 살펴보았다.

"오늘은 여기 창고 벽을 부술 겁니다."

은백이 생글거리며 말했다.

"예쁘게 잘 부숴 주세요."

"어떻게 하면 예쁘게 잘 부술 수 있는 건데?"

"음, 글쎄요? 원래 여기에 벽이 있었다는 걸 모를 정도로?"

"뭐야, 그게."

천홍이 피식 웃었다.

"아, 목마르실 텐데 마실 것 좀 사서 올게요."

"감사합니다."

"내 것도."

"복숭아죠?"

"알면서 뭘 물어봐?"

천홍의 말에 밉지 않은 눈으로 그를 흘겨본 은백이 근처 카페에서 과일 주스를 사서 돌아오는데 중저음의 목소리가 들려왔다.

"아가씨, 오랜만이야."

가게 근처에 도착한 은백이 눈을 동그랗게 떴다.

"어머, 안녕하세요."

가게 앞에는 회색 양복을 입은 천도가 서 있었다.

"오랜만에 봬요. 이번이 두 번째 오시는 거죠?"

"기억하고 있었네."

"당연하죠."

은백이 웃으면서 대답하는데 가게 안에서 이것저것 부수고 갈고 하는 소리가 들리자 천도가 물었다.

"가게에 무슨 일 있나?"

그의 물음에 은백이 환하게 웃으면서 말했다.

"저희 가게 이번에 리모델링하거든요. 예전보다 더 예쁜 가게로 다시 태어나기 위해 노력하는 중이랄까요?"

"그렇군."

"돈이 많이 깨질 것 같아서 그동안 망설였는데 천홍 씨가 미래를 위해서는 투자를 해야 한다고 해서 결국 리모델링하기로 결정했어요."

"천홍 씨?"

은백이 천도는 천홍이 누군지 모를 거라는 생각에 얼른 말했다.

"아, 천홍 씨는 저번에 제가 말했던 알바생이에요. 이번 리모델링 얘기도 천홍 씨가 먼저 얘기를 꺼냈거든요. 어찌나 독설을 퍼부으면서 사람 자존심을 상하게 만들던지. 우리 가게가 촌스럽다나요? 가게 시작할 때 돈 아끼려고 제가 한 달을 넘게 고심해서 만든 캐릭터도 막 유치하다고 뭐라 하고. 이렇게 저렇게 리모델링을 하고 가게 환경을 개선해야 여기서 더 성장한다면서 잔소리를 막……."

은백이 미간을 찌푸렸다가 다시 폈다.

"하지만 몸에 좋은 약은 쓴 법이니까 못된 말해도 그냥 저 생각해서 해 주는 말이려니 했어요. 사실 저 사람이 했던 말 중에 틀린 말은 하나도 없었거든요. 막 잔소리를 하다가 끝에 가서는 앞으로 이 가게가 나아가야 할 방향성이랑 지금보다 훨씬 더 폭넓은 고객층을 확보하려면 어떻게 해야 하는지까지 이야기가 나오는 통에 귀신한테 홀린 것처럼 리모델링 제안 받아들였죠."

은백의 얘기를 듣던 천도가 빙긋 웃었다. 그의 밑에서 배우라는 일은 안 배우고 놀고먹기만 한 줄 알았더니 본 건 있어가지고 어설프게나마 사업가 흉내를 내고 있는 아들이 대견했기 때문이었다.

"말하는 게 아주 청산유수예요. 어디서 이런 걸 배웠냐고 했더니 태어나서 보고 자란 게 이런 거라나요? 부모님이 음식점을 하셨나 봐요."

"태어나서 보고 자란 게 이런 거라고 했다고?"

"네. 나중에는 막 알아듣지도 못할 어려운 용어까지 쓰고 그러더라고요. 그래도 혼자 하기에는 너무 벅차서 못 하고 있었던 문제였는데 천홍 씨가 도와주니까 할 만해요."

"앞으로 이 가게가 더 좋아진다고 하니 다행이네. 그나저나 저번에 아가씨가 만들어 줬던 토스트를 참 맛있게 먹은 기억이 나서 다시 들렀는데, 공사 중이라니 아쉽게 됐네."

"맛있게 드셨어요? 아, 다행이네요."

"굉장히 맛있었어."

"지금 재료도 다 집으로 옮겨놔서 드릴 게 없는데 음료수도 한 잔 드세요."

은백이 카페에서 사 왔던 음료 중 자신의 몫을 천도에게 내밀었다.

"복숭아 주슨데, 맛이 꽤 좋아요."

"얼마지?"

은백에게서 주스를 받아 들며 천도가 묻자 그녀가 고개를 저으며 말했다.

"오늘은 영업하는 날이 아니까 공짜예요."

"그럼 잘 마실게. 사실 내가 과일 중에서 복숭아를 제일 좋아하거든."

"어?"

은백이 눈을 동그랗게 뜨자 천도가 주스를 마시다 말고 왜 그러냐는 듯 그녀를 쳐다봤다.

"그게, 여기 알바생도 복숭아를 제일 좋아하거든요. 그래서 제가 복숭아 깎아달라는 말을 못해요. 제가 안 보는 틈을 타서 죄다 먹어 치우거든요. 손님한테 팔 복숭아까지 다 먹어 치우는 바람에 다시 복숭아를 사러 갔다 온 것만 해도 몇 번인지. 그래서 복숭아만큼은 제가 깎아요. 이 주스도 천홍 씨가 제일 좋아하는 주스예요. 복숭아를 갈아 넣어 만든 거라 복숭아 알갱이가 잔뜩 씹히거든요."

"내 입에도 정말 맛있네."

"그렇지요?"

"알바생이랑 많이 친한가 봐."

"음."

은백이 잠시 말을 고르더니 배시시 웃었다.

"좋은 사람이에요."

"그래?"

"얼마 전에는 취객한테서 저를 구해 주다가 다치기도 했거든요. 어찌나 미안하고 안타깝던지……."

"저런. 고생이 많았네."

"저보다 천홍 씨가 더 고생이 많았죠. 다쳐서 병원에 입원하고……."

잠시 표정이 어두워졌던 은백이 다시 밝게 말했다.

"같이 있으면 정말 좋아요."

천홍의 생각만 해도 좋은지 해맑게 웃던 은백이 갑자기 얼굴을 붉혔다. 잔뜩 들떠서 손님에게 천홍의 얘기한 게 조금 부끄러웠기 때문이었다. 그녀가 한 얘기를 들으면 누구라도 눈치챌 것이다. 자신이 천홍을 좋아하고 있다는 것을.

"그……. 저……. 지금 제가 한 말은 저희 가게 알바생한테는 비밀이에요."

"알겠어."

"정은백! 주스 만들어서 오냐?"

붉어진 얼굴을 두 손으로 누르고 있는데 안에서 천홍의 목소리가 들렸다. 그녀가 늦자 잔뜩 짜증이 난 목소리였다.

"가요, 가!"

"바쁜 것 같은데 그럼 나는 이만 갈게."

"죄송해요."

"아니야. 바쁜 사람 붙잡고 있었던 내가 더 미안하지."

"리모델링 끝나고 가게 다시 열면 꼭 오세요. 토스트, 저번보다 더 맛있게 만들어 드릴게요."

"고맙네. 그럼 또 만납시다."

"들어가세요."

천도가 돌아서자 은백이 주스가 담긴 쟁반을 들고 창고 안으로 들어갔다.

"넌 무슨 주스 사는데 백만 년이 걸리냐?"

"손님이 와서 그랬어요."

은백이 인테리어 업자 두 명에게 주스가 담긴 잔을 건넸다.

"감사합니다."

"잘 마실게요."

은백에게서 주스를 받아든 천홍은 은백의 몫의 주스가 없다는 걸 깨달았다.

"네 건 왜 안 샀어?"

"제 거요? 아, 샀는데 요 앞에서 가게 손님을 만나는 바람에 제 거 드리고 왔어요."

"그럼 주고 바로 오던가. 어차피 영업도 안 하는 날인데 뭘 그렇게 오래 붙들고 있어?"

"내 토스트가 생각나서 오셨다고 하잖아요. 어떻게 정 없이 그냥 바로 보내요? 주스라도 대접해야지."

"흐응."

천홍이 눈을 가늘게 뜨고 은백을 쳐다봤다.

"왜요?"

"남자냐?"

은백이 눈을 동그랗게 떴다.

"뭐라고요?"

"그 손님, 남자냐고."

"남자예요."

"그래?"

천홍이 한쪽 눈썹을 추켜올렸다. 그가 기분이 나쁠 때 나오는 표정이 얼굴에 숨김없이 고스란히 다 드러났다.

"뭐야, 왜 그렇게 기분 나쁜 표정이에요?"

"아무것도 아니야."

천홍이 은백의 시선을 피하며 주스를 마셨다. 괜히 기분이 나빴다. 저번에 자영이 은백에게 호감이 있다고 말했을 때나 취객이 은백을 붙들고 놓아주지 않았을 때처럼 굉장히 나빴다.

"그런데."

천홍이 은근슬쩍 물었다.

"그 남자 손님이라는 사람 말이야."

"네."

"잘생겼냐?"

"네?"

은백이 눈을 동그랗게 떴다.

"음. 잘생겼어요."

천도만 보면 누군가의 얼굴이 떠오르다 마는데 도통 알 수가 없어 답답했지만 그는 분명 잘생긴 중년의 남자였다.

"집에 갈래."

천홍이 기분 나쁜 표정으로 주스 잔에 꽂힌 빨대를 씹으며 돌아섰다.

"어, 벌써 가게요?"

"네가 절대 안정이라고 잠깐만 있다가 가랬잖아."

"그럼 같이 가요."

"됐어."

"오늘 천홍 씨 진짜 이상하네요."

"시끄러워."

천홍이 곧장 길가로 나와 택시를 잡자 인테리어 업자들에게 인사를 하고 나온 은백이 그와 함께 택시에 올라탔다.

천홍은 집으로 가는 내내 입을 다물고 있었다. 그러고는 자신의 기분이 왜 이렇게 나쁜지 곰곰이 생각해 봤다.

일단 제일 먼저 가게가 공사 중인 걸 보면 알 텐데도 개인적으로 은백을 찾아온 그 남자 손님. 그다음 두 번째는 그 남자 손님과 노닥거렸던 은백. 세 번째는 그 남자 손님이 잘생겼다고 한 은백. 마지막으로는 그 얘기를 듣고 짜증이 난 자기 자신.

천홍이 고개를 돌려 옆에 앉아 있는 은백을 노려봤다. 그의 시선을 느낀 은백이 그를 마주 쳐다봤다.

"왜요, 또?"

"아, 몰라."

천홍이 모자를 깊게 눌러 쓰자 은백이 놀라서 그가 쓴 모자를 느슨하게 올렸다. 그것은 천홍이 아직 머리에 거즈를 붙이고 있어서 은백이 사다 준 모자였다.

"상처 덧나면 어쩌려고 그렇게 푹 눌러 써요?"

"거의 다 아물었거든?"

"그래도 조심해요."

"잔소리쟁이."

"내 잔소리가 듣기 싫으면 잔소리를 안 하게끔 행동하면 되잖아요."

그들이 티격태격하는 동안 택시가 빌라 앞에 멈췄다. 은백이 지갑을 열어 택시비를 계산하려는데 천홍이 그녀보다 먼저 택시비를 지불했다.

"내가 내려고 했는데……."

"됐어."

어색하게 택시에서 내린 은백은 한 발자국 떨어져서 천홍의 뒤를 따랐다. 분명 뭔가에 화가 난 것 같은데 그게 뭔지 몰라서 답답했다. 다른 여자였으면 그가 질투를 하고 있는 건지도 모른다는 생각에 좋아했겠지만 그게 아니라는 걸 잘 아는 은백은 천홍이 왜 화가 났는지 짐작조차 할 수가 없었다.

천홍이 성큼성큼 걸어가 빌라 안으로 들어갔다. 잠시 빌라 앞에 멈춰서 그가 들어간 빌라 입구를 쳐다보던 은백은 왠지 울컥하는 기분에 빠른 걸음으로 그를 쫓아갔다.

"내가 진짜 그냥 참으려고 했는데……."

"내일 뭐 하냐?"

그녀가 잔뜩 흥분한 목소리로 따지며 들어오는데 복도에서 은백을 기다리며 서 있던 천홍이 불쑥 물었다.

"네?"

미간을 찌푸리고 있던 은백이 눈을 동그랗게 떴다.

잔뜩 성질을 내더니 갑자기 내일 뭐 하냐고 묻다니……. 이 남자 제정신인가?

"갑자기 뜬금없이 그게 무슨 소리예요?"

"내일 약속 있냐?"

"어, 없는데요."

은백이 눈을 깜빡거리며 대답했다.

"배고프다. 밥 먹자."

천홍이 계단 위로 올라갔다.

이 남자, 갑자기 성질 내고 또 내일 뭐 하냐고 묻고 그다음 엔 밥 먹자고 한다.

"지금 나 놀려요?"

"아니. 배고프다고."

"이 사람이 정말!"

"내일 어디 갈래?"

계단을 다 올라가 은백의 집을 등지고 선 천홍이 그녀를 내려다봤다. 그리고 한쪽 입꼬리를 올리며 씨익 하고 웃었다. 마치 인간을 홀리는 젊은 악마처럼. 은백은 천홍이 앞뒤 다 잘라먹고 다짜고짜 물은 말에 성질내다 말고 할 말을 찾아 입만 벙긋거리다가 겨우 말했다.

"어, 어디 갈 건데요."

"네가 가고 싶은 데."

"내가 가고 싶은 곳이요?"

"모처럼 쉬는 날에 내 병간호만 했으니 몸이 근질거릴 거 아니야? 리모델링 끝나려면 아직도 며칠 더 남은 거 같고 말이지."

은백은 천홍의 말이 마치 데이트신청 하는 것처럼 느껴져서 가슴이 설렜다.

"당장 대답 못할 것 같으면 밥 먹으면서 천천히 생각해 보고 말해 주든가."

천홍이 은백의 집 문을 등지고 서서 손등으로 노크하듯이 현관문을 두드렸다.

"일단 이 문 좀 열어."

"아, 네."

은백이 떨리는 숨을 내쉬며 계단을 올랐다.

잠시 후 그녀의 집으로 먼저 들어온 천홍은 뒤에서 따라 들어오던 은백의 존재감을 느끼며 숨을 얕게 내쉬었다. 그녀의 대답을 기다리는 동안이 꼭 며칠은 되는 것처럼 길게 느껴졌던 것이다.

은백에게 내일 놀러 가자고 얘기를 꺼낸 건 천홍의 계획에 없던 일이었다. 그는 오랜만에 길게 쉬는 휴일을 집에서 빈둥거리며 보낼 계획이었다. 하지만 괜히 은백에게 짜증을 내고 집으로 돌아오는데 문득 가게나 집이 아닌 다른 곳에서 은백의 모습을 보고 싶다는 생각이 뇌리를 스쳤다. 다만 그것뿐이었다. 그 생각만 했을 뿐인데 입이 제멋대로 그녀에게 데이트 신청을 하고 있었다.

천홍은 주먹을 쥐고 있었던 자신의 손바닥이 땀으로 흥건하다는 것을 깨닫고 화장실로 들어가 손을 씻었다. 여자에게 데이트 신청을 하는 게 뭐 그리 어렵다고 이렇게 긴장을 한 건지 도무지 알 수가 없었다.

수건으로 젖은 손을 닦던 천홍의 눈에 머그컵에 나란히 꽂힌 칫솔이 들어왔다. 분홍색과 하늘색 칫솔을 잠시 가만히 쳐다보고 있던 천홍의 얼굴이 살짝 상기되었다. 분홍 칫솔을 입에 물고 양치질을 하는 은백을 떠올렸을 뿐인데 괜히 온몸에 열이 솟았다. 물론 은백이 양치질을 하는 모습을 한두 번본 게 아니었다. 바쁜 아침에 은백은 천홍이 화장실에서 양치질을 할 때면 밖에서 기다리다가 싱크대 앞으로 가서 양치질을 한 적도 많았기 때문이었다.

쓸데없는 데 꽂혀서 이게 뭐하는 짓인가 싶어진 천홍이 밖으로 나왔다. 주방 겸 거실에서는 은백이 점심을 차리고 있었다.

"아침에 닭볶음탕 만들어 놓고 나왔어요. 빨리 와서 앉아요."

"잘 먹을게."

천홍이 자리에 앉자 은백이 기분 좋은 듯 웃었다.

"세 번째예요."

"뭐가?"

"천홍 씨가 나한테 잘 먹겠다고 한 거요."

"그걸 또 세고 있었냐?"

"당연하죠. 잘 먹겠다는 말 들을 때마다 더 맛있게 만들어줘야지, 그런 생각 하게 된다고요."

"그럼 앞으로는 매번 밥 먹기 전에 해 줄게."

"네?"

그녀가 눈을 동그랗게 뜨자 천홍은 못 본 척 밥을 먹기 시작했다. 은백은 잠시 놀란 얼굴로 그를 쳐다보고 있었다. 안그러던 사람이 이러니까 적응이 안 된다. 하지만······.

"철들었네요."

싫지 않다.

*   *   *

마주 보고 앉아 밥을 먹은 후 은백의 집 거실의 소파에 앉아 TV를 보던 천홍이 말했다.

"생각해 봤어?"

"뭘요?"

"밥 먹으면서 생각해 보라고 했잖아?"

"아, 내일 어디 가고 싶은지요?"

"빨리 말해. 기다리는 거 딱 질색이야."

천홍의 말에 잠시 망설이던 은백은 조금 전부터 계속 머릿속에 떠올라 있던 장소를 입 밖으로 꺼냈다.

"놀이공원이요."

"놀이공원?"

천홍의 한쪽 눈썹이 들렸다.

"정말 거기 가고 싶은 거야?"

"네."

"의외네."

천홍과 마찬가지로 은백도 용케 놀이공원에 가고 싶어 하는 자신이 의외라고 생각하고 있었다. 부모님과 놀이공원에 가던 길에 사고를 당한 후, 단 한 번도 그녀는 놀이공원에 가지 않았다. 아예 놀이공원의 존재를 잊고 있었다.

하지만 좋아하는 사람과 함께 놀이공원에 놀러 가는 것은 모든 여자들의 로망이 아니던가. 게다가 자신에게 살아서 다행이라고 말해 준 이 남자와 함께라면 괜찮을 것 같았다.

그녀는 밥을 먹으면서 천홍의 머리에 커다란 리본이 달린 머리띠도 씌워 보고 까만색 마법사 모자도 씌워 보며 상상을 해 봤다. 리모델링이 끝나면 당분간은 여유롭게 쉴 수 없을 것 같았기에 천홍과의 시간을 소중한 장소에서 즐겁게 보내고 싶었다.

"나 놀이 공원 딱 두 번 가 봤어요. 세 번째 가려고 했던 날 사고가 나서 지금까지 갈 수가 없었죠. 용기가 안 났었거든요."

"뭐야, 나랑 같이 가면 용기가 날 것 같다는 소리야?"

은백의 얼굴이 순식간에 붉어졌다.

"아니, 그게 아니라……. 어……. 음. 이제 사고 트라우마에서 졸업할 때도 됐고 놀이공원에 가서 놀이기구 타면서 스트레스도 좀 풀어 보고 싶고 가서 츄러스도 먹어 보고 싶고 그리고 또……."

"됐어. 농담이야. 뭘 그렇게 허둥지둥해? 그리고 나도 놀이공원은 딱 한 번 밖에 가 본 적 없어."

천홍이 붉어진 은백의 얼굴을 가만히 쳐다보다가 갑자기 손을 가져다 댔다.

"앗."

은백의 눈이 커다래졌다. 천홍의 엄지손가락이 은백의 뺨을 훑었다. 그의 손가락 아래서 말랑말랑하고 보드라운 은백의 뺨이 쓸렸다.

잠시 은백과 천홍은 그렇게 서로를 쳐다보고 있었다. 어색하고 무거운 침묵이 그들 사이에 흘렀다. 천홍이 은백의 뺨을 부드럽게 쓸던 손을 거두었다.

"어떻게 양치질을 하면 광대에 치약 거품이 묻냐?"

은백의 얼굴에 실망이 내려앉았다.

"치약이요?"

"얼굴에 하얗게 치약 거품 묻히고 있길래 닦아 준 거다. 그러고 장이라도 보러 나갔어 봐. 사람들한테 얼굴에 치약이나 묻히고 다니는 칠칠치 못한 여자라고 손가락질 받았을 거 아니야? 나한테 고마워해라."

"뭐예요? 칠칠……? 지금 말 다했어요?"

"피곤하다. 한숨 자고 이따 저녁에 다시 올게."

은백이 막 분노를 토하려 하는데 천홍이 도망치듯 그녀의 집을 빠져나갔다. 천홍이 나가고 조용해진 집 안에서 씩씩거리며 치밀어 오르는 화를 삭이려 노력하던 은백이 두 손으로 자신의 머리카락을 헝클어뜨렸다.

"아악! 정은백, 넌 그냥 미쳤어. 어쩌자고 왜 저런 남자를 좋아하게 된 거니? 저 인간 뭐가 그리 좋다고!"

은백이 울분을 토하고 있는 것도 모른 채 자신의 집으로 돌아온 천홍은 두 손으로 자신의 붉어진 뺨을 감쌌다.

"젠장."

치약 거품 따위는 없었다. 그냥 그 순간 은백의 뺨을 만지고 싶어서 만졌다. 자신도 모르게 손가락을 갖다 대고 천천히 쓸다가 제정신이 들자, 아무렇게나 갖다 붙인 변명이 치약 거품이었을 뿐이었다.

천홍이 지금까지 살아오면서 만지고 싶었던, 그리고 실제로 만졌던 여자의 몸은 가슴이나 엉덩이, 다리 같은 성적인 면을 자극하는 곳뿐이었다. 그가 뺨이나 머리카락, 그리고 손가락처럼 성적인 자극보다는 친밀감을 더 자극하는 곳을 만지고 싶게 만든 여자는 은백이 처음이었다.

천홍은 씁쓸한 얼굴로 자신이 은백을 여자로서 다분히 의식하고 있다는 사실을 인정했다. 얼굴에서 볼만한 부분이라고는 커다랗고 동그란 눈과 하얀 피부가 전부인 저 짜리몽땅한 여자를 만지고 싶어진 순간, 게임은 끝나 있었던 것이다.

예전에 버스에서 은백에게 키스할 뻔했을 때도 본가에서 쫓겨나 본의 아니게 금욕 생활을 하느라 순간 눈이 뒤집혀 버렸던 것이라고 치부했다. 그래서 다시는 은백에게 손을 대지 않기 위해 노력했다. 그리고 그 노력은 지금까지는 성공했다. 단순히 여자에 굶주렸다는 이유로 그녀에게 손을 대면 나름대로 그들만의 평화로움을 유지하고 있었던 관계가 끝날 것이라는 공포가 큰 도움이 되었던 것이다. 덕분에 그는 그녀를 함께 생활하는 반 동거인으로 여기게 되었다.

하지만 머리는 거짓말을 할 수 있어도 가슴은 거짓말을 할 수 없었다. 지금 생각해 보니 징후는 여기저기서 이미 보이고 있었다.

자영이 은백에게 호감이 있다는 말을 했을 때 기분이 굉장히 나빴던 일. 더위에 약한 그녀를 위해 생전 남을 배려해 본 적이 없었던 그가 그녀를 배려하려고 애썼던 일. 은백이 다른 남자에게 희롱을 당할 때 스스로 제어가 안 될 정도로 강한 분노에 휩싸였던 일. 더 나아가 바로 오늘, 은백이 코앞에 있는 카페에 음료수를 사러 갔다가 남자 손님과 애기를 하느라 돌아오는 게 늦어졌다는 사실에 짜증이 났던 일까지. 아마 더욱 깊이 기억을 더듬으면 그 밖에도 더 많이 있을 것이다.

9. 거지 왕자와 밥순이는 얼레리 꼴레리

다음 날 놀이공원에 가기로 약속했지만, 결국 다음 날에는 갈 수 없었다. 그들이 놀이 공원에 간 날은 애석하게도 가게 문을 다시 열기 하루 전날이었다.

천홍이 했던 데이트 신청은 가게 리모델링과 가게 로고, 그리고 새 간판 작업으로 인해 계속 미루고 또 미뤄졌던 것이다. 겨우 지금까지 계획하고 실행에 옮겼던 모든 것들이 만족스럽게 끝이 나고 가게 재오픈 준비까지 마치자, 그들은 더 이상 미룰 수 없다며 아침 일찍 놀이공원으로 향했다.

천홍은 자동차나 버스처럼 빨리 달리는 탈 것에 트라우마가 있는 그녀를 배려해서 롤러코스터나 자이로드롭 같은 놀이기구는 거들떠보지도 않았다. 대신 안전해 보이고 느린 놀이기구만 골라서 탔다. 그의 배려 덕분에 그녀는 천홍과 함께 오랜만에 온 놀이공원의 분위기에 흠뻑 취했다.

그들이 집으로 돌아오려고 차에 올라탔을 때 사건은 벌어졌다. 운전석에 앉아 시동을 걸던 천홍이 한쪽 눈썹을 추켜올렸다.

"뭐야."

"왜요?"

그가 차에서 내리자 은백도 고개를 갸웃하며 꼭 맸던 안전벨트를 풀고 차에서 따라 내렸다.

"아, 설마 설마 했는데 역시."

"무슨 일인데요?"

"네 자동차 타이어 말이야."

"타이어가 왜요?"

"심하게 낡아서 언제 한 번 펑크 나겠다 싶었는데 그게 오늘이네. 조만간 타이어 갈아야겠다고 말하려 했는데 늦었다."

은백이 어이없는 얼굴로 자동차를 내려다봤다. 자동차 운전석 쪽이 살짝 내려앉아 있었다. 운전석 쪽 바퀴도 팽팽함을 잃어버렸다.

"왜 하필 지금 펑크 나고 난리야."

천홍이 짜증을 내며 입술을 깨물었다.

"어떡해요?"

"뭘 어떡해? 보험사에 전화해. 견인차 불러서 카센터로 견인해 가야지."

그 이후로는 정말 지옥 같았다.

카센터에서 타이어를 4개 다 교체하고 그 밖에 수리할 게 없는지 살펴봤다. 다행히 엔진 오일 하나 갈고 끝났다. 계산을 마치고 집으로 가려는데 카센터 직원이 쓴소리를 했다.

"타이어 교체 시기 많이 지난 것 같더라고요. 마모가 심하게 됐어요. 이렇게 마모가 심하면 펑크를 떠나서 사고가 날 수도 있으니 타이어 교체는 시기에 따라 적절히 해 줘야 합니다. 운전하는 중에 펑크가 안 나서 천만다행이라고 봐야 해요. 운전 중에 갑자기 펑크가 나면 당황해서 사고가 나기 쉽거든요."

"죄송해요……."

예전에는 차에 대해 잘 아는 알바생, 미희가 알아서 다 해 줬기 때문에 신경을 쓰지 않고 있었다. 그녀가 차를 산 것도 맞고 그 차를 타고 다닌 것도 맞지만 운전까지는 하지 않았기 때문이었다.

괜히 미안해진 은백이 사과를 하자 카센터 직원이 웃으며 손을 저었다.

"저한테 사과하지 않으셔도 됩니다. 대부분 여성 운전자분들이 자동차에 대해 잘 몰라서 그럴 수도 있거든요. 보통 여성분들은 카센터에 차 가지고 와서 교체할 거 있으면 다 교체해 주시고 고칠 게 있으면 다 고쳐주세요, 그러거든요. 하지만 그분들은 보통 남자친구가 없는 분들이고 남자친구가 있으신 고객님 같은 분들은 대부분 남자친구 분께서 대신 체크를 해 주세요."

"남자친구?"

천홍이 한쪽 눈썹을 추켜올리자 직원이 다시 말했다.

"여자친구분이 사고 나서 다치는 모습 보고 싶지 않으시면 매일매일 꼼꼼하게 체크 잘해 주세요."

"이봐요."

천홍이 뭐라고 말하려는데 안에서 무슨 소리가 들리자 직원이 급히 인사를 하고 안으로 들어갔다.

"뭐야, 저건."

천홍이 미간을 찌푸렸다. 카센터 직원이 자신을 은백의 남자친구로 착각하고 있었다는 것을 깨닫는 순간 은백이 묘하게 의식되는 바람에 그는 서둘러 차로 향했다.

은백도 카센터 직원이 그들을 연인으로 보고 있자 붉어지는 얼굴을 숨기기 위해 고개를 숙인 채 천홍의 뒤를 따랐다. 누군가가 그들을 연인으로 착각했다는 사실이 기뻤다. 그들도 남들에게 연인으로 보일 수도 있구나 싶어서 가슴이 설렜다.

2시간 반 정도 되는 거리를 운전을 하고 가야 하는 천홍이 2시간 정도 지나자 피곤해하는 모습을 보이기 시작했다. 은백이 걱정스러운 얼굴로 그를 쳐다봤다.

"많이 피곤해요?"

"별로."

은백은 그가 애써 피곤하지 않은 척하고 있지만 다 보인다고 생각했다. 그는 머리를 다친 지 얼마 지나지 않았고 오늘은 아침 일찍 개장하자마자 놀이공원에 들어가서 해가 질 때까지 하루 종일 놀았다. 게다가 자동차 타이어가 펑크 나서 타이어 교체까지 하고 왔지 않은가. 피곤한 게 당연했다.

조금 전, 고속도로에서 벗어나 시내를 지나다가 은백은 주변 표지판을 보며 지금 이곳이 어딘지를 파악하고 휴대폰으로 검색을 하기 시작했다.

"찾았다."

"뭘?"

잠시 차가 신호 대기 중이라서 손가락으로 눈가를 비비던 천홍이 백미러로 은백을 쳐다봤다.

"여기서 우리 집까지 한 번에 가는 버스가 있어요."

"버스?"

그녀가 손가락으로 저쪽을 가리켰다.

"저쪽에 주차장도 있고요. 하루에 5,000원이네요."

천홍이 그녀의 손가락을 따라 왼쪽 도로를 쳐다봤다.

"저쪽으로 빠지면 바로 나온다는데 차 주차하고 버스 타고 집으로 가요."

"뭘 번거롭게 그래? 30분 정도 더 가면 집에 도착하는데."

은백이 입술을 삐죽거리며 말했다.

"그 30분이 죽음 직전의 30분이 되기를 바라지 않으니까요."

"죽음 직전의 30분? 끔찍한 소리 잘도 한다."

"음주운전만큼 나쁜 게 졸음운전이랬어요. 당신 지금 졸고 있잖아요."

"내가 언제 졸았다고 그래?"

"눈에 띄게 존 건 아니지만 눈이 살짝 풀려 있어요. 그러다 잠시 정신줄 놓으면 황천길 가는 거죠, 뭐."

사실 사고도 걱정됐지만 천홍의 몸이 더 걱정됐다. 하지만 그 사실을 쉽게 말할 수 없어서 돌려서 말했다.

"이번에 머리 다친 지 얼마 지나지도 않았고 오늘 많이 피곤한 하루였잖아요. 놀기도 신나게 놀았지만 올 때 견인차로 끌려가고 카센터에서 타이어 수리도 하고 그랬으니까. 그러니까 30분이라도 버스로 가요."

보이는 것처럼 피곤한 게 사실이었는지 잠시 망설이던 천홍이 고개를 끄덕이고 주차장으로 차를 몰고 가 주차를 시켰다.

버스 정류장에서 버스를 기다리면 은백이 물었다.

"버스 안에서 눈 좀 붙여요."

"그러다 내릴 곳에서 못 내리면 어떡할래?"

"내가 일어나 있으면 되잖아요."

"됐어. 딱히 그렇게 피곤하진 않아."

"거짓말."

"시끄러워."

은백이 쿡쿡 웃었다. 다행히 버스는 일찍 도착했고 그들은 약속이라도 한 것처럼 멈추지 않고 맨 뒷자리까지 걸어가서 앉았다.

"이젠 완전 습관이네요. 맨 뒷자리에 앉는 게."

"매번 이렇게 앉아 봐. 습관 안 되나. 너 없이 혼자 버스 타도 맨 뒷자리에 가서 앉을 거 같아서 무섭다."

버스가 출발하자 가벼운 침묵이 그들 사이를 맴돌았다. 잠시 오늘 있었던 일들을 떠올리며 회상에 잠겼던 은백의 어깨에 천홍의 머리가 떨어졌다.

"앗."

잠깐 사이에 잠이 든 것이었다.

"피곤한 거 맞으면서……."

잠시 눈을 동그랗게 떴던 은백이 천홍의 머리를 손으로 움직여 자신의 어깨와 목 사이, 움푹 패인 곳에 두었다. 그가 고르게 내쉬는 숨이 살짝 패인 옷 덕분에 드러난 그녀의 쇄골에 뜨겁게 와 닿았다. 그의 숨결이 느껴질 때마다 은백의 어깨가 움찔움찔 떨렸다. 기분이 되게 묘했다.

버스가 흔들리며 그가 상처에 붙인 거즈를 가리기 위해 푹 눌러 쓴 모자챙이 얼굴에 자꾸 부딪쳤다. 은백은 자신의 얼굴을 긁는 모자를 그의 머리에서 벗겨 손에 꼭 쥐었다. 그녀가 모자를 벗길 때 잠시 잠에서 깰 듯 고개를 까딱였던 천홍은 그녀의 움직임이 멈추자 다시 고른 숨을 내쉬며 잠들었다.

버스가 기분 좋은 흔들림을 선사하며 달리는 동안 은백은 천홍을 쳐다봤다. 반달 모양으로 휘어진 속눈썹이 풍성한 눈이 편안하게 감겨 있었다. 은백은 이 눈꺼풀 속에 든 남색 눈동자가 보고 싶었다.

그녀의 시선이 천천히 그의 곧은 코를 타고 입술로 내려가 멈췄다. 그녀의 어깨에 뜨거운 숨을 토하고 있는 입술이 살짝 벌어져 있었다. 은백의 손가락이 그가 깨는 것을 경계하며 아주 천천히 그의 입술로 향했다. 그녀의 손가락이 천홍의 입술 근처까지 갔을 때 버스가 덜컹거렸다. 덕분에 순식간에 은백의 손가락과 천홍의 입술 사이가 좁혀져서 결국 그녀의 손가락이 입술에 닿았다. 부드럽고 촉촉한 입술의 감촉이 손가락에 느껴졌다.

잠시 입술의 촉감을 음미하며 손가락을 떼지 않고 있던 은백이 주변의 시선을 의식하며 재빨리 그의 입술에 댔던 손을 뗐다.

그녀가 주위를 둘러보았다. 그들이 앉은 자리는 맨 뒷자리였고, 밤늦은 시간이라 손님은 그들 외에는 앞쪽 1인 좌석에 앉은 고등학생과 아주머니 둘뿐이었다. 은백은 자는 사람의 입술을 함부로 만지는 건 성희롱과 다를 바 없다고 스스로 타이르며 쓸데없는 생각을 하지 않기 위해 창밖을 내려다봤다. 창밖은 어두웠다.

한참 동안 은백이 창밖을 보고 있는데 다시 한 번 뜨거운 숨이 쇄골에 느껴졌다. 은백의 몸이 바르르 떨렸다. 이 남자가 일부러 그러나 싶어서 노려봤지만 아무리 봐도 자는 걸로 밖에 안 보였다.

그녀가 중얼거렸다.

"나 미쳤나 봐."

그녀는 고등학교 2학년 때 이후로 남자를 만난 적이 없었다. 대학에 두 번이나 떨어졌을 때는 공부하느라, 대학 입학을 포기한 후엔 일하느라 만날 겨를이 없었다. 그래서 그런지 남자에 대한 면역이 조금 부족한가 싶었다. 잠이 든 남자의 숨결 하나에 온몸이 떨릴 정도면 말 다했다.

떨리는 숨을 참으며 누가 심장을 간질이고 있는 것 같은 느낌을 느끼던 은백은 다시 천홍의 입술에 시선을 고정했다. 누가 일부러 갖다 붙이는 것도 아닌데 시선이 자꾸 천홍의 입술로 향했다.

다시 한 번 천홍이 뜨거운 숨을 내뱉자 은백은 참지 못하고 그곳에 자신의 입술을 갖다 댔다. 직접 입술로 느끼는 천홍의 입술은 손가락으로 느낀 것보다 훨씬 부드러웠고 촉촉했다. 그리고…… 뜨겁다고 느낄 정도로 따뜻했다.

은백이 미소를 지으며 입술을 떼려 할 때였다. 천홍이 낮은 목소리로 중얼거렸다.

"싱겁긴."

천홍의 입술이 은백의 입술 사이로 깊게 파고들었다.

"읍!"

그녀가 천홍의 혀와 함께 숨까지 급하게 들이마셨다. 은백의 눈이 커다랗게 부릅떠졌다. 그녀의 눈에 나른하게 반쯤 뜬 천홍의 남색 눈이 보였다. 조금 전 천홍의 감긴 눈꺼풀을 보며 자신이 보고 싶어 했던 눈이었건만 지금 이 상황에서 보니 당혹스러웠다.

그가 반쯤 뜬 눈으로 그녀를 내려다보며 천천히 그녀의 입 안을 핥았다. 그녀의 입천장의 오돌토돌한 부분을 핥고 앞니의 안쪽을 핥고 혀 아래 보드라운 부분을 핥으며 무언가를 찾던 천홍의 혀가 놀라서 뒤로 말려 들어간 은백의 혀를 찾아냈다.

춥.

젖은 소리를 내며 그가 그녀의 혀를 빨아들였다. 은백의 손이 천홍의 어깨를 꼭 틀어잡았다. 그가 한 손을 들어 그녀의 뺨을 감쌌다. 그리고 자신이 침입하기 쉽게 그녀의 고개를 살짝 틀었다.

그가 이로 그녀의 입술과 혀를 잘근잘근 씹었을 때 그녀는 그에게 잡아먹힐지도 모른다는 착각까지 들었다. 그들의 입술이 잠시 떨어지자 천홍이 젖은 입술로 호를 그리며 웃었다.

"아……."

은백이 멍한 얼굴로 그를 올려다보며 작게 신음을 냈다. 그녀가 할 수 있는 건 그게 다였다. 다시 한 번 그녀의 입술을 물었다가 빨아들인 천홍이 손을 뻗어 벨을 눌렀다.

"다 왔다."

＊　　＊　　＊

버스에서 내린 은백은 기계적인 걸음으로 걸어가고 있었다. 그녀보다 살짝 뒤에서 걷던 천홍은 묘한 미소를 지었다.

버스 안에서 잠들어 있다가 깨어났을 때 그가 본 것은 두 눈을 감은 채 순진하게 자신에게 입술을 갖다 대고 있던 은백이었다. 잠시 그런 그녀를 가만히 쳐다보고 있던 천홍은 그녀가 만족한 듯한 미소를 지으며 떨어져 나가려 할 때 아쉬운 기분이 들자 확실하게 깨달았다.

아아, 이 여자가 좋다. 이 여자의 입술이 이대로 떨어져 나가면 며칠을 후회할 정도로 갖고 싶다. 이제 이 여자한테 키스를 해도 될 이유가 생겼다. 관계가 틀어지는 것이 두려워도 하고 싶은 대로 밀고 나갈 수 있는 여유와 용기가 생겼다. 단순히 성욕을 일으켜서 끌리는 것이 아니라 육체적인 것을 포함해 감정적으로 깊어지고 싶은 여자다.

그래서 그는 처음으로 은백에게 그동안 자신이 하고 싶었던 대로 했다. 그녀의 입술을 씹고 핥고 빨아들였다. 그녀가 당황하고 있다는 것은 눈치챘지만 멈추지 않고 밀어붙였다. 그녀에게는 그의 키스를 거부할 권리가 없었다. 멈추려는 그녀를 붙잡은 건 자신이지만 애초에 먼저 시작한 것은 그녀가 아니던가.

천홍은 강한 눈으로 은백의 뒤통수를 쳐다봤다. 그동안 징후는 있었지만 깨달음이 늦었다. 하지만 천홍은 그것도 나쁘지 않다고 생각했다. 빨리 달려서 가진 체력을 다 소모하는 사람보다 느리게 달려 체력을 비축해 놓은 사람이 더 오래 달릴 수 있는 것이다. 그는 오래 달리고 싶었다.

*   *   *

버스 안 키스 사건 이후, 다시 가게 문을 연 그들 사이에는 묘한 침묵이 자연스럽게 생겼다. 다행히 가게가 다시 오픈하자마자 평소보다 많은 손님들이 밀어닥쳐서 그 침묵을 불편해할 틈도 없었다.

이틀간, 그들은 필요한 대화가 아니면 딱히 하지 않았다. 그들 사이를 맴도는 침묵이 불편하지는 않았지만 결코 좋지만은 않았다. 천홍이 두려워했던 것이 바로 이것이었다. 함부로 깊게 다가가 그들이 겨우 쌓아 놓았던 평온한 관계를 깨뜨리는 것. 하지만 그의 두려움과 지금의 상황은 근본적으로 달랐다.

그가 걱정했던 것은 은백이 그에게 마음이 없을 때 키스를 해서 그녀에게 경계심과 실망감을 안겨 주는 것이었지만 지금 그녀는 그저 참을 수 없을 정도로 두근거리는 것을 감추기 위해 웅크리고 있을 뿐이었다. 태어나 처음으로 받았다고 해도 과언이 아닐 정도로 깊은 키스는 그녀의 혼을 쏙 빼놓았다. 남자에게 성적 욕망이 가득 담긴 키스를 받는 건 여자로서의 자존심을 높게 만드는 것이었다. 자신을 여자 취급도 하지 않았던 천홍이 남자의 욕망을 드러내며 진하게 키스를 하자 만족스러웠다. 그가 자신에게 어떤 마음을 가지고 있든 적어도 여자로 보고 있다는 것만큼은 확실했으니까.

"복숭아 좀 꺼내 줘. 깎아놓은 게 다 떨어졌어."

은백이 냉장고에서 복숭아를 꺼냈다. 그녀는 천홍에게 복숭아를 가져가며 미소 지었다. 적어도 그가 자신을 여자로 보고 있다면 그를 좋아한다는 어필이라도 해 볼까 싶었다.

"저기요."

이틀 만에 처음으로 자신을 부르며 웃고 있는 은백을 발견한 천홍의 눈이 가늘어졌다. 잠시 그녀의 얼굴을 살피던 그가 은백에게 다가가는데 뒤에서 높은 톤의 목소리가 들려왔다.

"세상에! 아까 여기 지나갈 때 혹시나 했는데 천홍 씨 맞죠? 맞네. 이런 데서 뭐하는 거예요?"

여자의 입술에서 익숙한 이름이 들리자 마주 보고 있던 둘의 시선이 한곳으로 향했다. 가게 앞에는 붉은색 립스틱을 바르고 웨이브진 긴 머리를 세련되게 늘어뜨린 여자가 천홍을 보며 웃고 있었다.

은백의 눈에 그 여자는 너무 예뻤다. 천홍과 나란히 서 있으면 연인으로 착각하지 않는 게 이상할 정도로 둘은 잘 어울렸다. 은백은 자신과 천홍을 연인 사이라고 오해한 그 카센터 직원으로 인해 우쭐했던 게 창피했다. 천홍과 아는 사이로 보이는 예쁜 여자의 등장으로 인해 자신과 그가 어울리지 않다는 것을 다시 한 번 간접적으로 확인했기 때문이었다.

반면 천홍은 여자에게 신경 쓸 여력이 없었다. 은백이 처음으로 자신을 향해 웃어 주었으므로 잘하면 딱딱하게 굳어졌던 그들의 관계를 회복시킬 기회일지도 모른다는 생각에 그녀의 뒷말을 기다렸던 천홍의 미간이 찌푸려졌다. 이 기회를 그냥 놓칠 수는 없었다.

"뭐야?"

"네?"

그가 은백의 어깨를 잡았다.

"나 불렀잖아. 하려고 했던 말이 뭐야?"

은백이 어리둥절한 표정을 지었다. 천홍이 자신을 부른 여자를 등진 채 자신에게 말을 걸고 있었기 때문이었다.

"저기, 천홍 씨 손님인 것 같은데……."

"뭔데? 왜 불렀는데?"

천홍이 은백을 향해 다짜고짜 물었고, 그에게 아는 척을 했던 여자는 또각또각 구두 소리를 내며 가게 안으로 들어왔다.

"천홍 씨?"

"천홍 씨 부르네요."

겨우 은백과 평범하게 대화를 할 수 있었는데, 소중하게 찾아온 그 기회를 타인으로 인해 날려버리자 짜증이 치민 천홍이 삐딱한 얼굴로 고개를 돌렸다.

"나 알아요?"

"어머, 천홍 씨. 장난치지 말아요."

그녀가 가까이 다가와 금색 매니큐어를 바른 손으로 그의 어깨를 툭 쳤다. 멀리 있어서 한 번에 알아보지 못했던 천홍이 피식 웃었다.

"뭐야. 너였냐?"

"여기서 뭐 하고 있는 거예요? 이런 데에 왜 있어요?"

"일하고 있는데?"

"일이요? 천홍 씨가 이런 데서 왜……."

"먹고살아야 하니까."

"세상에."

그녀가 안쓰러운 표정을 지었다.

"소문은 들었는데 그게 정말이었어요?"

"소문이 꽤 돌았나 봐?"

"아마도 이쪽 사람들 거의 다 알 걸요."

천홍이 씁쓸한 얼굴로 말했다.

"그럼 너도 알아서 피해 다녀. 내가 빌붙을지도 모르니까."

"무슨 그런 말을 해요."

"일하는 중이니까 그만 가라."

"너무 그렇게 쌀쌀맞게 대하지 말아요. 그래도 예전 여자친구군데."

그녀가 애교스러운 목소리로 말하며 볼록 튀어나온 가슴 앞으로 팔짱을 끼자 은백의 입이 커다랗게 벌어졌다. 그럴 거라고 예상은 했지만 생각보다 훨씬 충격적이었다. 저렇게 예쁜 사람이랑 사귀었구나. 끼리끼리 만난다는 말처럼 예쁘고 잘생긴 사람들이 사귀는 건 당연한 모양이었다.

은백의 얼굴이 어두워졌다.

"한 두어 달 사귀었나?"

"아마도요?"

그녀가 피식 웃었다.

"당신이랑 나는 성격이 너무 비슷해서 오히려 더 안 어울렸었죠."

"알면 됐고. 진짜 나 바쁘니까 그만 가."

"안 그래도 갈 거예요. 나도 꽤 바쁘거든요?"

"노느라 바쁘겠지."

"당연한 소리."

"잘 가라."

천홍이 미련 없이 인사를 하자 그녀가 나가려다 말고 은백을 향해 말을 걸었다.

"같이 일하는 분이신가 봐요."

"여기 사장이거든?"

"어머, 젊은 나이에 대단하시네요. 전 일이라면 치가 떨려서…… 손톱 나가는 게 세상에서 제일 싫어요."

그녀가 진저리를 치며 반짝반짝 빛나는 자신의 손끝을 쳐다봤다. 은백은 그 모습을 보며 예전에 아르바이트 면접을 보러 왔던 여학생을 떠올렸다. 그녀가 어른이 되면 저럴 것 같다는 생각이 들었다.

"그럼 사장님, 천홍 씨 잘 부탁해요."

그녀가 손을 흔들며 가게에서 나갔다. 천홍이 미간을 찌푸리며 중얼거렸다.

"예나 지금이나 사람 귀찮게 하는 건 여전하네."

"예쁜 사람이네요."

"별로."

그가 어깨를 으쓱했다. 콩깍지가 썬 건지, 요즘 은백이 예뻐진 건지 그의 눈에는 은백이 훨씬 더 예뻤다. 하지만 은백은 그의 말을 잘못 알아들었다. 그녀는 천홍의 눈이 얼마나 높으면 저렇게 예쁜 여자가 별로일 수 있나 싶었다.

"아."

그가 생각났다는 듯 물었다.

"아까 하려던 말 뭐야?"

"일 열심히 하라고요."

그녀가 찬바람이 불 것처럼 쌩하니 뒤돌아서자 천홍이 어이
없는 얼굴로 그녀의 뒷모습을 쳐다봤다.

오후 내내 은백은 찬바람이 쌩쌩 불었다. 천홍이 차라리 침
묵하던 때가 더 좋았다는 생각이 들 정도로 그녀는 차갑고 톡
톡 쐈다. 그녀가 내내 그러는 것을 참고 견디던 천홍은 퇴근해
서 집에 돌아오자마자 폭발했다. 은백이 집으로 들어와 아랫
입술을 쭉 내민 채 천홍을 노려보자 그녀의 시선을 받은 천홍
이 인상을 썼다.

"도대체 뭔데?"

"뭘요?"

"뭐가 그렇게 짜증이 나서 죽겠는 거냐고."

"별로 그런 거 없는데요?"

"양심에 손을 얹고 그런 소리를 해라."

그가 가슴 앞으로 팔짱을 낀 채 그녀를 내려다봤다.

"네가 나한테 짜증이 난 시점은 대충 알겠는데, 이유를 모르
겠어. 그렇게 성질낼 거면 차라리 말을 해 줘. 말 안 해 주면
모르잖아."

"싫어요."

그녀가 고집스럽게 그에게서 고개를 돌렸다. 천홍이 은백의

턱을 잡고 아프지 않게 자신 쪽으로 돌렸다.

"설마 그 여자가 내 전 여자친구라는 게 짜증 난 거야?"

"아니에요."

"필요한 거 아니면 말조차 걸지 않았던 네가 나한테 눈에 띄게 짜증을 낸 시점이 그 여자가 나타나고 나서인데 정말 아니라고?"

그가 꼬치꼬치 캐묻자 눈동자를 이리저리 굴려 시선을 피했던 은백이 소리를 빽 질렀다.

"아니라고요!"

"뭐?"

"그게 다가 아니라고요."

그녀의 말에 천홍의 입가에 미소가 걸렸다. 질투가 다가 아니라는 말은 질투를 하긴 했다는 뜻이었다.

"그럼?"

"사람 비참하게 만들지 말고 오늘은 그냥 집에 가요."

은백이 고개를 흔들어 천홍의 손에서 빠져나왔다. 그녀의 표정과 말투, 행동에서 뭔가를 느낀 천홍이 버티고 서 있자 그녀가 그의 어깨를 주먹으로 때렸다.

"가라고요, 좀."

"안 가."

"오늘은 당신 얼굴 보고 싶지 않아요. 그만 보고 싶어요."

"왜?"

"그냥……. 그냥 좀……."

그가 자신의 어깨를 때리는 그녀의 손을 잡았다.

"정은백."

"왜 불러요?"

"내가 좋으면 그냥 좋다고 말해."

"뭐라고요?"

은백이 천홍을 쳐다봤다. 그녀의 눈동자에는 공포가 서려 있었다. 좋아하는 사람에게 마음을 들켰다는 공포. 천홍이 묘하게 웃고만 있자 한참 동안 시선을 그에게서 떼지 못하고 있던 그녀가 체념의 한숨을 내쉬었다.

"어떻게 알았어요?"

"대놓고 질투를 하는데 눈치 못 채면 바보지."

"질투라기보다는 내 자신이 초라해 보여서 그랬어요."

"뭐?"

"그 사람이 당신 전 여자친구라는 걸 알고 놀란 건 사실이에요. 게다가 그 사람은 너무 예쁘게 생겼었거든요. 그런데 당신은 저렇게 예쁜 사람이 별로라고 했잖아요. 저런 사람이 별로로 보일 정도로 눈이 높다고 생각하니까 나 같은 건 천홍 씨 눈에 들어오지도 않을 거라는 생각에…….'"

그녀의 말에 천홍이 웃음을 터뜨렸다. 그녀가 울 것 같은 눈으로 그를 노려봤다.

"웃지 마요. 나도 알고 있으니까."

그가 여전히 웃는 얼굴로 물었다.

"뭘 알아, 네가?"

"아무튼 알아요."

"내가 생각하는 거랑 네가 생각하고 있는 게 정말 같아?"

"같겠죠."

"틀려."

그가 씩 웃으며 은백의 입가에 입을 맞췄다. 금방이라도 울 것처럼 울상을 짓던 은백의 얼굴이 놀라 굳어졌다.

"아까 난 네가 더 예쁘다고 생각하고 있었어. 그게 무슨 뜻 일 거 같아?"

"거짓말."

은백이 멍한 얼굴로 말했다.

"그럴 리가 없……."

"넌 내가 말하는 건 다 거짓말이라고 생각하지? 하나쯤은 좀 믿어 봐."

"어떻게 믿어요. 말도 안 되는 일인데."

"왜 말이 안 돼?"

"당신이 어떻게 날 좋아해요?"

"좋아하는 것에 이유가 있나?"

그가 고개를 갸웃했다.

"나도 최근에 느낀 건데 좋아하는 것에 이유가 있으면 안 된다는 생각이 든다."

"이유요?"

"얼굴이 잘생겨서 좋다든가, 키가 커서 좋다든가, 혹은 머리 가 좋아서 좋다든가, 돈이 많아서 좋다든가. 어디가 좋으냐는 물음에 그렇게 바로바로 이유를 댈 수 있다면 그건 정말 좋아하는 게 아니야. 난 내 어디가 좋으냐고 너한테 물었을 때 네가 그냥 다 좋다고 대답하기를 원해. 조건이 아닌 전부를 좋아한다는 뜻이잖아."

그가 다시 한 번 은백의 입술에 입을 맞췄다.

"물론 난 네가 나한테 매끼 따뜻한 밥을 차려 주는 모습이나 쓸데없이 성실하게 일하는 모습이 좋아. 네가 날 보면 환하게 웃는 얼굴도 좋고 품 안에 안으면 가득 들어오는 작은 체구도 좋아. 가끔 날 따끔하게 야단치는 것도 좋지. 하지만 그것들이 내가 널 좋아하게 만드는 이유였을지 몰라도 그것 때문에 너를 좋아하는 것은 아니야. 그래서 좋아가 아니라 그런 모습도 좋아, 라는 거야. 이제 난 네가 나한테 밥을 차려 주지 않아도 네가 좋을 거고 빈둥거리면서 놀아도 네가 좋을 거야. 날 보고 웃지 않아도 좋을 거야. 물론 날 보면 웃게 만들기 위해 노력하겠지만 말이야."

그의 고백을 들으며 은백의 심장이 쿵쾅거렸다. 이 남자는 가끔 지나치게 그녀를 감동시킬 때가 있었다. 지금이 바로 그때였다.

그녀도 자신의 마음을 고백하기 위해 입술을 벙긋거렸지만 제대로 말이 나오지 않았다. 그녀가 겨우 할 수 있었던 말은 단 네 글자였다.

"사랑해요."

그녀에게서 허락이 떨어졌다. 가만히 듣고 있던 그가 기다렸다는 듯 소리 내어 웃으며 그녀를 끌어안았다.

* * *

"읍."

천홍이 다급하게 은백의 입술을 물어 삼켰다. 말랑말랑한
마시멜로우 같은 그녀의 입술은 설탕처럼 달았다. 묘하게 감
칠맛까지 나는 것 같았다.

은백은 천홍이 자신과 같은 마음을 품고 있다는 사실에 감
사하며 깊게 파고드는 그를 두 손으로 꼭 끌어안았다. 그녀는
겨우 손에 넣은 이 남자를 놓치고 싶지 않았다. 사람들이 그녀
에게 평강공주 콤플렉스라고 놀려도 할 말이 없었다. 아니다,
많았다. 이 남자는 이미 바보 온달이 아니라 장군 온달이 되어
있었기 때문이었다.

갑자기 입술을 뗀 천홍이 은백을 번쩍 들어 안고 안방으로
갔다. 살짝 열려 있던 안방 문이 천홍의 다리에 의해 열렸다.
은백을 안은 채 침대 앞까지 걸어간 천홍은 그녀를 침대에 내
려놓고 다시 그녀의 입술을 삼켰다.

은백은 입술을 파고 들어오는 천홍의 혀에 자신의 혀를 마
주 감으며 그가 지금 무엇을 원하고 있는지 깨달았다. 그는 그
녀를 원하고 있었다.

"정은백."

천홍이 은백의 입술에 대고 속삭이듯 그녀의 이름을 부르자

은백도 그의 이름을 불렀다.

"천홍 씨."

은백이 천홍의 목을 끌어안고 침대에 등을 댔다. 자연스럽게 천홍이 은백의 위로 올라와 두 팔로 그녀의 머리 양옆을 짚었다.

"정말 많이 사랑해요."

은백이 배시시 웃으며 그를 올려다보자 천홍의 눈이 가늘어졌다. 그러더니 그의 입술이 은백의 목을 덮었다. 목덜미 안쪽의 약한 피부가 쪽쪽 소리가 날 정도로 강하게 빨려 들어가는 느낌이 들었다. 목덜미가 그의 입 안으로 빨려 들어갈 때마다 흡입으로 인한 고통과 함께 강한 쾌감이 그녀의 약한 피부 속에서 흘렀다.

"으응……."

은백이 천홍의 뺨을 두 손으로 잡고 그에게 가 입을 맞췄다. 그가 망설임 없이 입술을 벌렸다. 은백의 혀에 밖으로 까진 천홍의 윗입술이 만져졌다. 그녀의 혀가 그의 윗입술의 윤곽을 따라 아랫입술까지 내려왔다. 천홍의 입 안에서 억눌린 듯 낮은 신음 소리가 흘러나왔다.

은백이 입술만 핥을 뿐 안으로 들어오려 하지 않자 천홍의 혀가 그녀를 잡아당겼다. 마주 닿은 그들의 입술 사이에서 젖은 것이 마찰하는 소리가 들렸다.

천홍이 은백의 입술을 깨물다가 고개를 들고 남색 눈으로 그녀를 쳐다봤다. 항상 서로 주고받는 말이 많아서 늘 시끄러웠던 그들 사이에 기묘한 침묵이 흘렀다. 평소 같았으면 그 침묵이 싫어 무슨 말이라도 꺼냈겠지만 은백은 얌전히 입을 꼭 다물고 진한 그의 시선을 마주 받았다.

천홍의 손이 조심스럽게 은백의 티셔츠 아래로 들어와 가슴 부근까지 부드럽게 타고 올라왔다. 손끝이 깃털처럼 스치는 감각에 은백은 두 눈을 감으며 몸을 떨었다. 한참 동안 가슴 바로 아래의 피부를 쓸어내리던 천홍의 손이 속옷 아래에 숨어 있는 그녀의 가슴에 와 닿았다.

은백은 앞으로 벌어질 일에 기대감이 고조되는 것 같은 기분을 느끼며 더욱 깊어질 그의 손길을 기다렸다. 하지만 그의 손은 더 이상 움직이지 않았다. 은백이 의아함을 느끼며 감았던 눈을 뜨고 그를 올려다보았다. 그는…….

"천홍 씨?"

고통스러운 얼굴로 그녀를 쳐다보고 있었다.

"왜 그래요?"

은백의 물음에 천홍이 잇새로 작게 욕설을 뱉으며 그녀의 몸에서 손을 떼고 일어나 앉았다. 은백도 그를 따라 일어났다.

"무슨 일 있어요?"

은백이 천홍의 어깨에 손을 가져가려 하자 천홍이 날카롭게 말했다.

"손대지 마."

"네?"

둘의 마음이 통했던 것이 아니었나 싶어진 은백의 얼굴에 절망이 서렸다. 정말 안고 싶어서 안으려 했던 게 아니라 그저 동정 때문에 안으려 했던 건가.

"그렇게 반응하는 거 아니야, 바보야."

천홍이 은백에게서 등을 돌리며 말했다.

"남자는…… 여자가 그렇게 나오면 멈출 수가 없다고."

"멈출 수가 없다고요?"

"그래."

천홍이 은백을 등지고 자리에서 벌떡 일어섰다.

"오늘은 이만 집으로 갈게."

"아니, 도대체 왜 그래요?"

정말 영문을 몰라 하는 은백의 말에 천홍이 등 너머로 그녀를 노려봤다.

"내가 지금 왜 이러는지 정말 몰라서 묻는 거야?"

"네."

천홍이 한숨을 내쉬었다.

"이 멍청이가."

"천홍 씨가 왜 멈추는지 모르겠어요. 난 정말 괜찮은데."

"내가 안 괜찮아."

천홍이 다시 침대에 앉아 은백의 뺨을 한 손으로 감쌌다. 여전히 고통스러운 표정이었지만 입술은 옅은 미소를 띠고 있었다.

"지켜 주려고 하는 거야. 이 내가 너를."

"내가 괜찮다고 해도 말이에요?"

사실은 괜찮지 않았다. 조금 무서웠다. 고등학교 때 잠깐 남자를 사귀었던 게 유일한 연애 경험이었다. 게다가 그 사귀던 남자는 얼마 지나지 않아 그녀의 친구에게 반하는 바람에 그들 사이에는 아무 일도 없었다. 그래서 그녀는 남자와 여자가 깊은 관계를 나눈다는 것에 무지했다. 물론 요즘 같은 정보화 시대에 정말 아무것도 모르는 것은 아니었다. 이론으로는 알고 있었지만 실전 경험은 턱없이 부족했다.

그녀가 두렵고 떨리는데도 불구하고 그에게 연거푸 괜찮다고 한 것은 천홍이 자신을 원한다면 기꺼이 내어 주고 싶을 정도로 그를 사랑했기 때문이었다.

"난 너한테 함부로 손을 댈 수가 없어. 기분 나쁘게 듣지 마. 다른 여자였으면 아무 거리낌 없이 손을 댔을지도 몰라. 하지만 넌 아니야. 난 지금 널 안을 수가 없어. 여유로운 척하는 것도 아니고 여자를 지켜주는 멋있는 남자인 척하는 것도 아니야. 사실 이렇게까지 참은 적 없거든. 그래서 지금 좀 힘들어. 하지만 너는 특별한 여자니까 다른 여자를 대하는 것처럼 함부로 대하고 싶지가 않다."

"천홍 씨……."

"난 지금까지 내가 했던 연애가 정말 사랑해서 한 연애였나 싶은 의심이 들 정도로 네가 좋다."

"나도 그래요. 피곤해서 당장이라도 쓰러질 것 같았던 그날, 우리 집 문 앞에서 자고 있던 당신을 만난 걸 하늘에 감사할 정도로 정말 많이 사랑해요."

"그럼 이제 그만 날 좀 보내 줘."

천홍이 한쪽 눈을 찡그리며 말했다.

"좀 힘들거든."

은백의 눈이 순식간에 아래를 향했다가 다시 위로 올라왔다. 천홍의 바지 앞섶이 부풀어 있었던 것이다. 아무리 연애 경험이 부족하고 실전 경험은 아예 제로에 가까운 그녀라도 그게 무엇을 뜻하는지 모르지 않았다.

"알았어요."

"미안."

천홍이 다시 일어섰다.

"그럼 내일 아침에 올게."

천홍이 은백의 이마에 입을 맞추고 집으로 돌아갔다. 그가 돌아간 후에도 침대에 가만히 앉아 멍한 얼굴로 허공을 노려보던 은백이 소리를 꽥 질렀다.

"꺅!"

천홍은 은백을 진심으로 사랑하고 있었다. 그녀를 함부로 대하고 싶지 않아서 자신의 욕구를 참을 정도로 말이다.

은백은 부모님 외에 처음으로 누군가로부터 강하고 튼튼하게 사랑을 받고 있다는 느낌을 받았다. 그래서 사랑을 받는다는 느낌이 이렇게 행복하고 또 짜릿한 느낌일 줄은 몰랐다.

은백은 베개를 껴안고 뒹굴거리다가 배시시 웃었다. 심장이 간질거려서 도저히 참을 수가 없었다. 연애를 하는 사람들이 존경스러웠다. 이렇게 간질거리는 느낌을 어떻게 참을까 싶었다.

"아, 보고 싶다."

방금 전까지 여기에 있었던 천홍이 보고 싶었다. 봐도 봐도 또 보고 싶다는 닭살스러운 유행가의 가사가 온몸으로 와 닿았다.

은백은 천홍을 보러 가기 위해 안방 손잡이를 잡았다가 이내 다시 돌아와 침대에 앉았다. 자극을 가라앉히기 위해 그녀에게서 달아나는 극단적인 방법을 택한 천홍을 찾아가서 그를 괴롭게 만들고 싶지 않았기 때문이다. 한 시간만 더 참아 보고 안 되면 그땐 찾아갈지도 몰랐다.

은백은 다시 한 번 행복한 얼굴로 웃었다.

집으로 돌아와 바닥에 주저앉은 천홍은 한숨을 내쉬었다. 이 나이에 손을 이용하고 싶지는 않았기 때문에 흥분이 가라앉을 때까지 기다리기로 한 것이다.

차려 놓은 밥상에 손도 대지 않고 백천홍이 물러났다는 얘기를 한때 어울렸던 친구들이 들었다면 믿지 않을 것이다. 하지만 그는 진심으로 은백에게 손을 대고 싶지 않았다. 그녀를 안고 싶은 마음이 없었기 때문이 아니었다.

물론 남자가 자신이 좋아하는 여자를 육체적으로 소유하고 싶어 하는 것은 당연했다. 그것은 원시 때부터 남자들에게 전해져 내려온 수컷 특유의 소유욕이 아니던가. 그도 자신이 언제까지 이렇게 참을 수 있을지 장담 못 했다. 다만 참을 수 있을 때까지 참으면서 그녀를 소중하게 여기고 싶을 뿐이었다.

그가 그런 생각을 하게 된 것은 은백에게 처음 키스를 했을 때였다. 놀이공원에서 돌아오던 버스에서 했던 그 키스.

유연하게 그녀에게 파고드는 자신과는 달리 은백은 무척 뻣뻣했었다. 물론 싫어서 뻣뻣하게 구는 것 같지는 않았다. 정말 싫었다면 그녀의 팔이 그의 목을 휘감지도 않았을 테니까. 그래서 천홍은 은백이 남자와의 성적인 스킨십 경험이 별로 없다는 것을 깨달았다.

잠시 흥분했던 몸이 정상으로 되돌아올 때까지 기다리던 천홍이 피식 웃었다.

천홍은 남자가 정말 사랑하는 여자는 지켜 주고 싶어 한다는 연구 결과가 나온 기사를 보고 한껏 비웃은 적이 있었다. 사랑하면 오히려 더 만지고 싶고 만지면 당연히 안고 싶어지는 법인데 사랑한다고 참는다는 게 너무 웃겼다. 연인이기 때문에 더더욱 서로를 만지고 안는 것이 아닌가.

하지만 시간이 지나고 정말 사랑하는 여자를 만나니 이제는 그게 무슨 뜻인지 알 것 같았다. 함부로 안을 수조차 없을 만큼 사랑하기 때문에 지켜 줄 수 있는 것이다.

천홍은 당분간 이 상태를 즐기기로 했다.

10. 거지 왕자의 탈피

영업 종료를 한 시간 앞둔 시각, 토스트 가게의 단골이었던 여고생의 주문을 받아 나란히 토스트를 만들던 그들이 서로 눈을 마주치며 묘하게 웃자 여고생이 물었다.

"혹시 언니랑 오빠, 사귀어요?"

천홍이 좋다는 표정을 숨기지 못하고 헤벌쭉 웃으며 고개를 끄덕이자 그 여고생이 황당하다는 표정을 지었다.

"헐, 대박!"

"진짜예요?"

가만히 옆에 서 있던 다른 여고생까지 합세하자 은백이 어리둥절한 얼굴로 고개를 끄덕였다.

"대박이다!"

"오빠가 더 아까워요. 완전 안 어울리는데. 오빠, 저 언니랑 왜 사귀어요?"

순간 은백의 미간이 찌푸려졌다. 요즘 애들은 어찌 된 게 말버릇이 고약하다. 천홍이 보통의 잘생긴 남자보다 훨씬 더 잘생긴 남자라는 건 그녀가 제일 잘 알고 있었다. 하지만 저렇게 노골적으로 그들이 안 어울린다는 얘기를 하자 기분이 상했다.

"예뻐서."

천홍이 은백을 쳐다보며 말했다.

"완전 예쁘지 않냐."

은백의 얼굴이 붉어졌다.

"아닌데요, 오빠가 훨씬 아까운데요. 내일 학교 가서 여기 토스트 가게 언니랑 오빠랑 사귄다고 말하면 애들도 다 어이 없어할 걸요?"

"언니, 양심 있어요? 이 오빠 우리 학교에서 완전 유명해요. 저번에 우리 학교에서 제일 예쁜 애도 차일까 봐 무서워서 고백도 못하고 있던데, 왜 하필 언니예요?"

여고생들이 하는 말을 듣고 빙긋 웃은 천홍이 순식간에 표정을 굳히며 특유의 싸가지 없는 말투로 말했다.

"야. 너네한테 토스트 안 팔아. 꺼져."

천홍이 불판 위에서 구워지고 있던 식빵과 계란을 쓰레기통에 버리자 여고생들이 황당하다는 얼굴로 그를 쳐다봤다. 옆에 서 있던 은백도 덩달아 당황했다.

"어린 게 어디서 그렇게 싸가지 없는 말버릇을 배웠어?"

천홍의 갑작스러운 태도 변화에 놀란 그들이 아무 말도 못

하고 서 있자, 그가 이를 드러내며 말했다.

"야, 안 가냐? 가라고."

"지금 우리한테 하는 말이에요?"

천홍이 은백을 가리켰다.

"주제도 모르는 것들이 내 여자한테 상처 주는 꼴 더는 못 보겠다."

말릴 겨를도 없이 순식간에 일어난 일에 얼어붙어 있다가 풀려난 은백이 천홍의 팔을 잡았다.

"미쳤어요, 지금?"

"내가 뭘 미쳐? 미친 건 얘들이지. 나 지금까지 살면서 나보다 싸가지 없는 사람 처음 봐. 나도 싸가지 없기로 둘째가라면 서러운데, 얘들은 날 넘어섰다. 요즘 얘들은 다 이렇게 개념을 밥 말아 먹었나?"

천홍이 가슴 앞으로 팔짱을 끼며 말했다.

"니들 아니어도 토스트 팔아 줄 사람 많으니까 꺼지라고."

여고생들이 그를 노려봤다.

"와 존나 어이없다. 좀 잘생겼다고 추켜세워 줬더니 자기가 제일 잘난 줄 아나 보네."

"맞아. 나 잘났어."

천홍이 얼굴을 살짝 들고 그들을 깔보듯 내려다봤다.

"아, 맞다. 그리고 조금 전에 니들이 했던 말, 그대로 돌려줄게. 내 여자 얼굴은 걱정하지 마. 내 여자 얼굴 걱정할 시간에 니들 얼굴이나 걱정해라. 응? 니들 얼굴로 나 같은 남자 만날 확률은 걸어가다가 비둘기가 싼 똥에 머리 얻어맞고 죽을 확률보다 낮으니까 꿈 깨고."

"뭐예요?"

여고생이 소리를 빽 지르자 은백의 얼굴이 하얗게 질렸다.

"야, 가자. 우리 학교에 가서 소문 다 낼 거예요. 불사조 토스트 가게 알바생 오빠 존나 싸가지 없다고."

"소문내던가."

"존나 재수 없어!"

여고생들이 소리를 빽 지르고 돌아갔다. 은백은 연신 욕을 하며 사라지는 그들의 뒷모습을 혼이 빠져나간 사람처럼 쳐다보고 있었다.

"지금 제정신이에요?"

"지극히 제정신이야."

"나한테 가게의 가치를 높이는 3가지 어쩌고저쩌고하면서 설교했던 사람이 지금 이게 뭐하는 짓이에요? 손님한테 성질을 내고 내쫓으면 어떡해요? 학교가 소문이 가장 빠른 곳인데, 이제 어떡해……."

"음식이 맛있으면 아쉬워서라도 다시 오는 게 손님이야."

"리모델링하고 다시 영업 시작하자마자 이게 뭐예요."

천홍이 울상을 짓고 있는 은백을 끌어당겨 안았다.

"이거 놔요."

은백이 바동거리며 빠져나가려고 하자 천홍이 그녀를 안은 팔에 힘을 주면서 더욱더 꼭 끌어안았다.

"매상 떨어지면 내가 책임질게."

"어떻게 책임져요, 천홍 씨가……."

"몸으로 때우지, 뭐. 어떻게 봉사해 줄까?"

"몰라요."

은백이 천홍의 어깨에 얼굴을 묻었다.

손님에게 험한 소리를 하고 내쫓았으니 가게에 소문이 안 좋게 날 것이 분명한데 사실 진심으로 화가 나지는 않았다. 그가 자신을 얼마나 사랑하고 있는지 보였기 때문이었다. 손님들에게는 그나마 예의를 지키려고 노력하는 편인 그가 사납게 이를 보이며 본색을 드러냈다. 단지 그녀에게 상처를 주었다는 이유 하나만으로 말이다. 그것이 묘하게 은백을 흥분시켰다.

"손님 끊기면 알아서 해요, 정말."

"파리 날리면 전단지라도 돌리고 오지, 뭐."

"내가 못살아."

은백이 천홍의 어깨를 아프지 않게 때렸다.

*　　*　　*

은백의 우려는 기우였다. 그런 일이 있고 며칠이 지났어도 손님은 여전히 줄어들지 않았다. 오히려 더 늘어난 것 같았다. 매장 안의 좌석도 꽉 찼고 불판 앞, 밖에도 사람들이 길게 줄 지어 서 있었다.

토스트가 빨리 만들어지기를 기다리는 사람들을 보며 은백은 장갑 밖으로 드러난 팔목으로 이마에 맺힌 땀을 닦았다. 저녁 시간은 항상 이렇게 토스트로 간단하게 한 끼를 때우려는 사람들로 북적였다.

은백은 옆에서 토스트를 만들고 있는 천홍의 얼굴을 흘깃 쳐다봤다. 체력이 넘치던 그도 오늘은 살짝 지쳐 보였다.

천홍의 표정이 눈에 띄게 어두워 보이자 은백은 그가 고된 이 일이 힘들어서 그런 줄 알고 걱정했다. 사실 리모델링 후에 손님이 예전보다 훨씬 더 늘어서 둘이 일하는 것도 벅찼기 때문이었다.

은백은 조만간 알바생을 두엇 더 뽑아야겠다고 생각하며 완성된 토스트를 앞의 손님에게 건넸다.

"언니, 잘 먹을게요."

앳된 여자아이가 토스트를 받아 들며 생긋 웃었다. 여자아이는 자신의 체구보다 조금 큰 교복을 입고 있었다. 은백도 예전에 중학교에 막 입학할 때, 키가 클 것을 생각해서 엄마가 교복을 한 치수 더 크게 사서 입혔던 게 생각났다. 그녀가 어렸던 자신을 떠올리며 마주 미소를 짓자 여자아이가 다시 한번 웃어 보이고는 그녀에게 고개를 숙인 후 사라졌다.

이런 게 바로 누군가에게 음식을 만들어 파는 사람들이 누리는 행복이 아닌가 싶었다. 손님들과 서로 미소를 주고받고 때로는 바쁜 삶을 사느라 잊고 있던 과거를 떠올리게 하는 손님들을 보며 추억에 잠기기도 하는 그런 것 말이다.

은백이 피로가 회복되는 듯한 즐거운 기분을 느끼며 계속해서 토스트를 만들고 있는데 저 앞에서 어두운 표정의 자영이 걸어 들어왔다.

"어? 자영 씨네?"

자영이 성큼성큼 빠른 걸음으로 가게 안으로 곧장 들어오자 은백이 반색을 하며 아는 척을 했다.

"자영 씨, 오랜만이네요. 여긴 어떻게 오신 거예요?"

천홍과 마찬가지로 어두운 얼굴의 자영이 그녀에게 고개를 숙이며 마주 인사하고는 즉시 천홍을 향해 말했다.

"깨어나셨다."

자영이 앞뒤 다 잘라먹고 다짜고짜 깨어나셨다는 말을 하자 천홍이 안도의 한숨을 내쉬었다.

"다행이군."

"널 보고 싶어 하셔. 회장님께서도 널 데리고 오는 것을 허락하셨다. 가자."

은백이 영문을 모르겠다는 얼굴로 두 남자를 쳐다봤다. 두 사람이 무슨 주제를 놓고 이야기를 하고 있는 건지 도무지 감을 잡을 수가 없었다.

천홍이 위생 장갑과 면장갑을 벗고 앞치마까지 벗어 옷걸이에 걸어놓았다.

"미안하다. 나 잠깐만 나갔다 올게."

"무슨 일이에요?"

은백이 어리둥절한 얼굴로 묻자 천홍이 어두운 얼굴로 다시 한 번 미안하다고 말한 뒤 자영과 함께 가게를 나섰다. 한동안 얼떨떨한 얼굴로 서 있던 은백은 정신을 차리려고 노력하며 다시 토스트를 만드는 일에 집중했다.

방금 전, 찰나의 순간 스쳐 지나간 천홍의 표정이 너무 안 좋았다. 지금까지 단 한 번도 그렇게 어두운 표정을 한 천홍을 본 적이 없었다. 은백은 손님들을 보내고 잠시 한가해지는 시간이 오면 그에게 전화를 해 봐야겠다고 생각하며 열심히 손을 놀렸다.

자영과 함께 제왕 병원 특실 앞에 선 천홍의 손이 주저하다가 결국 문을 열었다. 병실 안에는 그의 아버지 백천도와 어머니 안희주가 있었다.

"어머니."

천홍이 희주를 부르며 병실 안으로 들어서자 눈을 감은 채 힘없이 누워있던 희주의 눈이 열렸다.

"천홍이니?"

"예."

그녀의 눈가가 촉촉해졌다. 침대 곁의 의자에 앉아 있던 천도가 자리에서 일어섰다.

"잘 왔다."

"이게 어떻게 된 일입니까."

오랜만에 만난 아버지의 얼굴은 까칠해져 있었다.

"너무 걱정하지 말아라. 그저 영양실조로 병원에 입원한 것뿐이다."

"그게 다가 아닌 것 같습니다만."

아침에 자영에게 희주가 쓰러졌다는 연락을 받았을 때부터 지금까지 참담했던 심정은 희주의 얼굴을 본 지금까지도 쉽게 가라앉지 않고 있었다.

천홍은 눈에 띄게 마른 희주의 몸을 본 순간 영양실조가 전부가 아니라는 것을 깨달았다. 희주는 몸매 관리에 철저한 편이었다. 하지만 단 한 번도 다이어트를 하겠다고 이렇게 마를 정도로 몸을 혹사시키지는 않았던 것이다. 천홍은 그걸 아주 잘 알고 있었다.

"거식증이다."

"거식증?"

"너를 보내고 제대로 먹은 적이 없다. 물론 네 잘못은 아니다. 내 잘못이지. 내가 바깥일에만 신경을 쓰느라 네 어미가 제대로 먹고 자는지 신경을 못 썼다."

"무슨 소리예요?"

희주가 일어나 앉았다.

"둘 다 잘못 없어요. 이건 그저 내 문제예요."

"당신 문제긴."

희주가 자꾸만 말라가고 있다는 사실을 천도도 눈치채고 있었다. 하지만 하나뿐인 아들 밖으로 쫓아내고 걱정이 되어서 마음고생 하느라 일시적으로 그러는 것이라고만 생각했다. 곧 괜찮아질 거라고 생각했는데, 그게 아니었던 모양이었다. 누구보다 아들을 아끼고 사랑했던 희주가 냉정하게 천홍을 내칠 때, 그녀가 얼마나 무리를 하고 있는 건지 눈치챘어야 했다.

"네 얼굴을 봤으니 이제 됐다. 건강하게 잘 있었나 보구나. 엄마는 이제 괜찮으니까 돌아가. 아직 약속한 1년이 안 됐잖니. 이건 약속 위반이야."

희주가 의연한 표정으로 말했다.

"저 때문에 식사도 제대로 못 하시면서 약속 위반 타령 하셔도 하나도 안 무섭습니다, 어머니."

천홍이 삐딱한 얼굴로 말했다.

"이게 뭡니까, 정말."

"뭐긴. 입맛이 조금 없어서 그런 거지."

"영양실조로 쓰러지실 정도로 말이에요? 세상에 제왕 그룹 사모님이 영양실조로 쓰러졌다고 하면 누가 믿겠어요?"

희주가 피식 웃었다. 이렇게라도 천홍의 얼굴을 다시 보니 체한 것처럼 얹혀 있던 마음이 천천히 풀렸다. 천도와 자영에게 천홍이 어쩌고 있는지 들어서 대충 알고는 있었는데, 그래도 어미 마음이라는 게 않으나 서나 자식 걱정 아니겠는가.

"반 해골이 되어 있을 줄 알았더니 얼굴이 좋구나."

"잘 먹고 잘 자고 있으니까요."

"그래?"

"하루 세끼 꼬박꼬박 다 챙겨 먹습니다."

"토스트 가게에서 일하는 건 할 만하니?"

희주의 물음에 잠시 놀란 표정을 지었던 천홍이 피식 웃었다. 자영에 의해 그의 일거수일투족이 천도와 희주의 귀에 들어가고 있었다는 걸 잊고 있었다.

"아주 할 만합니다."

천도가 말했다.

"이제야 정신 차리고 성실하게 살고 있다는 소리는 들었다."

천홍이 안쓰러울 정도로 마른 자신의 어머니를 내려다보았
다. 쫓겨나서 이런 일, 저런 일 겪으며 살다 보니 자신이 얼마
나 불효를 저질렀던 것인지 알게 되었다. 천도와 희주가 오죽
하면 생살 도려내듯 하나뿐인 아들을 내칠 생각까지 하셨을까
싶었다.

"아버지."

"왜 부르냐."

"저 이만 본가로 돌아오겠습니다."

"뭐?"

그의 폭탄선언에 천도와 희주, 그리고 자영까지 놀란 얼굴
로 그를 쳐다봤다.

"네 이놈, 아직도 정신 못 차리고……."

"그게 아닙니다. 아버지 그늘은 필요 없습니다. 제게 아무것
도 해 주지 않으셔도 됩니다. 다만……."

천홍이 천도를 똑바로 쳐다보며 말했다.

"아버지 밑에서 경영 수업 제대로 받게 해 주십시오."

태어나 처음 보는 천홍의 진지하고 강렬한 눈빛에 천도가
할 말을 잊은 듯 연신 입술만 벙긋거렸다.

"1년이라는 시간을 못 기다리겠어서 하는 말이 아니에요.

지금도 저는 제가 살아가고 있는 환경에 충분히 만족하고 있습니다. 하지만 시간이 아깝습니다. 하루라도 빨리 제대로 배우고 싶습니다."

천홍의 머릿속에 은백의 얼굴이 떠올랐다. 그녀는 그의 삶이 변하게 하는 데 있어서 가장 큰 영향력을 끼친 사람이었다.

"본가에서 쫓겨나서 느낀 게 많습니다. 지금 제 옆에는 자신에게 주어진 일을 성실하게 해내며 하루하루를 소중하게 살아가는 사람이 있습니다. 처음에는 세상을 왜 저렇게 피곤하게 사나 싶었는데 하루하루 지나면서 꾸준히 그 사람을 보다 보니 지금까지의 제 생각이 틀렸다는 것을 깨달았습니다. 이 세상에는 작은 것 하나에도 큰 행복을 느끼면서 살아갈 힘을 얻는 사람들이 많습니다. 그런 사람들도 있는데 저는 아주 큰 것을 가지고 있으면서도 만족하지 못 했습니다. 예전에는 아버지의 그늘 아래서 힘들게 일하고 난 후의 피곤함이나 뿌듯함이 뭔지 모르고 살아왔는데, 지금은 그것을 몰랐다는 사실이 부끄럽습니다. 왜 진작 그런 것들을 깨닫지 못하고 시간을 낭비했는지 후회됩니다."

"천홍아……."

"다시 한 번만 더 기회를 주세요, 아버지. 이번에도 제가 아버지를 실망시킨다면 그땐 제가 제 손으로 직접 상속 포기 각서에 서명을 하겠습니다."

"너를 변하게 만들었다는 그 사람이 누구냐?"

천도의 물음에 천홍이 피식 웃었다.

"제가 사랑하는 여자입니다."

*   *   *

천도가 회사에 출근한 동안 천홍은 희주의 옆에서 꼬박 하루를 잠도 자지도 않고 그녀를 지켜보았다. 그리고 그는 천도가 돌아오자마자 소파에 누워 잠이 들었다. 누가 업어가도 모를 정도로 푹 잠이 든 아들을 내려다보던 천도가 침대 앞으로 의자를 끌고 와 희주와 마주 앉았다.

"당신이 보기에도 저 녀석이 변한 것 같아? 변한 척만 하는 게 아니라?"

"이 아이는 변했어요. 당신이 보기에 천홍이가 원하는 것을 갖기 위해 마음에도 없는 말을 할 아이였나요?"

"자존심이 세서 자신이 인정한 게 아니면 죽어도 마음에도 없는 말 같은 건 못하는 성격이지."

"그런 아이가 하는 말이에요. 믿어야죠. 이 아이는 분명히 변했어요. 그 은백이라는 아가씨가 천홍이에게 좋은 영향을 많이 끼친 모양이에요."

"밝은 아가씨야. 말하는 것도 예쁘고 생각하는 것도 깊지. 그 아가씨랑 얘기를 나눠 본 적도 있는 걸."

"어머, 그러셨어요?"

"천홍이 녀석이 없을 때만 말을 걸 수 있었지. 그 아가씨한테 내가 천홍이 아비라는 걸 들키고 싶지 않았거든. 그래서 얼마 안 돼. 하지만 천홍이랑 같이 있을 땐 멀리서 지켜보곤 했지."

"어땠어요?"

"요즘 아가씨답지 않게 마음 씀씀이가 예쁘더군."

천도는 그동안 자신이 보아왔던 은백의 모습들을 희주에게 전했다.

은백은 지팡이를 짚은 나이 지긋한 할아버지가 왔을 때, 제일 먼저 서둘러 의자에 앉혔고 어린 아기를 등에 업은 여자가 왔을 때는 아기에게 정신 팔려서 토스트를 만드는 걸 깜빡하기도 했다. 근처 학교의 아이들은 은백을 언니나 누나라 부르며 잘 따랐고 주변 상점들의 주인들도 그녀를 신뢰하고 어여삐 여겼다. 얼마 전에는 돈이 부족해서 가게 앞에서 자신의 손안에 든 돈을 세며 한숨을 쉬고 있는 아이에게 웃으며 토스트를 건네주는 모습도 보았다. 그리고 매달 불우한 가정의 아이들을 위해 손님들과 함께 저금통에 성금을 모아 전달했다.

그 밖에도 천도가 직접 눈으로 보고 들었던 모든 것들이 한데 어우러져 그가 아는 은백의 모습이 되었다.

"세상에, 요즘에도 그런 아가씨가 있네요."

"그렇지? 게다가 그렇게 젊은 나이에 혼자 가게를 차려서 성실하게 일하는 것도 참 보기 좋지."

"그 아가씨의 모습을 보면서 우리 천홍이가 많은 걸 깨달았나 봐요."

"스스로 깨달은 것도 있겠지만 반강제적인 면도 없지 않아."

"반강제적이요?"

"내가 가끔 짬을 내서 가게 뒤에서 몰래 둘이 일하는 걸 볼 때면 항상 그 아가씨가 천홍이 녀석한테 잔소리를 하면서 이 것저것 일을 시키더라고. 투덜거리면서도 할 건 다 하는 천홍 이 모습을 당신도 봤어야 했는데 말이야. 그 아이한테 필요한 약이었던 거야, 그 아가씨는."

희주가 소리 내어 웃었다.

"천홍이한테 그런 아가씨는 처음이었을 거예요. 그동안 천 홍이가 만나 온 아가씨들을 보면 하나같이 다……."

희주가 미간을 찌푸리며 말을 잇지 못하자 천도가 자신도 안다는 듯 그녀의 손등을 자신의 손으로 덮고 토닥였다.

"그 아가씨의 인성이나 사는 모습들을 보고 둘이 서로 눈이 맞았으면 좋겠다고 생각했는데 내 뜻대로 됐지 뭐야."

"어머. 에이지 호텔 부사장님 따님을 눈여겨보고 있지 않았 어요, 당신?"

"그건 천홍이 녀석이 쫓겨나기 전이야. 그리고 천홍이 녀석 쫓아내면서 이미 그 마음 접었어. 저런 녀석 장가보냈다가 그 집안에 무슨 욕을 얻어먹으려고."

"천홍이 많이 변했잖아요."

희주가 떠보기 위해 곁눈질을 하며 그를 쳐다보자 천도가 피식 웃었다.

"당신은 내가 그 아이 변하게 만들어 준 아가씨 두고 이제 아들이 성실해졌으니 다른 여자에게 장가보내자, 할 정도로 독한 사람으로 보여?"

"아뇨. 이렇게 나와야 내가 사랑하는 사람답지요."

희주가 손바닥을 돌려 자신의 손등에 손을 얹고 있던 천도의 손을 마주 잡았다. 두 사람의 손이 깍지를 꼈다.

"분명히 그 아가씨는 천홍이와 함께 있으면 매일 매일 훨씬 더 좋은 영향을 끼칠 거야. 그리고 그 아가씨를 위해서 천홍이 녀석도 더 나은 모습을 보이기 위해 노력할 테고 말이야."

"이미 예전에 그 아가씨를 천홍이 짝으로 점찍어 뒀군요."

"천홍이한테는 비밀이야."

"왜요?"

"천홍이한테 뭐든 쉽게 내어주는 건 이제 안 하기로 했으니까. 그동안 그 녀석은 원하는 건 뭐든지 너무 쉽게 손에 넣어 왔잖아. 무언가를 갖기 위해서는 노력을 아끼지 않아야 한다는 걸 그 녀석도 제대로 깨달아야. 그 아가씨를 얼마나 사랑하고 아껴 줄 수 있는지 시험도 해볼 겸, 작은 시련을 줄 생각이야."

"정말 못된 아버지네요."

희주가 콧대에 주름을 잡으며 웃자 천도가 그 코끝에 입을 맞췄다.

"그러니까 이제 당신도 다 큰 아들 녀석 걱정 좀 그만해. 이게 뭐야. 뼈밖에 안 남았잖아."

천도가 침대에 걸터앉아 희주를 끌어안았다. 천도는 희주를 품에 안은 채 소파에서 깊은 잠에 빠진 아들을 쳐다봤다. 그리고 중얼거렸다.

"벌써 손주 가지고 싶다고 하면 김칫국 마시는 건가?"

*   *   *

오늘도 천홍은 돌아오지 않았다. 벌써 이틀째였다. 그에게서 연락도 없었다. 게다가 걱정돼서 걸어 본 그의 전화는 배터리가 없는지, 아니면 일부러 꺼 놓았는지 전원이 꺼져 있어 소리샘으로 연결된다는 말만 들려올 뿐이었다.

날씨는 푹푹 찌고 쉬지 않고 계속해서 밀려들어 오는 손님들로 인해 바빠서 죽을 것 같은 상황에서도 은백은 천홍이 원망스럽기는커녕 걱정이 되어 죽을 것 같았다. 예전에 미희가 갑자기 그만두었을 때는 자신을 혼자 일하게 만든 그녀가 미워서 죽을 뻔했는데 말이다.

낮에는 자영이 왔다 갔다. 그는 천홍의 소식을 묻는 그녀에게 죄송하지만 자신이 함부로 얘기할 수는 없다고 하며 천홍에게서 직접 들으라는 말만 남기고 서둘러 도망치듯 떠났다.

그녀는 이틀 동안 천홍에게 도대체 무슨 일이 일어난 걸까 수십 번, 수백 번을 생각하고 또 생각해 봤다. 잠깐 딴생각이 들 정도로 시간이 나면 천홍의 생각부터 하고 봤다. 하지만 그럼에도 불구하고 답은 나오지 않았다.

은백은 겨우겨우 가게 영업을 마쳤다. 이미 몸은 손가락 하나 까딱할 힘조차 없는 상태였다. 그녀는 연신 한숨을 내쉬며 무거운 몸으로 가게를 정리했다. 정리를 하면서도 그녀의 시선은 테이블 위에 둔 휴대폰에 가 있었다.

"어떻게 된 거야, 정말."

그의 연락을 기다리던 은백은 기운 없는 발걸음으로 가게에서 나왔다. 그녀가 셔터문을 닫기 위해 발돋움을 하는데 뒤에서 누군가가 그녀 대신 셔터문을 잡고 내렸다.

"응?"

은백의 고개가 뒤로 젖혀지고 그녀의 시선이 자신의 뒤에 선 사람에게 향했다. 그녀의 눈이 크게 벌어졌다.

"천홍 씨!"

은백은 방금 전까지 도저히 피곤에 절어있던 사람이라고는 볼 수 없을 정도로 재빨리 뒤돌아섰다.

"어디 갔다가 이제 와요."

그가 그녀의 뒤에서 미소를 짓고 있었다.

"미안해."

"어디 아팠던 거예요? 아니면……."

"아프지도 않았고 큰일이 생긴 것도 아니야. 걱정 끼쳐서 미안."

"뭐예요, 정말……."

그녀의 눈에 눈물이 고였다.

"그렇게 심각한 표정으로 나가 놓고 아무 일 없었다고 말하면 누가 믿겠어요. 이게 뭐야, 정말."

셔터문에서 손을 뗀 천홍이 그녀를 달래듯 끌어안았다.

"진짜 못됐어요, 천홍 씨. 아니, 당신 못된 건 이미 잘 알고 있었는데 이번엔 정말 지나치게 못됐어요."

"그동안 연락 못 해서 미안해. 어제까지 잠을 한숨도 못 자서 어젯밤부터 오늘 저녁까지 하루 종일 잠만 잤어. 오늘은 연락하려 했는데 휴대폰 배터리가 다 나갔더라. 충전기를 빌리려 했지만 빌려서 충전하는 시간에 여기 오는 게 낫다고 생각했어."

"바보."

"집에 가서 다 얘기해 줄게."

천홍이 가게 셔터를 다시 내리고 자신이 타고 온 차로 그녀를 이끌었다. 눈물로 뿌옇게 된 눈으로 그를 따라가던 은백의 눈이 휘둥그레졌다. 눈앞에 있는 검은 자동차는 차에 대해 잘 모르는 그녀라도 한눈에 무척 비싸고 고급스러운 차라는 걸 알 정도로 반짝반짝 빛나고 있었다.

"이거 뭐예요?"

"내 차. 집에 내 차가 3대나 있다고 했잖아."

"거짓말 아니었어요?"

"난 거짓말 못 해. 그동안 할 필요가 없었으니까. 난 사실대로 말했어. 네가 멋대로 안 믿은 거지."

은백은 지금 자신에게 무슨 일이 일어나고 있는지 알 수가 없었다. 아예 알 엄두조차 나지 않았다. 몸은 천홍이 하라는 대로 움직이는데 정작 머리가 빠릿빠릿하게 따라가 주지 않아 멍한 상태였다.

"타."

그녀는 아무런 생각도 할 수 없는 무감각한 상태에 빠져서 천홍의 인도에 따라 차의 뒷좌석에 올라탔고 안전벨트를 맸다.

"그동안 혼자 일하게 해서 미안해. 피곤하지? 곧 도착할 거긴 하지만 피곤하면 가는 동안 잠깐 눈 좀 붙여."

"네……."

은백이 그의 말에 따라 멍한 눈을 눈꺼풀 아래에 숨겼다. 자신이 마치 무선 리모컨의 조종에 따르는 로봇이 된 기분이었다.

"다 왔다. 내리자."

잠시 눈을 감은 채 생각을 정리하고 있는데, 차는 그녀에게 생각을 정리할 틈도 주지 않고 집에 도착해 버렸다. 주차장에 차를 주차시킨 천홍이 뒷좌석 문을 열고 그녀의 몸통을 대각선으로 가로지른 안전벨트를 풀었다.

"이런. 움직일 힘도 없을 정도로 피곤해?"

그가 그녀의 얼굴을 들여다보며 걱정스러운 얼굴을 했다. 그녀가 제대로 몸을 움직이지 못하고 있는 건 피곤함과 별개의 문제였는데, 천홍은 그녀가 그저 피곤해서 이런 반응을 보이고 있다고 생각하고 있는 것 같았다.

"걸을 수 있겠어?"

"네."

그녀가 자신에게 내민 천홍의 손을 잡고 차에서 나와 걸었다. 빌라 안으로 들어가 계단을 올라가는 내내 천홍이 걱정스러운 눈으로 그녀를 쳐다봤다. 자신이 도착하고 나서 울음을 터뜨리긴 했지만 멀쩡해 보였던 그녀는 집으로 오는 동안 혼이 빠져나간 사람처럼 멍해져 있었다.

천홍이 201호 앞에 서서 그녀가 비밀번호를 누르기만을 기다렸다. 하지만 그녀는 집 앞에서 그를 빤히 올려다볼 뿐 아무 움직임이 없었다.

"안 눌러?"

"아."

"집에 들어가야지."

"그렇죠."

그녀는 그제야 비밀번호를 눌러 문을 열었다.

"어디 아파? 더위 먹은 건가."

"아니요."

그녀가 주방 겸 거실에 불을 켜고 식탁 의자에 앉자, 그도 그녀의 맞은편 의자에 앉았다. 그들은 한참 동안 말없이 앉아 서로를 바라봤다. 그들 주위를 가득 채운 침묵을 먼저 깨뜨린 건 화들짝 놀라 공황 상태에서 빠져나온 은백이었다.

"앗."

이곳은 길면 길다고 할 수 있고 짧으면 또 짧다고 할 수 있는 시간 동안 그들이 함께 밥을 먹었던 공간이었다. 천홍과 마주 보고 있으니 새삼스럽게 실감이 난 은백은 그가 제자리에 돌아왔다는 것을 드디어 인지를 하고 자리에서 벌떡 일어섰다.

"맞다. 밥은 먹었어요? 아직 안 먹었으면 내가……."

"먹고 왔어."

"……다행이네요."

"앉아봐. 할 얘기가 있다고 했잖아."

그의 말에 은백이 소리 나게 침을 꿀꺽 삼킨 후 다시 의자에 앉았다. 왠지 아무 말도 듣고 싶지 않았다.

직감이라는 존재가 그녀의 옆에서 지금 천홍이 하려는 말을 듣지 말라고, 듣게 되면 지금까지 살아왔던 것과 똑같이는 살 수 없을 거라고 속삭였다.

"지금 하려는 얘기, 꼭 해야 해요?"

"뭐?"

"꼭 해야 하는 게 아니라면 듣고 싶지 않아요. 왠지 들으면 안 될 것 같아."

천홍이 진지한 얼굴로 그녀를 쳐다봤다. 지금 그가 하려는 얘기는 그녀에게 하지 않으면 안 되는 얘기였다. 그가 아버지의 뒤를 제대로 잇기 위해 본가로 돌아가게 되었다는 얘기였으니까 말이다.

"우리를 위해서 꼭 해야 하는 얘기야. 들어 줘."

은백이 한숨을 내쉬었다. 그녀는 이별을 선고하는 연인을 눈앞에 둔 심정으로 고개를 끄덕였다. 그녀가 고개를 끄덕인 후에도 한참 동안 말을 고르던 천홍은 무거운 목소리로 입을 뗐다.

"내가 제일 먼저 하고 싶은 말은 사랑한다는 거야. 내가 앞으로 무슨 얘기를 하든 그 사실을 기억해 줬으면 좋겠어."

그녀가 고개를 끄덕였다.

"내가……."

가게로 향하는 내내 연습하고 또 연습했던 말임에도 불구하고 쉽게 입 밖으로 나오지 않자 천홍이 심호흡을 했다.

"내가 제왕 그룹 백천도 회장의 아들이라고 했던 말 기억해?"

"우리가 처음 만났던 날, 나한테 그렇게 말했었죠."

"아직도 거짓말이라고 생각하고 있고?"

"네."

습관처럼 단호하게 대답해 놓고 은백은 잠시 두 눈을 감았다 떴다. 그동안 그가 보였던 행동, 말투, 습관, 그리고 중요할 때마다 튀어나오는 리더십. 마지막으로 오늘 그가 타고 왔던…… 적어도 수천만 원은 넘어 보이는 차.

"아뇨. 이제는 모르겠어요."

"예전에 언급했듯이 난 너한테 거짓말을 한 적이 단 한 번도 없어. 그러니까 그것도 진실이야."

떨리는 숨을 겨우 내뱉으며 두 눈을 감은 은백의 눈꺼풀이 파르르 떨렸다.

"그동안 내가 좀……. 좀 망나니처럼 살아왔어. 아버지가 돈이 많으셨으니까 그 덕분에 노력하지 않아도 모든 걸 가질 수 있었거든. 그래서 정신 못 차리고 지금까지 엉망으로 살아왔어. 처음에는 외동아들이었으니까 예쁘게 봐주던 것들도 시간이 지나니까 아버지, 어머니 눈에 마냥 한심해 보였겠지. 그래서 쫓겨났어. 기한은 1년. 1년 안에 새사람이 되어 돌아오지 않으면 재산은 국가에 헌납. 아직도 그때 생각만 하면 소름이 끼쳐. 나한테 있어서 그건 정말 지옥 같았지."

은백은 거짓이라 치부하고 늘 한 귀로 듣고 한 귀로 흘렸던 그의 얘기들이 비수처럼 날아와 꽂히는 것을 느꼈다. 아니다. 사실 아주 조금은 예상하고 있었다. 그에게는 특유의 분위기가 있었기 때문이다. 귀하게 자라 온 사람들만이 지니는 그런 분위기가 말이다. 그래서 일부러 더 믿지 않으려고, 그가 말만 꺼내도 거짓말하지 말라며 고개 돌려 외면했던 것인지도 몰랐다.

요즘처럼 인터넷이 발달한 세상에서 검색창에 제왕 그룹 백천도의 아들이라는 글자만 쳤어도 그의 말이 사실인지 아닌지 대번에 알았을 것이다. 하지만 그녀는 그를 거짓말쟁이로 몰면서도 단 한 번도 그것을 검색해 본 적이 없었다. 아예 확인해 볼 생각조차 하지 않았다. 만약 천홍이 먼저 검색을 해서 그 증거를 눈앞에 들이밀어도 그녀는 그가 동명이인이라는 것을 빌미로 거짓말하는 거라고 몰아붙였을지도 몰랐다.

그녀에게 있어서 천홍은 백천도의 아들이면 안 되었다. 정말 그가 백천도의 아들이라면 그는 그녀에게 있어서 함부로 언감생심 꿈도 꾸지 못할 만큼 까마득히 멀리 있는 사람이 되어 버리는 것이었으니까.

"처음 쫓겨나서 제일 힘들었던 건 맨바닥에서 자는 것도, 일자리를 찾아다니는 것도, 친구들에게 외면당하는 것도 아니었어. 그건 바로 배고픔이었어. 태어나서 단 한 번도 배고픔을 느꼈을 때 먹을 것을 먹지 못했던 적이 없었으니까. 배가 고픔에도 불구하고 먹을 것을 입 안에 넣지 못하는 고통이 뭔지 몰랐어. 그래서 그날 기절했던 거야. 머리가 날 위해서 의식을 끊어 버린 걸지도 몰라. 정신을 잃어버리면 더 이상 배고픔으로 인해 고통스럽지 않을 테니까."

"그래서 먹을 것에 그렇게 집착했던 거였군요."

"그래. 그래서 이젠 알아. 배고픔이라는 게 얼마나 사람을 고통스럽게 하고 비참하게 하는지."

천홍이 은백의 표정을 살피며 자영의 이름을 꺼냈다.

"그리고 어차피 곧 알게 될 것 같아서 먼저 얘기하는 건데, 자영이는……."

"자영 씨요?"

"내 친구이자 아버지의 개인 비서야. 아버지의 명령을 받고 내 일거수일투족을 보고하기 위해 이 빌라로 이사를 왔지."

은백의 얼굴이 창백하게 질렸다. 감히 생각조차 하지 못했다. 천홍이 돌아 온 순간부터 지금 이 순간까지 그녀는 자영의 존재를 잊고 있었다. 내내 기다리고 있던 사람이 돌아왔는데 그 사람 외에 다른 생각을 할 수 없는 게 당연하지 않은가. 그래서 그녀는 천홍의 입에서 그의 이름이 나올 때도 자영은 그저 천홍의 친구라고만 생각하고 있었다.

그녀는 정말로 천홍이 자신과 다른 세계의 사람이라는 생각이 들었다. 천홍은 단지 아들이 어찌 살아가고 있는지 보고받기 위해 집을 사서 사람을 이사 보낼 수 있는 집안의 사람인 것이다. 보통의 집안이라면 설사 성에 차지 않는 아들을 훈계시키거나 권고하기 위해 극단적인 방법을 택해, 집에서 내쫓는다 해도 감시하지는 않는다. 아니, 하지 못한다. 천홍의 집안은 보통 집안과 스케일 자체가 달랐다.

은백의 얼굴이 창백해지자, 그녀가 자영에게 배신감을 느껴서 저런 표정을 짓는 거라고 생각한 천홍은 자영을 변호하기 위해 서둘러 덧붙였다.

"하지만 자영이가 내 친구인 건 맞아. 내 곁에 남아 있는 단 하나뿐인 친구지. 어렸을 때부터 본가에서 함께 자랐어. 지금도 난 그 녀석을 아버지의 비서라기보다는 내 친구라고 생각해."

"알았어요."

"그리고 이틀 전에 어머니가 쓰러지셨어."

은백의 눈이 커졌다.

"쓰러지셨다고요?"

"자영이가 우리 가게에 찾아왔던 날, 그날 아침에 자영이한 테 연락을 받았어. 자세한 건 알아보고 연락 주겠다고 해서 기 다리고 있었던 거지."

"그래서 그날 얼굴이 그렇게 어두웠던 거예요?"

"그래. 아무래도 본가에서 쫓겨나온 지 몇 개월이 지났고 날 집에서 쫓아내실 때, 애써 의연하고 단호한 척하셨지만 어머 니는 마음이 여리신 분이거든. 그동안 나로 인해 마음고생 하 고 계실 거라는 생각은 하고 있었어. 자영이의 전화는 그런 내 생각에 확신을 준 전화였지."

"지금은 괜찮으신 거예요?"

은백이 걱정스러운 얼굴로 묻자 그가 웃으며 고개를 끄덕 였다.

"영양실조래. 세상에, 집 나간 아들 걱정한다고 가벼운 거식 증까지 걸리신 모양이야. 여기 오기 전에 식사하시는 거 제대 로 확인하고 왔어. 굶던 몸에 무리를 주지 않기 위해 당분간

죽 신세를 지셔야 하지만 일단은 괜찮아."

"영양실조에 걸리셨다고요?"

"안 믿어지지? 제왕 그룹 회장 사모님이 영양실조에 걸렸다고 해 봐. 누가 믿어 주겠어, 그걸."

"천홍 씨 걱정을 정말 많이 하셨네요."

"그러게 말이야. 그렇게 내 걱정이 되셨으면 자영이한테 물어서 몰래 찾아와 볼 수도 있으셨는데 강단이 있으신 분이라 돌아오기로 한 기한까지 참으면서 기다리신 거야."

"멋있으신 분이네요."

"두 분 다 내가 몰라보게 달라졌다고 난리야. 이건 네 덕분인데 말이지."

"내가 한 게 뭐가 있다고요."

"널 보면서 많은 걸 느꼈어. 세상을 사는 방법이나 남을 배려하고 누군가를 위해 자신을 희생하는 것까지. 대신 죽는 것만이 희생이 아니라 조금씩 양보하는 것도 희생이라는 걸 말이야."

은백의 얼굴이 살짝 붉어졌다. 마냥 철없고 삐딱했던 그가 변해가는 모습에 사랑을 느꼈는데, 그가 변한 이유가 자신 때문이라고 하니 괜히 부끄러웠다. 한편으로는 어깨가 조금 으쓱하기도 했다. 사람이 다른 한 사람을 좋은 쪽이든 나쁜 쪽이든 변화를 시킨다는 것 자체가 쉬운 일은 아니지 않은가.

"그래서 말인데……."

천홍이 갑자기 말꼬리를 늘이자 은백이 잠시 놓았던 긴장의 끈을 다시 잡았다. 그동안 계속 듣고 싶지 않다는 생각을 했지만 지금이 가장 최고조였다. 손을 뻗어서 그의 입을 막아 버리고 싶었다.

"정말 다시 한 번 제대로 살아 보고 싶어서 돌아가겠다고 했어."

"아……."

은백의 입술에서 고통스러운 신음이 흘러나왔다. 이래서 듣기 싫었던 것이다. 그녀의 직감은 제대로 맞았다. 이틀 동안 연락이 되지 않고 있을 때, 그가 자신을 떠나리라는 것을 진작 각오하고 있었어야 했는데…….

"아버지와 한 약속대로라면 1년 동안은 여기 있어야 하지만 시간이 아까웠어. 지금이라도 돌아가서 경영 공부를 시작해야 하루 빨리 한 사람 몫을 제대로 하지."

"걱정하지 말아요."

은백이 애써 미소 지었다.

"헤어지고 싶지 않다고 당신에게 매달려서 곤란하게 만들지 않을게요."

"뭐?"

천홍의 남색 눈동자가 놀란 듯 은백에게 고정되었다.

"아직 충분히 사랑하지 못 해서 그게 조금 아쉽지만 놓아줄게요. 놓아준다는 표현도 조금 웃기네요. 음. 방해가 되지 않을 거라고 얘기해야 맞는 건가. 아니면 헤어져 주겠다고 해야 하는 건가요?"

"너 지금 무슨 소리를 하고 있는 거야?"

천홍이 의자에서 벌떡 일어나서 은백에게로 걸어왔다. 그녀의 앞에 선 그가 두서없이 생각나는 대로 말하는 그녀의 어깨를 잡고 흔들었다.

"정신 차려. 너 지금 무슨 소리 하고 있는지 스스로 알고 있는 거야?"

"알고 있어요. 헤어지자는 말이잖아요."

"그러니까 왜 헤어지자고 하는 건데."

"당신이 먼저 헤어지자고 했으니까요."

"내가 했던 말 다시 한 번 떠올려 봐. 난 그런 말 한 적 없어. 헤어지자는 단어를 꺼낸 적조차 없다고."

"돌아가겠다고 했잖아요."

"돌아가는 게 왜 헤어지자는 말이 되는 건데?"

은백의 눈이 천천히 깜빡였다. 초점을 잃고 있던 그녀의 눈에 잔뜩 미간을 찌푸린 천홍의 얼굴이 보였다. 그녀의 눈에 투명한 눈물이 고였다.

"나한테는 헤어지자는 말로밖에 안 들려요."

"정은백!"

"여기 와서 천홍 씨가 나한테 사실은 내가 백천도의 아들이다, 라고 얘기한 순간부터 계속 그렇게 들렸어요."

그녀가 손가락으로 눈물을 훔치며 말했다.

"왜 제왕 그룹 후계자예요, 당신이?"

"……왜냐니?"

"왜 그래요. 도대체 왜……. 그동안 계속 부정하고 또 부정했는데, 왜……."

그녀가 울먹거렸다.

"내가 당신이 돈이 엄청 많은 사람이라는 걸 알면 나 신데렐라 만들어 줘서 고맙다고 절할 줄 알았어요? 아니면 돌아가게 되면 나 절대로 잊지 말고 버리지도 말라고 뻔뻔하게 나올 줄 알았어요?"

"난 지금 네가 무슨 말을 하고 있는지 모르겠어."

"세상 모든 직업에 귀천이 없다는 건 알지만 당신이랑 나는 너무 다르잖아요. 난 당신이랑 사는 세계가 너무 달라요."

"내가 사는 세계가 뭔데. 난 지금 너랑 같은 세상에 살고 있잖아."

"이제 돌아가잖아요."

"내가 돌아가는 곳도 네가 사는 세상이랑 똑같아."

"달라요."

"자꾸 이렇게 고집 부릴래?"

"고집이 아니라 현실을 직시하는 거예요."

천홍이 한숨을 내쉬었다. 은백도 그를 따라 한숨을 내쉬었다. 그들은 두 시간이나 더 대화를 이어가며 언쟁을 벌였다. 그녀는 그와 헤어지겠다는 입장이었고 그는 절대로 그럴 수 없다는 입장이었다. 둘의 언쟁은 쉽게 끝나지 않았다.

"그래서 넌 나랑 헤어지고 싶다는 거야?"

결국 먼저 지친 천홍이 내뱉은 말에 그에게 지지 않고 맞서던 은백이 입을 다물었다. 헤어지자는 말을 먼저 꺼낸 건 자신이었지만 막상 그의 입으로 들으니 마음이 너무 아팠다.

"봐. 대답 못하겠지? 너 날 사랑하잖아. 나도 널 사랑하고. 왜 복잡하게 생각하는 거야? 사랑은 둘이 하는 거야. 네가 하고 있는 사랑은 내 아버지나 내 배경과 하는 것이 아니라 나랑 하고 있는 거라고."

"하지만……."

천홍이 은백의 앞에 다리를 굽히고 주저앉아 그녀를 올려다보았다. 옆으로 길게 찢어진 눈꼬리가 지쳐 보였다. 은백의 손이 주저하며 그의 눈꼬리에 가서 닿았다. 그녀가 손가락으로 그의 지친 눈꺼풀을 쓸자 천홍이 그녀의 손길을 음미하듯 잠시 두 눈을 감은 채 침묵을 지켰다.

"은백아."

그가 다시 눈을 뜨고 그녀를 쳐다봤다. 남색 눈동자가 오롯이 그녀를 향해 있었다.

"하루 줄게."

그가 단호하게 말했다.

"난 성격이 급해서 더 길게는 못 기다려."

"천홍 씨……."

"내가 받아들일 수 있는 대답은 딱 하나야. 내 옆에 있겠다는 대답. 만약에 네가 내일 그 대답이 아닌 다른 대답을 준다면 또 하루를 더 주고 다시 물어볼 거야. 그렇게 계속 물어봐서 결국 내가 원하는 대답 받아낼 거야."

"그건 시간을 주는 게 아니잖아요."

"새삼스럽게 그러지 마. 난 원래 이기적이야. 뼛속까지 이기적이어서 아버지한테 쫓겨나기도 했으니까 말 다했지. 몰랐던 거 아니잖아?"

그가 한쪽 입꼬리를 올리며 웃었다.

"어쨌든 생각하고 또 생각해서 내가 원하는 대답을 들려주길 바라."

그가 자리에서 일어났다. 그리고 그녀의 입술에 달콤하게 입을 맞췄다.

"오늘은 너도 나도 힘든 시간이었을 테니까 더 이상 괴롭히지 않을게."

천홍이 느릿한 발걸음으로 현관으로 향했다. 그는 아마 그녀가 잡아 주길 바랐을 것이다. 걸음걸이를 보면 느낄 수 있었다. 그녀에게 자신은 언제든 부르면 돌아설 수 있다는 걸 알려주듯이 눈에 띄게 느리게 걸었다. 하지만 그녀는 그런 그를 잡지 않았다. 머리를 차갑게 식히고 생각할 시간이 필요했기 때문이었다.

문이 닫히는 소리와 함께 은백이 식탁 위에 엎드렸다. 식탁 위에 엎드린 순간 이곳에서 그들이 함께 티격태격하며 밥을 먹었다는 것을 떠올린 그녀가 울음을 터뜨렸다.

자신도 뻔뻔해지고 싶었다. 신데렐라를 꿈꾸는 여자들이 그러하듯 돈 많은 남자 만나서 인생 폈다며 좋아하고 싶었다. 하지만 그럴 수가 없었다. 천홍에게 자신은 어울리지 않는 여자 같았기 때문이다. 천홍에 비해 자신이 너무 초라해 보였다.

*　　*　　*

　집으로 돌아온 천홍은 벽에 기대 주저앉았다.

　천홍은 좀 더 제대로 된 환경에서 그녀를 사랑하고 싶었다. 하는 것 하나 없이 놀고먹는 인간말종에서 완전히 졸업하고 제 몫을 할 줄 아는 사람으로 거듭나서 쓸 만해진 자신을 그녀에게 보여 주고 싶었다. 사랑하는 여자에게 멋있게 보이고 싶지 않은 남자가 이 세상에 어디 있겠는가. 그도 사람이었다.

　하지만 제자리로 돌아가려는 그를 보고 그녀는 절망했다. 은백은 그가 제자리를 찾는 건 그녀에게 이별을 말하는 것과 같다는 말을 했다. 그는 그녀의 말을 도무지 이해할 수가 없었다.

　하룻밤이 무척 길 것 같다는 생각을 하며 그는 벽에 기대어 앉은 채로 눈을 감았다.

11. 결국은 해피 엔딩일 거면서, 흥흥흥

빌라 앞 나무 위에 앉은 새가 아침부터 요란하게 울었다. 밤새 뒤척거리다 날이 밝아오기 시작할 무렵 겨우 잠들었던 은백이 새벽 내내 울어서 퉁퉁 부은 눈을 떴다. 여느 때와 똑같은 아침의 시작인데 모든 것이 바뀌어 있었다. 하루를 시작하는 그녀의 기분부터가 평소와 달랐다.

제대로 잠을 이루지 못한 것은 그도 마찬가지인 듯 그녀가 화장실에서 세수를 하고 나오자마자 초인종 소리가 들렸다.

"네."

"나야."

"알아요."

"문 열어."

그녀가 문을 열어 주자 안으로 들어온 천홍이 제일 먼저 그녀의 안색부터 살폈다. 찬물로 연신 세수를 하며 가라앉히려고 노력했음에도 불구하고 여전히 통통 부은 그녀의 눈을 본 그가 안타까운 표정을 지었다.

"은백아."

"생각해 봤어요."

그녀가 입술을 깨물었다. 밤새 생각을 하고 긍정적인 면을 보려고 노력을 해도 그녀 안의 결과는 똑같았다. 변하지 않았다. 괜찮을 거라며 시작을 해도 결국은 서로 상처만 주고 끝날 것 같았다. 그런 관계는 시작하지 않는 게 더 나았다.

"역시 나는 계속 못 하겠어요."

예상하고 있었는지 그의 표정에는 변화가 없었다.

"내일 다시 물어볼게."

"소용없어요."

은백이 단호하게 말했다.

"백 번 물어봐도 백 번 다 아니라고 할 거예요. 천홍 씨가 원하는 대답, 나는 줄 수가 없어요."

"그럼 천 번 물어볼게."

"좋게 끝내요, 제발."

"시작도 제대로 못해 봤는데 어떻게 끝을 내!"

결국 천홍이 버럭 소리를 질렀다. 그의 얼굴에서 괴로움이 뚝뚝 흘러내렸다.

"아직 마음껏 사랑도 못해 봤어. 널 행복하게 해 주고 마음껏 사랑하기 위해서 더 나은 내가 되려고 다시 돌아가려는 거야.

내 눈앞에서 네가 반짝반짝 빛이 나는 것처럼 나도 네 앞에서 반짝거리고 싶었다고."

"당신은 충분히 반짝거리고 있었어요."

"내 힘으로 널 행복하게 해 주고 싶은 욕심이 나도 있어. 세상 모든 남자들이라면 다 있겠지. 그래서 그랬던 거야."

그가 쓰게 웃었다.

"이제 와서 돌아가지 않겠다고 해도 넌 밀어내겠지. 내가 아니라 내 배경을 밀어내고 있는 거니까. 그건 내 본질이나 다름없는 건데 말이지."

"천홍 씨……."

은백이 눈물을 뚝뚝 흘리자 천홍이 손을 들어 그녀의 눈가를 닦았다.

"울지 마. 이틀 연속 나 때문에 우는 널 보니까 입맛이 써."

"당신 때문이 아니에요."

"결과적으로는 나 때문이야."

그녀가 고개를 저었다.

"아니에요. 나 때문이에요."

"아버지 밑에서 본격적으로 일하는 건 다음 주부터야. 네가 사람을 구할 때까지 가게에서 일하게 해 줘."

"아니요. 천홍 씨는 집으로 돌아가세요."

"정말 이렇게까지 할 거야?"

"계속 함께 있어 봤자, 미래가 없다면 빨리 끊어내는 게 좋아요."

"하아."

천홍이 그녀를 노려봤다.

"넌 우리가 정말 끝이라고 생각하고 있는 건가."

잠시 괴로운 표정을 짓던 그가 은백을 품에 가둔 채 꼭 끌어안았다. 그녀도 마지막이 될지도 모른다는 생각에 그의 등에 팔을 두르고 힘주어 안았다.

"난 아직 끝이 아니라고 생각해. 하루는 너무 짧았던 것 같아. 이렇게 중요한 일을 하루 안에 결정하라고 하는 건 무리지. 일주일, 아니 한 달 줄게. 그때 다시 한 번 물어보러 올 거야."

"소용없다고……."

"시끄러워."

그가 은백의 입술에 입을 맞췄다. 깊은 키스가 아닌 그저 입술과 입술이 닿아 있는 입맞춤이었다.

"몇 번이라도 물어볼 테니까 내가 물어보면 못하겠다는 대답조차 귀찮아도 해. 넌 마음의 준비가 끝났을지도 모르지만 난 아직 아니야. 내가 정말 너랑 헤어져도 후회 없을 것 같다는 생각이 들면 그때 멈출 거야."

그가 그녀를 잠시 내려다보았다.

"네 얼굴 계속 보고 있으면 남자로서 쪽팔린 짓 할 거 같으니까 이만 갈게."

그가 현관문을 열었다.

"이 여름에 혼자 일하면 힘들 테니까 당장 같이 일할 사람 구해. 꼭."

문이 닫혔다. 그녀가 태어나 처음으로 진심을 다해 사랑했던 사람이 막 떠나갔다. 그녀가 밀어낸 것이다. 괜한 자격지심으로 그를 밀어냈다고 후회할 일이 생길지도 몰랐다. 하지만 그 후회 또한 그녀의 몫이었다.

은백의 눈에서 눈물이 똑똑 흘러내렸다. 그녀는 현관 앞의 거울에 비친 자신의 얼굴을 쳐다봤다. 거울 속의 여자는 무척 비참해 보였다.

*　　*　　*

본가로 돌아온 천홍은 은백과 자신이 살던 집 두 개를 다 합쳐도 모자랄 정도로 커다란 자신의 방 안에 홀로 앉아 있었다. 그는 자신이 잃었던 모든 것을 다시 되찾았음에도 불구하고 공허한 마음에 주먹으로 심장 부근을 움켜쥐었다. 누군가가 못을 박고 있는 것 같은 고통이 느껴졌다.

그는 심장을 쥐어짜는 고통에 숨을 거칠게 내쉬며 인정했다. 그 빌라 안, 좁은 방에서 은백과 함께 했던 생활이 지금 그가 다시 누리는 생활보다 행복한 생활이라고.

똑똑.

겨우 미쳐서 날뛰는 심장을 진정시키고 있는데 노크 소리가 들렸다.

"들어간다."

자영이었다. 자영은 천홍이 얼마 되지 않는 짐을 싸들고 본가로 들어오자 다음 날 그의 뒤를 따라 본가로 돌아왔다.

"표정이 말이 아니네."

"왔냐."

"은백 씨 두고 온 것 보니까 버릴 작정이냐."

"왜. 내가 버리면 네가 갖게? 호감 있었다며."

"쓸데없는 소리 하지 마."

"말은 바로 해야지. 내가 버린 게 아니야."

천홍이 자조했다.

"내가 버림받은 거지."

"뭐?"

자영의 눈이 크게 벌어졌다.

자영은 천홍이 본가로 돌아오던 날 그녀가 걱정되어 가게로 찾아가서 몰래 은백을 보고 왔다. 그날 본 은백의 얼굴이 집으로 돌아온 천홍과 대고 그린 듯 똑같이 어두운 것을 본 자영은 그들이 헤어졌다는 것을 직감했다. 하지만 분명 천홍 쪽에서 은백을 버린 것이라 생각했다. 본가로 돌아와서 행복해야할 표정이 어둡고 괴로운 것을 보면 여전히 은백을 사랑하지만 돌아오기 위해 어쩔 수 없이 그녀를 놓아 버린 거라고 말이다.

"돈이 많아서 버림받은 남자 얘기 들어봤냐?"

천홍이 킥킥거리며 웃었다.

"내가 제왕 그룹 백천도 회장의 외동아들이었다고 밝히자마자, 아니지……."

천홍이 여전히 웃으며 고개를 저었다.

"그동안 몇 번 말했지만 안 믿었지."

"백천홍."

"내가 아버지의 아들이라는 걸 믿게 되자마자 버림받았다. 사는 세계가 너무 다르단다. 너는 믿겨지냐? 돈이 없어서 차인 게 아니라 더럽게 돈이 많아서 차였다고. 돈 없는 거지는 애인으로 삼아 놓고 사실은 돈 많은 부자였다고 하니까 싫대."

자영이 천홍의 어깨에 손을 얹었다.

"정말 아이러니한 일 아니냐?"

"정신 차려."

천홍의 눈시울이 붉어졌다.

"그래서 내가 며칠을 잠도 제대로 자지 못하고 고민을 해 봤지. 며칠을 계속 생각하고 또 생각하니까 답이 나오더라. 사는 세계가 너무 다르다는 말은 내 아버지와 어머니, 그리고 내 주변 환경들, 더 나아가서는 세상이 자기를 거부하고 손가락질할까 봐 두렵다는 걸 돌려서 말했던 거야. 그게 무서워서 날 버리고 도망친 거라고. 생각하고 또 생각해 봐도 그것밖에 답이 없어."

"그래서 싫으냐?"

"아니."

붉어진 눈시울로 천홍이 자영을 쳐다봤다.

"내가 지켜 줘야지. 옆에 데려다 놓고 세상이 손가락질 못 하게 지켜 줘야지. 아버지나 어머니한테서도 지켜 줘야지."

아버지한테서 지켜야 한다는 대목을 자영은 주목했다. 천도는 분명 은백을 천홍의 짝으로 생각하고 있었다.

"화장님께서 그럴 분이시냐."

"내가 돌아오자마자 에이지 호텔 외동딸이랑 맞선 자리 잡아 놓으신 분이 네가 존경해 마지않는 회장님이다."

"뭐라고?"

"은백이가 두려워한 게 이거라면 난 아직 힘이 없어."

천홍이 자리에서 일어났다.

"네가 도와줘. 아버지 손에 의해 쫓겨나 있는 동안 주변에 걸러낼 사람 다 걸러내고 남은 건 너 하나뿐이다, 자영아. 네가 나 좀 도와줘. 그동안 아버지 밑에서 일하면서 본 것들, 그리고 그로 인해 얻은 노하우들을 나한테 그대로 알려 줘."

천홍의 눈은 언제 붉어졌었냐는 듯 단호한 빛을 띠고 있었다. 자영이 웃었다.

"그 표정, 내가 널 알고 나서 처음 보는 표정이다."

"나조차 태어나 처음 짓는 표정이니 그럴 법도 하지. 낯설다고 하지 마. 내가 제일 낯서니까."

똑똑.

천홍이 회사로 출근을 한 후, 자영은 천도를 찾아 서재 문을 두드렸다.

"자영입니다."

"들어와라."

천도는 마호가니 책상에 앉아 서류를 훑어보고 있었다.

"회장님."

"무슨 일로 날 찾았는지 알 것 같은 표정을 하고 있구나."

"천홍이한테 이상한 소리를 들었습니다."

천도가 읽고 있던 서류철을 책상에 내려놓고 흥미롭다는 표정을 지었다.

"분명 은백 씨를 마음에 두고 계시지 않으셨습니까? 어째서 천홍이 입에서 회장님에게서 은백 씨를 지켜야겠다는 얘기가 나오고 에이지 호텔 외동 따님과의 맞선 얘기가 나오는 건지 도무지 이해할 수가 없습니다."

"천홍이 녀석이 그 아가씨를 지켜야겠다고 했단 말이지?"

천도의 표정이 흡족해지자 심각한 표정을 짓고 있던 자영의 얼굴이 풀어졌다. 그가 허탈하다는 표정을 지었다.

"회장님, 설마……?"

"그리고 천홍이가 뭐라고 하던?"

평소에 잘 웃지 않는 자영이 웃음을 터뜨렸다.

"악역을 자처하신 겁니까."

"시련 없는 성장은 재미없잖아."

천도가 마주 웃었다.

*　　*　　*

은백은 바쁜 나날을 보내고 있음에도 불구하고 하루에도 수십 번씩 자신의 마음이 왔다 갔다 하는 것을 느꼈다. 굳게 다잡은 마음을 조금이라도 느슨하게 놓칠 때면 천홍에게 전화를 걸기 위해 그의 번호를 찾는 자신을 발견했다. 지금도 그녀는 천홍이 입던 앞치마를 손으로 쓸고 있었다. 입고 일하면 그의 냄새가 다른 냄새들에 묻힐까 두려워서 차마 입지도 못했다.

"안녕하십니까."

손님이 뜸한 시간 의자에 앉아 멍한 얼굴로 허공을 바라보고 있던 은백의 앞에 천도가 나타났다.

"어머."

그녀가 겨우 제정신을 차려 천도를 발견하고 자리에서 일어났다.

"오셨어요?"

"아가씨, 무슨 일 있나?"

천도의 물음에 은백이 고개를 저으며 웃었다.

"그런 거 없어요."

"그렇게 늙은이를 속이면 못써요. 나이 먹으면 먹은 만큼 사람들을 대하는 경험이 늘어나. 앞으로 살아갈 날보다 살아온 날들이 더 많은 늙은이 앞에서 표정을 속이는 건 어리석은 짓이네."

그녀가 그저 미소만 짓자 천도가 물었다.

"그나저나 저번에 말했던 그 알바생은 찾아올 때마다 보이질 않네. 궁금했구만."

"아……."

천도가 천홍을 언급하자 스위치라도 되는 것처럼 은백의 눈이 촉촉해졌다.

"아가씨?"

"죄송해요."

은백이 가게 천장을 올려다보며 서둘러 눈물을 말렸다.

"그 알바생한테 무슨 일이 있나 보네."

"그게 아니라……."

"늙은이들 재주가 뭐 있나. 남의 말 들어 주는 것밖에 없지. 말해 봐요. 다 한 귀로 듣고 한 귀로 흘려보낼 테니까."

천도가 은백의 맞은편에 앉자 은백이 다시 자리에 앉았다.

"그래, 무슨 일이야?"

"딱히 큰일이랄 것도 없어요. 그저 제가 바보짓을 한 것뿐이죠."

"바보짓?"

"제가 좋아하는 사람이요. 늘 편하게만 생각했는데 사실 알고 보니 그 사람은 저한테 너무 멀고 큰사람이었어요."

"저런."

"그 사람을 계속 좋아하려면 제가 너무 힘들 것 같아서 놓아 버렸어요."

천도가 눈을 빛내며 계속해서 얘기를 들어 주자 그녀가 한숨을 쉬듯 말했다.

"사실 그 사람 아버지가 엄청 굉장한 사람이에요. TV나 영화 같은 게 비현실적이기도 하지만 다분히 현실을 반영한 부분도 없지 않아 있거든요. 현실에서는 있는 사람은 있는 사람들끼리 만나고 없는 사람은 없는 사람들끼리 만나죠. 하지만 아주 가끔 현실에서도 있는 사람과 없는 사람이 만나게 되기도 하는데, 그렇게 되면 그게 바로 TV에 자주 나오는 드라마가 되는 거예요. 막장 드라마가."

그녀의 말에 천도가 웃음을 터뜨렸다. 그녀가 어리둥절한 눈으로 그를 쳐다보자 천도는 손사래를 쳤다.

"아니, 계속해요."

"그래서 두려운 거예요. 두려워서 피한 절 그 사람이 비겁하다고 비난해도 전 할 말이 없어요. 그런 와중에서도 그 사람이 보고 싶어요. 그렇게 모순적인 심정으로 일주일을 버텼어요. 내일이 바로 헤어진 지 일주일 되는 날이에요."

"그런 두려움을 느끼는 건 정말로 사랑하는 게 아니지 않을까?"

은백이 고개를 저었다.

"사랑이 두려움을 이길 수 있는 힘이 되어 주기는 하지만 두려움을 느끼기 때문에 그게 사랑인 거예요. 사랑하지 않는 사람으로 인해 두려움을 느끼지는 않잖아요? 원초적인 공포 외에 사람이 느끼는 공포는 다 누군가를 사랑하고 나서부터인 것 같아요. 이 사람을 잃어버리면 어떡하지? 이 사람의 부모님이 나를 반대하면 어떡하지? 이 사람이 나한테 사랑의 감정이 식으면 어떡하지? 이 사람이 다치면 어떡하지? 늘 긍정적으로 살기 위해 노력했던 제 삶이 거짓말처럼 느껴질 정도로 모든 것이 다 두려워요."

"아가씨 말도 맞군."

천도가 테이블 위에 올라와 있는 은백의 손을 토닥였다.

"그렇게 사랑한다면 그 사람을 한번 다시 만나보는 것도 괜찮지 않을까?"

"제가 정말로 그 사람과 행복해질 수 있다는 확신이 생기기 전까지는 함부로 그 사람의 인생에 다시 발을 들여놓을 수가 없어요."

그녀가 희미하게 웃었다. 천도가 그녀의 눈을 똑바로 쳐다보면서 말했다.

"아가씨의 얘기를 다 들어본 내가 하고 싶은 말은 딱 하나야. 아가씨는 충분히 커. 아가씨는 아까부터 계속 물질적인 부분을 강조했지만 그건 이 세상을 사는데 있어서 전부가 아니야. 물론 많이 가지고 있을수록 편하긴 하겠지. 하지만 그것만 따라가다가는 물질 외의 모든 것을 잃어버릴 수 있어. 이건 내가 직접 살면서 경험한 것이니까 믿어도 돼요."

"하지만……."

"그 사람이 너무 멀게 느껴지면 그만큼 아가씨가 빨리 걸으면 돼. 그 사람이 가진 것들이 부담스럽고 두렵다면 아가씨가 그만큼 커지면 되는 거야."

"그 사람은 이미 너무 멀리 가 있어요. 아마 전 아무리 빨리 뛰어가도 그 사람이랑 나란히 서지는 못할 거예요. 똑같은 크기로 커지는 것은 꿈도 못 꾸고요."

"이미 저만치 앞서 가 있다고 생각하면 그 사람과 나란히 설 때까지 쉬지 않고 천천히 뛰어가서 따라잡으면 되는 거야.

그 사람이 생각보다 훨씬 크다고 해도 동요하지 말고 자기 페이스를 유지하면서 꾸준히 크기를 늘려 가면 돼. 세상에 못할 건 없어. 이 가게도 젊은 아가씨의 몸으로 충분히 훌륭하게 키워 오지 않았나."

그의 격려에 은백의 눈동자가 흔들렸다. 그녀는 가게를 처음 차리기로 결심하고 이리저리 돌아다니던 때를 생각했다. 그녀는 그때까지만 해도 이렇게 번듯한 가게를 차릴 수 있을 거라고는 생각하지도 못했다. 그저 열정만 가득해서 서투르지만 끊이지 않고 움직였을 뿐이었다. 하지만 노력은 배신하지 않는다는 말처럼 은백은 결국 여기까지 왔다. 앞으로도 여기서 더 앞으로 나가지 못하리란 법은 없었다.

드디어 확고한 정답을 내린 듯 반쯤 꺼진 채 죽어가고 있던 은백의 눈이 반짝이기 시작했다. 그 눈빛이 마음에 든 천도가 힘차게 고개를 끄덕였다.

"뭔지 물어보지 않아도 알겠어. 결단을 내린 모양이군."

"손님의 말씀이 도움이 많이 됐어요. 감사합니다."

"도움이 많이 됐다니 다행이야."

얼굴을 가득 덮고 있던 어두움이 걷힌 그녀가 환하게 웃었다.

"늘 별다를 것 없이 평범하게 이어졌던 제 인생이 그 사람을 만나 파란만장하게 변하고 단순했던 감정들이 복잡해졌어요. 다시 평범하고 단순하게 돌아가기엔 너무 늦었어요. 파란만장하고 복잡한 게 어떤 맛인지 알아 버렸잖아요."

그녀의 웃음에 화답하며 천도가 메뉴판을 가리켰다.

"그래서, 저번에 만들어 준다던 토스트는 만들어 주는 거지?"

"당연하죠."

*　　*　　*

다음 날이 일요일이라 가게 문을 닫는다는 것을 알게 된 천도는 은백을 식사에 초대했다. 두 번째로 맛있게 먹은 토스트의 답례라고 했다.

처음 두 번 정도 사양하던 그녀는 세 번째까지 거절하는 것은 어른에 대한 예의가 아니라고 생각해 결국 승낙을 했다. 사실 천도와 이야기하는 건 즐거웠다. 그에게서는 이유를 알 수 없지만 묘하게 익숙한 분위기가 흘렀다. 하지만 그녀는 그것이 왜 익숙하게 느껴지는지 정확한 이유는 깨닫지 못하고 있었다.

그녀는 한 일식집 앞에서 천도를 기다리며 손에 쥔 휴대폰을 만지작거렸다. 천홍이 어디 사는지 그녀는 알 수가 없었다. 그녀가 유일하게 알고 있는 것은 그가 제왕 그룹 백천도의 아들이라는 것과 휴대폰 번호뿐이었다.

그녀가 앞으로 어떻게 해야 할지 깨달은 날 저녁, 집에 와서 은백은 떨리는 손으로 그에게 전화를 걸었다. 하지만 그의 전화기는 꺼져 있었다. 천홍에게 연락을 할 수 있는 방법을 생각하던 은백은 자영을 떠올리고 그에게 전화를 걸었다. 역시 꺼져 있었다. 그녀는 불길한 예감에 사로잡혀 제대로 잠도 자지 못하고 어제와 오늘을 보냈다.

　지금도 천도와 한 약속을 취소하고 집에서 그의 연락을 기다리고 싶은 걸 꾹 참은 채 약속 장소에 나온 것이었다. 그녀가 유카타를 입은 점원의 안내를 받아 약속장소인 사쿠라 룸 앞에 도착해 안으로 들어가려 할 때였다. 안에서 익숙한 남자들의 목소리가 들렸다.

　"이제 그만 돌려주시지요."

　천홍의 말에 천도가 미련 없이 그에게 휴대폰을 내밀었다. 그가 휴대폰을 받아 들고 미심쩍은 눈으로 그를 노려봤다.

　"그동안 몇 번을 돌려달라고 말씀드려도 돌려주시지 않더니 이제 와서 갑자기 이렇게 쉽게 돌려주시는 겁니까?"

　천도가 능글맞게 웃으며 말했다.

　"안 그래도 오늘 돌려주려고 했어."

　휴대폰 전원을 켠 천홍의 눈이 커졌다. 은백에게서 부재중 통화가 3건이나 와 있었던 것이다.

　"이런."

　천홍이 재빨리 은백에게 전화를 걸려고 하는데 천도가 그의 손에서 다시 휴대폰을 빼앗았다.

　"이럴까 봐 돌려주지 않은 거다."

　"돌려주세요."

　"싫다면?"

　"힘으로라도 빼앗겠습니다."

천홍이 자리에서 벌떡 일어서자 천도가 엄한 목소리로 말했다.

"앉아라."

"싫습니다."

"자리에 앉으라고 말했다."

천도가 한 자 한 자 쥐어짜듯 말하자 천홍이 이를 바드득 갈며 자리에 앉았다.

"그 여자랑 헤어진 거 아녔느냐."

"아닙니다."

"난 분명 그날 병원에서 본가로 돌아오려면 그 아가씨와 헤어지라고 말했던 것 같은데. 네가 본가로 돌아온 건 그런 뜻이 아녔느냐."

"아버지는 절 아버지의 분노가 두려워서 사랑하는 여자를 버리는 그런 겁쟁이로 보셨습니까?"

천홍의 말에 천도가 고개를 끄덕였다.

"당연한 거 아니냐. 넌 처음 쫓겨났을 때 세상이 생각했던 것만큼 녹록지 않다는 것을 느꼈을 게다. 아비 그늘 없는 세상이 얼마나 무서운 것인지 알았으니 두 번 쫓겨나는 건 두려웠을 테지. 얼마나 아픈지 알고 주사를 맞는 거랑 모르고 주사를 맞는 거랑은 다르지 않으냐."

"틀리셨습니다. 이미 한 번 제대로 겪어 봤으니 두 번째는 첫 번째 실패했던 것들을 교훈 삼아 훨씬 더 잘 해낼 수 있는 겁니다."

말하다가 잠깐 멈춘 천홍이 쓰게 웃었다.

"그리고 저 지금 상태가 좀 안 좋습니다. 하루에도 몇 번씩 그 여자 생각이 나는 바람에 지금 제정신이 아니거든요. 은백이의 얼굴이 머릿속에 떠오를 때마다 당장 달려가서 얼굴을 보지 않으면 진짜 죽을 것 같더라고요. 지금도 보고 싶어 죽겠습니다."

"그럼 그렇게 좋아서 죽을 것 같은 사람을 왜 놓아준 거냐."

"아직 놓아주지 않았습니다, 전. 은백이가 용기를 내기를 기다리고 있는 겁니다. 그 여자는 겁도 엄청 많고 자존심만 세서 저한테 괜한 자격지심을 갖고 있거든요. 나한테 가장 잘 어울리는 여자가 자기라는 걸, 또 내가 가장 필요로 하는 여자가 자기라는 걸 미련하게도 아직까지 깨닫지 못하고 있어요. 옆에서 아무리 말해도 못 알아들으니 스스로 확신을 가질 때까지 내버려 두고 있는 겁니다. 아버지가 두려워서 그동안 그 여자를 놓아준 척하고 있던 게 아니라는 말입니다."

"뭐야?"

"그래서 그동안 경영 수업을 착실히 받은 겁니다. 하루라도 더 빨리 내가 아버지의 눈에 믿음직한 아들이 된다면 그런 아들이 고른 여자를 인정하고 받아 주실지도 모른다고 생각해서 말입니다."

문 뒤에서 인기척이 느껴지자 천도가 밖에까지 다 들리게 큰 소리로 말했다.

"이 녀석이 그렇다는데, 어떡할 건가. 아가씨는?"

"무슨……?"

갑자기 무슨 말을 하나 싶어 천홍이 당황스러운 얼굴로 천도를 쳐다보는데, 천도의 손에 의해 문이 열렸다. 문 앞에는 떨리는 두 손을 마주 잡은 은백이 서 있었다. 그녀의 얼굴은 온통 눈물로 젖어 있었다.

"정은백?"

그녀가 입술을 꼭 깨물고 끅끅거리며 눈물만 뚝뚝 떨어뜨리고 있자 천홍이 자리에서 일어나 그녀의 앞으로 가 섰다.

"어, 어떻게 된 거야, 이게?"

"어떻게 된 거긴."

천도가 씩 웃었다.

"네가 나한테 낚인 거지."

"아버지!"

천홍이 천도를 돌아보며 험악한 목소리로 소리치자 은백의 다리에서 힘이 풀렸다. 그녀가 쓰러지듯 주저앉자 천홍이 재빨리 그녀를 부축해 다다미방에 앉혔다.

"너 괜찮아?"

그녀가 젖은 눈동자로 그와 천도를 번갈아가며 쳐다봤다. 은백이 계속해서 멈추지 않고 눈물을 뚝뚝 흘리자 양심의 가책을 느낀 천도가 서둘러 사과했다.

"아가씨, 미안해. 사실은 내가 이 못난 녀석 아비되는 사람이야."

"아버지, 은백이를 알고 계셨던 거예요?"

"토스트도 몇 번 사 먹었지."

천홍이 어이없다는 표정을 지었다.

"언제 그런 걸 드셨다고……."

"의외로 입에 잘 맞더구나."

두 남자의 얘기를 듣고 있던 은백이 끅끅거리며 천홍의 어깨에 손을 올렸다. 천홍이 자신의 어깨에 올라온 그녀의 손을 잡아 그녀의 손등에 입술을 갖다 댔다.

"보고 싶었다."

"나, 나도……끅. 보고 싶……끅."

"울지 마."

그가 은백의 눈에 고인 눈물을 닦았다.

"밖에서 얘기 다 들은 거야?"

그녀가 고개를 끄덕였다.

"그럼 이제 더 이상 의심도 하지 말고 두려워하지도 마. 좀 믿어 봐. 이 의심 많은 여자야. 이 정도로 네가 내 세상의 중심이잖아. 네가 아니면 나 정말 죽을지도 모른다고. 나 그냥 이대로 나 죽게 내버려 둘 거냐? 응? 밥순이."

은백이 고개를 저었다. 그동안 자격지심으로 인해 확신하지 못했던 천홍의 마음을 다시 한 번 확신하게 되는 순간이었다. 울음 때문에 말을 제대로 할 수 없었던 은백이 천홍을 끌어안았다. 그녀는 천홍의 품에 안겨 울음이 조금 진정되자 그들을 가만히 쳐다보고 있는 천도에게 말했다.

"손님."

은백이 천도를 향해 말했다.

"아니, 백천도 회장님. 정말 죄송합니다. 저와 천홍 씨가 만나는 게 탐탁지 않으시면 이 남자 다시 한 번 더 쫓아내 주세요. 그럼 제가 잘 데리고 살게요. 저 이제 반대하셔도 쉽게 물러서지 않을 거예요."

그녀의 말에 잠시 심각한 표정을 짓고 있던 천도의 입에서 호탕한 웃음이 터져 나왔다.

"내가 아가씨를 이렇게 천홍이와 다시 만나게 자리를 마련해 준 걸 보면 모르겠어? 난 대찬성이야. 빨리 손자나 낳아 줘. 이왕이면 아가씨 닮은 녀석으로."

천도의 말에 은백이 한 손으로 눈물을 닦으며 말했다.

"머리는 천홍 씨 닮아야 해요. 저 머리는 별로 좋지 않거든요."

"그거 괜찮은 생각이군."

천도가 기분 좋게 웃는 소리가 방 안을 울렸다.

은백에게 이것저것 챙겨주느라 정작 자신은 밥을 먹는 둥 마는 둥 했던 천홍이 식사를 마치자마자 다짜고짜 은백의 손을 잡고 밖으로 이끌었다. 그가 막무가내로 자신을 끌고 나가려 하자 은백은 어쩔 줄 몰라 하다가 천도에게 죄송하다고 고개를 숙였다.

"아아, 난 괜찮아."

천도가 웃으며 손을 흔들어 주자 천홍은 못마땅한 듯 그를 노려봤다.

"속이 시커멓다는 거 재도 이미 다 알 것 같은데 착한 척하지 마세요, 아버지."

"뭐야?"

천도가 미간을 찌푸리자 은백이 손뼉을 딱 쳤다. 그동안 천도가 익숙했던 건 그와 천홍이 닮았기 때문이었던 것이다. 둘을 따로따로 놓고 볼 때는 의식하지 못했는데 같은 공간에서 보니 그동안 깨닫지 못한 게 우스울 정도로 둘은 붕어빵처럼 닮아 있었다. 그녀가 어깨를 들썩이며 웃자 붕어빵처럼 닮은 부자의 눈이 동시에 그녀를 향했다.

"왜 웃어?"

"왜 웃어, 아가씨?"

"은백이라고 부르세요. 며느리 될 사람한테 아가씨가 뭐예요, 아가씨가?"

"그래, 은백이. 됐냐."

"됐어요."

그녀가 다시 한 번 웃었다.

*   *   *

천홍과 은백을 보내고 나서 집으로 돌아온 천도는 자영에게로 향했다.

"자영이 네가 궁금해할 것 같아서 왔다."

책상에 앉아 있던 자영이 일어서자 천도가 자영의 방 안에 놓은 작은 소파에 앉았다. 자영이 그의 맞은편에 앉아 궁금한 듯 눈을 빛냈다.

"네가 예상한 그대로 됐다."

"역시 그랬습니까."

"그동안 못난 내 아들 녀석 뒷바라지 하느라 고생이 많았어."

"아닙니다."

자영이 미소 지었다.

"친구의 행복이 바로 제 행복이지요."

"앞으로도 그 녀석 잘 부탁한다."

"염려 마십시오, 회장님."

*   *   *

은백의 손을 잡고 그녀의 집으로 온 천홍은 안방에 들어와 침대에 걸터앉을 때까지 내내 씩씩거리고 있었다.

"아, 열 받아."

미간이 깊게 패인 것이 아직도 화가 가시지 않은 모양이었다.

"아버지 손에 놀아난 기분이야."

"나도 같이 놀아났는데요, 뭘."

"복수할 거야."

그가 송곳니를 드러내며 불쾌한 표정을 지었다.

"기분 풀어요."

"안 그래도 그럴 거야. 웃차."

천홍이 은백이 입고 있던 티셔츠를 머리 위로 벗겨내자 은백이 소리를 지르며 두 손으로 자신의 가슴을 가렸다.

"엄마야!"

그가 침대 위에서 도망치려는 은백을 끌어안았다. 그의 품에 안긴 은백이 웃음을 터뜨렸다. 그날도 이렇게 그녀의 침대 위에서 둘이 끌어안고 있었다.

그가 그녀의 어깨에 입을 맞추며 물었다.

"울다가 웃는 건 봤어도 화내다가 웃는 건 또 뭐야? 왜 웃어?"

"그날이 생각나서요."

"그날?"

잠시 어리둥절한 표정을 짓던 천홍이 씩 웃었다.

"아, 그날?"

"그래요, 그날."

"지켜 준다고 했었지."

"지켜 줬잖아요."

"나, 더 이상은 안 돼."

"나도 그래요."

그녀가 웃으며 침대에 누웠다.

"마음껏 사랑해 주세요."

그녀가 그를 향해 두 팔을 벌리자 그런 그녀를 사랑스러워 죽겠다는 눈으로 쳐다본 천홍이 입고 있던 와이셔츠 단추를 풀기 시작했다. 그 모습을 누운 채 지켜보고 있던 은백은 그가 정장 차림이라는 걸 이제야 깨달았다. 이렇게 차려입은 그는 아무렇게나 티셔츠를 걸친 그랑은 다른 사람 같았지만 여전히 그가 백천홍인 것은 틀림없었다. 정은백을 사랑하고 그녀를 위해 모든 걸 다 바칠 준비가 된 남자.

와이셔츠를 벗은 그가 은백의 위로 올라와 그녀의 입술에 입을 맞췄다. 점점 깊게 입을 맞춰오는 그를 기쁜 마음으로 받아들이며 그녀는 새로 태어날 준비를 마쳤다.

새로 태어나는 것은 생각보다 더 많이 아팠다. 그가 자신의 안에 들어온 순간 은백이 천홍의 머리카락을 손으로 세게 쥐었다.

"아파……."

"미안."

천홍이 한쪽 눈을 찡그리며 한 손으로 은백의 뺨을 감쌌다. 이미 땀으로 젖은 그의 이마에서 새로운 땀방울이 흘러나와 뺨을 타고 흘러 그녀의 목덜미에 떨어졌다. 뜨겁게 달아오른 그녀의 피부에 떨어진 그의 땀방울은 시원했다.

그는 그녀가 적응할 시간을 주듯 잠시 가만히 움직임을 멈추고 있었다. 고통에 적응하기 위해 심호흡을 하던 은백은 미간을 찌푸린 채 걱정스러운 얼굴로 자신의 얼굴을 살피는 천홍을 보았다. 그와 눈이 마주치는 순간 지금 이 고통쯤은 아무것도 아니라는 생각이 들었다. 사랑하는 사람을 몸 안에 깊숙이 받아들이고 그와 하나가 되는 일이다. 고통이 문제가 아닌것이다.

"난 괜찮아요."

그녀의 대답을 기다렸다는 듯 천홍이 움직이기 시작했다. 그가 움직이자 처음처럼 고통스럽지는 않았지만 여전히 불편했다. 하지만 그것도 잠시, 서로 맞닿은 부분에 열기가 다시 차오르기 시작했다. 이윽고 그가 부드럽게 만지고 핥고 입 안 깊숙이 빨아들일 때처럼 아니, 그보다 더 강한 쾌감이 느껴지기 시작했다.

그의 밑에서 함께 흔들리며 몰아치는 쾌감에 당황한 표정을 짓는 그녀를 보고 천홍이 웃었다. 그의 눈에는 그녀의 모든 게 사랑스러웠다. 그럴 리는 없겠지만 설사 그녀가 그를 향해 욕을 했다고 해도 그의 귀에는 사랑스럽게 들렸을 것이다.

점점 더 부피를 더해가며 커지는 쾌감이 익숙하지 않아 거기에서 도망가기 위해 애쓰던 그녀가 고개를 뒤로 젖히고 소리 없는 비명을 질렀다. 천홍은 그런 그녀의 모습을 홀린 듯 바라보고 있다가 그녀의 하얀 목덜미에 얼굴을 묻고 더욱더 빠르게 움직이다 낮게 신음하며 그녀에게 자신의 체중을 실었다.

한동안 말이 없던 천홍이 고개를 들고 지친 듯 두 눈을 감은 채 연신 얕은 숨을 내쉬는 은백을 불렀다.

"정은백."

은백은 초점을 맞추기 위해 천홍의 남색 눈동자를 뚫어져라 쳐다봤다.

"결혼하자."

대뜸 나온 말에 천홍이 아차 싶었는지 그녀의 위에서 일어나 앉았다. 머리가 멈출 새도 없이 입이 마음대로 움직여 입 밖으로 토해냈다.

"아, 그게 아니고. 아니, 결혼하고 싶지 않다는 게 아니라."

"네."

일어나 앉은 채 할 말을 찾던 천홍이 은백이 수줍은 얼굴로 미소를 지으며 대답하자 씩 웃었다.

"그럼……."

"당신이나 내가 조금 더 쓸 만한 사람이 되면 그때 해요."

"뭐?"

천홍의 한쪽 눈썹이 위로 올라갔다. 은백이 일어나 앉아 올라간 그의 눈썹에 입을 맞췄다. 기분이 나쁠 때마다 올라가는 그의 한쪽 눈썹을 늘 이렇게 입술로 달래서 아래로 내리고 싶었다. 한껏 추켜올라갔던 천홍의 눈썹이 은백의 입술에 의해 아래로 내려갔다.

"너 요즘 너무 비싸게 군다?"

"비싼 당신의 여자가 되려면 나도 비싸져야죠."

그녀가 배시시 웃자 그가 그녀의 입술에 자신의 입술을 비볐다.

에필로그

결혼합시다, 제발

"이번에 우리 가게 분점이 2개나 더 늘었어요."

오랜만에 만난 그들이 밥을 먹은 후 급하게 안방으로 왔을 때였다. 은백의 옷을 벗기는 천홍에게 그녀가 환한 얼굴로 말했다.

"이거까지 하면 체인점이 벌써 4개예요. 완전 신기하지 않아요? 내가 체인점을 보유한 가게 사장이라고요."

은백의 티셔츠를 머리 위로 벗겨 낸 천홍이 한쪽 눈썹을 추켜올렸다.

천홍은 천도의 밑에서 착실하게 경영 수업을 받느라 바빴고 은백은 하늘 높은 줄 모르고 치솟는 가게의 인기 때문에 체인점을 늘리고 밀어닥치는 손님들을 상대하느라 바빠서 거의 2주 만에 보는 거였다.

그런데, 오랜만에 만나서 함께 마주 앉아 밥을 먹고 서로를 만지고 있는 지금 이 순간까지 일 얘기만 하는 은백이 천홍은 마음에 들지 않았다. 서운한 마음까지 들 정도였다.

천홍이 노골적으로 지금 이 상황이 마음에 안 든다는 표정을 하자 은백이 그의 어깨에 손을 얹고 눈을 마주쳤다.

"표정이 왜 그래요?"

"우리 2주 만에 만나는 거 알고 있긴 하냐?"

"당연히 알고 있죠. 얼마나 보고 싶었다고요."

"그런데 만나자마자 지금까지 왜 일 얘기만 하는 건데?"

어리둥절한 눈으로 그를 쳐다보던 은백이 배시시 웃었다.

"우리 천홍 씨, 오랜만에 만났는데 내가 막 보고 싶었다고 안 하고 내내 일 얘기만 해서 많이 서운했어요?"

"아니거든? 그리고 애기 취급하지 마."

천홍의 입술이 삐죽 튀어나오자 은백이 그의 튀어나온 입술에 입을 맞췄다. 잠시 입술을 꾹 다물고 있던 천홍이 이내 입을 벌려 그녀를 안으로 끌어 들였다.

"나 지금 너무 행복해요."

그녀가 천홍의 목덜미에 얼굴을 묻었다.

"이제야 조금씩 천홍 씨 옆에 있을 자격이 생기는 것 같아서."

천홍의 미간에 주름이 잡혔다.

"아직도 그 소리야? 네가 나랑 사랑할 자격이 없다는 어이없는 소리?"

"어이없지 않아요. 당신은 내가 함부로 넘볼 수 없는 별세계

사람이었잖아요. 만약 아버님이 당신을 쫓아내지 않았으면 우린 평생 만날 수도 없었을 거예요."

"하지만 만났잖아. 이렇게 하지 않았으면, 아니면 이렇게 했으면 어땠을 것이다 같은 말은 어불성설이야. 세상에 우연은 없다는 말 몰라? 더 이상 놀고먹기만 하는 내 꼴을 못 견디게 된 아버지가 날 쫓아내셨던 것도, 자영이가 이 세상의 그 많고 많은 집들 중에 네가 살고 있는 집 옆에 내 집을 마련해 준 것도, 그날 내가 네 집 앞에서 쓰러진 것도, 네가 누워 있는 날 못 보고 문을 여는 바람에 내가 다친 것도, 그 덕분에 내가 네 집에서 밥을 얻어먹을 핑계를 만들 수 있었던 것도 다 운명이었던 거라고."

"천홍 씨……."

"하나하나 다 생각해 봐. 모든 게 다 우연이었다면 설사 우리가 그렇게 만났다고 하더라도 사랑에 빠지진 않았을 거야."

그의 얘기를 듣는 은백의 눈에 눈물이 고였다.

"솔직히 망설임 하나 없이 깔끔하게 모든 걸 다 버리고 나오겠다는 건 거짓말이겠지. 하지만 네가 내가 가진 것들이 부담스럽다면 난 결국 다 버리고 나올 거야. 예전처럼 둘이서 같이 밥을 먹고 나란히 서서 토스트를 만들고 그렇게 사는 것도 행복했었거든. 어느 순간 집으로 돌아갈 생각을 하지 못하고 그 생활에 안주했을 정도로."

"물론 당신이 또다시 아버님에게서 쫓겨나게 된다면 기쁜 마음으로 받아줄 거예요. 하지만 그게 아니라 천홍 씨가 나 때문에 스스로 모든 걸 다 버리고 나오겠다면 그건 싫어요. 원하지 않아요. 천홍 씨의 돈을 원해서가 아니에요. 그거 없어도 난 충분히 행복하게 잘 살 수 있으니까. 만약 정말로 내가 상상했고 믿고 있던 대로 천홍 씨의 집이 하루아침에 쫄딱 망한다 해도 난 기꺼이 천홍 씨와 함께 살 거예요. 천홍 씨가 모든 걸 다 버리고 나한테 오는 것을 바라지 않는 이유는 딱 하나, 아버님과 어머님 때문이죠. 그분들에게서 천홍 씨를 빼앗고 싶지 않아요. 그러니까 천홍 씨, 아버님과 어머님을 생각해서라도 모든 걸 다 버리고 나한테 오겠다는 얘기하지 말아요. 알겠죠?"

천홍이 은백의 손가락 끝에 입을 맞췄다.

"그만큼 널 사랑하고 있다는 뜻이야."

"알고 있어요. 다른 건 잘 모르고 쉽게 확신할 수 없어도 그것만큼은 아주 잘 알고 있다고요."

"그럼 지금 네가 가지고 있는 그 자격지심 버려."

"음."

잠시 골똘히 생각하다가 미소를 지었다.

"생각해 보니 이건 자격지심이 아니라 당신을, 그리고 나를 위한 예의 같아요."

"예의?"

"하나는 아버님의 밑에서 공부하며 성장한 당신을 옆에서 내조할 수 있는 힘을 기르는 것이고, 다른 하나는 사람들 눈에 그저 돈 많은 남자 만나 인생이 펴진 신데렐라 소리를 듣고 싶지 않은 날 위한 것이죠."

"이렇게 씩씩한 신데렐라가 어디 있냐?"

"난 앞으로 더 열심히 일해서 지금보다 훨씬 더 크게 성공할 거예요."

천홍을 쳐다보는 은백의 눈이 별빛처럼 반짝거렸다. 그녀의 눈을 마주 보며 천홍은 그녀의 눈은 항상 이렇게 반짝거렸던 것 같다고 생각했다. 처음 만났을 때도 그녀의 눈 속에는 이렇게 별빛이 숨어 있었다. 지금처럼 눈부실 정도로 반짝거리지는 않았지만 그 별빛은 이렇게 환하게 빛날 준비를 미리 하고 있었던 것이다.

"그래서 결혼은 언제 할 건데?"

갑작스러운 천홍의 물음에 은백이 흠칫 어깨를 굳혔다. 그녀가 시선을 다른 곳으로 돌리며 대답을 회피했다.

"뭐야."

"뭐가요?"

"나랑 결혼 안 할 거야?"

"하긴 할 거예요."

"하긴 해?"

천홍의 한쪽 눈썹이 다시 들렸다.

"당연히 해야죠. 내 생에 이렇게 사랑할 사람은 당신뿐일 것 같으니까, 놓치면 다시는 이런 사랑 못 하잖아요."

은백의 덧붙임에 올라갔던 천홍의 눈썹이 제자리를 찾았다. 기분이 좋아진 그가 한쪽 입꼬리를 올리며 웃었다.

"그래서, 언제쯤 하면 괜찮을 것 같아? 난 5월이면 좋겠는데. 5월의 신부라는 말 알지? 좀 유치하긴 한데 네가 5월의 신부였으면 좋겠어."

"5월이요? 3개월밖에 안 남았잖아요."

"넌 빨리 같이 살고 싶지 않냐? 네가 동거는 절대로 안 된다고 못을 박아서 매일 보고 싶은 걸 이렇게 참고 있잖아."

"보고 싶은 걸 참는 건 나도 마찬가지거든요?"

"솔직히 내가 말 나온 김에 하는 말인데, 전에 나 여기 옆집에 살 때도 너랑 반 동거상태였거든? 잠만 따로 잤지, 잠자는 시간 빼고는 둘이 항상 같이 붙어 있었잖아. 그리고 지금은 이제 연인 사이니까 그때의 연장선으로 잠자는 시간까지도 같이 있어야 하는 게 정상 아니야? 내 말이 틀렸냐?"

"누군 같이 안 있고 싶어서 이래요? 여기서 본가가 꽤 멀잖아요. 지금 당신이 일하고 있는 제왕 백화점만 해도 우리 집에서 2시간은 걸린다고요. 우리 집에서 출퇴근해 봐요. 며칠만 지나도 나가떨어지지."

"그러니까 네가 본가로 들어오라고."

"미쳤어요? 아버님, 어머님 다 계시는데 어딜 들어가요?"

"결혼 전에 미리 시댁에 들어오는 사람도 있다더라."

"시, 시댁이요?"

"아, 어머니가 너 시집살이 시킬까 봐 걱정하는 거야? 어차피 내 나이도 있고 슬슬 독립할 생각이었는데 시집살이하고 싶지 않으면 둘이 나가 살거나."

"저는 결혼하면 본가 들어가서 살고 싶은데요."

"뭐?"

"나 그동안 좀 외롭게 살았으니까요. 사람 냄새 가득한 집에서 아버님, 어머님이랑 같이 살고 싶어요."

천홍의 얼굴에 사랑스러워 죽겠다는 표정이 떠올랐다.

"그러니까 결혼할 때까지는 주말에 우리 집에 오는 걸로 참아요."

"못 참겠다고. 아니면 혼인신고라도 빨리하든가."

"결혼은."

은백이 아무렇지도 않은 얼굴로 말했다.

"가게 분점이 10개 되면 그때 해요."

"야!"

천홍이 황당하다는 표정을 짓자 은백이 얼른 그의 품에 파고들었다.

"그럼 그렇게 알고 잘 먹겠습니다."

은백이 천홍의 가슴에 입을 맞췄다. 그녀에게 잔뜩 성질을 내려던 천홍이 한숨을 내쉬었다. 앞으로 그들이 함께할 날이 까마득히 오래 남았다는 것을 알기에 지금은 그냥 얌전히 그녀의 입술이 주는 쾌감을 느끼기로 했다. 조금 이따가 다시 그녀를 설득해도 늦지 않을 것 같았다.

침대에서 일어나 앉아, 잠이 든 천홍의 얼굴을 내려다보던 은백이 그의 입술에 부드럽게 입을 맞췄다.

휘몰아치듯 찾아왔던 열락의 시간이 지나고 평온함이 찾아오면 천홍은 늘 이렇게 반쯤 웃는 얼굴로 잠에 빠져들었다. 꿈속에서까지 웃고 있는 그를 보며 은백은 그가 지금 행복한 삶을 살고 있다는 것을 확신했다. 그가 입버릇처럼 그녀로 인해 행복하다고 말하는 게 거짓이 아니라는 걸 잠든 얼굴 표정이 알려 주고 있었다.

천홍의 머리카락을 손가락으로 부드럽게 쓸던 은백이 몸을 꼼지락거리며 그의 품으로 파고들었다. 천홍이 잠결에 그녀에게 팔베개를 해주며 꼭 끌어안았다.

"있잖아요, 천홍 씨."

잠든 천홍은 대답하지 않았다. 그가 대답하지 않음에도 불구하고 은백은 계속해서 말을 이어갔다.

"분점이 10개가 되면 결혼하겠다고 했던 건 거짓말이에요. 거짓말해서 정말 미안해요. 하지만 어쩔 수 없었어요."

은백은 그녀와 결혼하고 싶다고, 함께 살고 싶다고 말할 때의 천홍의 표정이 좋았다. 그녀가 예스라고 말하면 다시는 볼 수 없을 그 표정을 조금이라도 더 많이 보고 싶어서 거짓말을 한 것이다.

"조금만 더 보다가 당신 다른 표정이 보고 싶어지면 그때 알겠다고, 앞으로 잘 부탁한다고 할게요."

그의 결혼 신청에 그녀가 언제라도 좋다는 말을 하면 분명 천홍의 표정이 또 새롭게 바뀔 것이다.

"야."

은백의 눈이 동그래졌다. 아직 잠에서 덜 깬 듯 몽롱한 천홍의 눈동자가 반쯤 닫힌 눈꺼풀 사이에서 빛났다.

"나 다 들었거든?"

"헉."

　은백이 급하게 숨을 들이마셨다.

"그딴 이유로 지금까지 계속 내뺀 거냐?"

"아니, 그게……."

　천홍의 눈이 완전히 열렸다.

"계속해서 변하는 표정이 보고 싶어?"

"천홍 씨, 화났어요?"

　짐짓 화난 표정을 짓고 있던 천홍이 이내 표정을 풀고 웃었다.

"바보냐? 너한테는 늘 이런 표정일 거라는 걸 왜 몰라."

　잔뜩 쫄아 있던 은백이 안도의 한숨을 내쉬었다.

"왜 화난 척해요? 놀랐잖아요."

"싫은 척했던 네가 할 소리는 아니잖아."

"그건 그래요. 반성할게요."

"너를 사랑하는 한 난 항상 이렇게 너를 원하고 바라는 표정일 거야. 그거 하나는 절대로 변하지 않을 거니까 걱정하지 마."

　그가 은백의 머리를 자신의 가슴에 두고 끌어안았다.

"어린애처럼 심술부리지 말고 그냥 좋다고 한마디만 말해. 나 행복하게 해 주는 게 싫은 게 아니면 그냥 순순히 좋다고 말하는 게 네 신상에 이로울 거다."

은백이 픽 웃으며 그의 가슴을 주먹으로 아프지 않게 때렸다.

"협박하는 거예요, 지금?"

"아, 몰라. 네 도장 훔쳐다가 강제로 혼인신고하는 수가 있어. 강제 결혼 당하기 전에 그냥 네 쪽에서 오케이 하라고."

"알았어요."

은백이 그의 입술에 입을 맞췄다.

"대신 그럼 분점 한 개만 더."

"야!"

천홍의 성난 목소리와 은백의 즐거운 웃음소리가 하모니를 이루며 그녀의 집을 가득 채웠다. 은백은 투덜거리는 천홍의 목을 끌어안고 그의 어깨를 손으로 쓸며 생각했다.

이 남자와 함께라면 영원히 외롭지 않고 행복할 것 같았다. 오늘까지만 놀리고 내일은 정식으로 먼저 프러포즈해야지.

당신의 영원한 밥순이가 되어 드리겠습니다.

그들을 바라보는 자영의 시점 1 - 바보 커플

자영은 지금 울 것 같은 심정으로 한 바보 커플 앞에 앉아 있었다.

"내가 돼지갈비 먹고 싶다고 했잖아."

"닭갈비도 먹고 싶다고 그랬잖아요."

"그럼 둘 다 만들어 주던가."

"둘 다 만드는 건 좀 아니지 않아요? 돼지갈비는 다음에 올 때 만들어 주면 되잖아요?"

"다음이라고 해도 일주일 뒤잖아. 아, 언제 기다려."

"바쁘게 일하다 보면 일주일 금방이에요."

"정은백. 난 너 보고 싶어 죽겠어서 일주일이 꼭 일 년 같은데 넌 시간이 아주 훅훅 잘 가나 봐?"

"뭐, 뭐라고요?"

"와. 식었네, 식었어."

"아니, 갑자기 그런 얘기가 왜 나와요?"

"그래서 넌 일주일이 하루처럼 빠르냐? 엉?"

"누가 하루처럼 빠르대요?"

"그럼 며칠로 느껴지는데?"

자영은 자신의 눈앞에서 티격태격하고 있는 바보 커플을 보며 긴 한숨을 내쉬었다. 한숨을 내쉬는 자영의 표정은 저 몹쓸 꼴을 보다 이미 달관한 표정이었다.

한숨을 내쉬고 두 눈을 감았다 뜬 자영은 면전에서 둘이 싸우든 말든 더 이상 신경 쓰지 않고 매콤하게 잘 볶아진 닭갈비를 젓가락으로 집어 입 안에 넣었다. 그는 입 안에 든 닭갈비를 씹으며 은백에게 또다시 저녁 초대를 받았던 날의 일과 조금 전, 은백의 집으로 오던 길에 천홍과 했던 대화를 회상했다.

*　　*　　*

어느 금요일 밤, 자영은 천홍을 따라 바로 본가로 들어오는 바람에 제대로 처분하지 못한 빌라의 짐 정리를 이제야 하러 가게 됐다. 그가 살던 집을 사겠다는 사람이 나타나 부동산에서 매매 계약서를 작성한 후, 마저 남은 짐 정리를 하게 되었던 것이다. 중고로 샀던 가구들은 이미 처분했지만 옷가지나 자질구레한 잡동사니 같은 짐들이 아직도 한가득 남아 있었다.

빌라에 도착한 자영이 주차장에 차를 세우는데 은백이 빌라 안에서 씩씩거리며 뛰쳐나오는 것이 보였다.

자영이 문을 열고 밖으로 나오며 은백을 불렀다.

"은백 씨?"

씩씩거리며 뭐라고 투덜거리던 은백이 자영을 발견했다.

"자영 씨!"

"무슨 일 있으십니까?"

그의 질문에 은백이 손가락으로 빌라를 가리켰다. 자영이 알겠다는 듯 미소 지었다. 이 빌라에서 살면서 천홍 때문에 은백이 열 받아 하는 걸 많이 목격했기 때문에 익숙했던 것이다.

"위에 있는 남자 때문에 미치겠어요, 아주."

"천홍이가 무슨 잘못을 했습니까?"

자영의 머릿속에 은백을 만나러 간다며 신나서 일찍 퇴근을 했던 천홍의 얼굴이 떠올랐다.

"잘못이라기보다는 답답해서……."

은백이 미간을 찌푸렸다.

답답하다는 그녀의 말에 자영이 고개를 갸웃하는데 은백이 물었다.

"그런데 여기는 어쩐 일이세요?"

"아."

자영이 잊고 있었다는 듯 뒷좌석에 놓아두었던 이민 가방을 꺼내며 말했다.

"저번에 천홍이 따라서 급하게 본가로 들어가는 바람에 짐 정리를 이제야 하러 오게 됐습니다."

"그래요?"

은백이 걱정스러운 얼굴로 말했다.

"혼자 정리하시면 힘들 텐데, 도와드릴게요."

"괜찮습니다."

"정은백!"

자영이 정중하게 사양을 하는데, 갑자기 빌라 입구에서 천홍이 나왔다. 은백의 뒤를 쫓아온 모양이었다. 가까이 다가온 천홍이 한쪽 눈썹을 추켜올리며 물었다.

"옷 갈아입고 있는데 갑자기 나가면 어떡해?"

"몰라요."

은백의 입술이 쭉 앞으로 나왔다. 그녀가 어두운 얼굴로 고개를 숙이자 천홍이 한숨을 내쉬었다.

"네 마음대로 해, 그럼."

"정말요?"

어두운 얼굴로 고개를 푹 숙였던 은백이 환한 얼굴이 되어 고개를 들었다.

"네가 정 그렇게 그 드레스 입고 싶으면 입어."

"진짜죠?"

"그래."

천홍이 세상 다 산 것처럼 다시 한숨을 내쉬자 리모컨으로 차 문을 잠근 자영이 앞으로 걸어 나왔다.

"아, 왔냐?"

그가 오늘 짐 정리를 하러 온다는 걸 알고 있었던 천홍이 아무렇지도 않게 그에게 인사를 했다.

"땅 꺼지겠다. 무슨 한숨을 그렇게 쉬어?"

"저 땅 꼬맹이 때문이지, 뭐."

"땅 꼬맹이요? 지금 말 다했어요?"

은백이 발끈해서 뒤꿈치를 들어 올리며 소리치자 천홍이 그녀의 어깨에 팔을 감쌌다.

"조그만 거 사실이잖아. 뭘 그리 발끈해?"

"내 키가 작은 거 본인이 가장 잘 알고 있으면 왜 내가 그 드레스 입으려고 했을 때 말린 거예요? 내 키가 작으니까 그런 드레스 입으려고 하는 거잖아요. 거기 언니도 천홍 씨가 선택한 드레스보다 내가 선택한 드레스가 훨씬 더 예쁘다고 그랬고요."

"키랑 드레스랑 무슨 상관인데?"

"키가 작은데 목까지 꽁꽁 싸매진 드레스를 입으면 그냥 굴러다니는 하얀 공 같을 거라고요. 아까 봤잖아요. 바닥부터 목까지 하얀색 드레스를 입으니까 답답해 보이고 더 짧아 보였던 거."

"그렇다고 가슴이 그렇게 패이고 딱 붙는 드레스 입는 건 좀 아니잖아."

"그래야 조금이라도 더 키가 커 보이고 날씬해 보이죠."

"네가 고른 건 너무 야하다고."

"지금이 무슨 조선 시대예요?"

둘이 티격태격하는 소리를 들으며 둘이 싸웠던 이유가 뭔지 알게 되자 자영이 황당한 표정으로 둘을 쳐다봤다. 오늘 낮에 드레스 보러 간다고 잠깐 외출했다가 돌아온 건 알고 있었는데, 그것 때문에 싸운 것일 줄은 생각도 못했다.

자영은 천홍이 저렇게 보수적이었나 생각해 봤다.

한여름에는 거의 벗은 것처럼 입고 다녔던 여자의 모습이 머릿속에 떠올랐다. 대학 때 천홍이 사귀었던 여자 중 하나였는데, 그녀는 자영이 보기에 민망할 정도로 파이고 짧은 옷들을 입고 다녔다. 그런 걸 보면 천홍이 그렇게 보수적인 편은 아닌 것 같은데…….

"알았다고. 네가 입고 싶으면 그렇게 입어."

"말은 알았다고 하면서 얼굴은 오만상 찌푸리고 있잖아요."

"네가 다른 남자 앞에서 몸을 드러내고 있는 게 싫어. 그건 나만 봐야지. 내 거잖아."

천홍의 말에 은백도 놀라고 자영도 놀랐다. 특히 자영은 소름 끼칠 정도로 깜짝 놀라서 입을 딱 벌리고 천홍을 쳐다봤다. 받은 충격이 너무 커서 말을 제대로 할 수 없을 지경이었다. 닭살 돋은 팔뚝이 시리기까지 했다.

"음……."

귀까지 새빨개진 얼굴을 한 은백이 입술을 벙긋거리다가 천홍의 팔을 잡았다.

"천홍 씨가 그렇게까지 싫다고 하면…… 뭐…….."

그녀가 생글거리며 웃었다.

"중간 정도에서 절충하도록 하죠. 3번 드레스. 어때요?"

천홍이 잠시 기억을 되살리기 위해 입을 다물고 있다가 이내 고개를 끄덕였다.

"그 정도면 뭐. 참을 수 있을 것 같아."

"그럼 그 드레스로 하죠."

둘이 서로를 바라보며 웃고 있는데 고개를 절레절레 저은 자영이 이민 가방을 끌고 위로 올라갔다. 바보 커플. 자영은 오늘부터 저 둘을 그렇게 부르기로 했다.

자영이 돗자리를 펴서 한곳에 쌓아 두었던 옷가지와 책, 구두나 모자 같은 것들을 이민 가방에 차곡차곡 쌓고 종이 박스에도 넣고 있는데 노크 소리가 들렸다. 문을 여니, 문 앞에는 천홍과 은백이 서 있었다.

"도와드리러 왔어요."

천홍은 마지못해 끌려온 티를 팍팍 내며 들어왔다.

"혼자 해도 괜찮습니다만."

"혼자 해도 된다잖아. 가자."

은백이 팔꿈치로 천홍의 옆구리를 쳤다.

"아프잖아."

옆구리를 맞은 천홍이 미간을 찌푸리자 자영이 웃음을 터뜨렸다.

"그럼 저 책을 이 박스에 넣어 주시겠습니까?"

은백이 고개를 끄덕인 후 구석에 쌓여 있는 책들을 종이 박스에 하나하나 쌓았다.

"아, 맞다. 자영 씨."

"예?"

천홍과 함께 종이 박스에 책을 쌓고 있던 은백이 말했다.

"다음 주 금요일이나 토요일 저녁에 시간 있으세요?"

"시간이요?"

"시간 괜찮으시면 저희 집에서 저녁 식사 같이 하실래요? 그동안 천홍 씨한테 도움 많이 주셨잖아요. 너무 감사해서 식사 대접이라도 하려고요."

자영의 시선이 저절로 천홍을 향했다. 잠시 황당한 표정을 짓고 있던 천홍이 이내 험악한 표정으로 자영을 응시했다. 천홍의 얼굴에는 '예스라고 말하면 가만 안 둔다.' 라는 표정이 짙게 깔려 있었다.

"음……."

일단 천홍을 위해서라도 거절해야겠다는 생각에 자영이 말을 고르고 있는데 은백이 다시 말했다.

"앞으로 천홍 씨랑 결혼해서 본가에 들어가게 되면 한가족이 되는 건데, 더더더 친해져야죠. 그리고 결혼 전에 신부가 신랑 친구분들 만나서 밥 한 끼 같이 하는 건 당연한 거잖아요. 천홍 씨한테 얘기 들어보니까 자기가 정말로 신뢰할 수 있는 친구는 자영 씨뿐이라면서……."

"정은백."

천홍이 그녀의 말을 막았다. 아니라고 부정하지 않는 걸 보니 사실인가 보다. 천홍이 자신을 신뢰한다고 생각하니 괜히 얼굴이 화끈거리는 것을 느낀 자영은 자신도 모르게 고개를 끄덕였다.

"그럼 잘 부탁드리겠습니다."

"야!"

천홍이 소리쳤다.

저녁 식사를 함께 하기로 한 그 주, 월요일부터 천홍의 심술은 계속되었다. 은백과 약속한 게 있어서 대놓고 오지 말라는 말은 하지 못하고 '진짜 올 거야?' 라거나 '그날 약속 정말 없어?' 같은 말을 하며 그를 괴롭혀댔다. 천홍이 하도 못살게 구니, 그도 은백과 한 약속을 취소하고 싶었다. 하지만 차마 그럴 수가 없었다. 누군가와 약속한 건 정말 피치 못한 사정이 있지 않은 한은 지켜야 하는 그의 성격 때문이었다.

금요일 저녁, 퇴근하고 나서 은백의 집으로 향하는 내내 천홍은 투덜거렸다. 신호 대기 중에 조수석에 앉은 천홍을 힐끔 쳐다본 자영이 물었다.

"내가 은백 씨랑 가깝게 지내는 게 그렇게 싫으냐?"

아랫입술을 쭉 내밀고 투덜거리던 천홍은 무슨 소리를 하냐는 듯한 표정으로 자영을 쳐다봤다.

"그렇게 노골적으로 싫어 죽겠다는 표정을 지으니까 하는 소리다."

"딱히 싫지는 않은데? 어차피 결혼해서 본가로 들어가게 되면 싫어도 지금보다 더 가깝게 지내야 할 텐데, 뭐."

"뭐?"

이번엔 자영이 황당한 표정으로 천홍을 쳐다봤다.

"뭘 그리 놀래?"

"아니, 뭐……."

자영이 신호가 바뀌자 차를 다시 출발시키면서 뒷말을 삼키자 천홍이 피식 웃었다.

"싱겁긴."

"그럼 이번 주 내내 계속됐던 심술과 투덜거림의 이유는 뭐야?"

"은백이가 주말에 보자고 그랬잖아, 주말에. 왜 하필 주말인데!"

"주말?"

"생각해 봐. 일주일에 딱 이틀! 딱 이틀 본다, 우리. 금요일 밤부터 일요일 밤까지. 세상에, 일요일 날까지 거기서 자고 월요일 아침에 출근하겠다고 해도 자기 집에서 우리 회사가 머니까 가라고, 아침 일찍 집에서 나가면 피곤해서 일하는 데 지장이 생긴다고 가라고, 일요일 밤에는 본가로 돌아가서 자래. 그게 말이 돼? 보통은 최대한 같이 있고 싶어 해야 정상 아니야? 뭘 그리 하나하나 세세하게 따지는 건데?"

"내 눈에는 널 배려하고 있는 걸로 밖에 안 보이는데?"

"나도 알아. 아는데, 너무 그러니까 짜증 나잖아."

잠시 생각에 잠겨 있던 자영은 일주일 내내 계속되었던 천홍의 심술의 이유를 깨닫고 미소 지었다. 그는 자영에게 질투를 하고 있었던 것이 아니라 단둘만의 시간을 함께 보내도 부족한 금요일 밤에 그를 초대한 은백에게 화가 나서 그에게 화풀이를 하고 있었던 것이다.

"그러니까, 넌 은백 씨한테 화가 나 있었던 거냐?"

"뭐야, 그렇게 웃지 마. 기분 나쁘니까."

"지금이라도 눈치 있게 행동해 줘?"

자영이 본가로 돌아가겠다는 의사를 보이자 천홍이 고개를 저었다.

"됐어. 그동안 내가 너한테 신세 많이 진 것 때문에 일부러 초대한 거 내가 모를까. 그 마음 생각하면 오히려 고마워해야 맞는 거지. 아, 근데 짜증 나. 짜증 나는데 고마워. 그런데 또 짜증 나. 아, 나 미치겠네, 진짜."

"철들었군."

"내가 애냐?"

"얼마 전까지는."

"죽을래?"

"죽일 수나 있냐."

"아, 몰라."

천홍이 한숨을 내쉬며 한 손으로 머리카락을 흐트러뜨렸다.

"빨리 같이 살고 싶다."

"결혼식 얼마 안 남았잖아."

"그러니까. 결혼식 얼마 안 남았으니까 미리 본가에 들어와서 살라고 해도 싫대."

"은백 씨도 그런 데 있어서는 되게 단호한 편이구나."

"다른 데 있어서도 단호하고 엄격해."

한참을 더 투덜거리던 천홍이 어쩔 수 없다는 듯 웃었다.

"그래도 좋은 걸 보면 나 미친 것 같지."

"응.."

"야!"

"거의 다 왔다."

애기하는 동안 어느새 빌라에 거의 다 도착한 자영이 은백의 빌라로 향하는 골목으로 차를 몰았다.

"김자영."

"왜."

"조금 더 빨리 달려 봐. 보고 싶단 말이야."

"미친놈."

*   *   *

그게 바로 은백의 집으로 오기 전 그들이 나눴던 대화였다. 눈앞의 둘은 그가 지난 일을 회상하며 꽤 오랫동안 천천히 밥을 먹고 있었음에도 불구하고 여전히 싸우고 있었다.

"정은백!"

"왜요, 백천홍 씨!"

밥을 다 먹고 물 한 모금까지 마신 뒤 자영이 입을 열었다.

"계속할 거면 저 먼저 집에 갑니다."

"앗!"

은백이 깜짝 놀라 자영을 쳐다봤다. 그러곤 비어 있는 그의 밥그릇을 발견하더니 민망한 얼굴로 배시시 웃었다.

"손님 모셔놓고 추태를 부렸네요. 자영 씨 초대할 때마다 왜 자꾸 이런 일이 벌어지는지……. 반성해요, 반성."

은백이 천홍을 노려보자 무슨 일이 있었냐는 듯 천홍이 밥을 한술 떠서 입으로 가져갔다.

"자영 씨, 잠깐만 기다려요. 후식 가져다 드릴게요."

"후식은 무슨. 나 아직 밥 다 안 먹었잖아."

입 안에 있던 밥을 씹어 삼킨 천홍이 자영의 밥그릇을 가져가 밥을 한 그릇 더 듬뿍 펐다.

"한 그릇 더 먹으면 되지."

자영이 황당한 표정으로 그를 쳐다봤다.

"자."

천홍이 뿌듯하게 웃었다.

"한 그릇 더 먹어."

"배 터져 죽으라고?"

"설마. 소화제 사 줄게."

황당한 표정으로 천홍을 쳐다보던 자영이 다시 수저를 들었다. 한 그릇 더 먹는 것도 나쁘지 않을 것 같았기 때문이다. 음식 맛도 좋았고 앞에 앉은 둘이 티격태격하는 것도 사실은 보기 좋았다. 자영은 밥을 먹으며 친구가 제 짝을 만나 행복해하는 표정을 보는 건 참 좋은 일이라고 생각했다.

그들을 바라보는 자영의 시점 2 - 두 여자

"아, 자영 씨 왔어요?"

"이 시간에 웬일이니, 자영아?"

빠트리고 간 서류가 있어서 다시 집으로 돌아온 자영을 반긴 것은 은백과 희주였다. 이 시간에 가게에 가 있어야 정상인 은백이 집에 들어와 있자, 자영이 의아한 듯 쳐다봤다.

"서류 하나를 놓고 와서……."

"그랬구나."

희주가 생글 웃었다. 그녀의 얼굴에는 옅은 미소가 계속 사라지지 않고 있었는데, 은백과 함께 차를 마시고 있는 게 즐거운 모양이었다.

"이제 조금 쉬었으니까 다시 일하러 가야지."

"그럴까요?"

테이블에 찻잔을 내려놓은 희주가 자리에서 일어서자 은백도 따라 일어섰다. 둘이 함께 주방으로 들어가자, 자영은 2층으로 올라가 서류를 가지고 내려왔다. 1층으로 내려와 보니 주방에서 깔깔거리는 소리가 들렸다.

고개를 잠시 갸웃거린 자영이 신발을 신고 있는데 깔깔거리는 소리가 멈추고 은백이 주방에서 나왔다.

"자영 씨, 이제 가시게요?"

"예."

"그럼 가기 전에 이거 맛 좀 봐주세요."

그녀가 자영을 주방으로 이끌었다. 영문도 모른 채 주방 안으로 들어서자 희주가 위생 장갑을 긴 손을 흔들었다.

"자영아, 이거 맛 좀 봐 줄래?"

그녀가 칼로 썬 김밥을 자영에게 내밀었다. 자영은 얼떨결에 김밥을 받아먹으며 주방을 둘러보았다. 식탁 위 쟁반에는 가지런히 일렬로 세워둔 김밥 재료들이 가득했고 도마에는 썰다 만 김밥이 있었다. 가스레인지에서는 뭔가가 보글보글 끓고 있었는데 자세히 보니 소고기 미역국이었다.

"이게 도대체 무슨……."

"오늘 아침에 가게 수도가 터져서 지금 공사 중이거든요. 오늘, 임시 휴업이에요. 그래서 가게 쉬는 김에 아버님이랑 천홍 씨, 그리고 자영 씨한테 도시락 좀 싸가려고 했죠."

희주가 옆에서 쿡쿡거리며 웃었다. 은백이 천홍과 결혼해 본가에 들어온 뒤부터 희주의 얼굴은 항상 웃음기가 가득했다.

제대로 태어났으면 천홍의 동생이 되었을 아기를 유산한 후, 더 이상 아기를 가지면 위험하다는 애기를 들은 뒤 딸을 갖고 싶어 했던 희주의 꿈은 이룰 수 없는 꿈이 되어 버렸다는 애기를 들은 적이 있었다. 희주가 은백을 애지중지 아끼는 모습을 보며 자영은 희주에게 은백은 그냥 며느리가 아닌 딸 같은 존재라는 생각이 들었다.

"이걸 가지고 가면 깜짝 놀라겠지?"

"그렇겠죠, 어머니?"

"자영아. 이왕 집에 들른 김에 30분 뒤에 가지 않을래?"

"예?"

"회사에 들어가는 김에 우리 좀 태워 줘."

"알겠습니다."

딱히 급한 일이 있는 건 아니었기에 자영이 식탁 의자에 앉았다. 그 뒤 그는 기미 상궁이 되어 버렸다. 만들고 남은 김밥 꽁다리는 물론, 김밥과 같이 먹을 미역국과 무생채까지 그의 입에 들어갔다. '맛이 좀 어때?'가 오늘 그가 가장 많이 들은 말이었다.

3단 도시락 3개와 미역국이 든 보온병을 챙긴 은백과 희주가 자영의 차에 올라탔다.

자영이 차를 몰아, 회사로 가는 동안에도 두 여자는 뒤에서 쉴 새 없이 떠들었다.

"어머님, 이번에 무생채 되게 잘 만들어진 것 같죠?"

"맛이 좋더구나."

"맞다. 오늘 도시락 가져다준 뒤에 저랑 데이트하실래요, 어머니? 날씨도 좋겠다, 꽃놀이 가요."

"음, 좋지."

"여기 근처에 진달래 축제 하는 곳이 있는데, 거기 경치가 그렇게 기가 막힌다고 하더라고요."

"진달래?"

희주가 눈을 동그랗게 떴다. 진달래는 그녀가 가장 좋아하는 꽃이었기 때문이다.

"아버님께 들었죠. 어머님께서 진달래를 제일 좋아하신다는 거."

"어머, 기특하기도 하지."

둘의 대화를 들으며 자영이 피식 웃었다. 은백이 본가로 들어오고 난 후, 집안 분위기 자체가 달라졌다. 천도조차 희주에게 이런 모습이 있었나 싶어서 놀랄 정도로 그녀는 명랑해졌다.

"인터넷으로 알아보니까 거기 가면 진달래꽃전이랑 파전 같은 것도 팔더라고요."

"정말?"

"네."

"너무 기대된다."

"그렇죠?"

그들이 얘기를 나누는 동안 차는 금방 회사에 도착했다.

도시락 하나는 자영에게 안겨 주고, 도시락을 하나씩 챙긴 여자들은 각자 자신들의 남자가 있는 곳으로 흩어졌다.

도시락을 들고 회사 안으로 들어선 자영은 문득 외롭다는 감정과 함께 부럽다는 감정을 느꼈다. 요즘 은백과 행복한 결혼 생활을 하고 있는 천홍의 모습을 보니 자신도 결혼할 때가 되었나 싶었다. 은백과 결혼한 천홍은 전보다 더 침착해졌고 어른스러워졌고 또 안정되어 보였다. 그 모습이 자영의 안에 있던 외로움이라는 감정을 건드렸다. 이래서 친구가 결혼하면 따라 결혼한다는 말이 생겼나 보다.

정말 마지막 이야기

거지 왕자와 밥순이는 오래오래 행복하게 살았답니다.

진짜로.

　퇴근해 집으로 돌아온 천홍은 옷도 갈아입지 못한 채 30분 동안 은백에게 붙잡혀 그녀와 희주가 진달래 축제에 가서 함께 찍은 사진을 봐야 했다. 아버지 천도도 자신과 같은 처지일 게 분명하다는 사실이 유일한 위로가 되었다.

　"이건 진달래꽃전이랑 파전 먹을 때 찍은 거고요, 이건 닭꼬치 먹을 때…… 어머님이 닭꼬치 처음 드셨다고 하더라고요. 그동안 안 사드리고 뭐 했어요? 하긴. 천홍 씨도 나 때문에 족발 처음 먹었으니……."

　"정은백."

　"네? 아, 그리고 이건 근처 카페에 가서 망고 빙수 먹을……."

　천홍이 그녀의 손에서 휴대폰을 빼앗아 들었다.

　"뭐예요?"

"나 왔는데 자꾸 사진만 보고 내 얼굴은 안 볼 거야?"

그제야 은백이 천홍을 쳐다봤다. 그와 눈이 마주친 은백이 눈을 깜빡거렸다. 천홍이 그녀의 입술에 자신의 입술을 갖다 댔다.

"고마워."

"뭐가요?"

"어머니랑 같이 여기저기 다녀 줘서."

"아니에요. 어머님이 저랑 같이 다녀 주시는 거죠."

"오늘 도시락도."

천홍은 그녀의 앞에서 도시락을 참 맛있게 먹었다. 도시락을 가져가자 그는 무척 감동받은 얼굴로 예전에 그녀가 점심 도시락을 싸 줬던 때를 떠올렸다. 김밥을 먹으며 즐거워하는 모습에 은백은 작은 행복을 느꼈다.

"다음에 또 싸 줘."

"알았어요."

"어머니가 요즘 많이 달라지셨어. 예전보다 더 잘 웃고 밝아지셨지. 네 덕분이야."

은백은 예전의 희주를 알지 못했기 때문에 그저 고개만 끄덕였다. 자신을 딸처럼 대하는 희주와 천도를 보며 은백은 다시 한 번 가족의 사랑을 느낄 수 있었다. 잃어버렸다고 생각했던 사랑이었는데, 천홍 덕분에 다시 찾았다.

"나도 천홍 씨 덕분에 다시 가족이 생겼어요. 고마워요."

천홍이 은백의 이마에 입을 맞췄다.

"처음에 네가 내 뒤통수를 깼을 때……."

은백이 불만스러운 얼굴로 천홍을 올려다봤다.

"갑자기 옛날얘기 꺼내기 있어요?"

"그때 널 만났었지. 복도 불빛 아래서 토끼처럼 놀란 눈을 하고 날 내려다보고 있었는데."

"천홍 씨가 너무 잘생겼으니까 그랬……앗!"

은백이 서둘러 입을 다물었다.

"뭐야."

천홍이 한쪽 입꼬리를 씩 올렸다.

"그래서 그런 눈으로 쳐다보고 있었던 거였냐?"

"뭐, 뭐……."

"그땐 너랑 이렇게 될 줄 몰랐는데 말이지."

"나도 몰랐거든요? 그 잘생긴 남자가 사실 알고 보니 얼굴에 철판 깔은 빈대였으니까."

"뭐? 얼굴에 철판 깔은 빈대애?"

천홍이 일부러 험악한 표정을 하자 은백이 눈동자만 들어올려 천홍의 눈치를 살폈다. 짐짓 화난 척 그녀를 쳐다보고 있던 천홍이 은백의 어깨를 꼭 끌어안았다.

"네 말이 맞아. 나 그랬었지."

"인정하는 거예요?"

"그건 인정하는데, 그래도 넌 날 사랑했잖아."

천홍이 으스대며 말했다.

"내가 워낙 매력적이어야지."

"와와, 진짜 얄밉다!"

"얄미워도 내가 좋잖아?"

"와! 대박!"

은백이 두 눈을 동그랗게 뜨자, 천홍이 그녀를 들어 올렸다. 천홍에게 안긴 은백의 발이 공중에서 달랑거렸다.

"아, 진짜 미치겠다. 귀여워서."

은백도 천홍을 마주 끌어안았다.

"정은백."

"왜요."

"앞으로 내가 더 잘할게. 너만큼 잘할 수는 없겠지만 그래도 노력해 볼게."

"지금도 잘하고 있어요. 나 요즘 정말로 행복하거든요. 이렇게 행복했던 적은 부모님이 살아계셨을 때 빼고 처음이에요."

천홍은 결혼 전에 은백과 함께 그녀의 부모님이 잠들어 계신 납골당에 찾아 갔던 날을 떠올렸다. 그때 은백은 정말 많이 울었다. 그런 은백의 어깨를 붙잡아 단단히 지탱해 주며 천홍은 평생 이 여자를 아끼고 사랑해야겠다고 그녀의 부모님 앞에서 다시 한 번 맹세했다.

"이번 주 주말에 한 번 더 다녀올까?"

"어딜요?"

"장인어른이랑 장모님 계신 곳."

"정말요?"

"가서 이제 너 나랑 결혼해서 잘살고 있으니 걱정하지 마시고 편히 쉬시라고 말씀드려야지."

은백이 천홍의 입가에 자잘한 키스를 흩뿌렸다. 잠시 즐기듯 그녀의 키스를 받고 있던 천홍이 은백을 침대에 내려놓았다. 침대에 누운 은백이 천홍을 올려다보았다.

"어머님이 30분 있다가 저녁 먹으러 내려오라고 하셨잖아요. 30분 다 됐는데……."

"생각해 보니까……."

천홍이 천천히 넥타이를 풀었다.

"장인어른이랑 장모님 뵐 때 셋이서 가는 게 더 좋을 것 같다는 생각이 들어서 말이지."

"세, 셋이요?"

"아직 아기 소식이 없는 걸 보니까 내가 훨씬 더 노력해야겠다는 생각이 드네. 이번엔 어쩔 수 없이 둘이 가야겠다. 대신 다음번에는 배 속에 아기까지 셋이서 가자. 아, 그렇지. 아기 생기면 제일 먼저 자영이한테 자랑해야지. 요즘 부러워서죽을 것 같은 눈으로 날 쳐다보는데, 더 약 올려야지."

넥타이를 바닥에 내려놓은 천홍이 와이셔츠 단추를 풀었다. 은백의 얼굴이 새빨갛게 달아올랐다.

"어머님이 내려오라고……."

그가 자신의 입술로 그녀의 입을 막았다. 그의 부드러운 입술에 은백은 신음을 흘리며 두 눈을 감았다. 그녀가 천홍의 목을 두 팔로 끌어안았다.

"이따가. 지금은 우리 아기를 위해서 내가 노력할 시간이야."

"음……. 혼자 노력하면 별로 효과 없어요. 같이 노력해야죠."

은백의 말에 그녀의 목덜미에 얼굴을 묻은 천홍이 웃었다.

"동화의 마지막을 보면 항상 '왕자님과 공주님은 오래오래 행복하게 살았습니다.'라고 하잖아요."

은백이 천홍의 이마에 흩어져 있는 머리카락을 손가락으로 쓸어 넘겼다.

"우리도 그랬으면 좋겠어요."

"그럴 거야."

"그렇겠죠."

아래층의 식당에서 같이 밥을 먹기 위해 그들을 기다리던 천도와 희주는 시간이 지나도 아무도 내려오지 않자 말없이 서로 마주 보고 웃었다. 자영도 어쩔 수 없다는 듯 피식 웃었다. 한동안 웃기만 하던 그들은 조용히 저녁 식사를 시작했다. 정말이지 기분 좋은 밤이었다.

< The End>

작가 후기

안녕하세요, 고영주입니다.

이번에 벌써 다섯 번째 책이네요. 다섯 번째 책을 이렇게 출간할 수 있게 되어 너무 감사한 마음뿐입니다.

언제나 제게 힘이 되어 주시는 하나님께 제일 먼저 감사드립니다. 제가 힘들어 할 때마다 살아계심을 보여주시는 걸 느끼며 힘을 낼 수 있었습니다. 그리고 사랑하는 우리 가족……. 너무 소중한 엄마, 아빠. 너무 감사합니다. 두 분이 언제나 제 옆에 계셔 주는 것 하나만으로도 힘이 납니다. 내 하나밖에 없는 동생 기쁨아, 언니 글을 제일 먼저 읽어 주고 항상 격려해 줘서 고맙다. 정말로 사랑해. 그리고 우리 제부, 종우 오빠. 늘 잘 챙겨 줘서 감사해요.

그리고 동아 출판사에 매번 정말 감사드립니다. 이번에 너무 고생 많으셨어요. 민초선 작가님, 내가 언제나 애정하고 있다는 거 알고 있죠? 그리고 친구가 작가라는 걸 자랑스럽게 여겨주는 내 친구 미정이. 예진이 예쁘게 잘 키우고 있지? 보고 싶다, 친구야.

마지막으로 제 책을 기다려 주셨던 분들께 너무 감사드립니다. 제 책을 즐겁고 재밌게 읽어주시는 분들이 있다는 사실은 언제나 제게 너무 큰 힘이 됩니다. 그거 하나로 지금까지 올 수 있었어요.

언젠가, 하고 싶은 일을 하며 살 수 있다는 게 가장 큰 행복이라는 말을 들은 적이 있습니다. 그런 의미에서 전 어릴 때부터 제가 하고 싶었던 일을 하면서 살고 있으니 참 행복한 사람이네요. 제가 행복한 사람이라는 사실을 언제나 잊지 않고 살아가겠습니다. 앞으로 더 열심히 노력할게요.

제 글을 읽는 모든 분들이 항상 행복하시기를……